"陵哥，美吗？"

"太美了。"

"我们学校之前秋游来过一次，我当时也就是站在这个位置，看江看桥看太阳，突然就觉得，这个世界挺美好的。"

他确定自己名为梦想的那个灵魂,已经死在了 2014 年的冬天。
他甚至还没来得及 **看一场江城的大雪。**

「人生歧路雪满山，千里江陵一日还。」
穿过六年漫长的风雪，少年终于与春光重逢。

有爱的青春陪伴者

图书在版编目（CIP）数据

千里江陵 / 秦小羊著. -- 郑州：中原农民出版社，2025.2. -- ISBN 978-7-5542-3072-5

Ⅰ．I247.5

中国国家版本馆CIP数据核字第2024TJ2378号

千里江陵
QIANLIJIANGLING

出 版 人：刘宏伟	美术编辑：杨　柳
选题策划：连幸福	责任印制：孙　瑞
责任编辑：卞　晗	特约设计：Insect　唐卉婷
责任校对：肜　冰	图片绘制：果果卿

出版发行：中原农民出版社
　　　　　地址：郑州市郑东新区祥盛街27号　邮编：450016
　　　　　电话：0371-65788662
经　　销：全国新华书店
印　　刷：天津睿和印艺科技有限公司
开　　本：880mm×1230mm　1/32
印　　张：9.5
字　　数：372千字
版　　次：2025年2月第1版
印　　次：2025年2月第1次印刷
定　　价：45.80元

如发现印装质量问题，影响阅读，请与出版社联系调换。

目 录

001 / 楔子

014 / 第一章 · 初遇

030 / 第二章 · 师父

043 / 第三章 · 心态

057 / 第四章 · 别生我气了

074 / 第五章 · 牙疼

092 / 第六章 · 对杆

100 / 第七章 · 有些事现在不做一辈子都不会做了

116 / 第八章 · 生日

127 / 第九章 · 针对训练

144 / 第十章 · 时光杯

目 录

168 / 第十一章 · 十八岁

182 / 第十二章 · 目标

195 / 第十三章 · 梦想死在 2014 年冬

209 / 第十四章 · 重逢

229 / 第十五章 · 救赎

246 / 第十六章 · 再追一次梦

258 / 第十七章 · 挑衅

271 / 第十八章 · 天秀

279 / 第十九章 · 职业球手

288 / 番外 · 被遗失的那六年之江里篇

293 / 番外 · 被遗失的那六年之盛千陵篇

/ 楔子 /

凌晨两点半,台球室里空旷寂静。

收银员已经下班离开,只剩下江里和盛千陵在亮着灯的1号球台练球。

江里有点困,眼皮都耷拉了好几次,但还是一杆接一杆地练习盛千陵教他的超强低杆。

白球出去又回来,像贪吃蛇一样,晃几圈,又慢慢地回到预定的位置附近。

可盛千陵很不满意,双眼如炬地盯着那颗球,嗓音里隐有火气:"离目标点位偏了五厘米!你在想什么?"

江里咬咬唇醒醒神,依旧保持着那个弯腰俯身击球的姿势,等待盛千陵帮他把球捡回来,重来一次。

又来一次,又偏五厘米。

盛千陵生气了,沉着眸子问:"是不是故意气我?"说完毫不留情地拍了一下江里的背。

打斯诺克时,人得弯腰趴在球台上,双腿打开,上半身与下半身需要维持一个垂直的角度。因为重心要放在右脚,免不了要压下整个背部,好让右肩、腰、右腿均匀受力。

江里个子高,趴伏的姿势倒是标准,可盛千陵教的内容,却完全不同于他从前的野路子打法。

好比一个写惯了狂草书法的人,再去一笔一画地写楷书,反倒畏畏缩缩。

白球一次次偏离目标点位,盛千陵越来越生气。

到最后,严师盛千陵真的恼了,抬起漆黑的眸,说:"江里,我对你很失望。"

江里心中猛然一惊,汹涌的情绪顿时来袭。

下一秒,盛千陵又哑着嗓子说:"江里,你是故意的,对不对?"

你是故意的,对不对?

· 001

故意的，对不对？

对不对？

江里大骇，好似心脏被突然拽起，又如极速失重般飞身沉进了深海里。世界骤静，在极度缺氧般的窒息中，他蓦然从睡梦中惊醒。

气喘吁吁，似死里逃生。

梦里那个人不肯放过他，反复问他是不是故意的，他吓得出了一身冷汗，心脏微微悸动，需要依靠大口呼吸才能在深海里获得一丝丝稀薄的氧气。

江里颤抖着去摸手机，看了一眼时间，凌晨三点四十五分。

他又一次梦见了自己的斯诺克师父盛千陵。

江里在黑暗中睁着眼，等着心中郁结渐渐平息。

他强迫自己放空大脑，什么也不想，这样才能稍微好过一些。

缓了一会儿，他才打开手机，翻出收藏夹里的斯诺克视频，眯着眼睛看起来。

每当从有盛千陵的梦中惊醒，他就知道自己再难入睡。

今日却有些反常。

到早上八点，江里想起床的时候，莫名又来了一阵令人安心的睡意。

不过两分钟，他的呼吸就变得绵长均匀。

最后还是被一阵急促不停歇的电话铃声叫醒的。

江里伸手捞过电话，懒洋洋地接听："喂……"

电话那头传来一个男人的声音："小江，怎么还没来？我这开业活动都快开始了。"

江里清醒得很慢，意识悠悠转了几圈，目光才渐渐明亮。

"啊，卓哥，我马上过来。"说完，他扔下手机，飞快地穿衣服。

卓哥名叫卓云峰，四十多岁，是个长着络腮胡子的男人。三年前他和妻子一起回到妻子的老家江陵县，和江里是在一场小型斯诺克比赛中相识的。

今日卓云峰的斯诺克俱乐部开业，邀请江里去暖场，和一位神秘的嘉宾进行球技切磋。

十一点差五分，江里叼着一根甜橙味棒棒糖，来到欢乐大厦三楼。

云峰斯诺克俱乐部就在这里。

一出电梯，便看到姹紫嫣红的开业花篮摆满了整个过道。

半人高的竹篮，里面放着艳丽的花朵，一片娇嫩，十分喜庆。

花篮边贴着写满祝福语的红色飘带，赠语几乎写的都是"×××恭贺云峰斯诺克俱乐部盛大开业"，这个"×××"要么是人名，要么是公司名或者其他的店铺名。

看得出老板卓云峰人脉很广。

江里眼角随意一扫，然后将棒棒糖由左边口腔换到右边，继续吮着，走向1号球台。

新店开业，来的人挺多。几十张球台除了1号桌，已尽数亮灯开台。

这些斯诺克发烧友一方面是来试新台的，另一方面也是出于好奇，好奇老板悬挂在欢乐大厦楼下的巨幅宣传海报里，那个神秘嘉宾会是谁。

虽然料到不可能是奥沙利文或者特鲁姆普这样的重磅级职业选手，但大家都猜测这位嘉宾咖位不低，起码是拿过大师赛冠军的人。

江里步履闲散地走到1号球台边，见老板卓云峰正在打电话。

两人视线相对，江里挑挑眉梢，咬着糖棍露出白净的牙齿笑笑，算是打了招呼。

卓云峰面色严肃，没有精力招呼江里，江里就自己在球台旁的长沙发上坐下来。

转头一看，见到1号球台附近有一面与墙等高的镜子，江里蓦地见到自己英俊白皙的脸。

他摇摇头，小声地叹气："这么帅，会不会惊动联合国啊……"

…………

也不怪他自恋。

他身材好，长得高高瘦瘦，无论穿什么都好看。背又薄，腿又长，虽过了二十四周岁，可少年感满满，总让一起打球的球友误会他还不到二十岁。

江里回过头，听到卓云峰清晰的声音："已经快到了？还有几分钟？那行，我这就开始安排，等千陵一过来就直接上场……"

江里心里一惊，似乎听到了某个不能言说又不敢确定的名字。

几秒失神，又觉得是自己听错了。

怎么……可能呢？

很快，卓云峰拿着一支无线麦克风走过来，神采奕奕地开口："尊敬的各位会员朋友，大家好，欢迎大家光临云峰俱乐部。今天我们邀请到了一位重量级的嘉宾，这位嘉宾是一位在役的职业球手，曾获得温布利大师赛冠军，也是有史以来最年轻的英锦赛冠军获得者，他——"

广播声清晰地传遍俱乐部每个角落。

声音流畅，一丝杂音也没有。

会员们不约而同地停下手中的动作，兴致勃勃地听着谜底的揭晓。

当他们听到广播里的这几句介绍时，个个双眼放光来了精神，仿佛早起排队等球台，又充值高价会员都值得了。

却也有人忽然惊了心，走了神，失了魂。

恍惚间，江里感觉自己听不到任何声音了。

他的心跳在听到"最年轻的英锦赛冠军获得者"时骤然跳停，灵魂仿佛出了窍，一切感知尽数消弭，世界成了白茫茫的一片。

有那么一瞬间，他感觉自己像一条濒临死亡的鱼，被遗弃在无垠的干涸沙滩上，被日光炙烤，却迟迟等不到翻卷过来的海浪。

他又快死了。

他想。

许久以后，江里的身体终于慢慢回温。

原因是耳旁传来一道关切的声音："小江？怎么了这是，睡着了？"

江里的手掌还搭覆在眼睛上。他缓慢地挪开手，睁开双眼适应了一下俱乐部里的光线，假装无意睡着，抱歉地笑了笑。

随后他慢慢起身。

卓云峰说："我们的嘉宾盛千陵老师已经到了，你准备一下上场。"

江里用力吮了一口棒棒糖，却发现糖球已化完，嘴里只剩下了一根橘色的塑料小棍。

于是他咬着小棍笑一笑，露出一口珍珠白的牙，又伸手从运动裤兜里掏出一根新的同口味棒棒糖来。

在撕糖纸的时候，他余光瞧见有道颀长的身影朝他走来。

江里动作未停，脸上漾起惯有的笑容，然后抬头。

他平静地说："你好。"

一身正装的盛千陵在江里面前站定。

他穿着白衬衫，外边是一件黑色马甲，下搭一条西装裤，这是斯诺克职业选手在比赛时最常见的打扮。

盛千陵今日是来给教练的老朋友捧场的，没佩戴繁复的肩章胸牌，只在衬衣领口处系了领结，看起来温柔又绅士。

从北京到荆州，相隔千里，却只飞行了两小时又三十五分钟。他竟不知道，江里与他，只隔了两小时又三十五分钟的距离。

盛千陵讳莫如深的目光落在江里白皙的脸上。

继而，目光朝下，无言地盯着江里叼着的那根棒棒糖看了两眼。

时光不忍干扰故人重逢，悄悄停驻半晌。

好一会儿后，盛千陵轻轻开口——

"里里，好久不见。"

卓云峰就站在江里和盛千陵身边，正好听到了盛千陵的话。

他一愣，好奇地问："你们……认识？"

江里和盛千陵不约而同一起作了回答。

江里语速很快，带着一丝极力隐藏的慌乱："以前见过，打过球。"

盛千陵却意有所指："我们以前，关系很好。"

江里："……"

两人的声音交织在一起，又因现场围观人多声音嘈杂，卓云峰没能完全听清他们的话。

他并不在意两人说了什么，只兴致昂扬地把头一抬，朝球台一头正在拍摄的众人说："接下来是我们俱乐部今天开业的重头戏！站在我左手边的这一位——"

卓云峰用手掌朝盛千陵一指，道："相信大家都不陌生，这位是斯诺克职业选手盛千陵，七岁开始打球，十一岁获得亚洲大师邀请赛亚军，十八岁正式成为职业球手，二十岁拿下世青赛冠军，二十一岁拿下斯诺克英锦赛冠军，二十二岁拿下温布利大师赛冠军，他是中国的骄傲，也是我们整个台球行业的骄傲……"

盛千陵向现场众人颔首致意，场内旋即响起热烈的掌声。

卓云峰又开始介绍江里，他说："江陵县爱好打斯诺克的朋友们对江里应该不陌生，他一直位居江陵县各大业余斯诺克比赛的第一名，打法嚣张狂野，准度惊人，号称'只要有下就能下'，极具观赏性，今天同职业选手对杆，会擦出什么样的火花呢？敬请大家期待。"

卓云峰说完，略一欠身，退出球台附近，好将完整的打球空间留给江里和盛千陵。

江里一直挺平静，看向镜头时，耍宝一样挥挥手，还咬着糖棍露出一个招牌的痞帅笑容。

他没有提前准备装备，只是随手从附近一个放满公用球杆的杆桶里抽了一支皮头看得过去的小头杆，弯腰做了个试手感的动作。

弯腰的时候，他发现额前的碎发长了些，又将球杆靠在球台边，从运动裤裤兜里摸出一根细小的黑色小皮筋来，三两下给自己扎了个"苹果头"。

白皙的额头被全部露出，更显得他唇红齿白，帅气迷人。

尤其他爱挑着眼自恋痞笑，引得场内不少女玩家看得双目含星，兀自羞赧。

相比之下，盛千陵就显得严谨许多。

他容颜似玉，英气与清隽并存，但不苟言笑。他迈着一双长腿，默默将自己的高档杆盒摆在一边的茶几上，取出两截球杆旋拧在一起，又拿出一条蓝色的防尘擦杆布，从皮头处开始自上而下擦拭。

十分专业，也十分养眼。

卓云峰安排的计分员已经上场。

桌面已完全按照斯诺克的规则摆放好十五颗红球和六颗彩球。

江里站在球台边，边擦巧克粉边等待上场。可是盛千陵却走到他面前，当众对他伸出了手。

是要赛前握手的意思。

江里："……"

他在心里想，职业选手真是臭讲究。打个暖场局，还非整得像打职业赛一样，绅士地先握个手。

但众目睽睽下，江里也没法拒绝，只好把手递过去，随意放进盛千陵掌心，打算一触即离。

盛千陵却忽然发力，抓着江里的手不放，喊他："江里……"

"里"半天又没"里"出个名堂来，好像憋了六年的话，都藏在这个名字里了。

江里用力地咬着棒棒糖，咬得腮帮子都鼓了起来。他不着痕迹地抽回手，提高声线道："盛老师，您先开球。"

盛千陵心一颤，一种茫然又空洞的感觉兜头而下。

但他很快掩饰好自己的情绪，点头说"好"。

六年前，江里第一次见他时，也是这样称呼他。

"盛老师"。

不远不近，带着生疏和几分狡黠的调侃。

如今久别重逢，又这样称呼，倒不再有调侃，只有泾渭分明的疏远罢了。

盛千陵的目光从江里脸上掠过，随后弯腰俯身，摆出舒展的动作，推了个高杆强塞。

白球很快轻盈地弹回来，离目标的红球相距甚远。

这是很标准的职业球手的打法。

江里却含着棒棒糖，露齿笑笑，露出少年般顽劣痞坏的一面。

他提杆上阵，才不管什么高低中加塞杆法，瞄准一颗红球，就大力平杆地推了出去。

顿时，桌面十五颗红球像天女散花似的，纷纷扬扬四处乱撞，宛如一桌泛苦的红豆被打翻。

盛千陵愣了一下。

他记忆里的江里就是这样，不顾杆法，从不防守，只管准度。

所以总是打得没有章法，拼的是天赋般的进球率。

可他也记得，他曾教他的徒弟江里练杆法，练过无数个难以入眠的夜。记得最后一次见江里，他的杆法已经超过很多在役的职业选手。

可没想到，到如今。

又都回去了。

盛千陵看了一眼桌面，看到一个挺好的机会，但故意没有进球，将白球推向一堆红球中间。

　　他想看看，江里的准度是不是一如当年那样，狂妄如风卷残云。

　　旁观者们自然理解成这是职业选手的谦让与绅士，并未觉得奇怪。

　　而江里果然抓住这个机会，上场就开始连杆。

　　他穿着黑色宽松短袖，左边胸口有一段模仿心跳的白色曲线图。短袖里套了一件白色打底衫，在黑色领口和两边袖口露出一截反差明显的白。

　　因为他扎着一个"苹果头"，五官清俊完美，尤其是红唇不染自润，帅得清清爽爽，夺人目光。

　　他一直趴着，一颗红一颗彩，在令人瞠目的准度下，一杆打出了106分，获得大比分优势。

　　盛千陵很快冲计分员挥手，意思是这局认输了。毕竟比分拉得太大，没有必要再周旋。

　　一个业余玩家在第一局就大比分赢了职业球手，让现场进入第一个小高潮。

　　旁边有认识江里的球友笑喊一声："小江威武！"

　　江里一副"基本操作不值一提"的表情，随意挥挥手，挑起一双桃花眼，得意道："还得是我。"

　　惹得众人大笑。

　　计分员摆好球，对杆进行第二局。

　　上一局是盛千陵开球，这一局自然轮到江里。

　　江里毫不扭捏，提着那支小破公用球杆上来就是一撞,满台红球又被撞开了。但遗憾的是，一颗都没有落袋。

　　盛千陵面上一丝表情也没有，不知道在想些什么。

　　但江里乐得回到沙发边坐下，趁机看盛千陵上场击球。

　　毕竟是职业选手，对于这种分散型球局，就好像用一把削铁如泥的刀来砍白菜。

　　轻而易举，没有难度。

　　江里扫一眼台面，心知以盛千陵的水平，只要状态稳，打出满分147分不在话下。

　　毕竟，当年盛千陵第一次见他，把他错认成别人时，就曾在几分钟内轻松清了台。

　　于是江里整个人放松地往沙发背上一靠，双腿一伸，将右腿脚踝架在左腿大腿上，一副纨绔样儿，无欲无求似的看对方打球。

　　盛千陵不动声色地深吸一口气，又吐出。

　　随即开始了宛如表演赛的一局。

　　江里给的机会太好，不打出单杆147分，都对不起自己这身职业赛服。

最后一颗7分球入袋，盛千陵拿到了单杆满分。

现场响起经久又热烈的掌声。

江里心念微动，喉咙口涌上一丝莫名的情绪，连带着味觉感知到了一丝苦涩。

怀疑是棒棒糖含太久，甜到了发苦，江里扬手找服务员要了一瓶矿泉水。他拧开瓶盖，仰起修长白净的脖子，喉结顺着滑动几下，水便咽了进去。

桌面的球这时已经重新整理好，每颗球都在自己的点位上。

三局两胜制，现在双方是一比一平，这便是双赛点，最后一局。

江里尽量不朝坐在旁边单人沙发位的盛千陵看，也没给他说话的机会。最后一局了，他想，很快就会结束了。

江里起身的同时，盛千陵也刚好起身。

球手休息用的沙发本来就挨在一起，中间只隔着一个黑色的茶几。

两人几乎是一同朝球台走过去。

盛千陵比江里高了近十厘米，侧头时，瞥见江里眼角那颗颜色极淡的小痣。

江里装作浑然不觉，默默地停下步子，想拉开和盛千陵的距离。

可是盛千陵也停下来了，还挡在了他前面。

江里无奈地抬头望去，与盛千陵四目相对。那双眼里似风起云涌，镶嵌着浓墨一样的情绪。

盛千陵扶着球杆，慢慢地将头偏过一点点。

两秒后，盛千陵问："江里，当年为什么突然消失？"

六年前，江里曾答应盛千陵会努力成为一名职业球手，可是高中还没念完，却突然消失得无影无踪。

江里："……"

他没有办法回答这个问题。已经过去了这么多年，旧事没有必要再提。如今在这样一个小地方碰上，也只是意外而已。

不等江里说话，计分员挥手示意盛千陵上场开球。江里顺势退后一步，和盛千陵拉开距离。

盛千陵没法再等回答，看了江里一眼，拎着球杆朝球台走过去。

他摆好姿势开球，用炉火纯青的杆法将白球拉回来，藏于下半台的半圆之后，一上来就给江里制造了一个难题。

江里看着桌面，不太明白盛千陵突然发狠折磨自己是什么意思。毕竟，江里对障碍球的解球能力，在所有台球技能中是最弱的。

但江里也没说什么，老老实实地弯腰查看勾球线路，找到一个合适的点，收敛了几分狂妄，规规矩矩地用很轻的力度推出白球。

白球先撞到了红球，算是解了这杆斯诺克。但是，白球停在了红球堆附近，且有一颗有极好的落袋机会。

意思是，只要盛千陵手不滑，球杆不断，这局球，他就稳赢。

但盛千陵没有这样做。

他依然用鬼才一般的杆法，将白球拉回，歇在某颗彩球后边，给江里制造了一个难度升级的障碍球。

江里震惊地朝盛千陵看过去，见他目光沉静如潭水，突然洞悉了他的心思。

江里是进攻型选手，盛千陵一定是想用神级防守来摧毁他的意志。江里自知水平远低于盛千陵，也预感到这一局，自己将会面临什么样的状况——会被吊打。

江里在心里骂了一句"狗东西"，又不得不上场。

但无论他怎么进攻，那白球就像是听从盛千陵的指令一样，总能完美地形成障碍球，且障碍还一杆比一杆难。

简直是要了江里的命。

偏偏现场所有观众都看得很带劲，个个双眼放光。

有什么比让进攻型球手永远没有进攻机会更让人兴奋的呢？

江里知道盛千陵在拖延时间，好击垮他的防线。

但他也不是没有解决办法。

只见下一秒，轮到江里上场击球的时候，他突然发力，故意犯规将白球撞出来，又撞得一桌红球彩球四处"哗啦啦"乱跑，彻底破了球局。

这一招自杀式袭击，倒也勉强算得上釜底抽薪。

可这一招，却让盛千陵原本就晦暗的目光越发阴沉。

斯诺克是绅士运动。享受斯诺克之人，向来心照不宣遵从某种不成文的规则，以示高雅与风度，双方相互攻防，相互斡旋，也是这项运动最大的乐趣之一。

像江里这样，不顾风度，无畏规则地从盛千陵制造的陷阱里逃出，倒真有点像他当年突然消失时干脆利落的风格。

这一轮的障碍球被解开，盛千陵不再杆杆防守。轮到他上场时，倒是换了强攻风格，开始秀准度。

他提速不少，丝毫没有一位斯诺克大师在球场上那种信手拈来的从容不迫，反倒多了几分无法遮掩的轻狂不羁。

江里看一眼便知，他在模仿自己的球风。

莫名地，江里感觉口腔中那丝苦涩来得更甚，伸手去捞茶几上的矿泉水，却发现瓶子早已空了。

他又将手伸进裤兜，可发现早上走得急，只抓了两根棒棒糖，早就在见到盛千陵那会儿吃光了。

无奈之下，江里转头去看球台附近那面墙上的镜子。

镜子大概有两米宽，江里清晰看到自己的脸——可爱的"苹果头"，略显苍白的皮肤，渐渐淡了血色的嘴唇。

江里望着镜子里的自己，扯出一抹笑意，又对自己眨眨眼，在心里说："还是很帅啊，帅得人神共愤，帅得鬼畜自刎，帅得……"

还没帅完，江里听到一阵掌声。

他下意识地回头一看，盛千陵已经打完了桌面所有的球，拿下了这一局比赛。也就是说，盛千陵获得了这一场比赛的胜利。

现场的斯诺克爱好者们享受了这场视觉盛宴，几乎把场内变成了欢乐的海洋。

江里跟着人群鼓掌，把手拍得"啪啪"作响。

趁着众人纷乱嘈杂之时，他站起身来，拖着那支公用球杆往杆桶里一塞，又将头发上的小皮筋扯下，随意抓了几下头发，走向卓云峰。

在卓云峰面前站定，江里扯出一抹笑容，飞快地说："卓哥，我有点事先下去一趟。"

卓云峰正要忙下一轮会员抽奖的事，没时间理江里，闻言点点头，又兀自忙去了。

江里艰难地从人群中挤出，迈开大步往外走。

而这一边，盛千陵还没来得及整理自己的球杆，就见江里像阵风似的跑出去，他心中猛地下沉，杆子也不管了，直接往茶几上一扔，跟着往门外跑去。

欢乐大厦三楼电梯口，江里疯狂按动下行键。

可是电梯在一楼，上来还需要一点时间。

就在这点时间里，盛千陵穿过俱乐部、越过走廊，脚步匆匆朝江里跑过来。

他向来冷静自持，无论什么时候都能风度翩翩又淡定自若。

可这短短的二十米，却叫他心生慌乱手心发凉。他害怕江里又一次跑开，不声不响，从他的世界消失，他一把抓住江里的手腕，电梯门才缓缓打开。

江里很瘦，手腕也细，抓起来盈盈一握，触感却更冰凉。

盛千陵的眼底流露出一丝痛苦之色，微微低头看着江里，喊他："江里……"

江里努力地挤出一个轻描淡写的笑容，看着盛千陵的脸，认真地问："盛老师，有什么事？"

盛千陵长年训练，少见太阳，皮肤比常人更白净。眉锋很锐利，双眼漆黑，眸光流溢。鼻子很高很挺，线条也流畅，比少年时代多了几分冷硬。所幸唇线上扬，给这张脸增添了不少柔和。

乍一看，就会觉得他像个骄矜的贵族或者绅士。

可仔细一看，却发现这位绅士此时目光沉沉压抑，又因身高使然，带给人强烈的压迫感。

江里缩了缩脖子，偷偷迈步想逃，却又被盛千陵用力抓了一下。

电梯再一次合上，撞到盛千陵背上，启动保护机制，又弹开。

江里只好又笑问一次:"盛老师?"

盛千陵看似顿了一下,表情不太自然地转于平静,眼神重新变得清明。他放开手,轻声说:"抱歉,刚才打完球,没有握手。"

江里:"……"

他简直不知道盛千陵现在是有什么坏毛病,开局前要握手,结束时也要握手。没握上的话,还要追到电梯口这儿来,强行握一个。

江里实在没有办法,又想尽快离开这儿,只得打起精神来,伸过右手,说:"那,握吧。"

盛千陵将江里的手握住,晃了晃,却没松开。

江里只觉得喉间那道苦味更甚,无奈地说:"盛老师,你这样别人会误会的。"

盛千陵仿佛没听到,只是又追问:"江里,当年不是答应了我要去打职业?为什么一声不吭就消失?"

江里绞尽脑汁在想借口时,俱乐部门口忽然传来一阵急促的脚步声,接着响起卓云峰的声音。

卓云峰说:"千陵,能不能过来一下?要抽一个大奖,由你来抽。"

盛千陵顿了一下,无奈又缓慢地放开江里,回头冲卓云峰说了一句"来了",缓缓朝俱乐部门口走去。

江里看着一身职业装的男人,肩膀挺括,脊背笔直地路经那一排颜色鲜艳的开业花篮,好像在走一条鲜花铺陈的康庄大道。

没来由地,他弯起眼睛笑了。

电梯已经下去,江里懒得再等,干脆走了楼梯。

他飞快地走出欢乐大厦,离开前余光扫到卓云峰挂了好久的开业宣传海报。海报上那个黑色的剪影,正是他的师父盛千陵。

他却没有认出来。

可能是分别太久了,江里想。

六年,足够忘记过去的一切,所以他连盛千陵的身影也认不出来了。

江里家离欢乐大厦不算太远,大概两站路距离。

他几乎是小跑往家赶,气喘吁吁地奔向自己房间,从衣柜里摸出一罐糖来,拿出一根拆了糖纸就往嘴里塞。

甜橙味棒棒糖,味道香甜,余味悠久,向来是江里的最爱。

那个透明的糖果罐里,清一色全是这种口味的糖纸和橘色糖棍,交错在一起,只看一眼,就能让江里安心。

他就这么坐在床边,安静地吃完一根糖,又将糖棍擦干净塞进一个纸盒里,才站起身来。

手机突然响起来。

江里掏出来一看，是卓云峰打来的。

卓云峰在电话里热情地说："小江，今天辛苦了，我们打算去九阳酒店聚个餐，一起过来啊？"

江里猜到这个"我们"都有谁，想也不想就拒绝："不了卓哥，我等会儿得去看我爸，就不一起吃了。"

江里拒绝过卓云峰的饭局很多回，卓云峰早就习惯了。两人也不客套，说了几句就挂了电话。

过了几分钟，江里的电话又响起来。他以为还是卓云峰，看清来电显示才注意到是一个来自北京的陌生号码，顿时心下一凛，不想接听。

可那铃声持续不断，一阵接一阵，被系统挂断了又重新响起。江里没有办法，轻拧眉头接起来，说："喂。"

盛千陵的声音出现在听筒里："江里，过来一起吃个饭吧。"

江里不想再见到盛千陵，如同拒绝卓云峰一样拒绝道："等会儿有事，就不过去了。"

不等盛千陵再劝，江里匆忙说："现在就有事，先挂了。"说完很快按下红色的挂断键，又心虚地关了机。他胸腔起伏了一阵，好一会儿后，才慢慢平静下来。

仿佛为了证明自己没有说谎似的，江里随便给自己泡了个泡面，囫囵吃完后，就出了门。他先是去疗养院看了看江海军，又去自己开的男装店转了一圈。

一直等到太阳西下，他需要扫码买晚饭时，才慢悠悠地开了机。

不知为何，只是一个寻常的开机动作而已，他却觉得十分紧张，又有点期待。

手机性能很好，半分钟之内就进入了屏幕主页面。

这时，之前收到的短信一条一条亮起在屏幕上，全是那个北京的陌生号码发来的。

陌生号码：江里，只是一起吃个饭，过来吧。

陌生号码：江里，以前的事情我不提了。过来吧，行吗？

陌生号码：江里，就算不想认我这个师父了，我们以前也是朋友，是不是？

…………

江里一条一条看下去，看得心脏收缩，眼睛发热。

最后一条是两个小时前发来的：那就算了吧。我晚上七点的飞机回北京，再见。

江里紧紧盯着"算了"，像要把手机看穿一样。前尘往事如电影画面，一帧一帧在脑海里跳跃。心中拼命掩饰的酸涩和遗憾来袭，叫他再也无法忽视。

盛千陵七点从沙市机场回北京，那最迟六点半会通过安检。

现在是下午五点五十分，从县城打车去沙市机场，差不多要四十分钟，也刚好是六点半。

"赶不上的。"江里对自己说。

"别去了,忍一忍,就不难过了。"江里又说。

可当江里抬头时,才发现自己不知何时挥手招来了一辆出租车,上车就焦急地对司机说:"去沙市机场,麻烦快一点!"

一路焦急忐忑。六点半,他准点到达了沙市机场。

这个机场不算很大,人也不多。

江里一下出租车,几乎是用百米冲刺的速度往大厅里冲。头顶响起数架飞机起飞的轰鸣声,机场里灯火通明,南来北往的旅客步履匆匆。

江里几乎是用祈求的声音低语:"师父,等等我,求你了。"

/ 第一章 /
初遇

2014年。

汉正街还没完全拆迁改造，武胜路的人信汇正在筹建中。

地铁6号线还没动工，风景如画的汉江边还没有涨到一平方米四万。

那时候的江城还被调侃成全国最大的农村，那时候的公交车还没有限速，司机像参加F1一样满城飞驰。

江里穿着件松松垮垮的蓝白色校服，单手抄在运动裤裤兜里，叼着根棒棒糖慢慢悠悠地走出二十九中。

他身侧斜挂着书包，书包里装着刚发的考了十八分的数学试卷。

少年个子高，净身高一米八，背很挺，走路姿势闲散。他发色偏浅，蓬松柔软，刚刚遮住眉毛，看起来清清爽爽，又透着一丝痞气。

两个男生疯跑过来，围在江里身侧，其中一人笑道："里哥，晚上去不去'撸啊撸'？"

DOTA和LOL在学生中很流行，可惜未成年的学生只能去黑网吧联机游戏。

江里用两根手指取出嘴里的甜橙味棒棒糖，斜着眼睛看同桌陈树木一眼，含糊道："不去。"

陈树木没个正形，神秘兮兮地凑过来，坏笑道："里哥，游戏打得菜不可怕，可怕的是不敢承认。"

江里抬起讥讽的眉眼，吊儿郎当地说："我怕我去打游戏，你们看了会深深自卑，从此失去活下去的勇气。"

见陈树木失语，江里冷哼一声，重新含着糖，长腿一迈，大步走了。

他家离学校不远，就在汉正街附近一条叫集贤路的小巷子里。

这一片全是老破小，占着汉江边上的黄金位置，却迟迟没有拆迁。

老破小正对面就是高大气派的凯德广场，广场外的巨幅LED电子屏上展示着各种奢侈品牌的广告，看着高端大气上档次，和灰头土脸的老破小有着天壤之别。

江里回到家,把书包一扔,又麻利地脱掉了校服外套。

这套房子老且旧,只有一室一厅。江海军睡房间,江里就长年睡在客厅中一张一米宽的折叠床上。

屋里还用着70瓦的白炽灯泡,电线歪歪扭扭地贴在常掉石灰渣子的墙壁上。

只要外面还有天光透进来,江家父子两个几乎不会开灯。

反正江里也不会写作业。

他数学这回考了十八分,好歹比上回还高了三分呢。

进步这么大,还写什么作业!

屋里没有人,江海军还在外头工作。

江里拉开客厅小桌子的抽屉,看到江海军给他留了十块钱。

他把钱往裤兜里一塞,踩着楼梯跑下去,在隔壁买了碗热干面。热干面三块五一碗,他奢侈地加了一块豆腐干子,共四块钱。

还剩下六块,他直接到隔壁的隔壁买了十二根甜橙味棒棒糖。

江里在这条巷子里住了好几年,巷子里的左邻右舍几乎都认识他。

等热干面的时候,江里一本正经地对老板讲:"刘姨,你怎么回事啊,我都长大了,你怎么还是那么年轻,是不是吃了防腐剂?"

刘姨听了,立即喜笑颜开,笑骂一句"你个小精怪",手上麻利地多给江里送了颗卖剩下的卤蛋。

江里就站在巷口慢吞吞地吃卤蛋、嚼干子。

解决完晚饭,他眯眼看了黑透的天和巷子里连绵的灯,还是没有看到江海军的身影。

于是,他一转身,走向乐福广场五楼的时光台球俱乐部。

江里从十二岁就独自跑去时光台球玩,到如今十七岁,整整五年了,早把里面的老板和熟客认了个遍。

刚从大门走进去,恰好碰上时光台球的老板潘登和两三个中年男人一起往外走。

潘登长得高高壮壮,剪着个小平头,喜欢穿白色汗衫配牛仔裤,平时总爱嚼槟榔,看上去很斯文,又莫名带了点匪气。

一见到江里,潘登先停下脚步,说:"小里,吃了没?"

江里点头,答:"吃了。"

"那正好。"潘登朝身后一个五十几岁的中年男人一指,"等一会儿有个人要过来和洪师傅对杆,我们现在要去吃点东西,要是那人来了,你让他等一下,或者你跟他先练两杆。"

江里点点头,说:"好。"

一般规模大点的台球俱乐部总会有这样的情况。

来自各地的台球高手过来,和当地的爱好者打几局球,切磋一番。

正是晚饭饭点,台球室里稀稀拉拉只开了两三桌,还是靠近角落的大袋口九球。

前面的斯诺克球台全黑着灯,江里没有球可看,一个人又不想练,只好默默坐在1号球台边的沙发上吃糖。

就这么坐了十来分钟,江里余光一瞥,看到门口走进来一个男生。

那男生个头很高,脸上戴着一副黑框墨镜,遮住了半张脸,只能看到高挺的鼻子和薄润的嘴唇。

他穿着一件白色短袖衬衫,配一条宽松的九分黑色长裤,衬衫下摆宽松地塞进裤腰,手上提着一个皮质的黑色杆盒,进门时没有直奔收银台开台,而是先东张西望了一会儿。

江里看那男生感觉面生,应该是第一次来。

又想到潘总刚才讲会有人过来对杆,猜测这个男生就是他要等的人。于是他散漫地走过去,走到那白衣男生面前,微微抬眸,看向对方的脸。

江里在十六岁时就已经长到现在这么高,可站在这个男生面前,还得扬着点下巴才能直视他的脸,这叫江里十分不爽。

加上外来挑战者总不那么受欢迎,江里也就没给他好脸色。

江里痞痞地咬着糖,略带着一些讽刺腔调,说道:"装相遭雷劈啊,兄dei(弟)。"

白衣男生没听明白,好看的薄唇轻启:"什么?"

声音很轻,吐字清晰,如同山涧溪流。

江里朝他的墨镜指了指,说:"大晚上戴墨镜,不是装相就是真瞎,你是?"

只见白衣男生好脾气地一笑,未答反问:"请问潘总在吗?"

江里越发肯定他就是来砸场子的,又说:"他们出去吃饭了,你要对杆得等一会儿,或者和我打两盘。"

白衣男生停顿了几秒,提着杆盒往1号斯诺克球台走,边走边说:"那行,走吧。"

江里话已经放出去了,加上正好手痒想找人对杆,于是和收银台的小姑娘打了个招呼,让她开了1号球台的灯。

一般来说,一家台球俱乐部的1号球台都是最好的球台,同样也有着最贵的价格。

江里很少打这张台,因为担心付不起每小时八十八元的价格。

但是对杆又有对杆的讲究,一般都是由输方付钱,所以作为"时光第一小将",江里倒也没把这个"金玉其外"的白衣男生放在眼里。

江里主动把球摆好,又去问白衣男生:"抢2还是抢3?还是一盘定胜负?"

对方慢条斯理地开着杆盒,淡定从容地朝江里抬起脸,答:"就一盘吧,我试试杆子。"

就这么一句话，把江里气了个半死。

瞧瞧，对方把和他打球说成是"试试杆子"，好像压根儿没把他放在眼里。

要知道，江里虽然年纪小，一手准度却在时光台球叱咤好几年，惊艳过无数人。

江里来了脾气，想故意坑这帅哥一把。

他知道像这种行走江湖靠对杆赚钱的人，很少会在第一杆时显露出真实的水平，大多会放长线钓大鱼，先输个几盘，让对手放松警惕。

于是，他说："我们这儿的规矩是输方付台费，你知道吧？"

白衣男生点头："知道。"

江里又说："既然咱们是第一次打球，彼此都不知道水平，要不赌点什么？"

白衣男生擦拭球杆的手停顿了一下，好像感觉有点新鲜，下一秒才问："你想赌什么？"

江里想到晚上吃的热干面，又想到凯德广场某知名食府的巨大招牌，心里有点痒，便讲："赌一餐饭吧，赢的人任选餐厅。"

白衣男生没犹豫，随意点点头，好像并不过心。

于是对杆正式开始。

江里在时光台球有着极高的知名度。

一来因为他痞帅耀眼的外表让人过目不忘，二来他的准度几乎到了无人能敌的程度。潘登有一句话用来形容江里，即"只要有下，小里就能下"。

意思是，在有机会进袋的情况下，江里能百发百中。

当然，是在不需要用到杆法的情况下。

两人争夺了开球权，由白衣男生开球。

白衣男生打了个防守杆，让白球回到了开球区。江里才不管那么多迂回战术，用一支公用球杆一撞，将桌上十五颗红球全部撞开了，而白球，停在了一个不好不坏的位置，进球有点难度。

他只需要赌一个机会，就是白衣男生这杆不能进球。那么，他下一杆就势必能够单杆破百。

白衣男生又停顿了一下，扶着球杆没动，似乎有点一言难尽的意思。

他没看球，反倒看了江里好几秒，才闲庭信步般上了场。

江里直觉不太对劲。

下一秒，果然见白衣男生已经像一只舒展的大鸟一样趴向球台开始发动猛烈进攻，不得不说他俯身的姿势极为完美。

他一红一彩打得如行云流水，即使戴着黑色的墨镜，也完全不影响他辨别彩球的速度。

江里讪讪地替他捡彩球，一次次放回原点位去。

许是白衣男生那支球杆实在好用，等江里赫然发现彩球不必再捡时，对方已经打完了桌上所有的球，满分一共147分，他就一杆清台用了七分钟拿到了满分147分。

江里：" ...... "

斯诺克史上最快清台的大师是"火箭"奥沙利文，用时五分二十秒。而这位装相的墨镜选手，也只慢了一分多钟而已。

看来装相也不一定会遭雷劈，也可能会赢一盘球和一顿饭。

江里这下知道白衣男生出杆前那一言难尽的表情是怎么回事了。

大概就是在想，怎么会有这种傻子对手呢。

江里的脸肉眼可见地变黑，尴尬地转身叫收银员关灯。

收银员喊了声："不足半小时按半小时收钱，四十四块，谁付？"

江里挥挥手，答："我，我付。"

在这不到十分钟里，江里只上了一次场，挥了一次杆，就被来人如此吊打，简直是奇耻大辱。

那白衣男生没有多说什么，把球杆放在1号球台的沙发上，礼貌地问："请问洗手间在哪边？"

赢了球也并没有显露出多骄傲自得，反而还是那副温润如玉谦谦克己的模样。

江里朝洗手间方向一指，左手捏着吃完的糖棍，虚弱地说："那、那边。"

趁白衣男生去洗手间时，江里去前台付了钱。

他在时光台球凭脸打对折，四十四块钱只需付二十二块即可。可这二十二块也花了他好几天的晚饭钱，一时还是有些心疼。

这时，吃完晚饭的潘登和洪师傅等人一同回来了。

一见到他们，江里就像被欺负的狗子找到了主人，趁白衣男生没回来，咬牙切齿控诉道："潘总，洪叔，这个外马很邪啊！就跟我打了一盘，一杆147分把我收了。"

洪师傅即将和人赌钱，闻言顿时大骇，反问："这么狠？"

江里点头，吵吵道："盘口得好好调调，不能被这狗东西骗了！"

几个人边说边往中间的休息区走。

有个九球区的客人正好在喊"摆球"，服务员又正好去吃饭了，江里二话没说跑去帮人摆好，又快速回到潘登他们身边。

他还想说几句关于"白衣狗东西"的事，余光却见对方已经朝他们这边走了过来，只好缄口。

潘登一回头，见到越走越近的清爽少年，惊讶道："千陵？"

名叫千陵的"狗东西"开口打招呼："舅舅。"

潘登顿时笑了，回头问江里："小里，你说的是他？"

江里点点头，面色难堪。

潘登指了指身边一个空位，说："千陵，你坐。"

待人坐好了，他又问："不是说过几天来，怎么今天就到了？"

白衣男生还是戴着墨镜，可江里感觉到他的目光朝自己扫过来。几秒后，男生答："反正最近眼睛病了，也不用去学校，干脆休了长假。"

旁边的洪师傅问："眼睛怎么了？"

千陵说："细菌性结膜炎，就是红眼病，有传染风险，就戴了墨镜。"

一旁的江里："……"

他有点想打十分钟前口出狂言的自己,还当着人家舅舅的面骂人家是"外马"和"狗东西"。

潘登这才开始对江里介绍："小里，这不是那个和洪师傅对杆的人，是我外甥盛千陵。"说完又补一句，"他打你个147分？"

江里尴尬地点头。

潘登指指盛千陵，说："他七岁开始打斯诺克，十一岁就拿过业余赛亚军，球型好时拿147分很正常，现在那些职业球手，也有好多打不过他的。"

江里这会儿压根儿不敢再造次，老实夹着尾巴冲盛千陵打招呼："盛老师。"

这个称呼听得潘登一笑，又接着说："哎，小里，我记得你们应该差不多大吧，千陵是一九九六年的，过三个月满十八岁，小里你是几月的？"

江里在潘登面前痞不起来，也不敢再开玩笑，只得诚实地回答："7月。"

洪师傅插话："那就比千陵小一点。"

江里："……"

谁大谁小、大多少小多少，重要吗？他此刻只想逃走，免得自己遭雷劈，最后化成一具枯骨连渣都不剩。

偏偏名叫盛千陵的白衣帅哥开口道："小'李'？刚才的赌注，你没忘吧？"

江里："……"

江里坐在沙发上，心不在焉地回想盛千陵的球技。

一气呵成的单杆清台，绝妙精巧的各种走位，炫技表演一般的超强杆法。不管回想哪一杆，都能看出他的确是自小就练习斯诺克，水平也绝对是职业水准。

而且他没吹牛，真的就是"试试杆子"。

江里想不明白，都是一样的年纪，凭什么有人能在斯诺克造诣上高他这么大一截，简直望尘莫及连背都看不见。

凭他比自己高？凭他比自己帅？

高江里承认，帅倒不至于吧，虽然鼻子嘴巴长得好看，虽然皮肤白皙下颌流畅，可那墨镜下头万一是双畸形丑陋的三角眼呢。

一双眼睛毁了整张脸的，比比皆是。

江里又想到刚才盛千陵跟着潘登走的时候，还若有似无提醒他别忘了那一局的赌注。

江里一瞬间泄气，默默地在心里思索请他吃碗三块五的热干面靠不靠谱。如果不够，就加碗蛋酒吧，不能再多了。

从外地来的挑战者已经到了，和洪师傅商量打中式八球。

洪师傅个子不高，五十出头头发已然全部花白，看着像年逾六十，长年在这儿坐庄打球，占着主场优势，从来不畏惧任何从四面八方过来的高手。

江里跑去给他们整理球台，刷台摆球，十分勤快。等要比赛的两人上场了，他又坐在一旁噘着嘴继续心烦。

平时他爱看人打球，眼下却完全不能静下心来。

凭什么有的人十七岁就能打出147分啊？！

凭什么他就不行啊？！

他哪儿不行啊？！

江里简直要疯了。

这时，洪师傅叫他："小里，摆一下球。"

原来是一盘打完了。

江里赶紧起身走过去。他在这儿玩了五年，对各种球的国标摆法清清楚楚。

尤其这种对杆的时候，他会刻意帮自己认识的人将球压实，然后往点位上推高一丁点，好让开球进球的概率更大一些。

洪师傅果然连杆进球，一晚上打了三十多盘球，最后一共赢了十二杆。

等那人一走，洪师傅掏出两百块递给江里，说："小里，今晚辛苦你帮我摆球了。"

江里也不扭捏，接过两张红色纸币塞进校服裤兜里，说了声"谢谢"。

他心中长舒一口气，心想请盛千陵吃饭的钱总算是解决了。

次日放了学，江里还是先回了趟家。

家里依然光线暗淡，房子里透着一股老建筑的陈腐味儿。楼下小吃一条街各种炒粉炒面的气味飘来，和房子的破败气息交错萦绕。

客厅里放着一根宽扁担。江里进去时，不小心踩到扁担钩子，扁担发出"砰"的一声，倒在水泥地上。

江里漫不经心地捡起，又将扁担靠墙放好。

江海军还是给他留了十块钱作为晚饭钱。

江里把这钱夹进一本高一用过的书里，抓了几根昨天买的棒棒糖塞进裤兜，然后揣着昨天洪师傅给的两百块出了门。

他特地早了一些，就是担心到了时光台球，盛千陵已经吃过了晚饭。

哪知刚进门,又恰好碰上潘登带着盛千陵他们几个出去吃晚饭。

盛千陵还是戴着墨镜,半长不短的碎发垂下来散落在额间,鼻子线条流畅,唇角微扬。就是不知道那双三角眼吓不吓人。

江里顿时觉得好可惜。

潘登这时开口说:"小里,来了?走,去吃饭。"

江里连忙摆手,说:"不了不了,我吃了来的。你们去,我在这儿帮客人摆会儿球。"

江里自知长期受潘登等人照顾,向来会主动做点力所能及的事情——有时候在服务员不够时帮忙摆球,有时候在天气潮湿时帮潘登拿熨斗烫台布,偶尔还会帮做清洁的师傅换方形地毯。

时间一长,都快成了半个技术工。

见江里拒绝,潘登也不强求,点点头就出去了。

盛千陵跟着潘登走,回头看一眼江里消瘦修长的背影,随口问:"舅舅,他在你这儿打工吗?"

潘登愣了一下,反应过来,答:"啊,你说小里。他不是,他在附近上高二,总是在我这儿玩,我也不怎么收他钱,他经常会帮我做点事。他球打得好,喜欢找他玩的人也多。"

盛千陵闻言,墨镜下的眉眼轻扬:"小'李'球打得好?"

想到昨天那仅秀了一杆的暴力炸球,盛千陵兀自笑了笑,没再追问。

江里去看了看客人们打球,又自己开了张练球台练了一会儿。

他独自练球时是免费的,对杆输了才需要付台费,而且是五折。所以他一年到头,在时光台球其实花不了多少钱。昨天那笔二十二块,还是他今年以来第一次付钱。

练了大约一个小时,江里停了下来。

他靠在斯诺克球台边,苦思冥想他的十七岁为何要为球技掉眼泪。

没想多久,余光见一个白色的修长身影朝他走过来,转头一看,是吃完饭回来的盛千陵过来了。

盛千陵在球台边的沙发上坐下,打算看看江里练球,了解一下他舅舅说的"打得很好"是怎么个好法。

江里见盛千陵坐下,会错了意,上前一步,扶着球杆乖巧地说:"盛老师,这可不怪我,我本来今天是来请你吃晚饭的,你跟潘总出去了,不算我爽约啊。"

江里的长相极具欺骗性。当他不吃糖不咧嘴不笑的时候,白皙的脸上总挂着少年人的纯真。

又因他穿着二十九中的夏季校服,白色的翻领短袖配蓝色宽松长裤,头发又略蓬松,整个人看着软萌干净、人畜无害。

可当他叼着糖棍笑得露出一口白牙时,那点痞性便藏匿不住,从每根头发丝里倾泻出来。

但盛千陵很快抓住重点，他微微扬头，面朝江里问："那你刚才怎么说吃过了？"

江里竟没往这方面想，谎话张嘴就来："我、我就胡乱垫了两口。"

盛千陵没再反驳，也不知道是善良的不追问，还是听信了这个理由。

片刻后，他淡淡点头，说："不用这样。"

江里盯着他看，被墨镜挡着，看不见他的情绪。

江里反问："哪样儿？"

"不用叫盛老师。"

江里一时来劲，凑过去一点，显露狼狗本性调侃道："你比我大，那我叫你一声哥？"

他说一次还不够，嘴里咂摸出了点味儿，又叫一次："哥？"

少年的声线清朗，还没有完全变成男人般的浑厚，叫出"哥"这个字，只让人觉得是最清纯的人做着最雅痞的事。

盛千陵不自然地抿着唇角，抬头去看江里，果然见他露出一脸狡黠的笑。

盛千陵："……"

这人果然是故意的。

但两人的谈话被迫中断了。

有一个一直在附近打九球的女生忽然跑过来，站到江里面前，红着脸扭扭捏捏地说："那个……同学，能加个微信吗？"

江里听了，压根儿没有觉得意外。他慢吞吞地从口袋掏出一根棒棒糖，边撕塑料纸边笑道："这位妹妹……很勇敢啊。"

说完他含住糖，弯腰靠近那女生。

他越靠越近，面对面眼对眼，一双星眸直直盯着女生，一时过分暧昧、过分危险。

江里浑身上下散发着迷人又炽热的野性。

这样长相出众性格又甜野的男孩，在十七八岁的时候，总归是极招人喜欢的。

那女生大气都不敢出，一颗心"扑通扑通"快跳出胸腔，眼睛里又惊又喜，错愕地怔愣半天，都没回过神来。

江里顽劣不堪，女生低头，他也跟着低头，非要和人近距离正面对视，眼尾那点恣意张扬压都压不住。他压低声音问："是不是觉得我长得帅？"

那女生颤颤巍巍地点点头。

江里随意指了一下盛千陵，坏笑着追问："那我和这位小哥，谁更帅？"

江里脑海中忽然闪过一个不服气的攀比念头。

斯诺克比不过，比帅还比不过了吗？

他又不是三角眼！

那女生年纪不大,羞红了脸,答非所问:"我也是二十九中的……"

意思是校友,希望得到一些沟通上的便利,也希望不要被迫陷入难堪。即便被拒绝了,也会因为这是在外面而不是在学校,而没有什么后顾之忧。

盛千陵淡然看着江里和陌生女生,藏在墨镜后的眸垂了垂。他无意继续听下去,起身准备走。

江里这时却飞快离开那个女生,笑眯眯地拉住盛千陵的手腕,换了副乖巧面孔,说:"盛老师别走呀,我俩之间的话没说完呢。"

亲密又得意,调皮又恶劣。

盛千陵的脸转向那女生,大概是朝她看了一眼。

下一秒,江里听到他说:"你先加微信吧。"

江里斜了那女生一眼,故意提高一点声线,对盛千陵说:"那怎么行?我只加我喜欢的人的微信。"

那女生听出江里的拒绝,窘迫得低下头,羞愤得双目含泪,内心久久不能平息,转身就朝前台跑,头也不回,九球也不打了。

盛千陵有些好奇,停住脚步,反问:"不加微信怎么知道后面会不会喜欢?"

江里伸手将盛千陵的肩膀一搂,脸上的笑意仍未褪去,大大咧咧地说:"哎哎,盛老师,不要在意这些细节。"

盛千陵向来逻辑严谨,无论对于生活还是对于斯诺克。

他不能理解江里与女生之间的对话,倒是出于旁观者的角度,想了想,淡淡地问:"你对别人没意思,何必做那些事。"

是指故意弯腰与她对视、逼迫她靠近。

江里却满不在乎地回答:"让她早点死心,不是坏事。"

盛千陵又问:"万一她不能死心呢?"

江里笑得眼睛弯弯,像两枚弦月。他痞里痞气地说:"那没办法。帅到我这个程度,天生就得承受这些被爱的痛苦。"

盛千陵:"……"

盛千陵少与女生相处也没有经验,对于江里的话,并不能很快理解。

但奇怪的是,明明觉得江里是个十足的混球,却偏偏挑不出什么错处,甚至江里自夸帅气,盛千陵也从心里认可。

毋庸置疑,他真的长得很好看。

这时,江里掏出一部满是划痕的黑色智能手机,打开微信,说:"盛老师,咱俩加个微信交流一下呗?我这辈子要是能打出一回 147 分,死而无憾啊。"

盛千陵没想太多,觉得江里这个愿望合情合理,于是遂了他的意,加上了好友。

写备注时,盛千陵问:"你姓'李'?'李'什么?"

江里愣了一下,反应过来,连忙回答:"不不不,我不是姓'李',我姓'江',

我叫江里。"

盛千陵抬起头望了江里一眼，又低头写备注。

江里脑子一抽，又解释一句："我是我爸在江里捡的，他又姓江，就随便取了这名字。"

盛千陵愣了几秒，抿抿嘴唇，软下嗓音说："抱歉。"

明明没有做错什么，却绅士地先道了歉。

江里取出嘴里的糖，用右手大拇指和食指捏着橘色的糖棍，咧开嘴笑道："你道什么歉啊？"

盛千陵加好微信，收起手机，没再说话。

哪知道江里下一秒又说："哎，盛老师，这样吧，如果你真觉得愧疚，收我做徒弟，好不好？"

盛千陵："？？？"

他做什么了就要收徒弟？

江里调皮地眨眨眼，死皮赖脸纠缠道："你那杆147分收了我，我可能从此一蹶不振寻死觅活，你忍心看我成为一个失意美男吗？少了我这个大帅哥，对国家也是一种损失，你说对吧？"

他满脸坏笑，还有挡不住的小人得志。

盛千陵后知后觉，才意识到自己是如何一步步地走进了江里的言语陷阱。

他接受的是精英教育，从小到大的生活环境里都没碰到过江里这样的"地痞流氓"，一时不知道怎么招架，后退一步，在脑子里思索要怎么体面回答，才能不失风度。

江里又凑过来，双眼里含着笑，舔舔因为吃糖而发红的唇，试探道："盛老师？"

盛千陵没理。

江里又说："盛师父？"

还是没理。

江里："千陵？"

"……"

"哥？"

"……"

江里这个人，只要认定一件事，就会将自己不要脸的"优良品格"发挥到极致。

他从小没什么爱好，就喜欢台球。十二岁时来时光台球看人打球，因为太小他总是被客人轰走，不久又自己跑回来。

他一双眼睛水汪汪的，像只单纯的小狗一样，被欺负了也不出声，无非就是循环地出去又进来，进来又出去。

后来他混了个脸熟，会乖巧地帮人捡球，帮人递水，还帮忙跑腿去买东西，也不要报酬，就像块狗皮膏药似的，牢牢黏在球台附近，眼睛一眨不眨看着他们打斯诺克。

日子久了，他终于慢慢被接受，被允许坐在球台边的沙发上，被要求计分和替杆，然后被大家亲切地叫作"小里"，一待就是五年。

他的人生格言就是——"脸皮厚者得天下"。

所以眼下，他想要拜盛千陵为师，对方不答应，他不可能轻易放弃。

盛千陵十分苦恼，起身想走开一点，江里就一步步地挡着缠着，侧脸追问："行不行啊，师父？"

还没答应呢，这"师父"都叫上了。

盛千陵有些尴尬，还有些头疼，也实在难以招架江里的软磨硬泡。

他并不想收徒，而且完全没有和这种小痞子相处的经验，于是反问："我们才认识多久，为什么想拜我为师？"

江里手指捏着球杆尖尖，有一下没一下地晃着，认真道："因为你是我认识的人里，球打得最好的。"

盛千陵下意识地蹙眉，又说："如果你再认识比我打得好的，就马上叛出？"

江里情真意切地脱口而出："那当然不是了。我第一次亲眼见人打出147分，就是你打的。我只想拜你为师。"

少年只臣服于技术远高于自己的人。

眼下，他有求于人，自然要把好话讲尽。即使盛千陵此刻让他跪下来拜师，恐怕他二话都不会说，马上就跪下磕几个响头。

而盛千陵却只想摆脱江里这个烫手山芋，故意刁难："我收徒要求非常高，要先考试，考试通过才行。"

江里听了，一双漆黑的眼里光彩乍现。

他头一扬，笑得咧出一口珍珠白牙，说："好，我会通过考试！"

盛千陵没有办法，只好回到球台旁的沙发上坐下，屈起长腿，审视江里，说："我时间有限，最多只在这边待几个月，所以我不想浪费时间去教没有基础的徒弟。"

江里眨眼点头："嗯。"

盛千陵说："考试有两项。第一项是打一百个自由球，要求百发百中。"

江里一听，顿时得意起来，浑身的狂妄与傲慢盖都盖不住。

考准度？那不正好是自己的强项？

于是他兴致勃勃道："好，你说怎么打，我就怎么打。我们混社会的，绝不认输。"

他球杆都没换，还是那支从公用杆桶里拿来的低档货。这种球杆经流水线生产，由普通木头制作而成，价格只区区几十元，和盛千陵第一天过来试的那支世界级顶级球杆相差千里。

盛千陵想到舅舅说江里球打得不错,想看看他的基本功与准度,刻意忽略掉那句"混社会",说:"你打三十个小半台直球,三十个长台直球,四十个贴库直球,掉一个,第一项考试就算失败。"

"没问题。"江里眼波流转,胸有成竹地转头,很快回到球台边,自己给自己摆球。

他将白球和目标红球摆成一条直线,然后背对着盛千陵开始击球。

腰一弯下去,舒展的击球姿势就出来了。

盛千陵扫一眼,然后专注地看向球台。

小半台直球是每个台球爱好者的基本功。

所以江里三十个球完全入袋,盛千陵并没有感觉很稀奇。他扶一扶墨镜,往沙发背上一靠,手臂撑着沙发扶手,嗓音清淡:"继续。"

江里从口袋里摸出一根新的棒棒糖,撕开包装后往嘴里一塞,接着摆球。

少年长得好看,叼着糖棍的样子又乖又痞,姿势一摆,球杆一架,瞬间就构成了一幅养眼的画面。

接下来的十分钟里,三十个长台直球还是杆杆入洞,无一虚发。

红球落到网袋里,发出"啪哒"一声脆响,响了整整三十次。

这回盛千陵倒是挑了挑眉,对江里的印象有了很大的改观。

第一次和他对杆时,江里粗暴地开了红球,盛千陵原本以为他是个台球莽夫,却没想到颇有难度的长台球他也能驾驭,还能稳住心态,一个球都不失误。

最后四十个球是贴库直球,就是将白球和目标球都贴着球台的边,而且也要求杆杆落袋。

即使是盛千陵自己,都不能保证百分之百做到,遑论江里这种毫无章法的"野生"球手。

盛千陵很清楚自己是在想方设法地劝退江里。

他带着茫然的心结来到江城,不想这么不明不白地分出一半时间去教一个刚认识不久的新球友。

江里对盛千陵的心思浑然不觉。

他没有感觉到自己在被刁难,反而觉得被盛千陵这种级别的球手考验是合情合理的事。

贴库直球虽难,江里却练习过无数次,几乎已经能确定它的进球轨迹。只要出杆不歪,他就能做到一击必中。

江里把腰一弯,俯下身体,开始击球。

这一次没有灌进的声音,可大理石球入袋相撞,声音还是清澈入耳。

江里站姿标准,视力绝佳,出杆稳定,每一颗球都沿着理想的轨迹落袋。

差不多过了二十分钟,江里忽然回头,脸上放浪不羁的笑容重现,他眯着眼得意地问:"师父,徒弟打得可还行?"

盛千陵一看桌面——

四十颗贴库直球已全部打完,而江里真的做到了杆无虚发。

盛千陵无比震惊。

就这个准度,拎到职业赛场上,也有大批职业球手不如江里。

江里满心欢喜地等着盛千陵开口。

哪知他说:"这种准度,就没必要拜师了。"

江里一时心急,匆忙跑过去拽住盛千陵的胳膊,说:"大丈夫一言九鼎!你不能这么耍我。"

盛千陵反问:"你觉得你哪儿有问题需要拜师?"

江里对自己的弱项很清楚,故而毫不遮掩地说:"我杆法不行,就连最普通的低杆都打不出。那天你看到了,我没有耐心用杆法防守你,所以选择了炸球。"

盛千陵:"这球房的会员这么多,潘总、洪叔他们,哪一个不能教你杆法?"

江里眼睛里浮上一层笑意,实话实说:"他们准度都比不上我,怎么当我师父?"

盛千陵:"……"

真是头疼。

一个进球率几乎到了百分之百的球手,却打不出最简单的杆法。

这就相当于一个学生,具备获得奥林匹克物理竞赛金奖的智力,却因为没有学过握笔写字,无法提笔作答一样。

着实离谱。

但盛千陵依然坚定地不想收徒。

既然江里提到了"耐心",盛千陵就决定好好挫挫他的耐心,好让他知难而退。

盛千陵问:"你周六上学吗?"

江里摇头:"学校双休。"

"好,后天是星期六,你中午十一点过来,参加第二项考试。"

"行。"

次日是周五。

放学后,江里依然来了时光台球。他转了几圈没见到盛千陵,怏怏地看了几局球,就回去了。

没想到刚到家,发现江海军也回来了。

江海军在汉正街做"扁担",依靠出卖体力赚点工钱,平时天一亮就出去揽工,每天晚上差不多得到七八点才回家。

眼下才不到七点,江里见屋里灯泡亮着,心里暗自收紧,加快步子往上跑。

江海军正坐在客厅江里睡的那张小床上,弯着腰揉弄自己的脚踝。

五十多岁的年纪,却浑身透着沧桑与苍老。一张脸被太阳晒成深古铜色,皱纹就像田地里的沟渠,横七竖八。眼神倒是十分锐利,一见江里回来,他瞥一眼,嗓音浑厚道:"你个狗东西,又去哪里野了?"

江里向来对江海军的辱骂充耳不闻。

他跑到江海军身边,视线跟着江海军的手去看,只见江海军的脚踝肿了一些,透着一股充血般的红。

江里问:"这是怎么弄的?"

江海军轻描淡写道:"今天挑货的时候崴了一下,不要紧,死不了,你也成不了孤儿。"

江里懒得理江海军的浑话,径直走到客厅柜子处拿了点治跌打损伤的药,又蹲到江海军面前,细细地给他抹上。

父子俩也不说话,他们无话可讲。

江里给江海军揉了好半天,才说:"去洗了睡吧,明天再看看情况。"

江海军起身,拖着一条腿边走边说:"算你还有点良心,不枉老子当年把你捡回来。"

江里垂下眼,目光放空看着灰扑扑的地面,没答话。

第二天江里起床时,发现父亲的扁担还搁在客厅里。

他睁着双惺忪的睡眼进了卧室,却发现江海军的脚踝肿得更加厉害。他拿手指一按,江海军立即疼得破口大骂:"你个狗东西,是不是想把老子弄死?"

江里起床气未退,也来了火,扯着嗓子喊:"我有病啊,弄死你好吃席?你这脚肿得像蹄子,我带你去医院看一下啊。"

江海军拿粗粝的手指指天骂道:"反了天了你,总跟我顶嘴。"

江里:"反了天你也得受着。"

江海军不肯去医院,江里非要带他去。

两人争执不下,江里看一眼时间,懒得再和他爸瞎掰扯,直接把江海军往背上一扛,"哐哐当当"就往下跑。

少年瘦,力气却大,背着江海军还能健步如飞。

于是,一整条巷子里的邻居都听到了江海军说儿子混账"造反"不是个东西之类的叫骂声。

江里紧赶慢赶,把江海军弄到社区医院,排队看完医生又拿完药时,已经快到中午十二点。

他用洪师傅给他的钱付了医药费,又在江海军的骂骂咧咧中扶着江海军回了家。

直到给江海军买了中饭,他才飞快地换了件衣服,大步往时光台球跑。

跑得很快,好像有一只穷凶极恶的鬣狗在追他。浅蓝色卫衣被风吹得鼓起,少年的黑发迎风飘扬。

短短三四百米路程，好像三四公里那么长。

所幸路远有尽头。

江里气喘吁吁地跑到盛千陵面前，不顾自己一身狼狈，双手扶在大腿上，扯出一个明媚的笑容，大口喘气道："师父，对不起对不起，我迟到了，现在开始考试吧。"

盛千陵正在日常练球，看到江里过来，停下手中的动作。

他还戴着墨镜，配着一身白衣黑裤，在空旷的环境里无声发光。

盛千陵有种松了口气般的感觉。

他不紧不慢地收起球杆，朝江里看过来，慢慢吐字说："不用考了，你没机会了。"

/ 第二章 /

师父

第二十九中高二（7）班教室最后一排。

江里目光呆滞地听英语老师讲课，像在听嘈杂的天书一般。

同桌的陈树木见江里一副失魂落魄的模样，凑过来一点，问："里哥这是怎么了？"

江里悠悠地叹口气，答："你们普通人，不懂帅哥的烦恼。"

陈树木也不恼，小声说："我们普通人，也长了耳朵能听听帅哥有什么烦恼啊。"

江里感觉这是个挺好的讨论机会，一时忘了正在上课，用正常音量对同桌说："是这么回事——"

话一出口，只见教室里突然陷入死一般的沉寂。

不少前排的同学纷纷转头朝最后一排望过来。

一抬头，江里才想起来，这节是"梅超风"的英语课，"梅超风"可是他们班的班主任。

班主任姓梅，叫梅朝凤，名字还挺有诗情画意，只是前些年火了一部武侠作品，里面有一个叫梅超风的女魔头，正好撞了谐音。

加上梅朝凤老师本人脾气十分火爆，学生们私下干脆也都叫她"梅超风"。

"梅超风"说："江里！不听课就站到外面去，不要影响别人！"

江里麻利地把书一收，冲老师微笑点头，熟门熟路地出去罚站了。

陈树木不愧是"中国好同桌"，见江里出去，又实在耐不住好奇心，主动举手道："梅超——梅老师，我申请出去陪江里！"

梅老师拧着深深的眉心摆手，转过身去板书，眼不见心不烦。

陈树木和江里两人排排站着了，江里才正儿八经问他同桌："你说，要怎样才能搞定一个男人？"

陈树木闻言，顿时眯起眼睛故作老练，说："里哥，咱们兄弟之间，还需要说这些？"

江里睨他一眼，淡淡回答："别往自己脸上镶钻。"

陈树木笑了笑，继续问："你要搞定谁？"

江里拣着重点把自己要拜师却因迟到而被断然拒绝的事儿说了。

陈树木复述："所以那人球打得好，又不缺钱，又讲原则，你搞不定？"

江里烦躁地点头。

盛千陵是第一个打他 147 分的人，也是第一个能用准度碾压他的人。

他想拜盛千陵为师，想让自己的斯诺克水平更上一层楼。偏偏他自己理亏，那天因为江海军脚崴了没赶上盛千陵说的十一点。

陈树木想了想，认真出主意："里哥，要不试试死缠烂打呢？你这张脸挺有欺骗性的。"

江里叹口气，不情不愿地说："看来我还是得靠这张脸吃饭。"

陈树木："……"

晚上，江里又去时光台球的时候，脑子一抽，把陈树木那话说给盛千陵听了。

当时，盛千陵正在角落里常规训练，一杆接一杆地练习准度，又一球接一球地打各种杆法。

他穿着一件浅蓝色宽松中袖，下搭一条七分长的黑色修身裤子，看起来清爽俊逸。又因为在球房里戴着墨镜，平添几分矜贵的少年气，引得其他客人频频张望。

江里叼着一根棒棒糖，就坐在盛千陵那张球台边的沙发上，默默地边吃边看。

等到盛千陵中场休息时，江里十分"狗腿子"地跑过去，替盛千陵接下球杆，靠在茶几边的球杆孔里，一本正经地问："盛老师，看在我这宇宙第一帅的份上，你能再给我一次考试的机会吗？"

盛千陵正在喝水，听到这句话，一时没能顾得上风度与优雅，一口水直接喷了出来。

喷完水他又手忙脚乱地去扯抽纸，三两下擦干嘴上的水渍，又背过身去理了理沾了水的锁骨。

盛千陵向来清隽绅士，第一次在人前失仪，显得有些不好意思，反而对罪魁祸首说："抱歉。"

江里蹬鼻子上脸："没关系没关系，如果你真的觉得抱歉，再给我一次考试机会吧，好不好？"

盛千陵："……"

他简直不能理解江里的逻辑。

"你已经错过机会了。"盛千陵说。

江里叹一口气，好像挺失望，脸上是显而易见的低落。他有一下没一下地咬着唇，想到一些难堪的往事，心头酸意直冒。

两人并排坐着，中间就隔着一张黑色的大理石茶几。

江里自嘲地笑笑，说："对不起，我天天这么缠着你，很烦吧，算了。"

盛千陵心一软，隔着墨镜看江里那张失落又忧伤的脸。

少年长得好看，略一蹙眉，仿佛全世界都亏欠了他，球房的灯都因此暗淡了不少。

江里又说："那天我迟到，其实是因为我爸受了伤，我背他去看病了。虽然他总是骂我狗东西，说我是没良心的白眼狼，好歹把我当只流浪狗一样养大，我不能不管他。"

盛千陵："……"

不知道为什么，他总是越来越多地在江里面前失语。他跟不上江里的思维，不想听江里那些胡话，却能清晰共情江里的悲伤。

这种感觉很奇怪。

江里把自己比作"流浪狗"时眼睛蓦然红了，好像陷入某种悲伤又难堪的回忆，整个人的气场以肉眼可见的速度低迷下来。

他说："盛老师，我和你是两个世界的人，我不应该高攀你的。"

如此说还不够，他还站起身来，冲坐着的盛千陵深深鞠一躬，又说了句"对不起"，才慢慢转身，拖着长腿颓唐地往外走。

刚一转身，他就换了神色。

一步。

两步。

"快叫住我啊。"

江里焦急地想。

三步。

四步。

"盛千陵怎么还没叫住我？

这个狠心的人，怎么这么铁石心肠？"

五步——

"江里。"

身后终于响起盛千陵的声音。

江里飞快地回头，还摆着那副楚楚可怜的模样，真像只落魄的流浪狗。

哪知盛千陵说："你书包没拿。"

江里："……"

拳头硬了。

江里的头发软软盖住眉眼，眼尾红红的，像是受了天大的委屈。他却不敢爆发，只好低着头慢跑过去，勾住书包往身上一甩，可怜巴巴地走了。

走几步，又听到盛千陵说："这个星期六中午十一点，不要再迟到了。"

江里听到自己想听的话，喜悦瞬间溢于言表，不顾场合地飞快转身扑向盛千陵，一把攀住他的肩膀，撞到他身上，欢快地说："好！我知道了，我一定不迟到，我一定准时参加第二项考试！"

盛千陵被撞得身体趔趄，坐正推开江里，再看一眼江里双眼里迸发出的神采，愣了一下，迟顿两秒才无奈地反应过来——又上当了。

又到周六。

江里上午十点半就跑到时光台球门口来等盛千陵。

相处这些天，他几乎已经摸清了盛千陵的作息。

每天十一点球房开门时，盛千陵就会过来练球，练到傍晚五六点，会和潘登他们出去吃个饭，再回来接着练，练到夜里十一二点，才会回去睡觉——好像一个不知疲倦的练球机器。

十一点整，来上班的收银员开了门。

盛千陵走出五楼电梯，看到门口乖巧站着的江里。

江里今日没穿校服，换了身私服。

内搭一件白色打底短袖，外面套着一件黑白纹路的衬衣，衬衣扣子没扣，松松地搭在深蓝色牛仔裤上。

虽然长得瘦，却并没有骨瘦如柴，反而能完全撑起这条裤子的弧度。

盛千陵朝他看了几眼，觉得他是那种无论是皮相还是骨相都称得上是万里挑一的人。

难怪他自恋。确实是有自恋的资本。

江里见到盛千陵，便小碎步跑过来。灯光落到江里的眼睛里，变成两颗闪耀的小星星。

江里貌似打量了一眼盛千陵，竖起一个大拇指，拍马屁道："盛老师，你真帅。"

盛千陵对糖衣炮弹免疫，也心知肚明江里夸赞他的原因，于是淡淡垂落视线看了看江里的脸，说："夸我没用，通过考试我才会收你为徒。"

江里依然笑得谄媚，跟在盛千陵身边，抬起白净的脸问："咱们今天考什么啊？"

盛千陵叫前台收银员开了两张练球台，又到杆柜里拿出自己的杆盒，边走边说："考定力。"

江里："？？？"

两人到了球台边，江里才知道盛千陵说的定力是什么。

　　说来很简单，就是盛千陵今天练多久的球，江里就得练多久，中途一旦累得喊停，考试就算结束且不通过。

　　盛千陵说不清楚自己设定这项考试的真实目的是什么。

　　是故意刁难江里，好让他知难而退？还是出于对一个天赋型球手的惺惺相惜，希望挖掘他最大的潜力，好让他往职业选手那条路上走？

　　但无论如何，都需要江里通过今天的测试，盛千陵才会决定要不要花费宝贵的时间，把自己苦练十多年的技巧与杆法教给他。

　　江里信心满满道："嗐，就是这样呀？体力战嘛，我可以的。"

　　只不过他话说得太满了些。

　　盛千陵从幼年开始，就保持着平日五小时和节假日十小时的训练强度。尤其到了青春期后，体力更旺盛，有时候练习十二小时也不在话下。

　　可江里不一样。

　　江里是个业余爱好者，少有连贯的练球时间，平时疏于运动，很少能保持长时间击球。

　　一两个小时不在话下。

　　三四个小时还能坚持。

　　到了五个小时的时候，已然累得头昏眼花，好像有数不清的飞虫萦绕在他的眼前，"嗡嗡"个不停。

　　再看一眼盛千陵。只见他优雅地捡球、摆球、击球，一刻不停地训练，好像其他的任何事情都与他无关。他的眼里和心里，全部都只有那十五颗红球和六颗彩球。

　　江里很累，可他不想放弃，于是咬牙坚持着。

　　那些球被他反复击打，一个一个地落进袋里，又一个一个地被捡出来。他有点饿，可盛千陵没有发话，他也不敢开口，只好忍着眩晕继续训练。

　　盛千陵在江里身边，一直密切关注着他的状态。

　　眼见江里的球已经不能百发百中，知道他已经到了疲惫虚脱的状态，却执拗地不肯服软。

　　盛千陵不禁有些好笑。

　　盛千陵慢条斯理地收起自己的球杆，走到沙发边喝了一口水，平静地说："你还欠我一顿饭，记得吗？"

　　江里手一偏，桌上的球被打偏，不知道跑去了何处。他起身站好，只觉得右腿沉重得像绑了几百斤的沙袋，一时露出倦意，答："记得的。"

　　盛千陵说："那走吧，先去吃饭。"

　　这意思是可以中场休息了。

　　江里欢快地放下球杆，朝盛千陵跑过来。他崇拜盛千陵，本能地想攀一下

034

盛千陵的肩膀，忽然意识到这个动作不雅，只得半路刹脚，摇摆着停在了原处。

直到两人走到马路对面的凯德广场一楼了，江里才想起一件非常重要的事情——没有钱了。

江里还记得第一次对杆那天他和盛千陵的赌约。1号球台的灯光下，他说的是"赌一餐饭，赢的人任选餐厅"。

原本是把盛千陵当成了外地来的新手，想敲诈他一顿的，却没想到自己技艺不精被人满分清台，倒搭了一顿饭进去。

按道理来讲，既然是"任选"，就算盛千陵选国宴，江里也只能含泪答应。

幸好这附近没有这样的高级餐厅。

盛千陵站在凯德广场一层的楼层索引处，微微低着头，目光快速从一排餐厅名称简介上掠过，回头问江里："这里面的，你都吃过吗，哪家好吃？"

江里摇了摇头。

少年虚荣心作祟，补一句："我很少在外面吃饭。"

盛千陵想到好多次他和舅舅一起去吃晚饭，舅舅潘登邀请江里一起却每次都被拒绝的事，随口反问："为什么？觉得不太卫生？"

江里不想回答真实原因。

虚晃的理由可以扯一大堆，例如没有时间，例如肠胃不好，又例如习惯在家吃。可说来说去，只是因为穷罢了。所以从不和别人一起聚餐，不肯占了这点便宜，到最后自己连回请一顿饭的钱都没有。

可盛千陵还认真望着，坚持在等他的答案。

江里没办法，只好说："我特别挑食，没人受得了我。"

这个理由倒是情有可原。于是盛千陵想了想，绅士地说："要不你选位置？"

江里摇摇头，答："不，还是你选吧。"

盛千陵抬头看一眼凯德广场中间巨大的海底捞宣传招牌，询问道："去吃火锅？"

江里听同学说过海底捞挺贵的，心里有点窘迫发怵，但还是点头说好。

于是，趁着两人上五楼电梯的时间，江里飞快地掏出手机给同桌陈树木发消息：大树，江湖救急。带三五百块钱来武胜路凯德广场海底捞救命！

陈树木秒回了江里一串省略号和一排刀子见血的小表情。

所幸他最后又补了一条：行。

电梯上行至五楼，盛千陵和江里一前一后走向海底捞火锅。

两个男孩个子都高，长得也十分英俊。一个疏淡清朗，宛如3月湛蓝的天空；一个张扬雅痞，恰似寒风尽头的暖阳。风格各成一派，形象自成一景，融合到一起，却并不突兀，反倒有一种莫名的互补与和谐。

两人跟随服务员走进餐厅。深黑与漆红为主色调的餐厅里，食客众多，一片喧哗。

盛千陵扶一扶鼻梁上的墨镜,站住脚步对江里说:"你先去找位置,我去个洗手间。"

江里点头,答:"好。"

江里跟着服务员走到一张空桌前。服务员递了一台平板电脑过来,询问江里有没有会员账号。

江里不熟悉这些,但并不露怯,笑眯眯地对着服务员说:"漂亮姐姐,我没有账号,还是等我朋友回来再点吧。"

服务员笑得弯起眼睛,礼貌周到地给江里倒了杯水,又去给别桌服务。

江里趁服务员离开,龇牙咧嘴地给陈树木发消息:孙子,还没到吗?

陈树木家在江汉路,到这里要坐三站公交车。江汉路作为繁华的商业街,常年人挤人,一片人山人海的盛景。不论是公交车还是出租车,都得挤着上抢着坐,稍不留神,就会抢不到位置。

陈树木等了老半天都没有等到车,又怕误了江里的事儿,只好以百米冲刺的速度飞奔,奔一段儿歇一段儿,自然没空看手机。

江里见同桌不回复,十分生气,生气之余又是掩藏不住的担忧。他不断地发消息骚扰陈树木,恨不得对方下一秒就出现在他面前。

就这么胡思乱想时,江里无意间抬起头。

视线上扬,恰好与正在寻找江里的盛千陵目光交汇。

盛千陵摘了墨镜,露出了一双澄澈漆黑的眼睛。他的眼形十分漂亮,天生双眼皮,眼角的弧度自然拉长,带着一丝与生俱来的冷冽,却又丝毫不影响颜值。

只这么一眼,江里举着手机的手就停在了半空。

在他先入为主的想象里,盛千陵长着一双畸形难看的三角眼。虽然起因是盛千陵打了 147 分,心中愤愤不平而故意迁怒,但时间一久,竟然在潜移默化里接受了这个设定。

好像盛千陵天生就是三角眼一样。

可这一眼看去——

盛千陵一身白衣黑裤站在人群里,与他遥遥相望,面色干净又纯粹,一张脸长得过分英挺又白皙,无端地让江里想起了一篇被老师强迫背了几段的名叫《荷塘月色》的课文。

盛千陵就像温柔夜色里,那片清冷绝傲的月光,似天外来客,不染凡尘,遗世独立地站着,与当下火锅店里这热气升腾的人间烟火格格不入。

盛千陵找到江里的位置,很快迈开大步走过来。他将墨镜放在桌角,拿毛巾优雅地擦了擦手。

见对面的人坐着没动,他问:"江里,在发什么愣?"

江里很快回神,啧啧赞叹:"盛老师,咱俩认识这么久,我这才第一次见着你的庐山真面目啊。"

盛千陵拿过餐桌边的平板电脑浏览菜单，微扬唇角，说："刚才照镜子，发现眼睛完全康复了。"

他本来就长得好看，略一淡笑，更是清俊绝伦。

江里忍不住追问："盛老师，就你这长相，应该有不少女生追你吧？"

盛千陵不觉得这是什么值得炫耀的事情，也不认为先动心的那些人就应该被人议论，于是选择含糊其词："偶尔。"

江里来了兴致，嘴唇微启，看着就要问出下一个问题。

盛千陵猜测不是什么好回答的问题，赶紧转移话题："你有什么忌口？我要点菜了。"

他还记得江里说他非常挑食。

江里穷归穷，挑食也是真挑食。被盛千陵这么一问，他认认真真地开始回答："如果是吃正餐，不能吃甜的，所以不吃任何糖醋、拔丝类的菜，例如糖醋排骨、拔丝香蕉。我不吃醋酸味的菜，所有加过醋的菜我都不吃，但能接受自然发酵的酸，例如泡菜。我不爱喝豆浆，但可以喝加了糖的豆浆。"

江里一口气说了这么多，等着盛千陵的反应。

常人会说他要求真多、口味真刁，而盛千陵却只是平静地问："还有吗？"

于是江里继续说下去："我不吃过度加工过的东西。例如草莓我吃，做成草莓果酱就不吃了；苹果我吃，打成苹果汁就不喝了。"

盛千陵点点头，嗓音清润："好，大致了解了。"

江里有点好奇，反问："了解什么了？"

盛千陵很快拿平板电脑点菜，边点边说："所以你不能接受番茄锅底，因为酸酸甜甜，那就菌汤鸳鸯锅底吧。你是湖北人，口味偏咸和辣，但又不能过辣，我会注意的。"

江里像看一个外星人一样看他，自己都震惊了："你不觉得我麻烦？"

盛千陵回答："每个人的口味不同，都是很正常的事情。你口味偏本土，那你一定也不喜欢日料或东南亚风味那些。"

江里从没有吃过日料，甚至连三文鱼有几种颜色都不清楚。他也没接触过东南亚那边浓厚的咖喱味，但他就是从心里认同盛千陵说的话。

盛千陵将点好的菜单递给江里看。

江里扫了一眼，倒没太大感觉，只看到底下汇总的菜品总价是二百八十七元时，有些心疼。

但也没说什么。

他掏出手机给陈树木发了一条信息：孙子，你是蜗牛血统乌龟星座蚯蚓属相吗？

无人回复。

江里没有办法，只得坐立不安地看着服务员上锅底、上菜。
　　不得不说，盛千陵点的这些菜江里都很喜欢，毛肚、虾滑、鸭肠、牛肉，还有几样简单常见的素菜。
　　这些菜集贤路的菜场有卖，有回有个摊位没卖完，江海军以便宜的价格买了一些回家，自己用几块钱一包的火锅底料煮开，然后把菜煮进去。
　　那回，是江里第一次吃火锅。
　　盛千陵吃饭时不爱说话，慢条斯理地下菜烫菜，优雅自如，还会细心照顾江里。
　　江里低着头，闷闷地诅咒陈树木，一下一下地吃完了盛千陵用公筷给他夹的虾滑、牛肉。他瞥一眼手机，陈树木还是没有回复。简直了。
　　两人就这么沉默着，一人投食一人吃，桌面的菜很快被消灭了大半。
　　而陈树木迟迟没有回音。
　　江里猛地一抬头，发现时间已经过了半个多小时，而从桌面所剩不多的菜来看，这顿饭要不了十分钟就得结束。
　　他突然扭捏紧张起来，伸手阻止盛千陵，说："盛老师盛老师，我自己来自己来。"
　　盛千陵隔着热气看一眼江里渐红的脸，没多问，慢吞吞地继续吃。
　　江里此时已难堪到了极点，心脏"扑通扑通"跳个不停。
　　如果这顿饭吃完了，陈树木还没来怎么办呢？海底捞能不能赊账？有谁可以在短时间内过来帮自己付饭钱？如果告诉盛千陵自己忘记带钱包，让他先垫付行不行？
　　给江海军打电话？去找邻居刘姨借？或者在QQ上找其他同学帮忙？
　　有困难找警察叔叔？
　　还是，对盛千陵实话实说？
　　…………
　　这个倒霉孩子陈树木，为什么还不过来，等再见到他，一定得把他摁在地上揍老实了才行。

　　盛千陵已经吃到了七八分饱，于是放下筷子。
　　他看江里有一下没一下戳着酱料碟，又见江里的脸越来越红，问："不舒服？"
　　"呃？"江里回神，"没没没，没有没有，我还没吃好，我再吃一点。"
　　于是，盛千陵看着他，以电影慢镜头升格动作伸筷子夹菜，又宛如木偶人一样将菜塞进嘴里，一口菜还嚼了十几二十下，才缓慢地吞下去。
　　盛千陵不明所以，以为他是故意拖延时间，说："吃得慢也没用，饭吃多久，下半场考试就延长多久。"

江里一口老血哽在心头，只盼这时能有个天神下凡来救他。

即便让他从良做个好人他也愿意。

上天似有耳闻，遂了他的心愿。

下一秒，江里的电话响起来。他手忙脚乱去接听，可是手机实在太旧太老，又容易卡，才刚刚划开绿色键就突然死机了。

江里："……"

只好等着这小破手机关机再进入漫长的重启阶段。

没一会儿，喘着粗气的陈树木从火锅店门外冲进来，目光在有食客的桌上睃着，来回寻找江里的身影。

视线对上以后，陈树木张嘴边喘边笑，冲江里挥了挥手。

江里赶紧跟盛千陵说："盛老师，我同学来了，我出去一下。"

盛千陵一回头，看到一个剃着寸头、胸腔剧烈起伏的男生，轻轻点点头。

江里跑出去，生怕被盛千陵看到，将陈树木拉到一个死角，说："钱呢？"

陈树木跑得太远，久久无法平息，一手扶墙一手掏兜："在呢在呢。"

他掏出一把钱，三张红票子，两张绿票子，还有几张紫黄青绿的零钱叠在一起，甚至还有一把硬币。

陈树木说："里哥，我全部积蓄，四百六十二块钱，全给你拿来了。"

江里恨不得眼泪汪汪，一拍陈树木的肩膀，说："够兄弟！"

陈树木还在喘，却忍不住打趣："又不叫我孙子了？"

江里没时间继续贫，留下一句"回头再说"就往火锅店里跑。他刚跑进去，就见到盛千陵正跟着服务员走，应该是往收银台的方向。

江里自然不能让盛千陵结账，加速冲到他身边，隔在盛千陵和服务员中间，极为镇定地说："盛老师我去付钱，你等着我！"说着就拖拽着把服务员拉开了。

盛千陵站在原处，没有继续跟着走，略一转头，见到刚才那个寸头男生还站在扶手电梯前喘个不停，像经历了漫长的剧烈运动。

再回头时，已经见到江里小步朝他奔过来，就像一只欢快的小狗。

拖了这么一会儿，已经到了晚上七点二十分。

春夜风缓，中山大道上车流如梭。星光闪烁，灯火交映，掺杂着一长串的汽车尾灯，铺陈出一幅美丽的江山画卷。

江里和盛千陵一起步行出来，回到马路对面乐福广场五楼的时光台球。

周六晚上正是台球室生意最好的时候。

此时的时光台球室里，无论是大厅还是包间全部都已满台。清脆的击球声此起彼伏，夹杂着客人高高低低喊的"摆球"声。穿着黑色马甲的服务员们穿梭于各类球台中间，忙得自顾不暇。

江里和盛千陵一起进门，恰好看到潘登在给 1 号斯诺克球桌附近一张八球桌摆球。

　　江里想也不想，迈步冲上去，伸手去捡球，边捡边说："潘总，我来我来。"

　　潘登便收了手，转身走回1号球台附近。他见盛千陵摘了墨镜，没太好奇，只问："眼睛好全了？"

　　盛千陵的目光还落在手脚麻利的江里身上，闻言轻轻点头，随潘登一起坐在1号球台边的沙发上，看两个老会员比赛。

　　江里摆了这桌，又听到别的几桌客人在喊，很快像阵风似的穿梭于大厅里。

　　盛千陵平静地看了一会儿，转头叫潘登："舅舅。"

　　潘登正看手机，听到声音抬头问："怎么？"

　　盛千陵很难得地笑了一下，语气却并不怎么好，说："你挺会剥削人。"

　　潘登愣了好几秒才反应过来盛千陵的意思，接话道："你说小里？小里在我这儿练球不收费，你不知道啊。"

　　普通的台，最便宜的也要三四十块一小时，可是江里只要是一个人独自练球不对杆，潘登从没收过他的钱。

　　盛千陵无话可说，也没立场批评舅舅，只得沉默。

　　一直到九点半以后，斯诺克区才空出来了五六张球台。

　　江里当了两个小时服务员，却依然朝气蓬勃。

　　盛千陵走过去喊他："江里。"

　　"啊？"江里回头，眼睛弯起来，"我在呢。"

　　盛千陵走到前台去拿自己的私杆，看一眼身后的少年，嗓音平平："继续考试。"

　　"好嘞，师父！"

　　两人又回到先前练过球的那两张球台。

　　盛千陵拼接好球杆，拿擦杆布拭去巧克粉，开启练球模式。他一旦进入训练状态，整个人就完全沉静下来，宛如一汪平静的湖水，不起波澜。

　　江里多看两眼，再次在心中琢磨自己和盛千陵谁更帅一些，最后不情不愿得出个不相上下的结论，才松口气给自己挑了支公用球杆，继续训练准度。

　　两人一时无话，只在明亮的灯光下，各自击球。

　　江里跑来跑去摆了两小时球，又连续训练三小时，终于累得手脚发麻。他偷偷瞥一眼盛千陵，却见那人依然优雅从容，每一杆训练都清爽利落，颇有大将之风。

　　许是注意到江里的停顿，盛千陵抬眸扫向他，那双眸子很深，被光一照，水波潾潾。

　　盛千陵问："坚持不住了？"

　　江里不答反问："盛老师，你今天练了都快十个小时了，不累吗？"

　　盛千陵吐字很轻："不累。"

他其实知道江里已经筋疲力尽，但他知道，斯诺克这条路不好走，如果江里真有打职业的潜力，那他就得对江里更加严格。

到了凌晨两点，俱乐部要打烊了，潘登走过来问："千陵，还不回去休息？"

盛千陵根本没有露出倦态，一张冷白的脸依然淡定。他平静地回答："嗯，今天的训练时长还不够。"

潘登想了想，委婉地劝："也还没确定走这条路，别先把身体搞垮了。"

盛千陵点点头，但没起身。

潘登再看一眼旁边那张台的江里，已然累得脸颊苍白、目光呆滞，柔软的头发被他拨至两边，几绺交错在一起，透出颓唐的疲惫。

潘登笑了，问道："小里，今天准备陪千陵练一夜球？"

江里听了，缓缓转头，却是连回答的力气都没有了。

盛千陵开口："舅舅你先回去，让前台留着灯，一会儿我锁门。"

潘登点点头，走了。

偌大的球房只剩下盛千陵和江里两个人。

江里累得不像样子，整个人都软绵绵的，像脱了力。可盛千陵不肯说结束，好像在等江里自己开口说放弃。

偏偏江里这人倔，想要的东西再怎么没脸没皮也得争取到，压根儿不可能主动说坚持不了，就这么继续硬撑着。

收银员下班时，关掉了装饰用的彩灯，整个球房暗下来。只剩下这两张紧挨的斯诺克球桌亮着灯，其余地方暗黑一片。好像一片鸿蒙空间里，漏着零星的光。

盛千陵趁喝水的工夫，瞟了一眼江里。

只见少年一张脸被灯光照得格外苍白，惯有笑意的脸上表情全无，偶尔嘟一下薄润的唇，很快又无力地松开。他很瘦，手指白皙修长，可架杆的左手已无法放松伸直，呈现出一种筋疲力尽后的自然弯曲。

盛千陵不知道自己在较什么劲，或许潜意识里确实是想看看江里的定力与耐力极限在哪里。又或者，是想听江里服个软。

这时，累得眼皮都在打战的江里忽然喃喃轻语："要是有根棒棒糖就好了。"

盛千陵终于于心不忍，收起球杆，走向江里。

他刚想开口，却听到江里软软地问他："师父，你还要考验我多久啊……"语气乖巧柔弱，全然没了平日里那样的顽皮乖张，仿佛只是一只柔顺的宠物小狗。

盛千陵说："江里，回去吧。"

江里不肯，明明累到眼冒金星了还不肯停下，边给自己摆球边说："我不，我就要拜你为师，就要缠着你、黏着你，让你摆脱不了我，没有办法只好收我做徒弟。"

少年坚韧,好像一颗长在荒野里的苍耳,一旦沾到人的衣服上,就很难摘下来。

盛千陵站着没动,江里也依然弯着腰给自己摆球。他站都站不稳了,只得借助球台的力量,撑着自己的腰。

两人沉默半晌,盛千陵忽然问:"江里,你对你想要的东西,都会这么执着不休吗?"

江里只是身体疲倦,脑子还算清醒。他说:"只要是我想要的,死也要得到啊。"

盛千陵又沉默好久,仿佛灵魂出了窍,垂着眼眸落到深灰色的方格地毯上,静静思索着什么。

江里见盛千陵没有动静,气若游丝地喊他:"盛老师?"

盛千陵回以注视。

万籁俱寂里,两人目光相接。

谁也没有先挪开。

这时,盛千陵平静地开口:"好,我答应教你了。"

江里眼里顿时涌上亮光,拖着累到极致的身体追问:"真的吗?"

"真的,"盛千陵走过来,就站在江里面前,继续道,"你通过了我的定力考试。我希望你——"

这句话对于十七岁的少年来讲,可能有些过分沉重与不合时宜的沧桑。

可是十七岁的盛千陵依然一字一字郑重地说出口,不知道是在说给江里听,还是说给他自己听:"希望你以后永远不会放弃斯诺克,也希望你以后遇到困难想要退缩的时候,想想今天这场无怨无悔的坚持。"

而另一位十七岁的少年只觉得自己的心被什么触动,第一次收敛了嬉皮笑脸,认认真真地回答:"我会记住的,师父。"

/ 第三章 /
心态

拜师成功，江里春风得意。

周一上午坐在教室和同桌陈树木吹牛胡侃时，唇角那点笑意压都压不住。他叼着一根棒棒糖，吃着吃着就开始龇牙齿，笑得脸都快抽筋了，好像中了什么大奖。

陈树木极少见到江里这么一副中大奖的模样，眯着眼睛思索一会儿，凑过来问："里哥，有情况？"

陈树木开始回忆，思索最近是哪个女生入了江里的眼。平日里对江里示好的女生不少，送礼物的也一大堆，可江里好像从没往心里去过。

江里吮着糖球，用一句话回怼："和你有情况？"

陈树木："……"

江里兴致好，咧开嘴笑了笑，突然又想到什么，道："上回那顿饭花了二百八十七块，你给了我四百六十二块，这是多的一百七十五块，然后我先还你八十块，还欠你二百零七块。"

他边说边从书包里往外掏钱，花花绿绿的零钞铺得满桌都是。先还的那八十块，还是他从江海军给他的晚饭钱里省出来的。

至于剩下的那二百零七块，他要怎么还，暂时还没想到什么好办法。大不了把自己的晚饭钱节省出来，一天攒一点，总能还上。

陈树木自己也是个高中生，零花钱也不多，暂时还没大方到说不用还了的程度。他把那些零钱往自己书包一塞，又好奇地问："说说啊，怎么这么开心？"

江里卖够了关子，才把自己拜师成功的事儿说了，顺便把盛千陵大肆吹嘘了一顿，例如是怎么在七分钟之内一杆打完147满分，又是怎么练球十多个小时面不改色、不虚不浮的。

想起潘登说过的话，他又把盛千陵过去的成绩拿出来显摆了一番，好像获得过这些成绩的，不是盛千陵，而是他自己。

· 043

陈树木像看鬼怪一样看他,正儿八经地说:"里哥,我还真是第一次听到你这样夸人。"

江里笑得嗨瑟:"毕竟是我师父。"

陈树木又问:"那你拜师成功了,从什么时候开始学习?"

"今晚吧。"

组长正在发上周的英语考卷,发到最后一排只剩下了江里的。

江里接过来一看,十九分。比上次又多一分。

他顿时忍不住飘飘然:"大树,我这成绩照这么稳步提升上去,清华和北大是不是都会来抢我啊?到时候我该选哪个?"

陈树木就服江里这张比城墙拐角还厚的脸皮,竖一个大拇指,心悦诚服地胡乱吹侃:"全国985和911,牛津和牛蹄,哈佛和拜佛,随你挑。"

江里笑嘻嘻,嚼碎了嘴里最后一点糖球。

当天晚上,江里又听到了"清华"这两个字。

按照江里和盛千陵的约定,周日休息一天,周一晚上正式开始教学和训练。

江里放学后,先回家看了一眼江海军的脚,确认正在慢慢消肿,才快速跑下楼梯。

为了省钱,他胡乱塞了两个欢喜坨到肚子里,就冲到了时光台球。

1号球台没人用,但顶上的无影灯是亮着的。

盛千陵和潘登正坐在1号台旁边的沙发上聊天。江里走过去时,正好听到潘登在说:"这可是清华。"

盛千陵穿着件长袖衬衫,双腿微微张开,两条手臂一左一右搁在大腿上,视线虚落到地上,慢慢地答:"总得想清楚,自己想要什么。"

江里听得云里雾里,脑海里忽然想起一句话。

考定力的那天晚上,潘登曾对盛千陵说"也还没确定走这条路",又联想到考试结束时盛千陵问他那句"你对你想要的东西,都会这么执着不休吗"。

他不知道"这条路"是什么路,也不知道盛千陵"想要的东西"具体是什么。

只不过看盛千陵和潘登都一脸凝重,猜测不是什么顺心事儿,于是他走过去问:"潘总,发生什么事了?"

盛千陵先抬头看了江里一眼。两人视线相接,盛千陵冲他淡淡一笑,没有回答。

潘登刚想说什么,盛千陵却打断道:"舅舅,你先去忙吧。"

潘登只好欲言又止,拍拍外甥的肩膀,起身嚼着槟榔走了。

江里莫名发慌,下意识地去抓盛千陵的手腕,问:"师父你是不是遇上什么事儿了?"

和盛千陵相识这么久,江里发现自己对他所知甚少。

除了知道他的名字与年龄，知道他球打得好，其余的一概不知。不知道他为什么不用上学，不知道他为什么千里迢迢从北京来江城待着，不知道他每天练球时在想些什么，也不知道他此刻拧着眉的原因。

江里感觉气氛有点怪，又补上一句话："你不会是……未成年干坏事被抓了吧？"

盛千陵听了一怔，很快笑起来，说："哪有人这样说师父的？"

江里："……"

江里直接蹲到盛千陵面前，还抓着他的手，追着说："师父，你要是有什么烦恼，就告诉我，我帮你解决。"

盛千陵的目光落在江里的手上，然后顺势站起来，转移话题："走，去练球。今天开始训练，但要先给你讲讲规矩。"

盛千陵不肯讲自己的事，江里没法刨根问底，只好随手从公用杆桶里抽了一支球杆，又叫前台收银员开了一张台。

两人来到角落那张他们常用的球台边，盛千陵在沙发边坐下，江里倒是老老实实地摆出徒弟样儿，扶着球杆站在盛千陵面前，垂着目光看着他。

盛千陵身上总有一种超出年龄的沉静，好像一汪静谧的湖水，又像一弯清冷的月光。虽然外表清贵如玉，容貌也无可挑剔，却给人一种踏实安心的成熟感。

江里在他面前，总是不自觉就收敛了自身的锋芒。

盛千陵抬起脸，缓慢地开口说："我对你，有几条要求，你得牢记。"

江里摆出虔诚姿态，答："好，师父你说。"

"第一条就是不要叫我师父。"

"那叫什么？"

盛千陵淡淡蹙眉，眼角隐有笑意。他说："叫我师父，显得我好老啊，你再想个称呼。"

他毕竟也才不到十八岁，放松姿态这么说话，倒是又露出些青葱少年气来。

江里想了想，弱弱地说："那还是盛老师？"

盛千陵摇头。

江里脑子一转，头顶的小灯泡一亮，就又有了新点子。

"千陵？"

"？"

"小陵？"

"？"

"陵陵？"

"？"

盛千陵忍着不解去盯江里的眼睛，发现江里又笑得狡黠欢脱，发现他果然是正经不过三秒。

盛千陵顿时黑脸,佯装起身要走,江里一秒服软,赶紧奔过去挡住他,哓哓不休道:"错了错了,师父——我错了错了,不应该开你玩笑,别生气陵哥。"

盛千陵听到最后两个字,脚步一顿,转过身来。

他坐回去,微微点头:"好。"

江里没反应过来,重复一句:"陵哥?"

"嗯。"

"陵哥?"

"我在。"

江里忽然开心起来,仿佛借由这两个字,他与盛千陵之间的距离拉近,近到越过初识者的线,从此成为盛千陵的朋友。

江里又问:"那别的规矩呢?"

盛千陵认真地补充:"虽然不必叫我师父,但在训练和打球方面,全部要听我的话。不能我让你练低杆,你非要打平杆。而且,不管我在不在,都不许赌球。"

江里把头点得像机器人接电不良抽风似的,一刻不停地说:"那肯定的,我一定乖乖听话。"

江里这十七年从头到尾混不吝,可以说跟"乖乖听话"四个字毫无关系,此刻却心甘情愿,拍着胸脯如此保证。

盛千陵没有反驳他,追问道:"你有没有打过比赛?"

江里没明白过来,说:"什么比赛?"

盛千陵讲:"对于一个球手来说,准度、杆法、心态,三项缺一不可。你的准度我见识过了,杆法虽然一塌糊涂但好歹能用准度稍稍补救,就是心态我不太了解,所以问问你,有没有参加过球房内部的那种会员赛?"

许多台球俱乐部为了增加人气吸引会员,会举办一些有奖金的小比赛,吸引台球爱好者们来参加。

这种小比赛,参加的人一般不多,对技术要求不高,相对应的奖金也少,即使是一等奖,可能也只有一千多块钱。

江里听了,摇摇头说:"我没有参加过。一来我在潘总这边玩,从来没去过别的店子。二来我没有满十八岁,没有参赛资格的。"

盛千陵并不意外,通过这段时间的接触,他其实已经慢慢了解了江里这个人。

除了"口嗨"、路子野,别的倒挑不出什么实质性的毛病来。

盛千陵说:"潘总说周二晚上在彭刘杨路名仕台球俱乐部有个小比赛,第一名奖金一千五。你去参加这次比赛,让我看看你的心态。参赛资格不用担心,我替你解决。"

江里敏锐地听到了"一千五"这个数字。

他还欠陈树木二百零七块钱,正愁不知如何还上这笔巨款,竟然得了这么个从天而降的赚钱机会。

可一想到盛千陵刚才说的"不许赌球",他一时有些举棋不定地问:"陵哥,那这算不算赌球?"

盛千陵摇头,直视他的眼睛,答:"这是参赛,不是赌博。而且只要是我同意的,就不算赌球。"

江里又乐得跳起来,再次想要去攀盛千陵的肩膀。

他并没有意识到自己有这样的冲动越来越多,只是像一个小孩子一样,把喜怒哀乐都写在脸上。

他又叫盛千陵:"陵哥。"

"嗯。"

江里竟一本正经地说:"我发现人还是得不要脸。"

盛千陵惊讶:"?"

江里自顾自地说:"不然我怎么可能成为你的徒弟?"

盛千陵:"……"

"所以,我给你磕个头吧,"江里说,"不然我真的太过意不去了。"

江里一边作势屈膝,一边从兜里摸出一根甜橙味棒棒糖,撕了糖纸捏在手上。

下一秒,盛千陵果然伸手拽了他一把,将他身体扶正,俊美的脸上满是错愕。

盛千陵说:"江里,你——"

江里凑近一点,嬉皮笑脸道:"既然陵哥不让我跪,那就吃一颗糖吧,就当我的拜师礼。"

说完他就把那根颜色鲜艳的棒棒糖往盛千陵唇边塞。

盛千陵被迫含了一颗糖,皱着眉头无意识地轻舔一口。

他不爱吃糖,却发现这糖还挺甜的。

名仕台球会员赛的日期定在4月1日晚上七点。

特意选在愚人节,跟闹着玩似的。

江里下午六点才能放学,学校离彭刘杨路虽然不算太远,先过汉江再过长江就能到,但这个点儿是下班和放学高峰期,平常总会堵车,公交车也不那么准点,所以还没下课江里就犯了愁。

英语老师"梅超风"在讲台上讲得激情飞扬,用夸张的神态与表情讲着英语语法,希望以高亢的嗓音和大幅的动作来吸引学生们的注意。

可江里一个词也没听进去,一个词也没听懂,只感觉有个外国人在耳边叽里呱啦。

下午六点整,二十九中准时响起放学铃声。

江里猛地站起来,书包一拿,椅子划过地面,制造出"刺啦"一声尖锐的响动。他心虚地抬起头,果然对上梅老师那双圆睁的怒目。

梅老师扯着嗓子发飙:"江里,我还没讲完,你给我坐好了!"

江里一秒钟都没有犹豫,马上捂住肚子,"嗯嗯啊啊"好几声,演技十足道:"老师老师,我肚子疼,特别疼,先让我去厕所,谢谢我亲爱的梅老师!"

学生们顿时哄堂大笑,气氛一下子放松下来。

梅老师没有办法,愤愤地咬着牙宣布下课。

江里飞快地往外跑,边跑边掏出破手机给盛千陵发消息。

但是盛千陵的消息先过来:江里,下课了就走出来,我在你们学校巷子口。

二十九中在一条居民巷子里,走出巷子口是利济北路。

盛千陵此时就站在巷口一家美容医院门口,手上提着一些吃食。

他个子高,头发剪得清爽利落,脸上戴着一只浅色的海绵口罩。上身穿着一件白色的休闲款衬衫,衣摆是不规则的弧形,就像大海的波浪。下搭宽松的黑色长裤,配一双崭新的白色板鞋,在重重人影与喧嚣车声里,人高腿长的他显得格外出众。

大街上若是有人戴着口罩,多半会被以为是哪个明星或者不方便露面的名人。

尤其盛千陵衣品极正,脊背笔直,气质卓绝,天生就攫人眼球。

正是放学的点,从学校里走出的学生们纷纷被这个戴着口罩的高个帅哥吸引,投来一波一波好奇的目光。

江里冲盛千陵挥手,飞快地跑过来,在他面前站定,微微喘气道:"陵哥,你怎么来了?在球房等我就行啊。"

盛千陵把手上那几个白色塑料袋递给江里,嗓音平静:"时间有点紧张,你来不及吃晚饭,就在车上随便吃点凑合一下。"随后朝身后停着的空出租车指了指。

那几个塑料袋里有煎饼果子,有鲜肉锅盔,有三鲜豆皮,还有一杯银耳汤。

对江里来讲,已经是十分丰盛的晚餐。

而且盛千陵还提前找好了出租车,正歇在停车位上等他。

江里接过袋子,又看了一眼那辆车,心里忽然滋生一种从未有过的奇妙感觉。

好像自己小时候和江海军住过的那套农村老屋大门被打开,从对面的树林里吹来一阵猛烈的山风,"哗啦啦"地往屋子里灌。

他不明白自己贫瘠的想象里为何会出现这样一幅久远的画面,像一帧梦境一样忽闪而过。

带着一点无法理解又难以言喻的情绪,他感觉到那阵风将他整个人紧紧包裹。

少年很少被人如此温柔相待,乍一碰上,除了感到舒心与欢快,更深层次的却是无力的惶恐与无法回报的不安。

他笨拙地思考自己能对盛千陵好的方式。

没有钱,给不了物质方面的回报,只能让他多一点快乐和笑容。

盛千陵拉开车后座的门:"上车吧,快来不及了。"

"哦,好。"

江里长腿一迈,弯腰俯身坐在了后座上。

盛千陵绅士地替他关好门,又回到了副驾驶座。

刚一坐好,盛千陵就对司机道歉:"司机师傅,不好意思,我和朋友有点赶时间,他没吃饭,可能需要在您车上解决一下晚饭。"

盛千陵的优雅与礼貌是最好的通行证。

司机乐呵呵地笑道:"没事,吃吧吃吧,反正你也不是打表。"

意思是包车,你想怎么样都行。

江里在后面啃锅盔啃得欢快,啃了几口,由衷地感叹道:"陵哥,你竟然连豆瓣酱都给我刷上了。"

盛千陵听了,回过头问:"怎么,不喜欢?"

"不不不,"江里摆手,"我和你吃了一次饭,你就摸清楚我的口味了。"

锅盔这个东西,不刷点酱就几乎没什么味道。

但如果刷酱,又分辣椒酱和豆瓣酱。江里惯常喜欢在锅盔面上刷一层薄薄的豆瓣酱,好激起味蕾的反应。

他没有提过,盛千陵却能从他那日的挑食描述里,精准地分析出他的喜好。

江里感觉到,刚才那阵风,好像更大了。

他有一个珍贵又难得的朋友。

出租车一路经过汉江大桥和长江大桥,穿过整齐有序的车流。

在长江大桥的桥尾处,高耸在郁葱林木上的黄鹤楼赫然入目。

此时夕阳还剩下一点余光洒在身后的江面,黄鹤楼被最后一丝淡然的光笼上一层薄霜。楼宇外描绘轮廓的灯带已打开,整座楼陷入一种温情的静谧与安宁里。

江里见盛千陵矮着身子看那楼,扒拉在驾驶座和副驾驶座中间的缝隙里问:"陵哥你上去过吗?"

盛千陵摇摇头,答:"我是第一次来江城。"

"哦。"

盛千陵回头,反问:"你上去过吗?"

没等江里回答,一直安静开车的司机却嗤笑一声,说:"嗬,我们江城人,哪个克(去)黄鹤楼啊?"

江里莫名觉得这话极其刺耳,明明自己不算土生土长的江城人,却感觉被这司机打了脸,一时没好语气地反驳:"怎么呢,黄鹤楼丢了本地人的脸?"

司机没想到被呛,但还是坚持自己的观念:"门票又贵,就一个空楼,里面随么事冇得,爬上克能看个么事(里面什么都没有,爬上去能看个啥)?就这还好意思收几十块钱?"

江里性格里那点乖张放肆又漫出来,拔高嗓音据理力争:"你不懂,又不代表所有人都不懂。"

司机:"……"

车子很快到达彭刘杨路,江里没再和司机争论。

下了车,江里还是觉得愤愤不平,把最后一点煎饼果子咬得脆响,以发泄自己的不满。

盛千陵看江里一脸叛逆与不爽,像根长了刺的荆棘,开口说:"别气了。"

江里用力地把白色塑料袋捏成一团,像投篮一样往路边的垃圾桶一扔,不悦道:"陵哥,你不懂,我不愿意听本地人都这样打击自己的城市。"

盛千陵听得心里一顿,垂着眼看着江里。

路上的汽车接二连三地疾驰而过,遇上红灯又缓慢停下来。所有门店的彩色灯光全部亮起,行人匆忙而过,交织着红橙黄绿青蓝紫,世界变成一块虚幻的背景板。

江里就站在这些斑斓的色彩里,弯着消瘦的背边走边把路边一颗石子踢得老远。

盛千陵忽然笑起来,说:"江里,如果有机会,带我去黄鹤楼看看。"

江里心情变化极快,单纯得像个不谙世事只管吃喝的孩子。他像炫宝似的,说:"好啊好啊,我一定带你去看看,选在下午去,绝对让你过足眼瘾。"

说完这句话,江里看到盛千陵伸了一下手,莫名觉得对方即将碰上自己的头,但是两秒后,那手落在自己肩膀上,还轻轻拍了拍。

接着,江里听到盛千陵说:"眼下最重要的,是去打一场比赛,让我看看你的心态。如果是两句话就被司机点炸的这种心态,那你就不适合打台球。"

江里迈着长腿跟着盛千陵走,边走边不服气地问:"陵哥,那我今晚要是拿了冠军,有没有什么奖励啊?"

盛千陵看了他一眼,声音很轻:"你先拿了冠军再说。"

江里一秒回到那个嚣张狂妄的少年,挑着眉信誓旦旦:"就这种小台子,不拿冠军我江里就跳到江里去。"

只不过,到了名仕台球俱乐部,江里才发现自己话说满了。

如果只是他自己参加,拿个冠军或许没有那么高的难度,反而因为他的神级准度,会赢得轻轻松松。

可是盛千陵没有告诉他,他陵哥也参加了比赛。

江里:"……"

这就好比满级大佬来到新手村"虐菜",菜鸡挥着精良的高级武器一顿乱秀,大佬只需要轻轻扬手,仅靠剑气,就能击败对面的菜鸡,不费吹灰之力。

江里感觉自己可能真的要命丧于江里了。

江里跟着盛千陵走进名仕台球俱乐部,两人先到前台去取了自己的参赛号码牌。

盛千陵是通过电话报名的方式参加了这次比赛,然后到现场缴纳了两人的报名费共计一百元。

江里接过参赛铭牌,发现自己那张上面写着"22号小登",而盛千陵那张是"23号小洪"。

江里琢磨一会儿乐了,贱兮兮地凑到盛千陵耳边小声问:"陵哥,你用的是潘总和洪叔的名字啊?"

未成年人不被允许参加比赛,盛千陵就直接借了两个身份证号来报了名。

他点点头,答:"没事,他们知道的。这边不会看证件,只是例行询问。"

江里"嗯"一声,没说话了。

时间渐渐接近于晚上七点。

参赛的32名选手都已经到台球室中间的休息区就位,等候店方宣布比赛规则。

有一位穿着西服的年轻男人面带笑意地走过来,在休息区站定,拿着一支无线麦克风道:"各位朋友大家好,今天的中式八球比赛我们选用单败淘汰制,32进16,16进8,8进4,4进2,最后争夺冠军。请大家将参赛号码牌贴在手臂后,然后过来抽签。"

选手们一窝蜂似的涌过去抽签,江里坐着没动,想到什么,突然耷拉下一张脸,跟只小狗似的,轻轻开口:"师父,如果我第一轮就抽到你,那我能不能不跳江啊?"

单败淘汰制,意思是只有一次机会。只要输给一个对手,就直接被淘汰出局,没有加赛的机会。

盛千陵还戴着那只浅色口罩,听得好笑,眼睛弯起来说:"又叫师父了?"

江里从裤兜掏出一根棒棒糖,撕了糖纸后放进嘴里,一下没一下地吃着,答:"那我这不是……有求于你嘛。"

江里拒绝女生时是真浑蛋,撒起娇来也是真乖。他刻意放软声音说话,音色都似有改变。

软绵绵的,像只小动物。

盛千陵笑道:"概率没这么低,放心吧,遇不上我。"

其余的30位选手很快抽完签,只剩下了江里和盛千陵。

穿西装的店长将抽签盒拿过来,说:"小登和小洪是吗,来,一人抽一个吧。"

江里率先伸手,拿出一个"15",盛千陵抽到的是"32"。

按照单败淘汰制的规则,"1"对"2","3"对"4",以此类推,一直到"31"对"32"。

江里看到自己抽的号码,瞬间又开心起来,把糖棍夹在手上,得意地说:"陵哥陵哥,总决赛见!"

他笑得灿烂,像一个得到了糖的幼小孩童,也毫不设防地将自己这喜形于色的一面,展露在盛千陵面前。

江里自信以自己的球技,绝对能走到总决赛。

而盛千陵的技术更不必说。斯诺克都能打出单杆满分的选手,打小台就相当于让清华数学系的博士生来做小学生的加减数学题。

而事实也如江里所料。

他一步步走出32进16,从16进了8,又从8强里率先进入前4强,最后又以大比分优势成功晋级总决赛。

他因为打法狂野,进球率惊人,又凭着那一脸进一个球就肆意一笑的雅痞气质,短短的几局球里,竟吸引了不少粉丝。

盛千陵那边倒是微敛锋芒,一局一局打得都很低调,并没有按江里设想的那样,杆杆清台,局局打对手零分。

不过最后,盛千陵也顺利走到总决赛,和江里成功会师。

比赛已经进行了三个多小时,所有被淘汰的玩家都意犹未尽。

有的不服气,有的是好奇。

谁都不肯离开,非要看着这两位面生的年轻选手一决高下。在竞技运动里,向来不管出身不问年龄,只要技术过硬,就是圈子里绝对的强者。

江里和盛千陵分坐在赛台边的沙发两侧,静静地等着店长刷台摆球宣读规则。

江里看着店长将十五颗球聚拢,然后将三角球框拖到低于点位下方十厘米左右的位置时,惊讶得睁大了眼。

众所周知,球摆得越高,开球进球的概率就越大。而球摆得越低,开杆进球的难度就越大,那么连杆赢球的可能性就会大大减少。

江里下意识地咬唇,看向盛千陵,又凑过去小声说:"陵哥,这店长是不是故意整我?"

盛千陵已经习惯江里的说话方式。

他目光沉静如水,端坐于黑色的皮质沙发里,神色未变,只看着那框被摆好的球,轻声说:"球摆得越低,你越有机会赢我,不是吗?"

江里愣了一下,再次去琢磨规则。

两秒后,恍然大悟。

他又乐起来,一副捡了便宜的模样,得意扬扬道:"那,陵哥你可记好了,我如果拿了冠军，你要给我奖励的。"

盛千陵却忽然反问："江里，晚上吃饱了没有？"

江里不明所以，答："还行，耗了三小时了，暂时还不饿。"

"嗯。"

江里知道盛千陵这人不会问废话，这话既已出口，一定是事出有因。

他在脑子里琢磨酝酿了一会儿，突然反应过来盛千陵的意思，瞬间震惊得瞳孔地震，颤抖着说道："陵哥，你……不是吧？"

盛千陵起身，藏在口罩里的脸淡然一笑。

他理了理自己的衬衣衣摆，拢一拢长裤上的褶痕，笑看一眼江里，不紧不慢地说："你别忘了我让你来参加比赛的目的是什么。"

江里喃喃："就、就心态嘛。"

到底是看他的心态，还是搞他的心态啊？

于是，搞心态比赛正式开始。

总决赛是11局6胜制，也就是说，谁先赢到6局，就算获得冠军。

偏偏这场比赛又不是按照国际标准规则来裁定，店长为了搞一搞愚人节的气氛，竟通知江里和盛千陵以石头剪刀布的形式来争夺开球权。

江里缓缓抬头，连棒棒糖都忘了拿出来，还卡在口腔里，唇齿不清道："这么儿戏？"

店长笑得春风得意，答："我定的比赛，我说了算。"

江里："……"

江里脑子里迅速开始推算石头剪刀布到底是赢好还是输好。

如果赢了，就可以开球。但因为球的点位不对，开杆很难进球，就势必会给对手带来一杆清台的机会。

如果输了，不能开球，但可以接手。万一对方没有上场清台，凭自己这准度，接手清台就几乎是稳的。

就这么一琢磨，江里就想明白了。

石头剪刀布他一定要输，才有可能在这不同寻常的规则里，获得赢球的机会。

他抬头看盛千陵。

盛千陵头发垂在额上，双眼平静，毫无波澜。他根本没有想这么多，只是继续拿着那支公用球杆在球台边站着，等候江里出拳。

第一局，江里出了剪刀，盛千陵出了石头。

江里喜上眉梢，乐颠颠地等盛千陵将球炸开，他好直接上场清台。

盛千陵一进入比赛，就像换了个人似的。他身长如玉，俯趴下去时背部与腿部线条垂直流畅，皓白的肤色衬托着清澈的瞳仁，整个人精致得不像话。

他控力开球，却没有将球打得像江里想象的那样四下飞散，而只是完全遵循了八球的规则，只让最外边的四颗球弹出撞库，停于半台附近，而白色的母球，却轻松拉回来，贴于开球区的最底库边。

江里："……"

天啊！

就这么一杆，江里清楚地明白盛千陵问他饿不饿是什么意思了。

这可不就是持久战？

哪有人把小台当斯诺克那样防守啊！还控力控得如此精准，仿佛完全能驱动自身的力量，让白球跟着自己的意志停落。

江里心里一凉，目光幽怨又委屈地看向盛千陵，轻声抱怨："陵哥……"

活脱脱的服软求放过。

盛千陵神色松了松，冷白的皮肤越发清润似玉。

他随手给球杆擦了点巧克粉，不顾围观旁人的眼光，平淡地说："现在没有陵哥，没有师父，只有你的对手。如果要尊重对手，就得全力以赴。"

江里想说一句陵哥你胡扯什么，你刚才是怎么藏锋露拙和别的选手打得不相上下，你以为我江里不知道？

可江里不敢说。

他只能颤颤巍巍地上场比赛。

这一场比赛，打得简直比陈树木那天送钱还慢，打得比等陈树木送钱来时还煎熬。

按正常速度，11局抢6，不消一个小时就能打完。偏偏盛千陵用了控力和杆法，杆杆防守江里，打得江里暴跳如雷，已经持续了近两个小时。

江里痛苦不堪地承受着来自盛千陵的杆杆暴击，在一局又一局的折辱里，千辛万苦地突围得分。

围观的群众也很逗，个个看得咬牙切齿，表示从没看到过有人这么打八球。

又因为他们被江里这狂野的球风圈粉，一时纷纷成为江里的临时后援会，骂盛千陵是个不折不扣的"阴人怪"。

也有人说这场总决赛毫无观赏性，却没有一个人离开现场。

说来说去，他们还是怪盛千陵的打法太变态。

盛千陵对旁人的议论充耳不闻，将自己的口罩再拉上一点，只露出一双眼睛来。

有个心直口快的选手说："哎，22号的小登，打了这十局，像被吊打了十局一样的。"

盛千陵微微侧目，不过很快收回目光，等着最后一局开始。

现在已经打完了十局，在盛千陵的把控下，他们一人胜出五局，也就是5比5打平。

进入双赛点。

江里已经筋疲力尽,表情呆滞,双目无神,棒棒糖都不知道吃了几根,眼下竟连吮吸的力气都没有了。

服务员正在摆球,按规则,江里要第十一次和盛千陵进行石头剪刀布的游戏。

江里没伸手,站在盛千陵面前,抬起哀怨的目光看着他,嗓音绝望:"最后一局了,要杀杀个痛快吧,哥哥。"

盛千陵:"……"

他眸光加深,顶上的灯光落进他眼里,化作一方柔软的流波,就像深不见底的潭水里晃进了一弯月亮。

半晌后,他问:"这局我不防你,猜拳你想赢还是输?"

江里一听,怔怔地站在那儿,嘴里咬着一根棒棒糖,道:"真的?那猜拳我想输,我出布。"

下一秒,两人同时伸手。

江里出了布,盛千陵果然出了剪刀。

盛千陵上场开球。这是他第一次将十五颗球炸得满桌跑,每一颗都受力十足,奔向台库又弹好几圈回来。

江里注意到盛千陵这局开球,并不是用手臂发力,而是动用了腰的力量,将上半身整个往前推,好将球开得这么松散。

好似武将出征,露出锐利的锋芒,大杀四方。

旁边又有人感叹:"我去,23号这腰绝了啊!"

江里无语极了。

这群人怎么就不能闭嘴呢?他师父是不是阴人怪,是不是变态,是不是腰很好,跟他们有半毛钱关系吗?

…………

眼看江里的眼神不太对,浑身那种刺猬般的躁动赫然显露,盛千陵知道他受了旁人的影响,抢在他开口前挡住他,低头安抚道:"江里,记得我在考验你的心态。"

江里一秒泄气,愤愤地将眼刀落到地面,才慵懒地讲:"嗯,知道了。"

最后一局,由于摆球点位过分刁钻,盛千陵开球果然没有进球。

江里上场接杆,三下五除二就将自己的七颗球打完,只剩下最后一颗黑八。他有心想丢一杆,让盛千陵上场,哪知道盛千陵像提前洞悉了他的想法,路过他身后时悠悠地说:"这杆直接决定这场比赛的胜负。"

江里果然被激到,精准描点稳稳出杆,用力将这颗八号球击入了底袋里。

随着周围阵阵掌声响起,江里知道自己获得了这次比赛的冠军。

他回望他的师父盛千陵,灯光下,人影中,喧闹的氛围与无尽的长夜里,两人的视线在空中交汇。

江里看着那双漆黑如墨的眼,里面隐有笑意,却蓦然觉得空气中传来一声极轻微的"刺啦"声,像弱电流一样,漫过他的身体,激得他周身战栗,毛孔竖起,鸡皮疙瘩争先恐后地往外涌。

原来,这就是赢比赛拿冠军的感觉啊?

江里想。

/ 第四章 /
别生我气了

一场比赛结束，已经过了夜里十二点。

店长进行了简单的颁奖仪式，当着所有参赛人员的面将前三名获奖者的奖金一一发放。

江里喜滋滋地捏着那个大大的红包，笑得像个二愣子似的，痞也不痞了，浪也不浪了，就站在那儿傻乐着。

盛千陵趁着人多混乱，轻轻拿手背敲了敲江里的手臂，低声说："江里，走吧。"

江里没反应过来，侧头问："怎么了？"

盛千陵回答："马上要拍照了。"

一家台球俱乐部举办这样的比赛，自然是希望联络会员活跃气氛。他们往往会在比赛结束后，拍一些激情洋溢的照片，冲洗出来贴在店里，记录这热闹美好的时刻。

江里和盛千陵是冠亚军，自然是入镜的必要人选。可是盛千陵有所顾虑，根本不想被拍，即使戴着口罩也不行。

江里还沉浸在拿冠军的喜悦里，没太细想，跟着盛千陵悄悄出了门。

两人穿过安静的商场大楼，从楼梯拐出来，走到大马路上。

城市子夜，灯光暖黄，树影婆娑。

街道上冷冷清清，只有几辆夜行的小汽车亮着尾灯飞驰而过，而后缓慢开来一辆闪着警示灯的洒水车。

江里站在绿道，背对着马路打哈欠。

而这时，警示灯越来越亮。

眼看那辆洒水车就要开过来，盛千陵来不及细想，伸手将江里往旁边一拽，想让他躲过淋水，自己却因为后退慢了一步，被飞溅的水流浇了一道。

江里打完哈欠闭上嘴，才看到盛千陵的白色衬衣背后沾了一长串污泥印子。

他眼里那点因为打哈欠而带出来的零星泪水还没散去,又感觉刚才拿了比赛冠军后的潮涌心绪再次席卷,没多想就开口:"陵哥,你对我怎么这么好啊。"

盛千陵看了江里一眼,没什么其他反应,将自己那个亚军奖金红包叠到手机下,伸着头去找路边的出租车。

等待的间隙,他转头问江里:"拿了冠军,想要什么奖励?"

江里先前说要奖励,是在不知道盛千陵也参赛的情况下。可今晚比赛一打,他心知肚明这个冠军是怎么来的,所以根本没脸提出什么额外的要求。

江里说:"没什么想要的。"

盛千陵这时看到一辆亮着"空车"字样的出租车过来,挥了挥手,又笑着对江里说:"那行,先回去。"

江里跟着盛千陵上了车。

这一次,两人一起并排坐在后座。车子上了引桥,窗外流泻的灯光飞掠而过。

极度的兴奋过后是极度的疲惫。

江里体力透支,又坐上了柔软的皮质座椅,被江风一吹,一时有些昏昏欲睡。他蔫蔫地坐着,瞧着长江大桥上的灯柱都连成了线,感觉眼皮渐渐沉重起来。最终,他扛不住睡意,闭上眼睛打了个盹儿。

摇摇晃晃里,风过脸颊,意识混沌。世界在无限下沉,搅碎一江月光。江里在困倦中晃晃悠悠,许久后,只觉得自己忽然靠到某个实处,短暂的清梦开始安稳。

十几分钟后,出租车过了汉江大桥,停到了乐福广场门前。

江里被推醒,耳畔传来盛千陵的声音:"江里,醒醒,到了。"

江里睁开迷蒙的双眼,见盛千陵正在付钱。他够到窗前看一眼,见到乐福广场的巨大招牌,揉一揉眼睛,自言自语:"我怎么睡着了……"

盛千陵先下车,江里从另一边下去。

两个身材高挑的少年站在凌晨的街道上,身影被路灯拉得老长。

盛千陵问:"你住哪儿?"

江里随手朝乐福广场后面的集贤路巷子一指,嘟囔道:"就那儿。"说完又反问,"你呢?"

盛千陵抬手指了一下对面那片高档的凯德广场大楼,答:"汉江景苑。"

两处住所只隔一条马路,这马路却是泾渭分明的界线。江里虽然很穷,志却不短,从不因为自己贫穷就觉得低人一等,听说盛千陵住在汉江景苑时,也并没有多稀奇。

他哈欠连天,慢慢走了几步,说:"陵哥,我好困,我先回去了。"

盛千陵也准备回去休息,安静地站在原地,点点头,说:"好。"

然后他看着江里走远,直到江里转了弯,见不到人影,自己才回去。

第二天，江里上学迟到了。

他困得实在起不来，摁掉闹钟又多睡了一会儿，等到匆忙拖着书包赶到学校时，英语早读已经上了一半。

同学们在教室里大声背诵单词，梅老师背着手在教室走道里慢悠悠走着。

江里本来想偷偷从教室后门溜进去，怎奈梅老师为了防他，早就把后面那门给关上了。

他只得老老实实地站到前门去喊"报告"。

梅老师掀起眼皮，攒了一早上的火气终于爆发："江里！你自己说说，这学期迟到多少次了？"

梅老师的嗓音太大，力道过猛，宛如利剑破风，全班同学不约而同地停下早读，纷纷看戏。

江里没脸没皮，站在门口一边打哈欠，一边开口说："梅老师，我说你这年纪轻轻的，又长得跟个仙女似的，脾气怎么这么暴躁呢？"

梅朝凤被呛，不知该喜该忧，黑着一张脸训斥道："你看看你哪有个学生的样子？你就这么混吧你，有你后悔的时候！"

江里听这些话听了两年，耳朵都生了茧子。

他预判了梅老师的话，抢在对方开口前掏出英语书，扯出一抹假装乖巧的笑，说："梅老师别生气啊，我这就站到外面去读，别气别气，为了我生气伤心，多不值得。"

梅朝凤："……"

"辣椒炸弹"碰上"超级高坚果"，无可奈何。

片刻后，走廊传来一句句高亢的"汉味"英语，腔调跑到了外太空，逗得教室里的同学们阵阵发笑。

梅朝凤一瞪眼，大家垂下头，猫着身子边偷笑边继续早读。

直到早读结束，江里才漫不经心地在同学们的打趣里回了教室。

刚一坐定，同桌的陈树木伸过手臂，虚虚搭在江里肩上，问："一大早的，干吗又惹'梅超风'生气啊。"

江里"啪"的一声将陈树木的手撞落，隔开一点，蹙眉说道："讲多少次了，别挨我，我不喜欢和别人有肢体接触。"

陈树木知道他的脾性，也不生气，兀自在那儿怪笑着，笑着笑着又忍不住，说："等你以后交了女朋友，我看你喜不喜欢和人有肢体接触。"

江里懒得理这个浑蛋同桌，只低头从书包里掏出钱来，说："别瞎扯，还钱给你。"

陈树木看江里一脸倦容，还有双眼下的一小片乌青，追问："里哥，看看你这黑眼圈，这是一晚上没睡？没睡还有钱了？"

江里没睡好，脑子转得也慢，一时没反应过来，问："啊，怎么？"

陈树木笑着追问:"你赚了一千五?怎么赚的?"

江里带着炫耀口吻,把自己昨天晚上跟着师父出去打比赛的事儿说了,并且说得神采飞扬,恨不得复原当时的场景,倦意都跑了不少。

陈树木忽然说:"那你运气还挺好的。刚好欠了钱,就刚好参加比赛赢到了钱。"

江里闻言,脑子里闪过一丝奇异的念头,正凝神去细想,那念头又像一缕虚无缥缈的烟,很快不见踪迹。

想不清楚,干脆不想。

好不容易挨到放学,江里睡足了精神,又变得生龙活虎起来。

铃声一响,他就踩着点儿往外奔,丝毫不顾身后任课老师的脸色。

他第一个冲出校门,直奔集贤路。

他踩着陈旧青灰的楼梯,跑上二楼,开了灯。屋子里空无一人,江海军最常用的那支扁担也不在,看来还没收工。

没收工也是好事,说明前些日子崴了的脚已经康复。

江里放下书包,把昨天打比赛赢的一千多块钱夹进存钱的那本书里,拿出了江海军留给他的十块钱晚餐费。

他还是如同往常一样,跑到刘姨那儿去买了一碗热干面,奢侈地加了两块豆腐干子。站在路口吃罢,他又买几根棒棒糖,麻利地跑去了乐福广场五楼。

但不巧的是,今天盛千陵并不在。

江里走进去,见到两个眼熟的会员在1号球台对杆,潘登和洪叔坐在沙发上边聊天边看。

他环顾场内所有的球台,没见着盛千陵的身影,走到潘登身边问:"潘总,陵哥呢?"

潘登嚼着槟榔,眼里带着笑意,又有些研判的审视,问:"千陵昨天和你一起去打了小台比赛?"

江里未作他想,点点头。

他不好意思吹嘘自己拿了冠军,况且用的还是"小登"这个名字。

潘登停顿了许久没说话,江里越发觉得他那目光里饶有深意。

至于是什么深意,江里也说不上来。他只知道,潘登这几年来,从没有用这样的眼神看过他。

江里又问一次:"陵哥今天没来?"

潘登这才慵懒地回答:"千陵病了,在休息。"

江里一听,有些急了,追问:"好端端的,怎么病了?"

潘登说:"问题不大,可能就是吹风吹狠了。"

至于是什么时候吹风吹得太狠,江里却并不知情。

江里同往常一样,在球房比较忙的时候,去帮客人摆了一会儿球。

摆完,他又坐在1号球台边,心不在焉地看着会员们对杆。他其实一点也没看进去,心里总想着盛千陵生病的事情。

昨天晚上去打了比赛,回来时还好好的,不到一天时间,怎么会吹风吹太狠呢?

是什么时候吹的风?这都4月了,怎么还能被风吹得着凉呢?

江里坐着自己琢磨了一会儿,想要去看看盛千陵的愿望越来越强烈。

他掏出手机给盛千陵发消息:陵哥,你现在在汉江景苑吗?

那头隔了一小会儿才回复:在。

江里很快把手机收起来塞进校服裤兜里,冲潘登挥挥手:"潘总,我有事先走了。"

潘登见怪不怪,昂着下巴嚼槟榔,示意知道了。

三分钟以后,江里飞奔到了汉江景苑门口。这个小区门岗严格,外来人员没有门禁卡,根本进不去。

但这个点儿正是业主们回家的高峰期,江里默默地站在几米外看了一会儿,很快拿出手机假装贴在耳边打电话,一副镇定自若的样子,紧挨着前面的人混进了小区。

进去之后又犯了愁,他根本不知道盛千陵住在哪栋哪单元。他又只好给盛千陵发消息:那你住哪一户啊?

没隔几秒,收到回复:3栋2902。

江里很快找到3栋的位置,又如法炮制跟着其他业主混进了楼栋。

哪知道这小区怪得很,进了电梯还要再刷一次楼层卡,仅按"29"根本没反应。

江里没来过这么高级的大楼,没见过这种高档的电梯,心里有点急了,面上却一点没露出来,还侧头笑问旁边那位业主:"漂亮姐姐,这个怎么弄的啊?"

那位女士有些不好意思,但还是笑道:"每层楼的电梯卡都不一样,我要去十二楼,没办法帮你刷卡。"

江里脑子转得飞快,点头道:"好,那就十二楼。"

等到了十二楼,江里慢吞吞地跟出去,循着绿色的"安全出口"标识找到了楼梯,然后一鼓作气爬了上去。

少年腿长,精力旺盛,爬了十几层楼,依然面不改色。他敲响2902的房门,后退一步,等着盛千陵出来。

半分钟后,门被推开,里边露出盛千陵那张无精打采的脸。

他穿着一件黑色的宽松T恤,胸口有一段白色的花纹。花纹简约,却透着精心绘制的优雅。黑色T恤下是一条棉质的灰色运动裤,宽松地包裹住修长的双腿。

因为生着病,两边脸颊上泛起不太自然的红,白里透粉,由浅入深,分外明艳。可那五官依然是绝美的,浓眉星目,挺鼻薄唇,无一不彰显着造物主肆无忌惮的偏爱。

两人正对面,盛千陵先出声:"你怎么来了?"

江里往前一步,急急地说:"我听潘总说你病了,就想来看看你。"

盛千陵病恹恹的,没什么情绪,从鞋架上抽了一双拖鞋,说:"进来吧。"

江里赶紧进门换鞋,然后朝盛千陵的方向走去。

一过玄关进到客厅,江里就被满屋子的芭比娃娃给震惊住了。

客厅和餐厅相连,除了悬挂投影幕布的那面电视墙与阳台,其余几面墙上全部都做了透明的玻璃立柜。立柜被一格一格隔开,每一格里都放着一个芭比娃娃。

放眼望去,起码有几百个,每一个都穿着花样繁复且颜色各异的裙子,或双手捧天,或单脚站立,每一个看起来都高贵美丽,宛如尊贵的公主。

许是察觉到江里的惊诧,盛千陵开口解释:"都是晓诺的收藏。潘晓诺是我舅舅的女儿。"

江里点头,补问一句:"那他们现在不住这儿了吗?"

盛千陵边走边说:"晓诺上初中了,这儿离得远,他们一家搬到江城天地那边的新房子去了。"

江里点点头,没再追问。

盛千陵这时又回到他先前靠坐的沙发上,枕着一个大靠枕,继续看投影仪上的斯诺克比赛视频。

视频里正在播放 2012 年希金斯与马克·塞尔比的一场比赛。盛千陵就蜷缩在这一室的芭比娃娃里,安静得像一幅寂寥的画。

江里自然地在盛千陵旁边的沙发坐下,问:"陵哥,怎么病了?"

盛千陵随意道:"人总会生病,很正常。"

江里问:"那吃过药没有?"

盛千陵点了点头。

江里想到什么,忽然凝神几秒,小心翼翼地说:"潘总说你是因为吹了风着凉发烧,是因为昨天晚上吹风吗?"

盛千陵嗓音平淡:"一年或者两年发一次烧,是很正常的事情;说明人体的免疫系统正在工作。"

江里压根儿就不知道盛千陵替他挡了十几分钟透着凉意的江风。

可莫名地,他心生愧疚,总觉得是因为自己,才让盛千陵生病。

江里伸出手,摸向了盛千陵的额头。

有一点热,但好在并不算发烫。

盛千陵:"……"

江里很快收回手，讪笑道："嘿嘿，陵哥，我就看看你现在烧得怎么样。"

盛千陵"嗯"了一声，不动声色地将头摆正，继续看电视。

两人都吃过了晚饭，也不用练球，这么共处一室也没什么好的谈资。

江里干脆往沙发背上一靠，跟着盛千陵看这一场回放比赛，中途帮盛千陵测了体温，又拿了杯水，然后就是安安静静地待着。

江里看比赛看得渐渐投入，忍不住偏过头，对盛千陵讲："陵哥，'巫师'希金斯这控力，指哪儿打哪儿，简直是神走位。"

盛千陵没什么精神，又因生病，嗓音低哑："羡慕吗？"

江里一脸艳羡："特别羡慕。"

盛千陵说："等我好了，就教你。"

他语气平静，并不是自夸逞能，也没有什么欲扬先抑，只是客观地表达出自己也能打出希金斯这样的控力来。

江里一秒变欢快，忘了盛千陵还在生病，一下子就张开手臂去摇盛千陵的肩膀，笑道："我祖宗十八代是做了什么好事啊，我竟然能拜你为师，做你的徒弟！"

盛千陵："……"

他精神不济，又被这么摇晃，根本吃不消，只得喊："江里。"

"啊？"

盛千陵说："把手拿开。"

"哦。"

盛千陵生病的这段时间，江里天天跑到汉江景苑来陪他。

江里已经知道盛千陵独居在潘登这套房子里，潘登他们从不过来，他也就更加肆无忌惮了。

只不过每次过来，他也不敢乱跑，只会老实地坐在沙发上陪盛千陵看比赛。

到了周末，正好是这一年清明小长假的第一天。

江里起了个大早，想去陪盛千陵吃早餐。

穿衣服的时候，江海军刚好从房间出来。父子俩在狭窄逼仄的客厅碰上，江海军愣了一下，嗓音苍劲地问："你个狗东西，起这么早做什么。"

江海军三句话不离骂人口语，对待儿子也十分粗鄙。

江里听了这么多年早就习惯，竟还认真地回答："出去找小丫头玩，争取让你早点抱上孙子。"

江海军用混浊的眼瞅了瞅江里，知道他在嘴贫，冷哼一声，拿着扁担走了。

江里和盛千陵在汉江景苑门口碰面。两人边往外走边说话，盛千陵说："吃完早餐，今天开始教你控力。"

· 063 ·

是这几天江里看视频时一直说想学的大师的击球技巧。

江里欢快地回答:"好啊好啊,谢谢师父!"

盛千陵淡笑着看他一眼,没再说话。

两人就近找了一家叫"蔡记热干面"的早餐店,江里有心请客,问盛千陵:"你吃什么?"

盛千陵扫一眼那块密密麻麻的餐单,说:"和你一样。"

江里于是跑去点了两碗热干面,又奢侈地要了两碗蛋酒。蛋酒两块钱一碗,江里平时很少买,但因为今天和盛千陵一起,又自觉大方了起来。

餐出得快,两人面对面坐着。

江里细心地帮盛千陵把热干面拌好,又替他搅化了蛋酒里的糖。

盛千陵就默默坐着,看着江里这一系列动作,忽然问:"不是说正餐时间不吃甜的?"

他还记得那日江里说过的关于挑食的话。

江里说:"早餐不算正餐啊,正餐是指吃米饭的时候。早餐如果能喝上蛋酒,我跟你讲,一天都能有好心情。"

盛千陵看江里一眼,没再说话,低下头吃面。

即便是吃热干面,盛千陵都吃得优雅自然,速度不快,也很少将芝麻酱沾到嘴唇上,偶尔拿小勺子喝一口蛋酒,也不会发出任何失礼的声音。

不过是个十七八岁的少年而已,正是顽皮、张扬、热血的年纪,他却如此斯文克己,清雅如松。

江里被这种精英气质吸引,忍不住多看了几眼。

认识还不到一个月,江里死缠烂打成了他的徒弟,又趁他生病明目张胆到他住处,靠着自己不要脸的本事,终于跻身他的身侧,成为一个或许可以称得上是朋友的人。

能与这样高高在上的天神成为朋友,可真是一件值得炫耀的事情。

"在看什么?"盛千陵忽然问。

江里坦荡笑道:"在看你怎么吃得这么慢。"

盛千陵目光朝江里碗里一扫,说:"我吃得再慢也比你快。"

江里回神去看自己的碗,飞快地扒几口,丝毫不顾形象地狼吞虎咽,沾了一嘴芝麻酱,拿舌头一舔,越舔越多。

盛千陵已经吃好,抽出纸巾慢条斯理地擦嘴,又抽几张干净的捏在手里。等到江里也吃完,他顺手把纸巾递过去,推开椅子起身。

江里边走边擦嘴。

两人并肩走了几步,路过一家糖果店。江里突然想到自己的棒棒糖没有了,正想叫住盛千陵,让他等一会儿,哪知盛千陵已经先迈步进去。

江里小跑上去,问他:"做什么?"

盛千陵直奔徐福记专柜，边走边说："上次你拿了冠军，还没有给你奖励。"

江里见盛千陵拿了一个购物篮，站在花花绿绿的糖果柜前挑挑拣拣。清一色的，全是拣的橙红糖纸的甜橙味。

盛千陵几乎要把那格木槽里的甜橙味棒棒糖拿光了，才停下来。

他把购物篮交给老板，说："麻烦称一下。"

他结完了账，把一袋子糖果往江里怀里一塞，说："球打得好有奖励，如果我教你的控力和杆法学不会，也会有惩罚。"

江里笑得嘴都合不拢，屁颠屁颠地跟着盛千陵，像一只乖巧的宠物狗一样，说："什么惩罚啊师父。"

盛千陵答："等我想好告诉你。"

"好吧。"

时间还不到十一点，时光台球还没开门。

但因为盛千陵提前找潘登拿了备用钥匙，便自己打开锁，开了一张台。

他从杆柜取出自己的球杆，细细擦拭干净，又将球盒里的球全部倒在桌上，归到一边。

江里也选了一支公用球杆，信心满满地准备开始学习。他从塑料袋里拿出一根棒棒糖，刚想撕糖纸，却听到盛千陵说："以后，击球的时候，不许吃糖。"

江里："……"

只得讪讪地将糖放下。

盛千陵既然说了要教江里打出希金斯那样的控力，就要求自己说到做到。

他正式开始讲课："江里。"

"嗯？"江里的眼睛还在瞟那包糖。

"江里，"盛千陵又喊一声，有些生气了，"看着我。"

江里回过头，一秒变老实，认认真真地盯着师父。

盛千陵又说："一个人的力量，在一个时间段内基本上是固定的。今天我们要做的事，是让你把自己的力量分为十段，从一到十，一最轻，十最重。你打球不管控力，只专注准度，所以根本不知道你出杆后，白球会停在哪儿。现在我们来试一下，你在不把球打飞的情况下，十分力是什么程度。"

盛千陵讲得很认真，也浅显易懂。

说完，他就将白球摆到 4 分球点位上，将一颗红球摆到 5 分球点位上，让两颗球同时处于球台的中线上。

摆完他又说："来，用你最大的力气，用白球击打红球。"

江里上场，酝酿了一下手臂的力量，对准白球正中心，将球大力撞击出去。那颗白球撞上红球，力量相击，果然四下乱飞。白球弹了好几次库边，终于减速，慢慢停下来，走着走着，停到某个点位，不动了。

盛千陵走过来，拍了拍江里的右边肩膀，低头问他："刚才出杆的力，记得吗？"

江里点头："记得。"

盛千陵说："好，再来一次。"

于是再来一次，白球如同上一次一样，弹库好几次，慢慢减速停下来，又停到上一球停过的地方。

江里一看就笑了，欣喜若狂道："看，我还是有控力天赋的！"

盛千陵也跟着淡笑，并没有告诉他这是基本水准，只是温柔地说："是，有天赋，那你今天一整天，全部用十分力来训练，只训练平杆，不加杆法，让身体记住你的十分力，形成肌肉记忆。"

江里顿时萎靡，唇角也耷拉下来。

训练一天，都要用最大的力气击球，相当于一天都在做剧烈运动，那不是要了他的小命吗？

这绝对比拜师那天考定力还要累！

他磨磨蹭蹭走到盛千陵身边，哭丧着脸小声问："陵哥，真要练一天啊……"

盛千陵铁面无私："练一天。"

"半天行不行？"

"一天。"

"……"

求饶没用，江里只好回到球台边开始自己摆球自己练。

一杆接一杆，杆杆用力，就像个无情无爱的训练机器。

就这么练了一整天。

而盛千陵也陪了他一整天。

到了晚上十点，江里体力耗尽，累到腿脚发麻、肩膀剧痛，连带着目光都已经开始虚浮起来，看一眼盛千陵，都只觉得有好几个盛千陵在自己眼前乱晃。

盛千陵知道这已经到了江里的极限，走过来叫他，说："今天就到这儿，回去睡吧，明后天不用过来了。"

江里得了赦令，用仅存的最后一丝顽强的体力，收了球杆，然后拖着一副残败身躯，目光空洞地往回走。

盛千陵知道他在夸张，不免觉得好笑，挥挥手叫他："江里，你的糖没拿。"

江里感觉自己连回头的力气都没有，哑着嗓子，沉沉地说："明天再拿。"说完慢慢地走了。

盛千陵也就没再喊他。

许是这一天运动量过大，夜晚这一觉，江里睡得并不怎么安稳，睡梦中，大脑还在活跃着，反复回忆起自己这一天的控力训练。

江里梦见成千上万颗红球在自己意识里晃悠，又梦见自己耗费洪荒之力将那些球全部打了出去，打了一整晚，打得他四肢脱力。

却在脱力的瞬间，看到一张脸。

那是一张五官绝美、无可挑剔的脸。

紧接着，这张好看的嘴发出冷酷的声音："用十分力，再训练一整天。"

江里："……"

生生把自己吓醒了。

江里捞过手机看了一眼时间，然后看到一条微信消息，是同桌陈树木半夜发来的。

陈树木：里哥，你记得三班那个徐小恋吗？

江里随手打字：谁，不认识。

陈树木醒得也早，开始兴奋地发语音："就是之前托我给你递过两次信的，不过你都没看，她还送过你笔记本和早餐，你都给我了。"

江里也发了语音："嗯，所以呢？"

陈树木继续说："我昨天在六渡桥碰到她了，就在民众乐园里面。啊！里哥，我突然觉得她好漂亮啊，我想认识她！"

江里压根儿不知道陈树木说的女生是哪个，也没什么兴趣，只仗义地回复一句"祝你好运"，就结束了对话。

他肩酸腿痛，走路都费劲，根本不想起床。

联想到昨晚盛千陵对他说"明后天不用过来了"，才明白过来并不是"不用"，是盛千陵清楚他根本没办法去训练了。

于是，小长假的后面两天，江里都十分凄惨地居家度过。

他哀怨地给盛千陵发消息：我这两天浑身酸痛，而我亲爱的师父，这样折磨他的徒弟，心会痛吗？

盛千陵可能在练球，隔了好几个小时才回复：不会。做我的徒弟，就要做好吃苦的准备。

后面还有一个严肃的笑脸。

江里："……"

从这个清明小长假开始，江里就切身体会到了什么是"得习惯痛"。

他再去时光台球时，盛千陵开始让他训练九分力，一练就是一整晚。一个星期下来，他打到了三分力，并已经清楚地记得自己手臂的不同力量能将球推出去多远。

右臂和右腿成天痛得发胀，血液在他身体里像沸腾一样横冲直撞。

可偏偏只要忍住痛意，他能很清楚地看到自己在控力方面的进步。有那么几次神来之杆，他竟然也可以像希金斯一样，指哪儿打哪儿，白球完全听他的使唤。

江里简直欣喜若狂。又想往盛千陵肩膀上撞，与盛千陵分享自己的喜悦。

他有点不明白自己怎么沾染上了这么个恶趣味，开心就想往盛千陵边上蹦，好像要让一身雪白纯净的天神沾上一点凡尘的污泥才好。

盛千陵总是拧着眉心退开几步，冲江里摆手制止，一脸无可奈何的嫌弃。

江里就站在原地傻笑，一头呆毛跟着轻轻地摇。

摇着摇着，为期十二天的控力训练终于结束。

江里在台球上本来就有绝佳的天赋，只是缺少系统的学习，被盛千陵尽心尽力教了这么些天，已经能清楚地感知自己右臂从一级到十级的力量。

练完软绵绵的一级控力那天，江里往沙发上一倒，咬着一根刚撕开的棒棒糖，得意地冲盛千陵笑道："陵哥，我现在，是不是不可能再被你打 147 分了？"

他说得嚣张又痞气，好像学了这么点皮毛，明天就能和希金斯争夺世锦赛冠军。

盛千陵也不打击他，但实话实说道："学了控力也只是基本功，还有很长的路要走，比如杆法。"

江里不服气，反驳："我杆法怎么了？我也能打高杆低杆，加点技巧而已，谁不会！"

工作日的晚上，时光台球俱乐部不算很忙，开台率也不高。

盛千陵看一眼开着灯用于照明的 1 号台，忽然说："江里，我们去 1 号台打一局吧。"

江里跟着盛千陵学习这么久，还没有正儿八经和他对杆过。

两人唯一一次比赛，是盛千陵来江城，而江里说他"装相遭雷劈"那天。

江里训练了这么久，总觉得自己的球技已经有了质的飞跃，再怎么说，凭自己的准度和这点摸出门道的控力，不可能输得太惨。

所以，听到盛千陵这么提议，江里欣然应允。

两人提着各自的球杆去 1 号球台。

开始计费后，盛千陵让江里开球。

江里趴下去，重心右移，支起修长的左手，将球杆架在左手合拢的虎口上，摆出出杆的姿势。

他露出一个得意的笑容，歪着唇吹吹自己的刘海，自吹自擂道："陵哥，就这一局，你让我 40 分，如果我还输了，我就任你收拾。"

盛千陵正在给球杆皮头擦巧克粉，闻言看也没朝他看，开口回敬道："那你可能要任我收拾了。"

盛千陵提杆上场，像一个握着宝剑上阵杀敌的将军。

不到十分钟，盛千陵就体现了自己登峰造极的准度，以及杆法的炉火纯青，仅用了不到十杆，就将比分拉到了 108 ∶ 40。

江里这40分,还是盛千陵让的。

江里:"……"

比分拉得太大,江里没有再防守追分的必要。

他被钉在原地,睁着双眼看向冷静收杆的盛千陵,诧异地问:"陵哥,这就是职业选手的水准吗?"

盛千陵师父又开始教学:"作为一名斯诺克选手,需要'准度、杆法、心态'三者共存,你心态不稳,容易因为一点进步就沾沾自喜,很难走得长远。希望你能记住,斯诺克是门竞技运动,永远山外有山,人外有人。"

江里老老实实地听着,虽羞愧,但还是觉得盛千陵说得很对,于是诚恳地点头。

盛千陵见他听进去了,便不再多言。

一局球打完,江里通知收银台关灯结账。

因为规矩是输方付台费,江里主动跑去收银台,准备给钱。

收银员却说:"打了十九分钟,四十四块,你打五折就是二十二块,已经从储值卡里扣过了。"

江里很好奇,说:"我没有储值卡啊。"

收银员回答:"盛千陵充了一千块,说你俩结账都用这个。"

江里有些诧异,回头看到盛千陵提着球杆往杆柜那边走,便迈开步子跟了过去。

在收银台附近那面墙上,有一批专供会员使用的球杆杆柜,分上下两排,每个杆柜里都配备了吊杆器,会员可以把球杆挂在上面,让球杆保持悬空垂直,以免影响打感。

盛千陵正将自己的球杆往墨绿色吊杆器里塞,江里走过去问他:"陵哥,你办储值卡了?"

盛千陵点了点头,手上的动作没停,说:"对。上次那个比赛,亚军有一千块奖金,就放这儿对杆用吧。"

江里听了,感觉有些怪怪的。明明是一件挺好的事情,他却莫名有些不情愿,又好像有一种被施舍的感觉,心中不太舒坦。

他说:"那你自己用啊,我付我自己的。"

盛千陵已经挂好了球杆,"啪"的一声合上柜门,转过头来看江里,平淡地说:"我在这里待不了多久,对杆也少,用不完。"

江里并没有觉得开心,反而因为盛千陵这句"待不了多久"更觉失落,好像还没相处多久,就提前感受到了分别时的灰暗心情。

他忍不住追问:"待不了多久是多久?你为什么来这边?"

盛千陵难得情绪不佳,话语里微微带着不悦:"这些不是你应该操心的问题。"

江里好像一个渐渐被吹大的气球,气性上涌:"那我应该关心什么?只关心我涨不涨球?只关心我杆法学不学得会?盛千陵,难道作为朋友,作为师徒,我关心一下你也不行?"

自从拜师以后,江里就很少直呼盛千陵的名字,向来叫"陵哥",偶尔耍宝服软时,会叫一声"师父"。

这么完完整整喊出这三个字,听起来却有一种别样的味道。有点亲近,却很疏远。好像有一道看不见的河横在两人中间,陡增距离。

半晌后,盛千陵终于回答:"江里,我现在不想说这个。"

还没有做决定的事,他不想说出口。

可是江里却蓦地被点燃怒火,好像有一道怨气没来由地从脚底蹿起,直奔心头,烧得他心口烦躁,失了理智。

做朋友不是这么做的。

于是江里口无遮拦:"什么不想说,说白了就是觉得没必要,没必要跟我说而已。"

按照江里牙尖嘴利的混性子,他能说出更多刺人的话来,偏偏此时说不出更多,不敢把话说得太重,真让自己没了退路。可他确实生气,做不到不宣泄怒意。

盛千陵静静地站在杆柜边,双眼凝视江里。他的目光里浮上一层凉意,好像湖面涌起的霜,又似春日尾声残留的料峭。

江里等了几秒,盛千陵都没回答,生气与尴尬交替,让他觉得无力承受此刻古怪难堪的气氛,一转身径直走了。

从时光台球到集贤路巷子,要不了几分钟。江里走得很快,脚底生风。

回到家后,连吃两根棒棒糖他才慢慢冷静下来。

可一冷静,他又觉得后悔,后悔自己莫名其妙发脾气,也为自己的咄咄逼人而懊恼。

盛千陵确实没有必要向他解释什么。

分明就是他自己死皮赖脸求着非要拜盛千陵为师学技术,是他自己死缠烂打天天烦着盛千陵,他有什么资格和立场,去质问自己的师父呢?

第二天上学时,江里没精打采,一身戾气,看什么都不顺眼。

天气渐热,学生们只需要穿一件印了校徽的白色翻领短袖配运动裤上学,即便如此,江里还是觉得大清早就炎热得厉害,心中躁意更甚。

陈树木走到后边,远远看到江里挎着书包散漫地走着,便加快几步跑过来,抬起手臂搭在江里肩膀上,说:"里哥,怎么了这是?一脸不耐烦。"

江里厌弃地往旁边侧身,咬牙低吼:"都说多少次了,别碰我!"

陈树木一副见怪不怪的样子，笑了笑，挪开手臂，追问："到底出什么事儿了，一大早跟吃了炸药似的。"

江里不想娘们唧唧地说自己埋怨盛千陵不把自己当朋友的事，咬着牙不吭声。

两人并排走了几步，有几个女生小跑着从他们身边经过。

女生的夏季校服也是蓝色运动长裤，套在身上跟水桶似的，偏偏其中有个女生却穿得十分好看，短袖合身，长裤轻盈。

陈树木眼睛都看直了，推搡江里的手臂，用眼神示意他看："里哥，看，那就是三班的徐小恋。"

江里烦躁地抬眸看去，只看到一张侧脸，觉得有些眼熟。

不过他也没兴趣老盯着人家女生看，回望一眼陈树木，嘲讽道："你跟个开屏的孔雀一样。"

陈树木回呛："那也好过你没机会开屏吧？"

江里："……"

课间的时候，陈树木出去了一趟，江里睡不着，安静地坐着发呆。

他在犹豫今晚去不去时光台球，如果去了，怎么跟盛千陵打招呼？

如果盛千陵生他气了怎么办？

如果关系不能回到吵架前了怎么办？

想得心烦意乱时，陈树木欢快地从走廊外回来，屈膝蹲到江里身边，仰头谄媚地说："里哥里哥，你是不是老去时光台球？"

江里低头瞥去一眼，皱眉道："明知故问。"

陈树木很开心，笑得像个单纯的婴儿："那你今晚帮我打一下掩护呗，我听说徐小恋今天和人约了去打九球，我想去找她。"

"我掩护你——"未经思索，江里脱口而出，最后一个字却被他生生吞回去，换了种令人毛骨悚然的温柔，笑得春风化雨，"好，我掩护你。"

陈树木发现江里变脸宛如川剧大师，不太懂他为什么突然抽风又正常，好在结果不错，也就懒得追问了。

江里自己也松了口气。

正愁不知道要怎么去面对盛千陵，陈树木就给了他这么好的一个机会。

放学以后，江里没再和往常一样踩着铃声飞奔，而是十分有耐心地等着陈树木。

两人先去利济北路一家湖南米粉店吃了汤粉，才慢慢悠悠扯着步子朝乐福广场时光台球走去。

江里走路姿势闲散，两手抄进裤兜，将裤子撑得微微绷起。一双腿修长笔直，走起路来分外好看。

陈树木凑过来，再次确认："里哥，你确定对徐小恋没意思，对吧？这不算兄弟我撬你墙脚吧？"

江里琢磨着自己昨天对盛千陵说的话，压根儿不考虑那什么徐小恋还是周小恋，敷衍地点头搪塞："不算，你怎么找人家是你的事。"

陈树木郑重地拍拍江里的肩膀，煞有介事地点评："江里，我就知道你够兄弟。"

江里歪了歪嘴角，又继续朝前走了。

4月下旬，天黑得越来越晚。

两人走到乐福广场时，天还没全黑。夕阳未落，残留的橘红光线染亮西方一片天。

江里和陈树木穿过大门，走向电梯，不约而同地长吸一口气，随后吐出来。进时光台球时，1号球台上正好有会员在对杆。

而盛千陵和潘登、洪师傅三人在一边的沙发上坐着。潘登正和对杆的会员交流刚才的某一杆，而盛千陵则正微微侧头，倾听洪师傅讲述自己最近打球遇到了瓶颈期。

江里和陈树木一起走进来，视线率先落到穿着白色短袖衬衣的盛千陵身上。盛千陵好像感知到了这道目光，忽然抬头看过来。

两人的视线隔着一张1号球台和一截长长的走道。

江里心中一凛，想走向1号球台边的沙发，却迈不动步子。

却没想到，盛千陵只是瞥了江里那么一眼，就很快挪开了目光。他继续回到和洪师傅的交流里，教对方破解瓶颈的训练方法。

江里的心在那一刻酸涩至顶峰，就像尝了一口被醋酸泡过的柠檬汁，刚刚入喉，便酸到难以忍受，恨不得把嗓子都要抠出来才好。

陈树木不明所以，目光在场内搜寻一圈，靠近江里，小声兴奋道："里哥，她们在那儿呢。"

江里仓皇抬头，意识失去自主能力，只能跟着陈树木走。他死命压着，才让自己的胸腔起伏看起来不那么明显。

徐小恋和一个女生正在九球区的一张桌子上玩，陈树木走过去，假装是偶遇，挥手打招呼："好巧啊。"

哪知徐小恋抬头看到江里，脸色都变了。

她一张脸从白变红，又肉眼可见地变得愤怒。她咬着细细的牙，背过身去，假装打球不看江里，也没理陈树木的靠近。

陈树木不知道自己做错了什么，有些讪然。

他之前和徐小恋有过几面之缘，虽然都是替她给江里递信和礼物，但也不至于连打个招呼的情分都没有。

他回头看一眼江里,却见江里的脸色也很诡异。

江里自然知道徐小恋翻脸的原因。

——上个月,他强迫她回答自己是不是很帅。

江里无奈地拍拍陈树木的肩膀,认真说:"大树,这回算我对不起你。"

陈树木莫名其妙:"???"

江里自然没办法在这儿当着徐小恋的面向陈树木解释,但也不好意思跑去1号球台那边找盛千陵。

权衡之下,他还是不要脸地在徐小恋这张球台的沙发边坐下了。

陈树木跑去搭讪,自我介绍说是江里的同桌,和徐小恋见过几次的。徐小恋一脸愤恨,眼睛里恨不得喷出火来。

陈树木猜是有什么误会,一直跟着徐小恋转悠。徐小恋打球,他就站一边;徐小恋进了球,他就屁颠屁颠地鼓掌,脸皮厚得可以和江里相提并论。

江里安静地坐在沙发上,咬着一根棒棒糖,目光垂下落在灰色的地毯上。

盛千陵刚才那随意一瞥,像一根刺一样插在他心上。江里不愿意和他师父冷战,可是让他觍着脸过去当作无事发生,又好像有点难度。

就这么胡思乱想了好一会儿,江里感觉自己的心情更乱了。

比初遇盛千陵那天,他一杆炸开的球还乱。

身边的沙发突然承力凹陷下去。江里以为是陈树木,没有理会,也没吱声儿。

他将那糖从左边口腔换到右边,又从右边换到左边,换来换去,舌头都快磨破了,还没想出向师父求和的办法。

他不免更加烦躁。

旁边的人却忽然轻轻开口:"江里,别生我气了。"

/第五章/
牙疼

听到这句话,江里心中猛地一沉。
好像一艘漂浮在海里精疲力尽的小船,忽然有一道温柔的海浪将它一点点推向岸边。
再抬头看过去,见到盛千陵正坐在他的身边,垂着眸子一脸认真地看着他。
两人离得很近,仅仅几十厘米的距离。九球区的沙发陷在暗处,靠着边上的装饰灯带照明。
盛千陵那张英俊的脸掩在这一方暗影交织的空间里,有些虚幻,有些不真实。
江里感觉到喉咙有点干涸,下意识地吞咽,品尝到棒棒糖含久后的甜苦交织。
盛千陵坐着也比江里高一些,江里微微扬着脸和他对视。
徐小恋、陈树木几个人的说话声,以及球房其他客人清脆的击球声,渐渐化作一道若有似无的背景音,如潮水般慢慢退去。
江里不自然地挪挪肩膀,又依靠舔吮糖果来获得一些底气。
他说:"我没有生气,我就是……"说一半却卡了壳,不知道应该如何表达自己都理不清的繁乱情绪。
这种情绪太陌生了,无人引导,他没有办法无师自通。
盛千陵等了数秒,没有听到江里继续说话,开口说道:"不是你说的那个意思。"
江里在一瞬间忘了自己前一日说了什么,听到这话愣了一下,很快反应过来,盛千陵在对他昨天那句"说白了就是觉得没必要,没必要跟我说而已"做出回答。
心底那点无法忽视的委屈感后知后觉漫上来。
江里自有记忆起,就极少有"委屈"这种情绪,即便被江海军辱骂、被老师训斥,又或者被旁人讥讽嘲笑时,都从来没有过。
他不觉得做一只流浪狗有什么丢人的,反倒赋予了他顽强的生命力,才让他在这复杂的世界里,活得如此朝气蓬勃。

可不知道为什么，流浪狗也学会了委屈。

盛千陵的目光没有移开过，一直看着江里。

他又接着说："是因为我还没有决定，所以不知道怎么和你说。"

江里接话接得飞快："还没有决定什么？"

话一说完，他又后悔了。这个问题，比问盛千陵会在这儿待多久更隐私。万一盛千陵不回答，只会让他们两人现在的谈话更加尴尬。

但盛千陵回答了他："我保送了大学，但我很想去打职业比赛。"

江里心里头那点委屈和其他莫名的心思顿时消散得一干二净，糖也不舔了，睁大眼睛说："这很难选吗陵哥？打职业是多少球手的梦想，你那个球技，不打职业你自己甘心吗？"

盛千陵沉吟两秒，委婉地说："但我家里人希望我念书，不赞成我打职业。"

江里这才想起来问："保送了哪个学校？"

盛千陵不带一丝一毫优越感，平静地回答："清华。"

江里："……"

顶尖的学府，与职业球手生涯。

的确是很难抉择的熊掌与龙鳞。

盛千陵接着说："我还没决定到底怎么选。如果选择念书，就得在6月回北京；如果选择打职业，9月回去就可以。你问我要待多久，我没有办法回答你。"

这也是他当初为什么说在这边待不久，不愿意花时间去教一个毫无杆法基础的徒弟的原因。

江里听了这几句话，心中愧疚来得铺天盖地。他懊悔自己昨天为什么非要逼问盛千陵，痛恨自己为什么非要逞那一时口舌之快。

盛千陵又说："别生气了，行吗？"

他并没有在纠结自己的选择，依然在谈论江里昨天垮脸生气之事。

江里不好意思起来，两指尴尬地捏着那根快吃完的棒棒糖。"陵哥我真没生气，我就是……"这回终于把话补全了，"就是觉得自己挺没意思的，跟你一起玩了这么久，我自己感觉咱俩除了是师徒，好歹也是不错的朋友了，但我昨天就觉得，是我自己一厢情愿了。"

两人虽然认识的时间不长，前后加起来也就一个多月，关系却早就超过了新朋友的距离。

他们成天在一块儿练球，一起吃过火锅，一起去打过比赛，一起喝过蛋酒，江里还去照顾过生病的盛千陵。

不知不觉间，已经开始慢慢融入对方的生活。再怎么说，也不可能是连待多久这种问题都不能问的关系。

江里停顿许久，都没有听到盛千陵回答。

他侧眸去看，见盛千陵静静地看着他，目光似月光下的深海，幽静，却品不出情绪。

良久后,盛千陵缓缓地说:"不是,不是你一厢情愿。"

江里忽然就高兴了。

他一把拍在盛千陵的肩膀上,笑得眼角拉长,又恢复顽皮本性,说:"对不起,这次是我错了,我下次——"他拖了老长的音调后,加上两个字,"还敢。"

盛千陵轻轻弯起唇角,笑了一下,心里也终于松了口气。

这时徐小恋一局球打完,和同学一起走过来。

徐小恋一脸不高兴,早先搭讪江里的局促和紧张早消散得一干二净。她皱着眉说:"你们没有别的地方坐吗,坐我这边干什么?"

陈树木也跟过来,想打个圆场,还没开口,江里已经慵懒地起身,顺手用手背轻轻撞了撞盛千陵。

江里说:"走了师父,练球去,别打扰别人了。"

这声"师父"叫得十分柔软,藏了些漫不经心的服软在里头。

盛千陵配合地点点头:"好。"

陈树木一脸羞涩,徐小恋却是双目喷火,恨不得把江里的背烧出个窟窿来。

江里把棒棒糖糖棍夹在右手食指和中指之间,走得松松垮垮一身轻松。那点沾染多时的痞气卷土重来,在少年气里展露得格外明显。

盛千陵替他找收银员开了练球台,自己又去打开杆柜拿了球杆,同江里各用一张球台开始练球。

江里心情好,状态也好。

今晚盛千陵教的是高杆五分力,江里练得十分认真。

斯诺克里,准度易练,杆法难学。

而每一个斯诺克球手所适应的杆法都还不太一样,出杆习惯也不一样。

江里从来没有系统学习过,向来凭着一杆野路子准度叱咤球房。但这也只能唬唬那些普通的台球爱好者,一旦碰上钻研过杆法的对手,他就很难扛住对方的防守。

盛千陵观察了他这么久,对他的问题了如指掌,于是有针对性地提出了训练要求,在不荒废准度的前提下,每周练习一种杆法,直到能够顺利地将平杆和加塞杆运用自如。

江里也挺听话,就那么趴着,一杆接一杆地练,练到手都抽筋也不喊累。

这一晚练球练了很长时间。

客人们来了又走,周边的球台顶灯亮了又灭,到最后只剩下江里和盛千陵这两张台还亮着。

江里反复训练着枯燥的杆法,打了两三个小时还不知疲倦,手感越来越好,总能将球打到预想的点位。

反观盛千陵，却有一些反常。

虽然也还是同往常一样，姿势优美，出杆无可挑剔，但那红球却像有了生命似的，总会在他走神时调皮地落下一两个。

江里注意到，以为他在刻意调整发力，没有多问什么。

时间渐渐走到了零点。

一直在八球桌和人对杆的洪师傅这时走过来，叫了盛千陵一声："千陵，我有事要麻烦一下你。"

他语气挺客气，没有长者对晚辈的那种颐指气使。

盛千陵站直身体，很快走过去，微微倾下头，问："有什么事儿？"

洪师傅说："我这个瓶颈问题，恐怕还是得麻烦你抽点时间和我打几局，光讲理论我自己也调整不过来，今天又输一晚上，你看看我的问题，行不行？"

盛千陵站在原地，安静地看着洪师傅，没说行也没说不行。

洪师傅接着说："我也知道你们职业班子不会随便跟别人对杆，但洪叔不是别人嘛，是不是？你就当教教我，每天抽空指导我一下，不然我得被这掉球磨死磨疯。"

江里站得不远，清楚地听到了洪师傅和盛千陵的对话。

他心里泛起一丝怪异的感觉。倒不是因为他的师父可能要去教别人打球，而是因为洪师傅那句话——"我也知道你们职业班子不会随便跟别人对杆"。

盛千陵来江城这么久，好像真是只和江里打过两局。

一局是刚到江城当天，为了试试球杆的手感，打了江里一个147分。再一次就是之前江里自吹自擂已经出师，盛千陵为了打击他的自负和骄傲，上场和他打了一局，灭了灭他的狂妄。

除此，盛千陵真的再不和别的会员打球，最多像今天晚上一样，给洪师傅讲讲瓶颈的破解之法。

可是，江里想起来，盛千陵在愚人节那天晚上，以"小洪"这个名字带他去了武昌的名仕台球俱乐部，打过一场小型的会员比赛。当时盛千陵戴了口罩，还用了十分低调的藏锋杆法，让自己看起来并不怎么突兀。

不仅如此，江里还记得在第二天，潘登那副得知盛千陵出去打了比赛而震惊的表情。

当时不懂这表情的深意，可现在一想，江里就全明白了。

好像有这么一条路，在黑夜里不见天光，仅能凭直觉摸索前行。

忽然间，某一处亮起一簇零星之火，照亮了一小方天地，冥冥中指引他在朝前走。

走了好远，都忘记要回头去看看，那个手捧星光的人是谁。

现在想想才知道，盛千陵要带他去名仕比赛的原因，竟然是这样啊。

哪里是看什么心态？若真要了解徒弟的心态，随便用几杆满分147收拾他，看看他的抗打击能力就行了，何必使用假名字，不露真容跑那么远去和一群业余爱好者争夺一场普通中式八球的冠军？

说来说去，还是为了他，掉价了。

江里心中涌上酸涩，像雨滴渗水一样，一小股一小股，缓慢汇聚。

他停下练球，走向盛千陵和洪师傅，听到盛千陵深思熟虑之后的回答："小台子我打得不多，不一定能教您什么，但每天晚上和您打半小时，应该没有问题。"

这是他最大的让步。

洪师傅听了，瞬间开心，笑得一脸褶皱。

盛千陵又说："洪叔，还有，我这球杆不能打小台，和您打的话，我得换支杆子。"

洪师傅挥挥手，喜滋滋道："没事没事。这个你放心，我们这儿有个叫小杰的会员，他有一支顶级的波茨杆，他来得少，我跟他打个招呼，让他给你用。"

"好。"

洪师傅讲完，冲盛千陵和江里挥挥手，转身走了。

偌大的球房再次陷入安静。

江里走到盛千陵身边，忽然开口："师父。"

盛千陵愣了一下，以为江里在宣示主权，微微扬了一下唇角，和颜悦色道："除了你，还有谁会那么执着缠着我要拜师。"

他猜想江里是不愿意他再收徒，所以给了这样一句算不上承诺的承诺。

但江里的心思并非如此，他只是不知道，要怎么把自己后知后觉的发现表露出来。

说谢谢吗？好像特别矫情。

而且过去了这么久，再提也没有什么意思。

说知道了？

然后呢？等盛千陵说一句没有的事，真的只是看看他的心态如何？

好像都不行。

所以到最后，只憋出这么一句"师父"，不好说的、无法理清的那些想法，全部都包裹在这句"师父"里面了。

看江里不说话，盛千陵追问："怎么了？不想练了？想蒙混过关？"

江里说："没有，就是，就是——"

"就是"半天，他才说完整："我饿了。"

盛千陵轻轻笑起来，一副"我就知道你有事求我"的神态。

他看一眼时间，把球杆拧成两截塞进皮质杆盒里，又整理了一下杆盒里那柄加长把，说："那走吧，去吃夜宵。"

江里在原地站了几秒，跟着笑起来，得意道："原来喊师父就有吃的啊，那我以后多喊。"

盛千陵无奈道:"拜托你别把我叫得那么老行吗?"

他是十七岁,又不是七十岁。

江里欢快地把自己用的那支球杆塞回杆桶,跟着盛千陵走去存私杆,又叫收银员关闭球台的灯。

一场安静的海啸就这么悄无声音卷着波浪远离。

两人从乐福广场出来,一前一后走在凉风拂面的夜晚。

月亮高悬天际,永远不会坠落。路灯暖黄,像沾染了月亮的光。

两个少年个子都高,走在广场前的小道上,被一长串路灯一照,拖成两条细长的影子。

偶尔平行,偶尔交错。

江里在脑子里思索这半夜哪家小店还没关门,听到盛千陵问他:"想吃什么?"

江里依据自己的经济情况据实回答:"吃碗热干面吧。"

盛千陵停在一盏温柔的路灯前,眉眼里有不甚清晰的恬淡。他说:"第一次一起吃夜宵,吃点好的,我请客。"

江里很快摇头,说:"不不不,我请你吃。"

盛千陵声调未变,还和夜风一样轻盈,他说:"你请我吃过火锅了,得有来有往。"

这倒是一个无法反驳的理由。

可是江里想了半天,还是没有想出要去吃什么。

盛千陵干脆替他做了决定:"江里,我舅舅说崇仁路夜宵一条街很不错,现在4月底,湖北的小龙虾是不是上市了?"

江里知道崇仁路在哪儿,但他并没有去那儿吃过小龙虾。但凡是上了夜市的,都是三位数起步,他没有足够的钱去如此挥霍。

他点点头,说:"好像是的。"

"那就去那儿。"盛千陵说。

两个人走过高架桥下的红绿灯,路经凯德广场和对面正在修建的人信汇,照直往崇仁路走过去。

其实隔得并不远,他们肩并肩走着,偶尔聊一两句和斯诺克有关的事。

没走多久,就来到了夜晚灯光璀璨的崇仁路。

两排门店灯火通明,每家店门外都摆放着显眼的招牌。黄毛鸭脖、松滋鸡、麻辣烫、油焖大虾、矮子烧烤等,应有尽有。

晚上这边不走车,许多店家将条桌和圆桌摆到了门口,许多撸起袖子的食客就坐在那里,大快朵颐,无比尽兴。

盛千陵问江里:"选哪家?"

江里来回看了看,有些挑不准,说:"选生意最好的那家'虾王蟹后'吧,人多肯定错不了。"

盛千陵被这个有趣的名字吸引,笑道:"好。"

盛千陵笑起来很好看,不会龇牙咧嘴,只是轻轻地弯起唇角。因为脸孔白皙,五官又极为端正,略微沾一点笑意,就顿时卸下了周身的疏远。他清冷时是真冷,可一旦笑起来,却又变成了一个阳光温暖的普通少年。

江里看几眼,默默移开目光。

两人走到"虾王蟹后",被安排到了门口的一张空桌上坐着。

周围喧嚣热闹,伴随着一些半醉的男人们的吹牛声,还有女人尖细的笑闹叫好声,让盛千陵与这个青烟缭绕的环境看起来格格不入。

穿着围裙的老板娘递了菜单过来,盛千陵朝上面看一眼,礼貌地说:"这个招牌油焖大虾,先来两份。"

江里一听,惊讶道:"两份?"

一份一百六十八元,盛千陵却说要两份。

盛千陵点头,没有解释,江里也不好再追问。

点好主菜,盛千陵问江里:"你还想吃点什么?"

江里朝别人的桌子瞧了一眼,瞧得双目放光,对老板娘说:"现在藕带都上市了啊?"

老板娘说:"是啊是啊,现在是第一批,口感超级好,来一份吗帅哥?"

江里说:"那就来一份。"

"好嘞!"

最后江里又要了一份水煮毛豆,就把菜单递回给老板娘。

在等餐的间隙,江里想到了先前在时光台球聊到的那个关于保送和打职业的话题。

两人交了一番心,江里感觉自己与盛千陵的关系有了一定的飞跃,也就问得没有包袱:"陵哥,你为什么会被保送清华?"

盛千陵倒了一些热水给江里暖杯,又将水倒到旁边一个专门用来盛水的钵子里,才讲:"因为参加过几次竞赛,成绩都还不错。"

江里追问:"什么竞赛?"

"数学和物理。"

江里自己是个学渣,不能体会这种因为竞赛就被保送到顶尖学府的感受,但不妨碍他刨根问底的兴致:"你理科成绩这么好啊。"

盛千陵不放过任何一个讲课的机会,抬起白净斯文的脸,认真地开口:"数学和物理都需要空间想象力,打斯诺克也是。你打得多一点,就会发现台上的每一颗球,都有自己的固定路径。不是打一颗再想下一颗,而是,当你打第一颗红球时,差不多都能想到最后一颗红球的进球路线。整张球台看起来杂乱无章,其实每个点与点之间的线段、你控力后白球的路线,以及下一颗球的走向,都应该在你上场思考时,形成完整的击球策略。"

江里:"……"

为什么一句"你理科成绩这么好啊",换来了这么长一段说教。江里只好赶紧点头,说:"你说得有道理,我慢慢来,嘿嘿,慢慢来。"

盛千陵淡笑点头,不再讲话,安安静静地等着上菜。

在这一条人间烟火气满满的夜市街里,他穿着白色衬衣,如一轮皎洁的朗月,坐在逼仄的小店门口,显得如此突出又亮眼。

江里看着盛千陵,思绪转了个弯,兜兜转转,又回到前一夜那个话题。

他轻声问:"陵哥,你要么6月走,要么9月走,迟早是要走的,等你走了,咱俩——"

盛千陵目光一跳。

江里忧伤地说完:"等你走了,咱俩还能联系吗?"

已经知道了盛千陵的归期,那么从现在开始,每一天都是倒数。

江里问出这句话时,心中掺杂了无法忽视的不舍。虽然和盛千陵认识的时间并不长,但他无比珍惜这段友情。

盛千陵掀起眼皮,有些好笑地反问:"等我回北京,就不是你师父了?"

"啊?"江里怔了几秒才反应过来,"我不是这个意思。"

盛千陵说:"我可以用微信检查你的训练成果,也会在走之前,把要讲的理论都给你讲完。"

江里得了这个回复,应该高兴的。可是不知道为什么,他并没有想象中那样开心。

盛千陵追问一句:"你当时是看我打了147分才非要拜我为师的,不会等我走了,又碰上比我打得好的,就再认个师父吧?"

江里想都不想,猛烈地摇头:"不可能的。就你这个水平,希金斯只怕都要敬你几分,我还能去哪儿认识比你打得好的。"

盛千陵不依不饶:"意思是,如果有,你还是会认?"

江里感觉盛千陵好反常,平常他从不会如此纠结于这样不切实际的细枝末节。在他的生活里,好像并没有比练球更重要的事,根本不会为没有发生的事情而提前操心。

但江里还是诚实地回答:"我这辈子,就认你这一个师父。"

盛千陵垂眸笑笑,喝了一口水。

老板娘这时端上来两盘菜,一盘是毛豆,一盘是藕带。

江里从筷筒里取出一双一次性筷子，相互敲打了几下，先递给盛千陵，自己又拿了一双。

他尝了一口刚刚端上桌的藕带，才嚼一下，顿时被酸得眉心皱起，含糊着说了句"我的天"，迅速捞过桌下的垃圾桶，将那块藕带吐进去，然后拿过水喝了一口，"咕噜咕噜"地漱口，也吐进垃圾桶。

就这么几秒钟工夫，他酸得眼泪都快出来，白净的脸登时泛红，嘴紧紧抿着，一副遭了大罪的样子，等着嘴里那点酸意过去。

盛千陵见了，有些担忧，靠过来一点问："怎么了？"

江里说："忘了跟老板讲，要清炒藕带，不要酸辣藕带。"

之前点菜的时候，江里见别桌有藕带，也想要一份，没有特别要求清炒，所以老板做了被更多人习惯和接受的酸辣做法。

用醋提鲜十分正常，偏偏江里一点醋都沾不了，一碰就反胃。

盛千陵听了，挥手叫来老板娘，说："麻烦再来一份藕带，要清炒。"

江里赶紧阻止："不用了陵哥，现在的藕带很贵，不要浪费。"

盛千陵伸手把那盘酸辣藕带挪到自己面前，认真地说："没关系，这份我来吃就好了。"

江里在心里暗想，幸好跟老板讲的是水煮毛豆，不然做成凉拌的，也会弄成一盘毛豆半盘醋，酸得没有止境。

两份油焖大虾和新炒的一盘清炒藕带被端上来。

江里很快戴上一次性手套，耍宝似的，欢快地对盛千陵说："陵哥，你别动，我给你剥虾。"

他剥虾剥得又快又好，捏着小龙虾两手一拧，就能将虾尾拽下来，完整地保留那块虾肉，效率极高。

不过几分钟，就往盛千陵的碗里堆了高高一摞。

盛千陵看得好笑，轻轻地往椅背上一靠，开玩笑道："你是不是觉得我生活不能自理啊……"

江里两手都是油，咧着嘴笑，边剥边讲："不不不，徒弟给师父剥虾是应该的。"

盛千陵吃过顶级澳龙，也品尝过世界各地难得一见的佳肴。

对于食物，他不算挑剔，没有什么特别喜欢或者特别反感的，觉得食物只是用来充饥而已。

但此时，他看着那碗堆得像小山的虾尾，莫名食欲大增，握着筷子，吃了不少。

江里解决了一大半的小龙虾，边自己吃边给盛千陵剥。

盛千陵挺享受这种感觉，两手清清爽爽，就着水，不紧不慢地吃着。

夜越来越深。

4月底的夜空不是纯粹的漆黑，而是带着迷蒙的深靛蓝。一盏盏灯光照亮天际一隅，也笼罩着这一方温情的人间烟火。

江里吃到最后，又撑又困，哈欠连连。

他摘下手上的一次性手套，抽出几张纸巾擦手，看一眼桌上的残渣碎壳："陵哥，我实在吃不下了。"

小龙虾没剩几只，那盘酸辣藕带还剩了大半。

盛千陵早放下了筷子，见江里已经吃好，起身走到老板那边去结账。

江里跟过去，看着盛千陵掏钱，在他递钱之前抢着对老板说："老板老板，好几百块呢，我们不要发票，能不能便宜一点？"

还是那个穿着围裙的老板娘收钱，她笑着说："哎呀帅哥，我这是小本生意，赚不了什么钱的。"

江里不依，继续说："抹个零都不行吗？"

老板娘没有办法，只好退让一步："那我送你一瓶饮料吧。"说完，就从收银柜后面的冰箱里拿过一听可乐，递给江里。

江里很困，还强撑着讨价还价："老板，我们这里有两个帅哥，你只给一瓶，会打架的。打破了头，就不帅了。"

老板娘被逗得哈哈大笑，又拿出一听可乐递过来，江里这才满意。

两听可乐都被冰过，外面有一层薄薄的水汽。

江里把它们贴着裤子擦了擦，把水汽都擦干了才递给盛千陵一听，还报以一个得逞的调皮笑容。

盛千陵接过可乐，握在手心里。

两人一同沿来时的路返回，穿过高高低低的楼宇，来到宽阔的大马路上。

江里此时带了些困意。他跟在盛千陵身边，遥遥看到天际那轮明月，忽然有感而发："陵哥，你好像那个月亮啊。"

盛千陵停下脚步，静静伫立一旁，嗓音柔软："为什么？"

江里抬起蒙眬的双眼，又望一眼朦胧的月亮，说："又高又冷，和我这种人隔得好远。"

少年这话里流露出显而易见的失落，好像对于月亮如此可望而不可即而深表惋惜，又或许掺揉了其他的情绪，借着月亮聊表遗憾。

盛千陵吃了那盘酸辣藕带，那抹酸意后知后觉反馈到味蕾，在唇齿间弥散开。

他很想说点什么，张一张嘴，却什么都没说出来。

又走出好长一段路，盛千陵的声音才响起来："江里，我送你回去吧。"

集贤路巷子里一片黢黑，小店前的垃圾还没来得及清扫，在地面上四处散落。空气里隐隐有附近菜场传来的烂菜叶味，还有些带着腥臊的水产异味。

江里安静地走到自己家楼下，看一眼二楼从窗户里透出的白炽灯光，回头看一看盛千陵，抱着可乐说："陵哥，我到了。"

· 083 ·

"好。"

两人没再说什么。盛千陵看着江里上楼,才慢慢转身,朝汉江景苑的方向走去。

江里回到家里,客厅灯亮着,但卧室的房门紧闭。

江海军已经睡了,但给江里留着灯。

江里实在困得要命,随手在布衣柜里找出短袖短裤,去厕所草草冲了个澡,散尽一身小龙虾味儿,回来就抱着被子睡了个囫囵觉。

第二天果然又迟到了。

梅朝凤老师瞧着这堆扶不上墙的烂泥、这坨炼不成钢的废铁,不想再多费口舌。

江里在全班同学的注目中,边打哈欠边往里走,走两步还说:"梅老师,别骂人,出来混,都是朋友。"

全班哄堂大笑,梅老师咬牙切齿:"谁和你是朋友了!"

江里嬉皮笑脸没个正形:"一日为师,终生是朋友。梅老师,您课讲得很好,您继续,继续。"

班上的同学简直要笑抽。

梅朝凤气得要疯,实在没法管江里这块破铜烂铁,就随了他去。

课间,陈树木凑过来问江里:"里哥,你天天这么混,高中毕业怎么办啊?"

江里从书包里掏出一根棒棒糖,又给陈树木一根,满不在乎地说:"高三下学期再想啊,现在才高二,我有病啊我想那么早?"

陈树木想了想,竟然还觉得挺有道理。

江里把糖纸剥了,趴到课桌上开始早读。

这天晚上,江里照常在放学时先回家放书包。

二楼静悄悄的,重重踢一脚,声控灯亮起来。推开厚重的木门走进去,江里才发现江海军也在。

江海军在汉正街做了几年"扁担",也就是替那些过来进货的老板把货挑去车上,总是忙到很晚才回家。

今天突然在家,江里心里有点慌,很快跑过去,问:"爸,你的脚又崴了?"

江海军当时正坐着,一边听收音机一边想事情,听到江里这么问,怒道:"你个狗东西,一天天的能不能盼望我一点好?"

江里眼睛直往江海军脚踝上看,追问:"那你怎么回来这么早?"

不知道从什么时候起,江里只要放学,就会习惯在家里或者在路口张望等待,看看父亲会不会提前回来。

若是回得早,自然就是江海军受了伤,要么颈椎痛,要么腿抽筋,不能再挑货,只能回家休息。

这几年来,他心里早形成了这种自我提醒的暗示。

久而久之,江里产生了一种江海军回来得越晚越好的心思,并不是希望江海军多赚点钱,说来说去,唯一的一点心愿,就是希望他身体不要受伤罢了。

江海军冷着脸,说:"你管这么宽做什么?汉正街交通管制,今天没事做。"

江里听了,这才松一口气。

确认江海军没受伤,江里在抽屉里拿了十块钱饭钱,又从盛千陵送他的那一大包糖果袋里掏出一把棒棒糖塞进裤兜,下楼了。

晚饭依然是一成不变的热干面配豆腐干子。

就着天际的余晖几口吃完,江里把一次性碗筷扔进垃圾桶里,朝时光台球走去。

"五一"国际劳动节将近,街上越发热闹起来。

附近的商场都把音响摆到门口,反复播报"五一"国际劳动节的巨大优惠活动。夜幕下的武胜路一片繁华,高架桥硬朗,车流如梭。

华灯初上,灯光将江里的身影拉得越发细长消瘦。

他叼着一根棒棒糖,走进时光台球。

这个点儿人不多,零星亮着几盏灯。他转眼环顾一圈,只见盛千陵正和洪师傅二人在一张八球桌上对杆。

盛千陵果然如之前承诺的那样,每天抽半小时来指导洪师傅。

江里走过去时,正听到洪师傅在询问关于出杆时右臂发力点的问题,不好打扰他们,自己往旁边的沙发上一坐,慢慢吃着糖。

盛千陵在听洪师傅说话的间隙,看了一眼江里。

江里还是同往常一样,白色翻领短袖校服配运动裤,简单干净。头发长了一点,所幸还不到眉毛,将将压住了他的痞气,看起来有几分低调的温柔,即使是在昏暗的环境里,也显得格外突出。

"千陵?"洪师傅叫了一声。

"啊?"盛千陵回神,微敛神色侧耳倾听,"怎么?"

洪师傅讲:"我们再打一局,找找感觉。"

"好。"

江里见二人要对杆,很积极地跑过去帮他们摆球。

他手指修长白净,握着球时,骨节突出分明,透着少年人的纤细与美感。

江里把球摆得飞快,洪师傅习以为常,盛千陵却轻轻说了句"谢谢"。江里听得一笑,摆好球回到沙发上坐着,继续吮着糖球看他们比赛。

盛千陵手持一支特殊材质的波茨杆,杆头漆黑突出。他用擦杆布细细擦拭,好像对待一件珍贵的藏品。

等到他准备好,便弯腰摆出开球动作,腰部发力,牵着上半身的力量,将这股力道凝聚于右手手臂,猛地出杆,一下子将桌面十五颗球击打得四下飞散,连进三颗。

打斯诺克的时候，盛千陵不会用这么大的力气开球，最多用点杆法做出防守。

可是打小台不一样，小台就是讲究开球散、进球快，最好能一杆清台，不给对手留机会。

轮到洪师傅上场的时候，盛千陵坐到旁边的沙发上去休息。江里站在沙发靠背后边，双手撑在沙发上，看着正在打球的洪师傅，随口说："洪师傅这个瓶颈问题其实挺好解决啊。"

盛千陵愣了一下，反问："为什么？"

江里满不在乎地说："他一般对杆就是在跟别人赌输赢，有时候还赌钱啊，我给他摆球，把球摆到超过点位几厘米，开杆就好进球了。如果是我和别人打，我也会将自己的球摆高一点。"

听到这话，盛千陵侧过头，目光忽然变得深沉幽暗。

江里心里一惊，迅速回过神来，知道自己说错话了。他正想解释，却见到盛千陵提着球杆起身了。

洪师傅打完两颗球，第三颗没有进，收杆转身。

换盛千陵上场。

他在摆动作时提了几句洪师傅存在的问题，教洪师傅在运杆的时候，如何保持传力。

十分专业，也显得十分冷静。

却叫江里心中擂鼓。

盛千陵结束了这一局对杆，嘱咐洪师傅可以继续按他说的这个方法练习，然后将那支波茨杆收起来，拎着杆盒往会员杆柜那边走。

江里吃完一根棒棒糖，把糖棍一扔，想也不想，跟着盛千陵走过去。

盛千陵穿着浅色斜纹衬衫配灰色修身长裤，走得很快，几步就将江里甩在了身后。

他个子高，低着头路过一条亮着的灯带，线条流畅的脸孔被照得染上一层黄霜，平添几分高冷。

他把自己的杆柜柜门打开，将波茨杆放进去，又取出自己那支斯诺克球杆，请收银员开了斯诺克练球台的灯。

盛千陵虽然没说话，可江里就是知道他生气了。

江里苦恼地在心中琢磨求和的办法，想来想去没想出好点子，却忽然感觉到口腔里传来一阵麻麻的痛感。

他以为是自己吃糖咬到了腮帮子，可低头一看，那糖此时正被夹在右手的食指和中指之间。

他再一凝神感受，那痛感越发强烈起来，几乎是以雷霆之速，铺天盖地席卷江里很怕疼,被那痛感一激,整个上身都缩起来,捧着脸带着哭腔喊:"陵哥,嘶,我好疼啊……"

盛千陵目光直视江里,判断他是真疼还是故意装出来的。

江里疼得越来越招架不住,只觉得有一万只虫子在啃噬他的牙齿和神经,眼睛都疼得泛红,睫毛轻颤,眼角漫起一层淡薄的泪水。

他说:"师父,我牙齿真的好疼啊……"

盛千陵看江里不像是装的,心里头也有些慌了。他很快放下球杆,几步走到江里面前,蹲下来仰视江里,问:"牙齿疼?"

江里疼得直抽气,捂着腮帮子面容扭曲痛苦,时不时嗷嗷叫。

盛千陵果断起身,将江里手指间的那根棒棒糖抽过来,往垃圾桶一扔,说:"走,我带你去医院看看。"

江里想去医院止疼,但又有点不敢,一边忍痛一边扭捏:"我不去……我疼一会儿就好了,嘶。"

盛千陵安静地站了几秒,说:"怪我,不应该给你买这么多糖。"

江里含泪回答:"跟你有什么关系啊。"

盛千陵说:"是我考虑不周,抱歉。为表歉意,我来出医药费。"

江里好像被人看穿了心事,有些脸热和尴尬。可是那痛意太强,很快压过躁意,让他连续又"嘶哈"几声。

但他还是说:"我不去。"

盛千陵面色一沉,这回他是真的生气了,脸上明显浮上怒意,压着火喊道:"江里!"

江里的确疼得没办法,连掰扯几句的力气都没有,只好起身,捂着脸拧着眉和盛千陵一起走。

走出时光台球时,盛千陵已经搜索到最近的牙科诊所和医院。

一家是马路对面红旗村小学旁边的济民牙科诊所,再就是利济北路的市第一医院。

盛千陵带江里走过人行天桥,才发现济民诊所已经关门。他二话不说,带江里去市第一医院。

路上,江里疼得想哭,觉得有点不好意思,生生忍了回去。他耷拉着一张脸,加快步子跟上盛千陵的步伐。

所幸医院隔得不远,两人身高腿长,没走多久,就进了医院挂号大厅。

盛千陵很快找到挂号窗口,想替江里挂个口腔科的急诊号。江里没带身份证,也没有医保卡,只好捂着牙含糊地报身份证号:"421024……嘶……1996……0716……嘶……"说到最后四位,吐词不清楚,噙着眼泪连说两次,才总算报完。

盛千陵默默听着,眼睛盯着江里微微发肿的脸,没有多说什么。

挂完号，盛千陵带着江里去找医生。

夜间急诊在一楼，两人没费什么力气，就找到了口腔科值班医生。

检查室里，并排放着三张工学躺椅，穿白袍的医生正坐在电脑桌前阅读一份病历。

盛千陵敲敲门，礼貌地说："医生，您好，他牙齿疼，麻烦您看看。"

江里这时已经疼得满腔苦水，话都说不出来，只能随医生的指示，躺到椅子上去任由检查。

医生让江里扬起脸，拿工具伸进他的口腔里掰开咬合骨，细细地开始查看。

看了两分钟，医生说："这是颗蛀牙，牙角有磨损，要怎么治疗还得拍个牙片再说。"

盛千陵先于江里开口："那麻烦您先开单子，我去缴费。"

医生点点头说："好。"

江里闭着眼，心如死灰地感受着这道刺骨的疼。他从小皮肤敏感，痛觉比常人更强烈。这些年虽磕磕碰碰，但很少受伤，也很少生病。眼下疼得头晕目眩，牙神经好像扯着大脑，连着脑仁都疼了起来。

江里就这么躺了一会儿，盛千陵去而复返。

盛千陵把缴费单递给医生，医生请值班护士帮江里拍 X 光片。

拍片很快，结果也很快传至医生的电脑上。

盛千陵又带着江里回到医生办公室，客气又焦急地询问："医生，怎么样？"

医生盯着牙片，有些震惊道："小伙子这蛀牙怎么这么严重啊？平常喜欢吃甜的？"

盛千陵据实回答："是的，爱吃糖，糖不离口。"

医生继续说："整颗板牙里面都空了，牙神经也受损严重，需要治疗。现在疼得这么厉害，还能忍吗？"

江里泪眼婆娑："能打麻药吗？"

医生摇摇头，说："最好不要，但可以给你吃一颗止痛药。"

江里没有办法，只好又回到那张检查椅上躺着。

他服下一颗止痛片，闭上眼睛张开嘴，偏过头去任由医生替他掏空牙齿里的脏垢。

中途实在疼得难以忍受，江里蹙着眉头喊："盛千陵……"

盛千陵一直站在江里身侧，就在医生的另外一边。他伸出手，去拍江里的手背以示安抚："很快就不疼了。"

江里被疼痛折磨，紧紧抓住盛千陵的手，好借此来转移一点注意力。

盛千陵知道江里疼，于是在医生治疗的这半小时里，就那么枯站着，任由江里攥着他。

夜色越来越浓。

盛千陵抬头看了一眼窗外。

路灯下并不见风，却见到树影摇晃，泛起一圈圈细小的涟漪。

止痛药渐渐起了作用，江里痛感减弱。

本次治疗结束，医生站起身来，笑道："你们兄弟俩俩感情真好。"

接着，医生走到办公桌前写单子，俨然已经将盛千陵当成江里的家属，叮嘱道："糖以后不能吃了。"

盛千陵点头，认真地回答："好。"

"一个星期来一次，先钻平那一小块坏掉的牙齿，再根管治疗三到四次，最后补牙。"

"好。"

医生将单子递给盛千陵，说："先缴费，一周以后再过来。"

盛千陵把缴费单捏在手里，又一次客气地道谢："谢谢医生。"

江里一直站在两人身后，他伸着脖子看缴费单右下角的总金额。

1635元。

江里："……"

盛千陵走出诊疗室，直奔收费处。江里跟着他，声音有些虚："陵哥，我……自己出钱吧。"

他想的是，现在先回去，费用明天再来交。上次打比赛存的一千五百块差不多还剩一千三，再攒点晚饭钱，也就够了。

盛千陵停下脚，微微叹气："别让我愧疚了。给你买糖的是我，受罪的却是你。"

他说得坦坦荡荡，好像是真的想为自己的内疚来弥补些什么。

听得江里都有些愣住了。

那一刻，江里只觉得找不到一个合适的词来形容自己的心情。

好像一江被寒风吹皱的春水被阳光照得熨帖，又像风雪里独行时，路遇一个可亲可爱又值得信赖的同伴。

这个世界上，没有人比盛千陵待他更好的了。

盛千陵缴完费，把所有单据都整理到一起，折叠起来塞进了自己的裤兜。

江里问："不给我吗？"

盛千陵想也没想，说："后面的治疗我都跟你一起来。"

"哦。"

回去的路上，两人走得挺慢。

夜风徐徐，星辰在天际闪烁。明月高悬，安静聆听树丫间难得的鸟鸣。

江里想起今晚自己牙疼时的表现，害臊地"啊"了一声。

盛千陵听到，以为他又疼了，赶紧问："怎么了？"

江里不好意思地捂住半边脸，不敢看盛千陵，弱弱地说："我今天……"

江里想找回点颜面，正儿八经地解释："我真是天生怕疼，不骗你。就那种上体育课被篮球砸到，别人一点事儿没有，我能疼得当场抽搐。"

盛千陵拍拍他的肩膀，笑问："这么怕疼，还怎么混社会？"

他还记得江里参加拜师考试时说的那句话。

江里越发不好意思，想到什么，自己笑起来，笑着笑着收不住，发出清脆又欢快的声音。

他说："哈哈哈，陵哥，你提到混社会，我跟你讲我初中的一件搞笑事儿。那时候特别想跟着初三的人一起混，兴冲冲地跑去打群架，结果人家还没上棍子，就拿肩膀用力撞了我一下，我就疼得倒地不起，把那帮人吓坏了，以为死人了，结果群架也没打成，哈哈哈哈哈哈……"

盛千陵听了，也跟着笑。

他眉眼生得好看，笑的时候，整个人都发着光。

江里越笑越来劲，好像被点了笑穴一样，收都收不住，边笑还边骂自己："我那时候怎么那么傻啊，哈哈哈……"

盛千陵淡淡点评："还挺有个性。"

眼见盛千陵情绪完全好转，江里又想到之前在时光台球里，盛千陵暗自生气一事。

趁着盛千陵笑意未散，江里飞快地说出口："陵哥，我之前说错话了，你别生我气了。"

盛千陵："……"

两人此时已经走到了武胜路人行天桥上。

天桥上有一些人在摆地摊，卖些纪念品、袜子、发卡之类的小玩意儿，来往的行人不少，偶尔驻足挑选，又起身离开。

江里站在天桥中心没动，安静等着盛千陵的回答。

盛千陵亦未迈开步子，隔着不到半米的距离，俯视江里的脸。

时间好像停了下来。

身边来来往往的人，成了电视剧里降格处理的背景，变成飞快而过的模糊影子。

盛千陵回忆起江里笑闹时的欢脱，江里调皮时的痞坏，江里牙疼时的泪水，江里百发百中的少年意气，江里苦练杆法时的沉着稳定，江里取得进步时的生动眉眼。

好的坏的，真实的，全部的，江里。

最后，盛千陵十分认真地说："江里，你很有打斯诺克的天赋，既然拜了师，我希望你能专注一点，不要因为别的事情分心，能不能做到？"

江里听得一愣，心中浮现出一些奇怪的情绪。

　　但他看着盛千陵，也很认真地重复道："我会专注一点，不因任何事情分心。"

/ 第六章 /

对杆

这几句话说完,算是给之前的事情落下句号。

盛千陵静静地看了江里一会儿,率先迈开步子朝前走。江里赶紧跟上,一起走下天桥的台阶。

下了台阶即是乐福广场,上五楼就是时光台球,往左是集贤路巷子,往右是汉江景苑。

江里掏出碎屏手机看一眼时间,九点多钟,不早不晚,不知道是应该回家还是继续去练会儿球。

盛千陵像猜到他的想法,朝他牙疼那边的脸看了看,说:"江里,你先回去休息。五一假三天,会增加训练强度。"

"好。"

于是,两人就在乐福广场前分别。

一人朝左,一人朝右。

刚刚到家,江里便收到盛千陵的微信。点开一看,盛千陵问:你还有多少根棒棒糖?

江里猜测是因为牙科医生说以后不能再吃糖,盛千陵才来问的。他老实地打开抽屉,扒拉几下就当估算,回复道:大概还有六十几根。

盛千陵:"……"

才二十几天,就吃了一百多根棒棒糖,牙齿不坏才怪。

盛千陵很快又发来消息:明天过来练球时,全部带来给我。

江里知道自己牙齿这个情况,糖是吃不了了,乖巧地回复说"好",但一想到六十几根只是大概的数字,而且现在牙齿也不疼了,再吃最后一根棒棒糖应该也没有关系。

于是,江里从糖袋里拿出了一根棒棒糖,刚想撕糖纸时,盛千陵的消息又来了。

盛千陵：别觉得再吃一根棒棒糖也没事，吃了一会儿牙齿准疼。

江里："……"

盛千陵的眼睛怎么还长到他的身上来了！

江里只好作罢，把那根棒棒糖一扔，又把塑料袋打了个结放回抽屉。

第二天早上，江里又收到盛千陵发来的微信：九点来时光台球，我给你带早餐。

过了数秒，他又发来一条：糖别忘了。

江里无奈回复：知道啦，师父。

他把抽屉里那包棒棒糖拎在手上，又拿了点钱塞进裤兜，打开门，踩着布满灰尘与烟头的水泥楼梯下楼。

到达时光台球时，离九点还差十分钟。

早班收银员还没上班，盛千陵也还没过来。江里不想催他，一个人默默站在整片玻璃墙外等候。

时光台球隔壁是一家国际健身俱乐部，再往里走，是一家大型电玩城。

整个五楼只有这三家店，这个点儿，一家开门的都没有，江里只能在时光台球外边的走道上来回踱步。

过了一会儿，电梯"叮"的一声开了。

盛千陵从里面走出来，一眼看到江里。

江里今天穿得很清凉，一件亮黄色圆领短袖T恤，配一条长及膝盖的冲锋面料黑色短裤。脚上穿着一双洗得很干净的白色运动鞋，鞋口露出一圈船袜。整个人清清爽爽，轻盈又生动。

江里也看到了盛千陵，几步迎上去，替他接过手中提得满满当当的早餐食盒。

盛千陵空出了手，去开时光台球大门上横闩着的门锁，边开边问："你怎么这么早？"

江里"嗯"一声，答："你发信息那会儿，我刚好要下楼。"

进店之后，盛千陵先到收银台附近找到电源总闸，开了照明灯。

江里径直走到店中心位置的休息区，将那五六个早餐食盒放到一张玻璃圆桌上，又将一包糖搁在另一边没人坐的位置。

他看一眼早餐的花样，转头对盛千陵说："陵哥，你怎么买这么多？"

那些食盒里有两碗热干面、一份三鲜豆皮和一份苕面窝，还有一杯绿豆汤和一碗蛋酒。

盛千陵抽开一张沙发坐下，一一打开装早餐的塑料袋。

他说："早上多吃一点，上午的训练很费体力。"

"哦。"

盛千陵把一碗拌好的热干面和那碗蛋酒推到江里面前，说："你吃这个。"

江里眼睛都放着光，咽着口水笑道："我这牙齿，还能喝蛋酒吗？"

蛋酒太甜，底下铺着一层厚厚的糖。江里昨晚刚治疗了牙，正是要戒甜的时候。

盛千陵从最后一个塑料袋里拿出一支漱口水，摆到江里碗边，说："早餐吃完，你去洗手间漱一下口。不过，只是今天同意你喝蛋酒，以后就不可以了。"

江里自然知道盛千陵今天买这几样早餐的原因是什么。无非就是清明节后的某一天，他曾说过，早餐如果能喝上蛋酒，一天都能有好心情。

盛千陵总是这样，润物细无声般照顾着别人。他从来不会在嘴上多说什么，千般好也只是体现在诸多看似云淡风轻的生活细节中。

江里吃早餐很快，三下五除二就解决了热干面。他用汤勺搅拌着蛋酒，将白糖化开，一连喝了好几口。

盛千陵把三鲜豆皮和苕面窝推过来，待嘴里那口热干面咽下去了才说话："这些你也吃掉。"

江里饭量大，盛千陵是知道的，不然那天他也不会直接点两份油焖大虾。

江里心安理得地享受盛千陵的好，也不推辞，一边啃面窝一边喝蛋酒，一脸满足和惬意。

过了一会儿，两人终于把早餐都吃完了。

盛千陵把漱口水塞给江里，自己开始清理桌上的白色垃圾。他把桌子收拾好，把那六十多根棒棒糖拎到收银台，打算让收银员送给客人们。

过了一会儿，江里漱好口从洗手间出来。他见到盛千陵开好了球台的灯，直接朝练球台那边走。

还和往常一样，他随手挑了一支公用球杆，开始给自己摆球。

两人进入到今天的正题，江里问："陵哥，我今天练什么？"

盛千陵说："还是练杆法，左塞球。要求你一直站在同一个点位上，白球的位置固定，目标红球的位置固定，你使用高杆左塞击球，用你的五至六分力，让白球和目标球弹库两次后，白球回到原来的位置，红球落到你左手边那个袋里。"

江里脑子转得很快，一听就明白了。

他反问："所以，我只需要一颗白球一颗红球，反复练习控力和旋转，同时还要兼顾准度。"

盛千陵点点头，说："对。你本来就具有超强的准度，基础杆法也练了这么久，球技已经上了一个台阶，在业余选手中属于拔尖水平了。但是，在我这儿，还远不能达到要求。你今天一整天，就练习这个固定点位球。"

这种球看起来简单，实则非常难。它要考验一个球手的准度、杆法、力道、还有体力、视力等。

好像一个已经学会写字的学生，不光只考物理方面的竞赛，而是将物理、化学、数学、生物、天文学等诸多学科融合掺杂到一起，形成一张题型相互交错并存的综合试卷，来让学生作答。

江里有盛千陵这位师父，从不畏惧任何球型。

他弄懂了规矩，有些跃跃欲试。

盛千陵提着自己的私杆上场，给他示范了一下。只见那两颗球随着既定的轨迹滑出去，先撞底库再撞边库，慢慢悠悠往回走。

几秒后，红球落袋，白球稳稳地停在了刚才出杆时的点位，分毫不差。

江里看直了眼，真心实意地赞叹道："陵哥，你这一手球打得，真是登峰造极。"

盛千陵垂下眼眸淡笑，说："说好听的话没用，你该练还是得练。"

"我，我当然练了。"

江里把红球拣出来，摆到盛千陵刚才放置的位置，然后弯下腰，做出正确的击球姿势，运了运杆，使用五分力将白球推了出去。

结果力度估计不够准确，红球在回来时，后劲不足，走到离袋口三十厘米时偃旗息鼓，停了下来。

所以还是得用六分力。

盛千陵看江里已经明白自己要做什么，便不再管他，自己到旁边的球台去练球。

江里觉得新奇又好玩，稳稳地控制着力道，使用盛千陵教了一个多月的杆法，一个接一个地击球。

他总保持着下趴的姿势，就连捡红球时也不会直起身来。

盛千陵练球却是四边走动，走到某一边，目光落到江里身上，脚步顿了顿。

江里的姿势很标准，俯身时的线条十分流畅。自内而外散发着少年人特有的张扬和活力，尤其进球时一笑，就更显得恣意不羁。

仿佛浑身都在发着光。

不知道为什么，在这么美好的画面里，盛千陵突然想到了让他不那么愉快的事情。

昨晚回到汉江景苑后，他收到了母亲发来的信息：小陵，逃避不能解决任何问题。我不会同意你去打职业，尽快回来参加大学面试吧。

在某一个瞬间，盛千陵忽然觉得，人生如果能像江里这样野蛮生长，才真是一件值得尽兴与快意的事情。

左塞球实在太难了。

江里趴在球台上打了两个小时，击球数接近三百个，却进袋不到十个。其中，还有五六个是凭运气挂角落袋的。

他十分沮丧，直起身体活动了一下肩颈，目光惆怅地看着盛千陵，说："陵哥，我真的得这样练一天吗？"

盛千陵握着球杆起身，看一眼江里桌面的两颗球，摇摇头。

江里眼睛一亮，声音轻快："总打不进，就不用练这个了，是吧？"

盛千陵闲庭信步走到茶几边，喝一口水，这才给出答案："你五一假这三天，每天十小时，都得练这个。"

江里："……"

这不是要人命嘛！

江里有点郁闷。无论怎么控力，怎么找击球点，那颗红球总是很难落袋。可是盛千陵打这种球时，却轻轻松松毫不费力，就像喝水那样简单。

江里心态有点崩，有点开始怀疑自己的能力。思维飘得远一些，又觉得自己这种糙人，是不是不适合学习这种学院派打法。

盛千陵仿佛看穿他的想法，平静地说："这也是我要求你心态要好的原因。一个斯诺克球手，不能只享受成功，还得接受自己无数次的失败。"

江里努努嘴，长叹一口气，趴俯下去继续练习。

一整天下来，江里练得头晕目眩。那球还不听话，总是不进袋，满桌到处跑，简直比他还顽劣。

晚上，盛千陵拿波茨杆去和洪叔打八球时，江里独自坐在练球台边生闷气。

他很烦躁，又不知道应该如何破解。

盛千陵明明教得很仔细，他也确实听明白了每一句话，出杆也没问题，怎么总是打不进球呢？

问题到底出在哪儿？

一连三天，江里都在痛苦的受虐中度过。

练了整整三天左塞球，可那些球像在嘲讽他一样，就是不进袋，让江里几近崩溃，恨不得泪眼汪汪，从此退出台球界。

盛千陵却说这很正常。

斯诺克本就不是一项一日可练成的运动，需要多年苦练，方可突破自我。尤其越往上走，越艰难。

江里勉强接受了盛千陵的安慰，拖着疲惫的身躯回家休息。

次日，江里同之前一样，吃过晚饭就来了时光台球。

正是饭点，店里没什么人，盛千陵也不在，应该是和潘总、洪师傅他们一起出去吃饭了。

江里开了角落那张球台，随手打了几个长台直球找手感，然后又试着打了一杆左塞球。

让人意外的是，他的身体好像真的记住了这种击球的力道和感觉，那颗红球撞库两次，空心进袋，而白球也稳稳地回到了原先的点位上。

江里难以置信，又打了两杆，得了同样的结果。

红球进袋，白球复位。

他欣喜得双眼放光，原地旋转一圈，抑制不住满心的激动。

这么难的一个技巧球，他竟然学成了！

这就好比习武之人总停在第一层境界徘徊，怎么也得不到突破，熬过漫长的苦练期后，突然有一天被打通任督二脉，直接顿悟！

江里兴奋得要命，顿时觉得先前那些累死累活都是值得的。

他也知道，是因为他师父盛千陵提前给了他捷径，根据他的实际水平给出了正确的训练方法，他才能在这么短的时间之内，进步神速。

这么一想，他更崇拜和感激盛千陵。

江里一个人练了一会儿，远远地看到盛千陵和潘登他们一起回来了。

潘登嚼着槟榔，把手搭在盛千陵肩膀上说着什么。盛千陵加快脚步，不着痕迹走出潘登的虚揽，侧头答话。

好像感应到什么，他抬眼望过来。

江里立即冲他眯着眼睛笑，两人的视线在空中遥遥相汇。

盛千陵朝一张八球桌指了指，示意他要先去和洪师傅打半小时小台。江里点点头，回到自己桌边继续练习。

半小时后，盛千陵提着自己的私杆过来了。

他今日穿着一件淡蓝色短袖衬衫，扣子开了两颗，露出冷白光洁的脖颈。下搭一条米色长裤，衬得双腿笔直颀长。他提着杆盒一步步走来，浑身散发着从容淡定的大师气质，温柔耀眼。

江里开口叫他一声，像只摇着尾巴的小狗一样，欢快地说："陵哥，你看你看！"

接着，江里摆出他练了无数次的点位球，俯身下去，精准控力运杆击球，给盛千陵表演了一杆。

江里满心等着盛千陵的夸赞，哪知盛千陵说："还行，再练一星期，换下一个项目。"

江里："……"

他委屈巴巴地踱过去，蹭到盛千陵身边，微微仰头，刻意压低声线："陵哥，我打这么好，你不夸夸我啊……"

两人离得很近，中间不过半人距离。盛千陵比江里高不少，垂着眼眸与他对视。

江里的眼神漆黑发亮，瞳仁里倒映着一双跳跃的小火苗，带着一些狡黠的笑意，好像在无言地说些什么。

盛千陵短暂停顿一下，用冷静的声音回答："这只是基本功。"言下之意是，作为他的徒弟，学会这种杆法才是正常。

江里听了也不气，脑子转一转，嘴角先漾起几分得意的笑意。

他说："陵哥，那你看看这个。"

江里跑回球桌边，从桌底放球的纸盒里摸出十几颗红色的球，飞快在绿色台子上摆成一个心形，然后故意在心形中间留出一个球的位置。

盛千陵目光一跳，马上明白过来江里在做什么。

江里留的那个空位，正是他这几天练习固定点位球时，白球所停放的位置。

白球击球出去，绕库两圈，会慢慢往回走，只要力道不差，杆法到位，白球能分毫不差地归于那个缺口，使这颗爱心完整。

江里摆好白球，又拿出一颗新的红球。他按自己训练了千百遍的那样，稳稳将球推了出去。

如他所料，红球落袋，白球卡进了那个爱心的缺口，完美又招摇。

江里咧着嘴笑，一口洁白的牙齿在无影灯下闪闪发光。他把球杆放在球桌上的空位，又朝盛千陵跑过去，长睫轻闪，轻启薄唇，认真又虔诚地说："陵哥，怎么样？"

盛千陵还没说话，江里又笑着补充："以后我要是有喜欢的人了，就打一颗台球心去告白。"

盛千陵沉默了片刻，缓慢地说："江里，我教你杆法，不是为了让你弄这些花里胡哨的东西。"

江里："……"

行吧，师父就是严肃。

恰好这时，从几米外传来一声"千陵"。

潘登从八球桌那边走过来，说："千陵，你过来一下，你妈妈刚才打电话来了。"

听到"妈妈"两个字，盛千陵的心顿时猛然下沉。他身体僵了两秒，很快站起来，走到潘登身边。

两人一起往前走了几步，潘登用江里听不到的声音说："千陵，你妈妈让我转告你，月底你必须回去。"

盛千陵："……"

未来像一场虚幻的美梦，明明都追逐了这么久，却在天亮时变成了水中的泡影。他茫然地听着，木偶般沉钝地点点头："知道了。"

潘登转达完这话，拍拍盛千陵的肩膀，又嚼着槟榔，大步流星地往八球区洪师傅那边去了。

半分钟后，盛千陵平静地回到沙发边，伸手将自己的球杆取出，又拿擦杆布细细地擦了一遍，对江里说："来打一局吧。"

江里发愣："要对杆？"

"对。"

江里自然是师父说什么就是什么，立即屁颠屁颠地去摆球。

他用球杆把刚才打出的爱心拢到一边，将所有红球拿出来摆好，然后一一将六颗彩球放到各自的点位。

做好准备工作后，江里随口说："陵哥你开球吧。"

盛千陵拎着球杆过来，清冷如玉的脸上全无表情。他看了一眼绿色的台面，忽然说："按国际比赛规则比球吧。"

江里只觉得盛千陵突然变得好严肃，心情也很低落。他猜不到发生了什么，只好听话比球。

接着，他们一人拿了一颗球，放到开球线上，同时发力用球杆推出去，等着那颗球返回。

最后，盛千陵的球更贴近于底库，便得到了这一局球的开球权。

江里以为盛千陵会像所有职业选手那样，以平稳的保守杆来开球，然后等待好机会开始进攻。

却没想到，盛千陵模仿了他们第一次见面时，江里的自杀式炸球，将十五颗红球全部撞开了。

江里顿时愣在原地，不知道为什么潘登来了两分钟，盛千陵就变了性情。他说："陵哥，你这样打，是故意要给我机会吗？"

盛千陵抬眼朝江里看了一眼，示意江里继续看那颗还没有停下来的白球。

江里等了几秒，见白球渐渐减速，最后越来越慢，停到了一颗彩球的前面。然后，两颗球紧紧相贴，毫无缝隙。

天啊！

千年难得一见的后斯诺克球，顶尖职业选手也很难控制的后斯诺克球，就这么随随便便地出现了！

江里惊讶得睁大眼，不敢相信这种球真的能靠杆法和力度打出来，而不是靠运气。他震惊地说："陵哥，你的斯诺克功力真是深不可测！"

盛千陵却自嘲一笑，声音很轻："有什么用呢。"

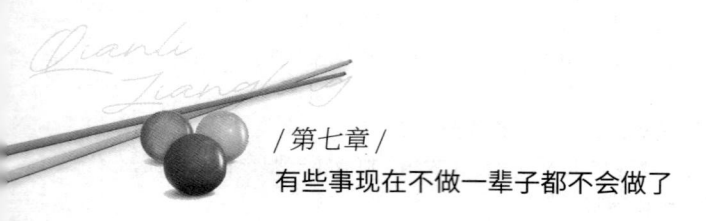

/ 第七章 /
有些事现在不做一辈子都不会做了

一局球打得很快。

江里虽然不是盛千陵的对手,但好歹也训练了这么久,艰难地得了几十分。

对杆结束,盛千陵依然面色冷清,叫江里去练球。

江里很明显地感觉到盛千陵的低气压,想直接开口问一问,又怕像之前一样让盛千陵更生气,就没有多说什么。

盛千陵仿佛什么事也没有,依然保持着平静的神色,对江里说:"今天教你打贴库定杆。"

他走到球台边,捡出一颗红球,摆在长台库边大约三厘米的位置,又摆好白球,让这两颗球呈一条直线。

接着,他摆好姿势趴下去,看了红球两秒,右臂忽然发力出杆,白球猛地被击出,撞上红球时,却突然刹车停下来,稳稳地卡在了红球先前停的位置,而红球往前滚了一段儿,径直落袋。

他用这种力度出杆的时候,非常流畅,强有力的击球与停顿都特别养眼。加上他身高手长,肢体协调,无论是架杆的左手,还是出杆的右手,都让人移不开眼。

江里几乎是看直了眼睛。

那颗白球给人的感觉,就像是一柄锋利的刺刀被突然扔出。当你以为它会疯狂刺向敌人时,它却凌空跃起稳稳停在了城墙之上,威风凛凛,倒插于战旗旁边,更显霸气。

白球顷刻间的停顿让江里的心也停顿了半秒钟。

长这么大,他从来没有见过这么有魅力的球,一时来了兴致,几步跑到盛千陵身边,仰着头问:"师父,这球好牛啊!快教教我!"

盛千陵直起身站好,认真说道:"贴库定杆,球型不好时,用于自救。用平杆偏低杆五毫米左右,自己控力。既要打出定杆,目标球也要进。如果左塞球练累了，可以练练这个。"

他恢复成一个尽职尽责的师父，毫无保留地教江里这些绝活。即使自己的未来不明，他也想要倾尽全力教导徒弟。

江里学了基本要领之后，还是拿之前店里的公用球杆开始练习。

盛千陵也回自己的练球台上，开始今晚的训练。

一时间，两人安安静静，只听得见清脆的击球声。

时间过得很快，深夜悄然来临。

台球室的客人相继离去，一盏盏灯被熄灭，只剩下照明用的过道灯和彩灯。周围的环境暗淡下来。

连潘登和洪师傅他们都回去了，只剩下一个收银员在几十米外的前台算账，计算器被摁得飞快，不住地传来"归零"声。

江里练球练得有些困了，坐到沙发上去喝水休息。

盛千陵也停下来，看向江里，柔和地问："饿不饿？"

江里摇摇头，答："不饿。"

在这样静谧的夜里，人都好像变柔软了一些。

江里倚在沙发上，终于鼓起勇气开口问："陵哥，你为什么突然心情不好？是因为我说以后要用台球打心形给喜欢的人告白吗？陵哥，对不起，我真的没有不专注。"

他以为盛千陵和上次一样，是误会了他的意思，所以急于证明自己对斯诺克的喜爱。

盛千陵并不是因此烦闷，只说："没有的事，别多想。"

江里又凑过来，说："我不会分心的。"

盛千陵一顿，又听到江里说："我只喜欢斯诺克，我是认真的。"

盛千陵侧过脸，目光落到茶几上，很快拿过水瓶喝了一口水，复而淡定地回答："好。"

接下来，日子每天都在重复。

江里白天去上学，晚上就去练球。他和他师父一人开一张球台，盛千陵巩固自己的基本功，江里就练习左塞球和贴库定杆。

中途还去过两次市第一医院治疗牙齿。

江里非常配合，牙根的情况也逐渐好转。医生说必须戒糖，否则可能会复发。

江里把头点得飞快，保证一定好好爱惜牙齿。

到了5月的最后一个上学日，江里穿着万年不变的白色翻领短袖校服，配着蓝色的运动裤，清清爽爽、姿态散漫地走在学校外。

不少女同学从他身边走过，假装回头和同伴说话，趁机打量他几眼，江里也不在意，反而冲她们挑挑眉、抛抛媚眼。

如果心情好,他还会吹一两声口哨。

女生们红着脸低声咒骂,很快跑开,不敢再看他一眼。

江里甩甩刘海,踢踢脚边的石子,继续走。

他知道自己长了一张好看的脸,但并不想用这脸去祸害别人。

陈树木从十几米开外飞速跑来,想撞一撞江里的肩膀,又急急刹了车。他记起江里讨厌肢体接触。

陈树木喊:"里哥!江里!"

江里回头,打量陈树木两眼,没好气地说:"大清早的,叫什么魂啊!"

陈树木问:"昨晚我给你发微信你也不回,打电话也打不通,怎么了,是我不配吗?"

江里说:"我那手机老化得不行,你不是知道嘛,昨天它自己关机了,到今天早上闹钟都没响,我上哪儿看你的信息去。"

陈树木对江里手机的碎屏有印象,不再计较,而是傻乐呵地说:"高二(2)班那个彭微微你记得吗?"

江里蹙起眉头,有点不耐烦:"这又是哪个?"

陈树木说:"是这么回事儿,明天开始放端午节的假嘛,正好今天她过生日,想在晚上请几个同学去乐福广场那个四楼的欢乐迪KTV唱歌。"

江里瞥一眼兴致勃勃的同桌,反问:"跟我有半毛钱关系?"

陈树木这才把话彻底说清楚:"她和徐小恋都是文科班的嘛,两人认识,正好彭微微和我以前一个初中,也打过交道,然后呢……"

江里听得没了耐心,加快脚步,说:"我对这些没兴趣。"

他实在不愿意听这些复杂的人际关系,也不想对任何他看不上眼的人分半点精力。

陈树木都快哭了,央求道:"里哥,彭微微说了,只要我能把你带去,她就保证一定让徐小恋也到场。里哥,兄弟有没有机会,就在你一念之间。"

江里痛快且冷酷地给出答案:"不去。"

陈树木:"……"

两人走到教学楼楼梯口,陈树木诱惑道:"我给你买一百根徐福记棒棒糖。"

"一千根也不去,"江里说,"我牙疼,戒糖了。"

陈树木只差给江里跪下了,哭丧着一张脸,反问:"那你要怎样才去啊?"

江里拿话敷衍他:"我忙着练球呢,不去练球我师父会不高兴。我师父不高兴,我就会不高兴。除非我师父让我去。"

陈树木听着江里这满口的"师父",脸上的失望转成希望,追问:"真的?"

"嗯。"

"那我晚上放学先去时光台球,我去跪下来求他。"

"……"

放学以后，江里还是如同往常一样先回了家。他站在集贤路巷口把一碗热干面吃完，擦干净嘴，没见到江海军的身影，才不紧不慢地往时光台球走。

他到的时候，盛千陵已经在那儿练球了。隔着长长的距离遥看一眼，灯下那人舒展的姿势，莫名地让他心安。

江里找收银员开了盛千陵旁边那张球台的灯，走过去叫了声"陵哥"。

盛千陵停下手中的动作，"嗯"了一声，说："练球吧。"

他老实答道："好。"

江里今天练的还是贴库定杆，这种球有点难，无论是出杆、杆法，还是力度，只要差之毫厘，就会失之千里。

他练了这些天，并没有明显长进，但并不气馁。有了上次练左塞球的经历，他明白了练球就是个厚积薄发的过程。

就这么练了半小时，江里放下球杆，去了趟洗手间。

十分钟以后，他扯着一张卫生纸边走边擦手，走回自己练球的那张球台。

隔着老远，他看到有个穿着红色T恤的男生围在盛千陵身边，像只扎眼的火烈鸟似的，伸着脖子叽喳个不停。

这个陈树木，还真的来了！

江里把手中沾了水的纸巾往旁边的黑色垃圾桶一扔，大步跑过去。

陈树木正在央求盛千陵："师父，你让江里去吧，真的，就两个小时，为了我的终身幸福，你帮我这一次，行吗？"

大概是已经把前因后果都给盛千陵讲清楚了。

江里有点恼意，提高声线喊："陈树木！我不去！"

陈树木见了江里，好奇地反问："咦，你不是说你师父让你去你就去的吗？"

说完他又不管江里的反应了，继续磨着盛千陵："师父，江里最听你的话了，真的，只要你开金口，以后在江城，只要有用得上我陈树木的地方，你尽管吩咐！"

江里很生气，一脚踏过去，挡在盛千陵和陈树木中间，皱眉问："'师父'是你叫的吗？他是你师父吗？"

陈树木眼珠子转一转，说："那我叫'哥哥'？"

江里："……"

若不是盛千陵在场，他真想把陈树木拖到厕所去，将马桶搋子倒扣在陈树木身上，然后狂揍陈树木一顿。

盛千陵听着两人斗嘴，轻轻笑起来，露出整齐洁白的牙齿。

他说："江里，去吧，既然同学邀请了你，就下去玩一会儿。"

时光台球在五楼，而欢乐迪KTV就在四楼，隔得这么近，一分钟就能走到。

盛千陵都开了口，江里只好说："那好吧，陵哥，我等下就回来。"

陈树木乐得咧开嘴笑，开心地对盛千陵道谢，然后欢天喜地去搂江里的肩膀。

• 103

只不过还没挨到,江里就躲开了。

江里一脸不耐烦,和陈树木并肩一起来到欢乐迪KTV。

陈树木带江里来到一个包厢门口,欲擒故纵地敲了敲门,才将门推开,冲今天的寿星彭微微所坐的方向露出一个大大的笑脸,说一句"当当当当",然后侧过半截身子,将身后的江里拉过来。

江里蹙眉往里面看了一眼。

这个包厢不大,就是最常见的那种KTV中小包。沙发是"L"形,五六个学生挤着坐在一起,有的在唱歌,有的在聊天,有的在吃爆米花,还有一个坐在点歌台前。

七彩的旋转顶灯照耀在他们的脸上,将他们的皮肤和身体勾画出一块块五颜六色的灯影。

中间有张黑色的大理石茶几。茶几上放着几样零食,鸭脖子、鸡爪子、爆米花各有一盘。

还有个小型的果盘和生日蛋糕。

门一开,几个学生同时抬头朝江里看过来。

下一秒,有两个女生开始莫名其妙地尖叫起哄,不知道在吵嚷什么。

江里有点头大。他不是很喜欢这种嘈杂的环境,尤其里面坐着的,都是他不太熟悉的同学。

徐小恋坐在沙发最里头,倒算脸熟,其余几个,都比较陌生。

这时,坐在点歌台前那张高脚凳上的女生起身,一脸笑意地走过来。

陈树木马上撞一撞江里的手臂,靠过来说:"里哥里哥,这是彭微微。"

江里看着面前的女生。

她的皮肤偏小麦色,披散着头发,有点少女故作深沉那个味道。

他不明白,这女生非要他来做什么,难道是什么时候招惹得罪过这位社会大姐,想在今晚单挑打一架?

不过人都来了,傻站着也不是个事儿。

江里面无表情地看着彭微微,没什么情绪地说:"生日快乐。"

彭微微说了声"谢谢",很开心地把江里迎进去,带到那个最宽敞的位置坐下,离她坐的点歌台仅隔了半米远。

上一首歌唱完,屏幕自动切入到了下一曲。

包间里持续热闹,只不过,这些学生明目张胆的打量一直落在江里身上,让江里十分不爽。

他摸出自己的小破手机给盛千陵发消息:这傻不拉几的聚会我真不喜欢。

盛千陵可能刚好在看手机,回复得很快:为什么?

江里拧着眉咬住下唇一角,双手打字:我又不认识他们,坐在这儿被他们当猴看。

刚发出去，彭微微就凑过来了。

她趁着包间里音响声音大，故意凑到江里耳边说话："你想唱什么？我给你点。"

江里耳朵一麻，心里起一层鸡皮疙瘩，极不满地后退一些，摆摆手："不唱。"

彭微微人野心更野，追着靠近江里，笑道："都来了，不唱首歌说不过去吧？"

江里："？？？"

这年头，还有人敢威胁他？

但他实在受不了彭微微身上那咄咄逼人的气势，又退无可退，倏地起身，无奈道："我去点歌，去点歌。"说完便冲到点歌台那边的高脚凳上坐下，总算是拥有了一个单独的座位。

江里很少唱歌，KTV也没来过。

他粗略翻了翻流行歌单，发现自己很难找到一首唱得全的。但他其实并不打算真唱，只是想借翻歌单这个动作，离其余人远一点罢了。

他都想好了，坐满十分钟，马上闪人。

但就在江里滑着歌单的过程中，有一首歌名极长的歌出现在了屏幕上——

《有些事现在不做 一辈子都不会做了》。

江里的手指一顿，又看一眼屏幕。

他知道这首歌，还是因为两年前，时光台球的夜间广播里经常播放。

收银员好像是这个乐队的粉丝，足足放了三个月这首歌，才将它清理出歌单。而那时，江里已经学会了每一句旋律，连歌词都刻进了脑子里。

宛如魔音绕耳。

当时他无意间听到收银员提起过这首歌的名字，被歌名的长度震惊到咂舌，也就这么记了下来。

在这样喧闹的环境里，江里心念一动，掏出手机给盛千陵发消息：陵哥，我唱首歌给你听好不好？

发完才看到，盛千陵在之前回复了他一句"抱歉"，好像在为自己劝他来KTV而表达歉意。

江里不自觉地笑了笑，发现盛千陵这个人真的好喜欢道歉，明明和他没有关系的事儿，他也会主动承担责任。

世界上怎么会有这样的人啊。

这一次盛千陵没有马上回复。

江里想着他应该是在练球，而手机放在了茶几上，所以没有及时看见。他想了想，拨了个语音电话过去。

只不过KTV音响声大，盖过了手机语音通话邀请声。

恰好这时候，彭微微又凑过来，看一眼江里选过歌的屏幕，直接把那首《有些事现在不做 一辈子都不会做了》加入歌单，优先播放，还顺手切了个歌。

于是，下一秒，包间里响起这首歌的前奏。

江里："……"

有个女生故意夸张地大喊："呀，这是谁的歌呀？是谁要唱给谁听啊？"

江里倒也不怕事儿，既然自己点的歌出现了，就也不会扭捏拒绝。他把手机倒盖在茶几上，接过不知谁递来的话筒，清了一下嗓子，坐在点歌的椅子上开始演唱。

年轮里面有钟 / 皱纹里面有钟
就算暂停全世界的钟 / 也停不了一秒钟
跌倒以后有痛 / 后悔以后有痛
问你最痛会是哪一种 / 答案说明所有
…………
每个平凡的自我 / 都曾幻想过
然而大多的自我 / 都紧抓着某个理由
每个渺小的理由 / 都困住自由
有些事情还不做 / 你的理由会是什么

江里的声音很清澈，带着少年音，又不失质感和磁性。高低音的转换并没有什么技巧，平铺直叙，像无风无浪的河水，但莫名打动人心。

这是他第一次在KTV唱歌，没想到感觉还不错，唱完自己乐得弯了弯嘴角。

KTV里的几个同学顿时热烈地开始鼓掌和呐喊，有个女生把包间里用于搞气氛的圈铃摇得"哗啦哗啦"。

彭微微拿着一瓶饮料走过来，递到江里面前。她的脸被彩灯照着，呈现出温情的红色。

江里正预感不妙，果然听到彭微微说："江里，我真的很开心你能来我的生日会，我之前加你微信好几次，你都没有通过。今天我生日，能不能通过一下，就当是给我的生日礼物？我心里在想什么，你肯定知道的，但是这些事情，我们以后再说。"

包间里有几个人继续起哄。

江里有点头大。他反应过来彭微微说这些话的真实目的，无可奈何地看着这群人起哄拍掌，后悔自己为何要来这么个令人头疼的聚会。

他郁闷地捞过自己的手机，清楚地看到手机屏幕上显示着语音通话，已经持续六分四十二秒。

而通话的那个人，正是盛千陵。

一首歌的长度是三四分钟，那么，盛千陵应该是完整听到了他唱歌，以及彭微微说的那些话。
　　江里："……"
　　不知道为什么，他有些心虚，手忙脚乱地挂断了语音通话。
　　他下意识地看一眼和自己最熟悉的陈树木，发现后者也是一脸茫然，才知道这真是一场有预谋的生日聚会。
　　江里很快起身，也不管是不是被众多人围观着，不管会不会伤了女孩的面子，直言拒绝："对不起，我不认识你，我不随便加女生微信。"
　　彭微微听了，有点尴尬，上前一步，还想说点什么。
　　江里侧身拉开距离，回头朝陈树木使了个眼色，拿手指指了指自己，又指指门口，示意自己先走了。
　　然后他很快从KTV走出去，飞一样地往台球室跑，生怕彭微微追上来似的。
　　五楼时光台球这个点儿生意很好，无论是八球台、九球台还是斯诺克台，开台率都挺高。
　　盛千陵那张球台亮着灯，桌面上的彩球七零八散没有章法，球杆也随意放在台面，没有收拾。而他安静地坐在球台边的沙发上，脊背挺直，目光放空不知道在看着什么地方。
　　江里气喘吁吁地大步走过去，坐在盛千陵旁边，侧头看他。
　　江里明明没做什么出格的事，却总感觉心虚。他急切地说："陵哥，我唱了一首歌，就回来了。"
　　盛千陵脸上没有什么表情，眼睫轻垂，冷白的脸被灯光照得越发苍白。
　　他说："听到了。"
　　"那我唱得好听吗？"江里问。
　　盛千陵点点头，答："很不错。"
　　江里想也不想就脱口而出："看吧，我还是有当歌手天赋的，如果不读书了，我就去卖艺唱歌。"
　　盛千陵愣了一下，反问："不是去打球？"
　　江里也不知道自己怎么想的，却还是想到什么说什么："打球的话，也不能打一辈子吧。"
　　盛千陵神色一变，语气骤然变得冰凉。他回想起刚才在手机语音里听到的话，无比失望道："原来，你是这样想的。"
　　江里这两句话就像无形的导火索，让盛千陵心中阴郁汇聚，变成难以纾解的火焰，灼得他神志不清。
　　他的唇色变得很淡，瞳仁里像蓄了一汪清冷的寒潭，眼睛像两颗黑色的曜石无声释放出冰凉的光。
　　台球室里喧闹不已。

清脆的击球声此起彼伏，伴随着其他客人进了球的笑闹，抑或是没进球的惋惜，声音交融嘈杂，编织成一股错综繁乱的绳，一点一点地钻进盛千陵的耳朵。

又有其他声音争先恐后涌入耳膜。

——"我不会同意你去打职业，尽快回来参加大学面试吧。"

——"你妈妈让我转告你，月底你必须回去。"

——"我会专注一点，不因别的任何事情分心。"

——"打球的话，也不能打一辈子吧。"

…………

盛千陵不知道自己在坚持什么、在计较什么，那些声音交替缠绕在他的脑海，好像要逼得他正视与直面，无法再逃避。

他第一次这么沮丧，觉得未来一片灰茫，无法破解，无路可退，无能为力。

就连自己倾尽全力培养的徒弟，也不一定真的能心无旁骛，走上职业之路。

许是因为盛千陵脸色不好，江里很快反应过来自己说错了话："陵哥，对不起，我说错了，我讲话不经脑子，我……"

"江里，"盛千陵心情很乱，不想再纠结，"你不够专注，可能不适合打斯诺克。"

江里一听急了，靠近盛千陵一点，为自己辩解："我没有不专注，我只是随口一说，我总爱说胡话，我……"

盛千陵想起刚才手机语音时，背景声音里响起的那句歌词：有些事情还不做，你的理由会是什么。

可这并没有安慰到他。

他接着说："我一直把你当成职业选手在培养，可是，做职业选手没有那么容易。"

不知道是说给江里听，还是说给他自己听。

江里急得快哭出来了。他心里憋着气，气陈树木非要让他去那什么聚会。

都怪陈树木！

盛千陵这时站了起来。

他依然保持沉静，认真说："抱歉，我晚上有点事，先回去了。"

说完，盛千陵走到练球台旁，平静地收起自己的球杆，又走到江里身边，像什么也没发生一样，继续说："你可以练会儿球，也可以早点回去休息。"

江里的眼眶顿时变红。

他太听盛千陵的话了，下意识地"嗯"了一声，脑子里还在苦苦思索要怎么解释，他师父才不会对他失望。等到他转头时，才发现盛千陵已经提着杆盒走去了收银台那边，放完了球杆，关上了柜门。

江里站起身，愤愤地朝地毯踢了一脚。

第二天是 5 月 31 日。

也是端午三天小长假的第一天。

江里赖了很久的床才起来。他平时不贪睡,可今天就是不想起来。

江海军在屋子里进进出出,发出"叮叮哐哐"的声音,他也就当没听到。

过了一会儿,小厨房传来抽油烟机启动声,煤气灶打火声,还有锅铲与铁锅相撞的声音。

很快,油烟气充斥了整间屋子。江里没法再躺,本身也躺得腰酸背痛,只好起床,随手摸了件短袖换上。

等他收拾好,江海军也将菜做好了。

客厅既是江里的卧室,也是餐厅。

江海军把公安鱼杂和清炒藕带端到客厅一张小桌子上,又把昨晚就炖好的老鸭汤盛在一个煮锅里端上桌。

做完这些,江海军又从厨房拿了一小瓶枝江酒出来。

他把碗筷摆好,冲江里说:"过来吃饭。"

江海军挺在意端午、中秋这样的传统节日。每当到了这时候,他总会去买点菜,自己下厨和江里两个人在家撮一顿。

江里很快去洗了把脸,穿着拖鞋跑出来,将家里唯一一台落地扇摆在小餐桌附近,插上电源后启动。

落地扇挺旧了,扇页转起来还会发出"吱呀吱呀"的声音。

父子俩都不介意,一人坐一边,拆着一次性餐具。

江里给江海军倒满了酒,又给自己倒了杯水。两人菜都还没吃一口,江里就先举杯:"爸,端午安康。"

江海军那张老态毕现的脸上浮上一些红光,带着一点笑意骂道:"你个狗东西,还算有点良心。"

江里听得苦笑,不多说什么,仰头喝了一口水。

江海军菜做得不错,这回买的又是正儿八经的新鲜菜,不是哪家卖剩的打折货,味道就更是鲜美。

尤其避开了醋这味调料,味道深得江里的心。

但江里夸不出口。他和父亲之间总是隔着一些什么,非要去说破了,反而显得矫情和尴尬,干脆不说。

父子俩就这么沉默地吃着饭,并无谈资。

江海军从不过问江里在学校的学习成绩,江里也不会问江海军最近揽活多不多,有没有赚到钱。

日子反正就这样平淡又贫穷地过着,发不了财,但也饿不死。

挺好的了。

一顿饭吃完,江海军喝多了,脸蛋又黑又红,像关羽、张飞的结合版,自然没办法再去汉正街揽工。他把筷子一扔,回房间睡觉去了。

江里自觉地把桌子一收,一次性餐具全部归到垃圾桶里,没吃完的菜摆到厨房的防蝇罩下。

弄完这一切,他看一眼时间,才刚过两点钟。

以往的每个周末和节假日,盛千陵都会要求他九点左右到台球室去练球。

今天迟了这么多,盛千陵也没有发短信来催他。

江里心里一直很难受,他猜不透盛千陵昨天那话是什么意思。是不想要这个徒弟了吗?还是后悔教他打了这么久的球?

又或者,是什么别的原因?

江里本想直接去时光台球,但初夏困倦,吃得又很饱,他来了些睡意,左右一思索,干脆决定再去睡个午觉。

江里这一觉睡了很久。

他在傍晚时分醒来,心里涌上一阵悠长又清晰的茫然。有那么一瞬间,他不知道自己身处何地、现下何时。

若不是江海军隔着门板传来的如雷鼾声,他甚至会忘记了自己是谁。

江里把那部坏得很严重的手机摸出来,打开微信一看,里面空空如也。

没有人给他发过信息。

那道茫然便来得更甚。

他从床上起来,稍微拾掇了自己,就往时光台球走。

饭点时间,台球室没什么客人。盛千陵不在,潘登和洪师傅他们都不在。

江里猜测他们去吃晚饭了,便自己开了张球台去角落里练球。

可是,练了一晚上,都没看到盛千陵的身影。

潘登也没回来过。

江里又猜他们是不是一起去过端午节了,在潘登新买的那套房子里。

盛千陵提过一次的,位置还挺远,叫——哦,叫江城天地,离武胜路十好几公里。

江里就这么胡思乱想地练着球,练到快半夜,也没等到盛千陵。

他掏出手机想给盛千陵发消息,编辑了许多许多字,觉得还是要当面谈一谈才好,又一个字一个字地删掉,无奈地收了手机。

明天早一点来好了。

他想。

次日,江里上午九点整就到了时光台球。

盛千陵有钥匙,总会在这个点儿过来。但江里没有等到盛千陵,一个人百无聊赖去电玩城那边门外的椅子上坐了好久,才等到上早班的收银员过来开门。

他又开了球台在那儿翘首等候,连球都练得心不在焉,早就能上手的左塞球也掉了好多个。

就这么一直等，一直等。

等到下午的时候，江里才看到潘登嚼着槟榔走进店里。而他身后空无一人，并没有盛千陵的影子。

江里心里顿时生出不好的预感，将球杆一放，跑去潘登身边，低头问："潘总，盛千陵呢？"

潘登好像显得挺意外，他放缓咀嚼槟榔的速度，好奇地说："千陵昨天就回北京了啊，他没跟你说？"

江里："……"

他说不上自己是什么心情。

有一种无法忽略的怅然若失，又有一种意料之中的理所当然。毕竟，盛千陵已经对他做出宣判，说他不适合打斯诺克。

"回北京了？"四个字，就像一柄生了锈的匕首，初初扎进他的心脏时，并未觉得疼痛难忍，倒是抽出的那一瞬间，倒剌刮进肉里，让他震得手心都跟着颤抖。

江里没在潘登面前表现出异样。他极力镇定地表现出自然的表情，点点头，说："哦，昨天就回了啊。"

潘登知道这些日子江里总和盛千陵混在一起，自然也知道两个男生建立了深厚的友情，也就多说了一句："他那个学校嘛，得去办点事。"

盛千陵说过的，如果选择学业，就得在 6 月回北京。

在江里的理解里，这个"6 月"至少是中旬或者下旬。因为上旬要高考，而且即便是去面试也不应该是 6 月 1 日这种端午节假日。

那么，有没有一种可能，他是提前回去了呢？可自己并没有做错什么啊，为什么连一个解释的机会都不给？

江里喉咙口涌上一波又一波的酸意。

这味道比醋酸更叫他讨厌。

他没再和潘登说什么，只是像往常一样，走向角落里。

他随手在公用杆桶里拿出一支球杆，擦上巧克粉，又将桌面的十五颗红球和六颗彩球全部摆在它们应该在的点位上，然后将白球放进开球区。

心头那道强烈的失落感紧紧纠缠，江里咬着下唇，开始一人分饰两角，自己与自己对杆。

高杆左塞开球，白球慢慢回来。

很好。

长台直球落袋，再打一个 4 分球。

进了。
很好。

下一杆球型不太好,但有一个挺好的进攻机会。
是贴库定杆。
摆好动作猛地发力,打出刹车感,球进了,白球稳稳停在目标红球之前停的位置。
很好。又进了。

江里突然反应过来,他在无意识的情况下,打出了这些他练了好久可始终不能突破的贴库定杆。
优秀!

他想给自己鼓个掌,或者叫来任何人与他击个掌,他是怎样在自我博弈的情况下,打出了职业选手的水准。
盛千陵走了就走了,不想当他师父也就算了,没有什么大不了的。
江里想。
好歹他从盛千陵那儿学到了一些真本事,后续再慢慢按照那套学院派理论练球,要不了多久,他的球技就能再上一个台阶。
从此称霸江城台球界。
到了那个时候,南来北往的挑战者,都会败于他的手下。
多么有成就感!
可是,江里又想起来,他师父说,赌球需要师父同意。江里无奈地抹一把脸,劝自己,那就还是听师父的吧。
可是为什么,师父离开江城回北京这么大的事情,都不愿意跟他说一声?
还是说,前天那句"我觉得你不适合打斯诺克",就是与他的告别?
江里无法再忽略心头那厚于深渊的空洞与不甘,把球杆往桌上一扔,跑去旁边的沙发上坐着。
这时,放在黑色大理石茶几上的手机响了几声。
是短信的提示声。江里迅速把手机捞过来,隐隐有些激动地滑锁开屏。
手机老化得严重,就连解锁进入主页面都用了七秒钟。
江里满怀期待地点进短信,一眼看到发信人的名字——中国移动。
顿时心又凉了。
就这么练了两个多小时球,江里只觉得精疲力尽像脱了水一样无力。
他放下球杆,依然保持着趴在桌上的姿势,双臂交握,将脸埋在臂弯里,想将嘴里那源源不断的酸与苦咽下去。

酸甜苦辣咸。他真的太讨厌酸和苦这两味了。

这时，潘登忽然走过来了。他拍一拍江里的肩膀，说："小里？"

"啊？"江里茫然地抬起头来。

潘登说："有个会员过来对杆，现在没台子了，用你这张？"

江里在时光台球独自练球时不花钱，但他会极有眼力见地在店里快满台的时候，让出练球台，好让潘登做生意。今天练球练得投入，倒没注意旁边的球台已经全部亮起了灯。

"啊，好，好的。"江里很快跑去把落入袋口里的球全部捡起来，摆了个标准的点位，还顺手拿过台球桌底下的毛刷刷了刷台子，好给下一组客人提供干净的设施。

潘登边往前台走，边冲那会员喊："这边有台子，我让收银台关个灯给你重开。"

于是，江里拎着自己用过的台球杆，离开这张球桌。他把球杆放回杆桶里，慢吞吞掏出手机看了一眼时间。

晚上六点四十二分。过了饭点了，可他完全不饿。

店里生意很好，服务员新增加了人手，不需要江里帮忙。

在1号球台对杆的是两个不知道从哪里来的客人，没见过面，江里没有兴致去围观。

他走了几步，回望一眼整个灯光明亮的台球室，想从这一百来号人里找出盛千陵的身影。

却只是徒劳。

于是他临时起意出去走走。

江里出了乐福广场，沿着自己熟悉的人行天桥走。卖纪念品、袜子、发卡的还是那帮人，天桥上的行人还是步履匆匆、一闪而过。

江里静静地站在天桥中央，来回盯着那些面无表情的路人，想找到盛千陵的身影。

却只是徒劳。

他就这么漫无目的地走着，可走着走着，总会走到盛千陵出现过的地方。

二十九中附近的美容医院，市第一医院，崇仁路的"虾王蟹后"，凯德广场的海底捞店，还有高架桥下那家徐福记糖果专卖店、隔壁的蔡记热干面馆。

每一处，他都和他师父一起去过。

每一处，都没了他师父的身影。

灯火阑珊里，城市的上空悬挂着一轮弯月，像无垠的黑色海面亮起的灯塔塔尖。可是很快来了一朵厚厚的乌云，遮蔽住了月亮。

江里的脚仿佛不受控制。

他继续朝前走，走到汉江景苑小区门口，静静地站在那儿，等着晚归的人，然后跟着混了进去。

夜风吹来,吹乱了江里蓬松的刘海。

他站在3号楼大门外,望着明亮的一楼大厅。他想进二十九楼看看,但巧的是,一个人都没有,他就是想混,也混不进电梯和楼梯。

他只好站在光线晦暗的小区里,静静地看着3号楼的方向。

他整个人被夜色笼罩,像一个虚幻的影子,唯剩两点暗淡的眸光。

在某一个稀松平常的瞬间,江里灵光一闪,突然想明白过来了。他连日来杂乱无章的心情,盛千陵离开时脸上的冷峻,还有叮嘱他打球不可以分心时的神情。

好像漫无边际密不透风的墙终于被凿开了一道口子,细细的晚风一点一点地灌进来。

又像层层叠叠遮天蔽日的云朵被吹散一丝豁口,漏下一点令人毕生渴求的光。

江里心里扯着悔意,一秒钟都没有犹豫,掏出手机很快拨出盛千陵的电话。就连这部碎屏的带着黑点的手机都在帮他,在解锁时破天荒地只用了三秒。

他在联系人列表里找到盛千陵的手机号,用指尖点一点,很快响起连接音。

在等候接听的那三十七秒内,江里想了很多想说的话。不提他自己适不适合打斯诺克,只说说别的。例如以后还会见面吗,例如他会好好练球的,例如祝陵哥大学生活愉快,例如他会想念他的。

电话被接通,盛千陵温柔低沉的嗓音出现在手机的另一端:"喂?"

"陵哥,"江里想了好多开场白,却在电话一接通,就情不自禁地开始道歉,"对不起。"

电话那头的人停顿了一下,没有出声。

于是江里又接着讲下去:"陵哥,对不起,我该早点道歉的。是我不够专心,是我说错话了,我没有不尊重斯诺克,你别不要我这个徒弟……"

他坦荡承认了自己的分心,并诚恳道歉。都是他的错,和陈树木没关系,和彭微微没关系,和盛千陵也没有关系。

是他从一开始就不相信自己能成为真正的职业选手,却倔强地不肯承认。

话既出口,声渐哽咽。他知道盛千陵一定能懂,所以继续哑着嗓子说:"师父,陵哥,我这个人,很坏,我知道。学不好好上,成天混日子。没有什么优点,总是死皮赖脸地缠着你。可是,师父,我向你保证,我一定不会放弃斯诺克,我会努力的,师父。我以后,会把心思放在练球上,会按照你的要求,一点一点进步,一定不让你失望。"

其他的话,说不出口了。

没有戛然而止,没有意犹未尽。

只有微弱的手机电流声,穿过时间与风,落到两人的耳朵里。

盛千陵在电话里沉默了好久，终于在电话里轻轻回应："好，我原谅你了。"

江里低着头，看到一滴眼泪落到漆红色的砖石上，晕染成一点斑驳的氤氲。

盛千陵那边很安静，说话有一点点回声，好像站在一个空旷的环境里。偶尔会有一些由远及近的脚步声和短促的汽车疾驰声，然后又渐渐远去。

江里听着盛千陵的声音，心中难受更甚，那些梗在心头一整天的沉闷逼得他喘不过气来，只能借由大口呼吸来缓解。

盛千陵接着说："江里，你在哪里？"

江里循着盛千陵的话回答："我在汉江景苑里面，就是……就是3号楼外面的一棵桃花树下。"

盛千陵沉默了好几秒没有说话。

江里心里有点慌，开始胡思乱想自己是不是又说错话了。他不安地来回走动几步，想说点什么缓和一下这尴尬的通话气氛。

身后忽然传来一阵轻微的脚步声。

紧接着，电话里、身后同时响起一个声音，在江里的耳边完全重叠——

"江里，回头。"

/第八章/
生日

江里循着这道声音缓缓回头。

他有点担心是自己的幻觉,刻意慢慢转过身去,目光先落到地上,再渐渐往上抬。

先看到一双簇新洁白的板鞋,裸露在外的脚踝,熨帖的黑色九分裤裤脚,扎在腰里的白色休闲衬衫,完美的下颌线,高挺的鼻梁。

然后,他对上了盛千陵的眼睛。

离他三米左右的地方,盛千陵正站在那儿,一手提着一只黑色的手提包,一手将手机握在耳边打电话。

他清俊的脸孔被掩映在绿植外的灯带下,一半清晰,一半落入阴影。他就这么静静站着,仿佛融进夜色,却又亮过漫天繁星。

江里不假思索,飞快地冲盛千陵跑过去,伸手拥抱住了他,嘴里喊道:"师父……"更多的话却说不出来了,好像有一种失而复得的惊喜。

盛千陵垂下拿手机的那只手,按了一下红色的通话结束键,将手机塞进裤兜。

他哑然失笑道:"江里,怎么这么激动?"

江里慢慢吞吞地松手,然后后退一两步,声若蚊蚋:"对不起……"

不知是为此时的莽撞道歉,还是为自己先前那些话道歉。

盛千陵说:"下边蚊子多,先上楼吧。"

江里乖巧点头:"好。"

于是,江里默默跟着盛千陵走。他看着盛千陵拿门禁卡刷开3号楼的大门,看盛千陵进电梯刷了电梯卡,又看盛千陵拿钥匙开了2902的门。

江里亦步亦趋,就像一只听话的小狗。

盛千陵打开客厅的灯,从玄关的鞋架上拿出两双拖鞋,递给江里一双,说:"换上舒服点。"

江里始终垂着头,长长的刘海几乎要遮盖住眼睛,没有半点平时顽皮张扬的模样。

他弯腰换上鞋,然后将自己的鞋子放进鞋架里,又跟着盛千陵走。

盛千陵把黑色的手提包放在沙发一角,回头看一眼江里,问:"你喝水还是喝饮料?"

"啊,"江里仓皇抬头,有些不自然,"喝水。"

"好。"

江里慢慢地走到客厅,环顾一眼三面墙上摆得满满当当的芭比娃娃,目光又落到盛千陵身上。

盛千陵感受到江里的注视,伸手递了一瓶矿泉水过来,淡笑道:"坐啊,看着我做什么。"

"好。"江里赶紧坐下。

盛千陵走过来,跟着坐在江里旁边。

沙发是拼接式,长的靠墙,两条短的与长的垂直。盛千陵和江里分坐两边,离得很近。

坐得近了,盛千陵才看清江里那双泛着红的眼睛。他叹一口气,嗓音轻柔地问:"江里,为什么不开心?"

江里很难为情,掀起一条裤腿,随手抓一抓刚才在楼下被蚊子咬出来的几个包,试图分散和转移自己的尴尬。

他说:"以为你走了,不要我这个徒弟了,就很难过。"

盛千陵眸光沉沉,同时注意到他抠蚊子包的动作,问:"是不是很痒?"

江里点点头。

盛千陵起身走到餐厅柜边,打开其中一个柜子,拿出医药箱,找了一管专治蚊虫叮咬的膏药给他。

江里忍不住问:"陵哥,为什么你什么都不愿意和我说?"

他是指盛千陵回北京的事。甚至再往前追溯一点,盛千陵也极少在他面前说起自己的私事,有几次他都因为觉得没有被当作朋友而生闷气。

这次就更过分,直接不打招呼就回了北京。

盛千陵垂着眉眼,缓慢抬起头。他折起眼皮,漆黑的眼睛里有零星的笑意。

盛千陵哄他:"嗯,是我不对。你想知道什么?"

他的声音很温柔,带着明显的纵容和无尽的耐心。好像不论江里此时问什么,他都会如实回答。

江里说:"你怎么回北京了,怎么回去又回来了?"

盛千陵果真没有犹豫,也没有隐瞒。

他轻描淡写地说:"昨天回去见了一下我爸妈,今天上午去清华面试,然后办理学籍保留手续,下午就回来了。"

江里没有反应过来盛千陵为什么要这么赶,他只捕捉到这话里的重要信息,追问:"学籍保留手续?"

"嗯。"盛千陵点点头,云淡风轻地讲着他人生的重要决定,"我选了斯诺克。"

江里眼睛一亮,少年的神采顷刻乍现,刚才还可怜兮兮的脸,这会儿马上涌现光彩。他有些激动地说:"你想好了,以后要去打职业?"

盛千陵也跟着笑,说:"是,想好了。"

虽然父母并不同意,且闹得非常不愉快,但盛千陵觉得自己是个成年人了,有权决定自己的人生。

江里开心起来,仿佛这一秒已经看到盛千陵手捧职业赛冠军奖杯的模样。

他提高了一些嗓音,说:"陵哥,等你打世锦赛的时候,我一定坐在下面为你加油。"

盛千陵说:"好。"

说完这些,两人安静了一小会儿。

气氛很好,江里有点不好意思地说:"陵哥,以后有什么事,直接告诉我,好吗?"

不然自己这么猜来猜去的,太难受了。

盛千陵轻轻点头,说:"好。"

静默两秒,他又说:"江里,我今天十八岁。"

"啊?"江里陡然一愣,很快直起身子,"你儿童节生日?"

盛千陵白净的脸上浮出淡笑,说:"是啊,第一次见面,我舅舅不就说了我是 6 月过生日?"

江里既兴奋又尴尬,他两手在自己腰间的衣料上搓一搓,说:"啊,陵哥,我没有准备生日礼物,我……"

他在努力思考能送点什么给盛千陵,可惜他没带钱,此时此刻也变不出什么好东西来。

想着想着,江里的肚子忽然连续"咕咕"响了几声,在这静谧的环境里,显得尤为清晰。

江里愣了一下,自觉丢脸,缓缓看向自己不争气的肚子。

盛千陵问:"饿了吗?"

江里中午就没吃什么东西,晚上也没吃饭,架不住"人是铁饭是钢",不吃饭肚子就会发出抗议的声音。

盛千陵很快起身,说:"走,带你去吃东西。"

江里笑得眉眼弯弯:"好。"

两人一起从二十九楼下来,走出 3 号楼。

汉江景苑外夜景迷人。

一排笔直延伸至汉江的绿植上挂满了闪烁的小彩灯，一眨一眨，宛如火树银花，又像星河坠落。

两人穿过门口的绿化带，走向靠街边的商铺。

没走多远路过了一家蛋糕店，就在蔡记热干面的隔壁。

江里明明已经走过去了，却又退回几步，站在蛋糕店门口往里看。

盛千陵注意到江里停下来，顺着他的目光看过去，见到江里正盯着一个小巧可爱的蛋糕出神。

盛千陵问："想吃甜的了？"

江里摇头，又很快点头，说："陵哥，你今天十八岁，我想买个小蛋糕和你一起庆祝一下。"

"好。"盛千陵说。

"可是，"江里有些不好意思，"可是我没有带钱。你先付钱，我明天还给你。"

盛千陵掀起眼皮笑起来，说："不用还。"

江里坚持："那不行。我送你一个蛋糕，哪能让你自己花钱。你自己花钱，就不是我送的了。"

盛千陵只好说："好。"

于是，江里欢快地跑进蛋糕店。

已是晚上八点多钟，店里的蛋糕没剩几个了。

江里直奔门店靠街边的那排透明玻璃橱柜，走到那个六寸的粉色小蛋糕前。那个蛋糕上有一个用彩色巧克力刻出来的芭比娃娃，单脚踩在正中间的一颗爱心上，眼睛清亮有神，双手高举像一只小天鹅，活灵活现，十分逼真。

江里跑去问老板："这个是别人订了的吗？"

老板说："是的，不过客人又打电话来，说来不及过来拿，就不要了。"

江里欢天喜地，连忙说："那我要这个，帮我装起来。"

盛千陵走过来，盯着那个少女心满满的小蛋糕看了好几秒，不解地问江里："为什么是这个？"

旁边不是还有水果蛋糕和黑森林蛋糕吗？

江里开玩笑道："它和那一屋子的芭比娃娃很像，看起来和你很配。"

向来清贵优雅的盛千陵："……"

行吧。

老板很快装好了蛋糕，盛千陵付了现金。

江里提着小蛋糕盒子走出来，问盛千陵："陵哥你吃过晚饭了吗？"

盛千陵如实回答："在机场吃过了。"

江里随手朝蔡记热干面店一指，说："那我吃碗面就行。"

"好。"

两人一起走进面馆。

• 119

江里把蛋糕放在小桌子上,去找服务员点了一碗面,又加了两块干子。

盛千陵主动付了钱,又买了一瓶矿泉水,然后坐在江里对面等他。

江里双臂撑在桌子上,靠近盛千陵,认真问:"陵哥,有什么十八岁生日愿望吗,我想帮你实现。"

盛千陵笑一笑,摇摇头,说:"现在就很好了,没有什么特别的愿望。"

"那可不行。"江里不依了,"怎么能没有愿望呢,你想一个我能做到的,我一定刀山火海都给你完成。"

少年嗓音清朗,面色虔诚,说这话的时候满是诚恳不带一丝戏谑,仿佛就算盛千陵这会儿开口要天上的月亮,他也会努力去航天局借飞船。

盛千陵想了想,说:"江里,这个愿望先欠着吧,等我想到了,再告诉你。"

江里这才开心,弯起眼睛笑道:"好啊,我等着。"

等了几分钟,江里的热干面被服务员端过来了。

他急着回去给盛千陵过生日,于是飞快地拌了拌热干面的芝麻酱,大口咬着干子,飞快地解决了自己的晚饭。

盛千陵把矿泉水瓶盖打开,递给江里。

江里自然地接过来喝一口,从桌边的塑料抽纸盒里扒拉出两张餐巾纸,擦干净了嘴。

吃完饭,两人返回汉江景苑。

一进门,江里把蛋糕放在餐桌上,然后拆掉盒子,接着取出生日蜡烛,插在蛋糕正中那个芭比娃娃旁边。

蜡烛是红色的,一支是"1",一支是"8"。

江里使了个坏,故意把"8"放在"1"的前面,然后把蛋糕旋转半圈,正好让盛千陵看到"81"这个数字。

盛千陵挑一下眉,问:"故意的?"

江里张嘴就来:"祝师父生日快乐,希望你八十一岁时,还和我一起打斯诺克。"

盛千陵短暂地愣了一下,很快笑起来。

他说:"好。"

江里到旁边的置物柜上找了只打火机,把蜡烛点燃,又去关了客厅的灯。

屋子里骤然暗淡下来,只剩下餐桌上这捧暖黄的烛火。

盛千陵就坐在这盏烛火后面,温柔的火苗落入他干净澄澈的瞳仁里,使他看起来安然静谧、优雅温柔。

江里静静地看着,思绪不可控地飘远,飘回老家,落入很多年都没有想起过的一幅画面。

那还是2008年年初,整个湖北省下过一场声势浩大的暴雪。

那一年他和江海军一起离开生活了十二年的村子,前往江城。

村庄被深及小腿的白雪覆盖,行走困难。可是天地之间一片洁净的纯白,山坡上的树木与土壤全部被铺天盖地的大雪包裹,却让江里觉得十分新奇。

南方少雪,于是人们对雪有着天然的向往。

可江里不知道这样的暴雪称得上自然灾害,只记住了当年那一幕震撼人心的美感。

那是难以言喻、无法形容的惊心动魄。

是对大自然的鬼斧神工发自内心的折服。

正如此刻。

十八岁的盛千陵坐在他的面前,坚定地要带他走上斯诺克职业道路的模样。

江里轻轻开口,生怕惊扰了时光似的:"陵哥,生日快乐。"

盛千陵微扬下巴,答:"谢谢。"

江里想了一下,说:"陵哥,我给你唱《生日歌》吧。"

说完,他也不管盛千陵同不同意,自己一个人拍着掌,轻声唱起来:"祝你生日快乐,祝你生日快乐,Happy birthday to dear lingge(陵哥),祝你生日快乐……"

他中英文夹杂,不管曲调不管发音,唱到结尾,弯起眼睛加快拍掌的节奏。

等到江里唱完,盛千陵配合地凑过去吹了蜡烛,再一次向江里道谢。

江里跑去开灯,回来时欢快地坐下,眼巴巴地盯着那只小蛋糕。

盛千陵知道他嗜甜,也就遂了他的意,取下燃烧了一半的数字蜡烛和巧克力做的芭比娃娃,用透明的塑料刀切开蛋糕,给江里装好一大块递过去。

江里欢天喜地接过来,放在自己面前,用勺子尝了一大口。

奶油丝滑,蛋糕香浓,配比精准,不油不腻,只嚼一下,便满口馥郁,唇齿留香,一直甜到心坎上。

这些甜,已经够了。

江里想。

这么多年来,尝尽生活给的苦,现在终于安下心来,有了一个可望可为之奋斗的职业目标,让他动力满满,内心无比感恩和满足。

不必再得寸进尺。

小蛋糕只有六寸,最后江里一半都没能吃完。

他解决完一块,剩下的实在吃不了了,便拿去冰箱放起来。

时间越来越晚,江里看出来盛千陵舟车劳顿一天十分疲惫,说:"陵哥,那我先回去?"

盛千陵确实累到困倦,点点头,说:"好,那我送你下去。"

江里听笑了,说:"然后我再送你回来,你再送我下去,我再送你,你再送我,咱俩今晚不用睡了,就来回送一晚上。"

盛千陵也听得好笑,走过去替江里开门,说:"那你好好休息。"

江里看着盛千陵,声音很轻:"好。"

端午小长假一晃而过。

因为盛千陵的去而复返,江里心情十分不错。这天他神清气爽地去上学,进教室时还难得主动地与同学们打招呼。

班里的第一名是个女生,是理科班这边鼎鼎有名的学霸,名字叫蒋言。

蒋言个子不高,扎着利落的马尾,长着一张生人勿近的厌世脸,是典型的一心扑在学习上的最佳模范生。

江里进来时,刚好碰上蒋言,他痞里痞气地打招呼:"嗨,学委,早上好。三天不见,你更漂亮了。"

蒋言一直对江里的成绩耿耿于怀,听了这样的赞美,丝毫不动容,只是板着脸说:"你多考几分,让我们班平均分提高点,我能更漂亮。"

理科班这边一直是按照班级平均分来排名。

高二(7)班成绩好的同学很多,但架不住江里回回考十几二十来平均他们,导致班级在全年级的排名很落后,经常被梅朝凤老师批评。

江里一脸不在意,还笑得春风得意,嬉皮笑脸地说:"学委说的是,我一定好好努力。"

蒋言抬起凉薄的眼皮斜看江里一眼,无语地出去了。

江里回到位置上,长腿一伸,伸到前桌的椅子底下,坐下来掏英语书。

第一节是英语老师梅朝凤的课,再怎么不认识单词,他也得做做样子,哪知道掏了半天没见着英语书,得,那就推迟一天再努力。

陈树木也刚到教室,一见到江里,很快坐下凑过来,说:"里哥,6号我请几个朋友吃饭,一起去。"

江里好奇地反问:"为什么要请吃饭?"

陈树木脸上的笑容放大,贼笑道:"我提前给自己过十八岁生日。"

江里震惊:"如果我没记错,你2月过的十七岁,离十八岁还有七八个月,这也能提前过?"

陈树木有点不好意思,扭捏着:"这不是为了把徐小恋叫出来玩嘛。"

江里:"⋯⋯"

因为高三年级要高考,二十九中也是一个考点,所以高一高二年级在6日到8日放假,给高三生腾位置。

陈树木一连磨了江里三天,江里都不肯松口,仍然是一放学就去时光台球打球。

到了6月6日那天,陈树木只差堵着江里发毒誓,把胸脯拍得"啪啪"作响,

122

保证这是最后一次拜托他帮自己。

江里被缠得没脾气，只好无奈答应。

当天下午，江里和盛千陵一起练完球，放下球杆时才说："陵哥，我一会儿得去和同学们吃个晚饭。"

盛千陵有点惊讶，因为江里挑食挑得"石破天惊"，极少有主动愿意出去聚餐的时候。但他很乐意看江里与同学们来往，所以点点头，问："吃完还回来继续练球吗？"

江里说："那肯定要回来的。"

"好。"

江里从乐福广场出来，和从江汉路过来的陈树木去利济南路会合。

陈树木看起来刻意打扮过，花T恤配浅灰裤子，还专门做了发型。

只可惜江城的6月过于炎热，他才从公交车上下来不久，满头的汗就摧毁了"托尼老师"的心血。

江里看着他同桌一副孔雀开屏的样子，点评道："很帅。"

陈树木顿时开心，不住地借用商铺门口可以反光的玻璃当镜子，一路自我感觉良好。

两人进了利济南路深处。

这条街算是汉正街的入口，商铺众多，行人熙攘。

小汽车与面包车挤作一团，几个司机加塞超车，把车子开得飞快，又在绿灯变红时降下车窗相互破口大骂。

几个戴着布帽子的人拖着小拖车，将一包包货物送到附近的面包车上，数一数工钱，黝黑的脸上浮现满足的笑意，全然不顾脸颊上滚滚落下的汗珠。

江里朝他们瞥去一眼，神色淡淡地收回目光。

他有点热，拿手掌抹了一下额头上的汗。才这么短短的几百米距离，他的脸就被太阳晒得发红，平日就薄润的唇显得更艳。

这种天气出来聚餐，他真是疯了。

江里和陈树木一起走进肖记公安牛肉鱼杂馆。

陈树木请的另外几个同学已经到了，徐小恋坐在正中间，看起来不太情愿，但对陈树木的态度好歹松动不少。

这个包间临街，整面都是玻璃墙，坐在里面，能将外面的喧闹街道尽收眼底。里边开了空调，凉气一丝丝从出风口飘出，缓解了江里的燥热。

他找了个位置坐下来，也不愿意和一桌人寒暄，只在陈树木问他喝什么时，要了一瓶冰汽水。

陈树木很快和其他几个学生聊到一起，时不时和徐小恋搭讪几句。

江里听着其他人点菜，什么凉拌苦瓜，什么糖醋里脊，什么拔丝苹果，听得直皱眉。他拿出手机给盛千陵发消息：陵哥，你在吃什么好吃的？

盛千陵很快回过来一张照片。是几样简单的小炒外卖，配着冰水。看背景应该就是在时光台球的休息区小圆桌上。

江里笑着打字：看起来就很好吃。

盛千陵回复他：嗯，明天买给你吃。

江里看着手机聊天对话框，不自觉笑了笑，心情好歹不像刚进来时那么燥热不爽了。

他看了一遍聊天记录，右手手肘撑在椅背上，漫不经心地朝玻璃墙外扫了几眼。

此时夕阳正在缓慢坠下。

楼宇遮挡，看不见落日，但能瞥见天际半片张扬的橘红。天空是渐变的油彩，深蓝至浅蓝，浅蓝至青黛，无言俯视地面。

利济南路被车挤得水泄不通，从各地来的进货老板们穿行其中，焦躁地等着交通疏通。

一些挑着货物的"扁担"从人缝里艰难穿行，一分钟都不敢怠慢，加快脚程去寻找他们的目标车辆。

江里视线随意向外扫过去，目光忽然定住。

就在离这家餐馆斜对面的一处文具批发店门口，一个熟悉的身影落入他的视线。

江海军穿着洗得发白的蓝色短袖汗衫和灰布裤子，头上戴着一个破旧的遮阳帽，背上被汗水整个浸透，布料不规则地紧贴皮肉。

他正扶着一根扁担，对面前一个穿着黑色连衣裙的女子点头哈腰一再鞠躬，看起来像在赔礼道歉。

那女子满脸怒意，先是拿手指向自己的裙摆某处，接着又用那手指着江海军的脸破口大骂。

隔得太远，江里听不清她在骂什么，只能大致猜到是江海军弄脏或者弄坏了那女子的衣服。

旁边很快聚集了许多看热闹和围观的路人，无一人挺身相劝，个个都麻木空洞地盯着他们，最多在女子开口时，对江海军露出鄙夷厌弃的神色。

江里的好心情骤然被毁，他腾地站起身，椅子脚划过地面，发出刺耳的"刺啦"声。

其余人都吓一跳，朝他看过来，不知道发生了什么事。

江里胸腔起伏，紧捏手指。

半晌后，他却扯出一个苍白的笑，对陈树木说："今天提前给你过生日呢，干了这杯饮料，生日快乐。"

两小时以后。

所有人都已经离开，包间里只剩下陈树木和江里两个人。

外面的天已经全黑，路灯亮起来，遮盖住了白天的燥热。

夜晚的风缓缓吹过，绿化带里的树木枝干纹丝不动，只让几片叶子轻轻摆动以示迎合。趋光的蚊虫绕着夜灯飞舞，世界陷入真实的寂寥。

陈树木也要回去了，询问江里走不走。

江里坐在椅子上，低着头没说话。

这时，他的手机屏幕亮了起来，盛千陵给他发了一条消息：怎么还没回来练球？

江里让陈树木先回去，自己在原地又坐了好久。

想着不能让师父等太久，他慢慢打字回复：师父，我今天能不能不练球了？

盛千陵很快回复：可以啊，你回家好好休息。

江里又打字：师父，我们一起去江滩看灯吧？

盛千陵隔了一小会儿发来一个字：好。

江里从餐馆出来，被夜里的暑气扑了一脸。

凉热交替，江里不自在地皱眉："怎么这么热。"

他安静地站在商铺门檐下，下意识地又去看斜对面那家文具店。这个点儿喧闹散尽，文具店门口一个人影子也没有。

过了一会儿，盛千陵到了。

他坐在一辆出租车上，冲江里挥手。江里看到，大步迈了过去。

从利济南路去沿江大道，也就一两公里距离。

出租车很快稳稳地停在了江滩公园门口，盛千陵付了钱，然后和江里一起下车。

盛千陵没有来过江城的汉口江滩，看了看周边的环境，侧耳问："江里，是这儿吗？"

江里看一眼路边的酒吧一条街，再看看高高的江滩公园台阶，答："是的。"

于是两个人随着人群走了进去。他们拾级而上，走过一百多级台阶，来到江滩边的空旷地带。

江里今晚吃得杂，饮料喝了不少，胃里突然一阵翻滚。他仓促地甩开盛千陵的手，飞奔向绿化带旁一只保洁专用的绿色大垃圾桶。他一手揭着垃圾桶盖子，一手紧紧捂着自己的喉咙，希望自己能呕吐得顺畅些。

几分钟后，江里终于吐尽，虚脱地靠着旁边一棵树休息。

身侧有一只手递过来一瓶揭了盖的矿泉水，江里看一眼，接过来喝几口，"咕噜咕噜"漱口后，又倒了一些水在手上，胡乱擦了几下脸。

他一张脸白里透着红，沾着水珠，更显肤色细腻，被头顶明亮的灯光一照，柔和又苍白。

吐了这么一遭，胃里彻底干净了，江里才算是从刚才那种难受的状态里走出来。

　　他喝了几大口水，站直了朝盛千陵一笑，乖巧地说："陵哥。"

　　盛千陵应道："嗯。"

　　此时正是江滩夜景最绚丽的时候。

　　江对岸的摩天大楼流光璀璨，光影起伏。楼顶的彩色光柱直指天空，将那一小方区域照得宛如白昼。巨幕楼体显示屏跳跃滚动，一长串的楼宇像被拆分的完整镜像。

　　往左看是雄伟立体的长江二桥，挂着明亮柔和的红色彩灯，将江水也照成温情的红色。

　　往右看是赫然入目的龟山电视塔，塔身被照耀得灯火通明，在夜幕的笼罩下直指天际。

　　江里说："这边真好看，陵哥，我们去水边的椅子上坐一会儿。"

　　盛千陵表情不变，还是点头说："好。"

　　他们沿着江滩走了几十米，在最靠近水岸的地方找到一张空条椅。

　　两人坐下来，盛千陵才问："江里，心情为什么突然变坏了？"

　　明明去吃饭之前还好好的。

　　江里压根儿不想说自己心里那点矫情，含糊道："没有啊，就是吃饭吃得太尽兴，吃撑了。"

　　他不想说，盛千陵也没逼他。

　　一时静默无言。

　　江面上有几艘巨大的货轮驶过，汽笛声伴着晚风，交织在热浪里。一阵凉风吹来，随着水汽蒸发，让人体感凉爽不少。江心里有人在夜泳，隔着不远不近的距离，只看得到水里游动的黢黑的脑袋。

　　没坐多久，公园里的管理员突然过来赶人。

　　保安拿着喇叭大声喊："明后天要高考，为了不影响住在附近的高三学生休息，今天我们早点关门，请大家提前离开。"

　　盛千陵和江里一起站起身来。

　　朝门口的方向走了几步，盛千陵又开口："江里，我是你的师父，也是你的朋友。虽然……"盛千陵顿了顿，半天没把"虽然"后面的话说完。

　　江里垂头苦笑一下，然后抬起头，双眼带笑地说："师父，今晚真的没事，你放心，不会影响训练的。"

　　盛千陵停下脚步，在灯光璀璨的夜幕里，一字一字、缓慢地说："江里，我只是让你保持专注，没有让你疏远我。"

　　"……"

/ 第九章 /
针对训练

高考这两天,整座城市就像被按下了消音键。

公交车开得安安静静、蹑手蹑脚,像在宣告从此退出 F1 赛场。出租车司机临时戒掉了汉骂,系上了红丝带,挂上了"高三考生接送车辆"牌,专门为考生提供帮助。

商场的广播音响一片宁静,跳广场舞的大妈们自发停止了聚集。

静得不可思议。

江里坐在时光台球休息区,和盛千陵一起吃晚饭。天气太热,他们不想出去,就点了外卖。

江里喝了一大口冰汽水,对盛千陵说:"陵哥,你看看这高考气氛,也太严肃了。幸好你保送了。"

自前晚在江滩看灯之后,两人之间的气氛又变了一些。明明是挺尴尬的话,可说开之后,顿时没了扭捏和疏远,多了几分心照不宣的坦荡和自然。

江里很喜欢这种感觉。

盛千陵点点头,抬起俊白的脸,答:"明年这个时候,就是你去高考了。"

提到高考,紧接着就会想到江里未来想报的学校和专业,还有他为江里规划的斯诺克职业生涯。

不过时间尚早,盛千陵没有深入这个话题。

来日方长。他想。

江里随意地点点头,顺手又自然地把辣子鸡上那些香菜拨开,夹了一块肉。

他吃饭狼吞虎咽,被盛千陵提醒过好几次,才不得不试着吃慢一些,尽量保持和盛千陵一样的频率和节奏。

盛千陵把江里拨开的香菜夹了,慢慢嚼着,神态放松。

两人吃到一半,潘登和洪师傅过来了。他们刚刚从外边进来,头上还冒着一层浅薄的汗水。

洪师傅没坐，扯着自己快汗湿的衣服，走到最近的中央空调出口去吹风。

潘登几乎是槟榔不离口，一块嚼成渣，又换上一块新的。

他在盛千陵吃饭的这桌坐下来，对两个年轻人说："有个事情，提前和你们说一说。"

江里放下筷子，将嘴里的饭菜吞进去，喝一口冰汽水，问："什么事？"

潘登说："现在天气太热了，我们台球行业也进入了淡季，我和孙总还有洪师傅商量了一下，准备在7月初举办一个斯诺克比赛，规模可能要弄大一点。"

江里知道孙总是店里另外一位股东，有其他的产业，平时不怎么过来。

而洪师傅当年在开店时也提供了一定的资金支持，所以店里举办高规格的比赛，自然需要三个人都同意。

潘登又说："喜欢打斯诺克的会员其实比喜欢八球的要少很多，所以我们打算降低参加门槛，提高奖金额度，多吸引一些人参加。暂时就是设一个冠军两万块钱奖金，亚军一万块，季军五千块，然后第四名到第六名一人一千块。"

江里隐约听明白了潘登的意思，略有些激动地问："潘总，你是想说……"

潘登直接说："小里的水平我们都是知道的，在我们球房除了千陵，应该没人能打得过。这个奖金让别人得去，不如让小里来得。你们觉得呢？"

江里只参加过一次台球比赛，就是愚人节那次的中式八球赛。拿了一千五百块钱奖金，叫他乐了好久。

眼下听到潘登让他参加斯诺克比赛，他兴致高昂，但第一反应是转头朝盛千陵看过去。

他记得清清楚楚，和打球相关的事情，都得师父同意才行。

盛千陵好像并不意外。

他伸着修长白净的手指，慢条斯理地将桌上的餐盒收好打包，淡笑道："参加比赛当然是可以的。"

江里一时激动，好像提前感受到了拿冠军的喜悦，脑子里甚至开始构想要怎么花这笔巨款。

但很快盛千陵就给他浇了一盆凉水。

盛千陵说："只要是奖金超过一万块的比赛，就会吸引全国各地的业余高手过来，你要面对的对手，不仅仅是你在台球室见到的这些会员。"

江里愣了一下，问："包括你这种可以去打职业但还没去的？"

盛千陵点头，嗓音一如既往的清润："对，有很多高手不愿意打职业，觉得不自由，也不愿意改变自己的击球习惯。这个群体不在少数，所以这种类型的斯诺克比赛，不是你想象中的那么容易。"

江里又问："那你参加比赛吗？"

盛千陵摇摇头。

潘登含着槟榔含混不清地接话："千陵这个水平，算是职业选手了，加上又是我外甥,这次就不参加了吧。"

这是要避嫌的意思。

盛千陵点点头。

接着,潘登又说:"千陵,到时候比赛流程和规则,再就是执裁这些,你多帮我一下。"

盛千陵又点头。他从小就参加过无数次正规大型比赛,对这些自然十分了解。

江里冷静了一些,想到什么,问:"潘总,我还有个问题,就是你说7月初就比赛,那我要到7月中旬才满十八岁,这个年龄……"

很多台球俱乐部举办比赛,都会拒绝未成年人参加。原因无他,就是因为未成年人没有消费能力,即使拿了奖,也很难成为俱乐部里的充值会员。而举办一场比赛,最根本的目的,就是要吸引更多的台球爱好者来办理会员卡。

潘登咧嘴一笑,身上那点江湖气顿时就冒了出来。他说:"我们自己搞的比赛,我们的规矩就是允许未成年人参加。"

江里顿时眉开眼笑。

可盛千陵好像泼凉水上瘾,又慢悠悠地接一句:"十几岁的斯诺克高手也非常多。"

他自己在十一岁时就拿过大型斯诺克比赛的亚军,而且是在不让分、与成年人平等角逐的情况下。

江里刚才那点嚣张气焰被灭了个干净,有点心虚道:"那我这水平,会不会被人虐菜啊……"

盛千陵仍是云淡风轻:"那正好,我看看你的心态。"

江里:"……"

吃完饭,盛千陵去扔垃圾,顺便上洗手间。

洗手间旁边有一排储物柜,平时用于时光台球的员工们放置杂物。盛千陵买了许多漱口水,就放在其中一个未上锁的柜子里,方便他和江里饭后漱口。

江里用完漱口水,盛千陵正好过来洗手。

盛千陵说:"打比赛紧不紧张?"

江里轻轻一笑,很自然又轻狂地说:"不就是正常打球嘛,真的不紧张。我师父都教我这么久了,自然得检验一下成果。"

盛千陵看着像松了一口气,笑道:"这次比赛,只要你能进冠亚季军,我就给你一点奖励。"

江里眯着眼睛笑,笑得瞳仁里光亮一片,用肩膀顶了顶盛千陵的肩,反问:"什么奖励?"

盛千陵早就想好了答案,直言道:"带你出去玩一天,就当是放松了。"

自从拜师后,江里的生活其实越来越单调,一放学就要来俱乐部,仔细听

• 129

盛千陵讲课，然后开启漫长的训练。周末早上九点也要准时到达店里，开启一天枯燥的机械重复动作练习。

练得久了，江里也有些疲惫。听说能放一天假，和师父一起出去玩，他自然心驰神往，随口问："那我要是没进前三名呢？"

盛千陵姿态轻松，好似随口一讲："以后每天的练球时间增加四小时。"

江里："……"

就知道没有白得的奖励！

高考结束，世界恢复了吵吵闹闹，高一高二的学生也恢复了上课。

只不过两周以后是中考，学生们又得给初三生腾考场，导致最近的课业十分紧张。

各科老师都想争分夺秒多讲一些内容，恨不得将书本上的知识一页一页塞进学生们的脑袋里。

大家都听得很认真，只有江里盯着梅老师写的满黑板的英语语法走神。

第一届时光杯业余斯诺克邀请赛。

他能不能进前三呢？

听说北京那边有很多高手，也有很多浙江的厉害球手过来，以他这个准度和技巧，有没有希望突出重围？

万一有盛千陵这种神童过来砸场子怎么办？

万一他"一轮游"丢脸丢到老家了怎么办？

…………

就这么不着边际地想了一会儿，江里回过神，好奇地发现前排的同学们都在回头看他，个个笑得一脸诡异。

他转头看一眼同桌陈树木，见陈树木把书本码得老高睡得正香，后背莫名发凉。

果然，梅老师目光如炬地盯着他，又重复一遍问题："在定语从句中，主语是 which、who 这类关系代词时，应该要注意什么？江里，你说一说。"

江里压根儿不知道定语从句具体是什么意思，只不过听得多了，还挺耳熟。

他大大咧咧地站起来，从容不迫地微笑道："当然是要注意别把 which 和 who 这两个单词写错了。"

梅老师："……"

全班同学终于忍不住哄堂大笑，好像要借此机会发泄，在繁重的课业里偷得几分放松。

可江里本人却自我感觉良好，好像能为大家带来快乐，是一件很荣幸的事情。

梅老师气得冒烟，狠狠地把粉笔往讲台上一摔，怒道："江里，我倒要等着看看,你以后高考能考几分!"

江里不急不恼,桃花眼弯起来,笑意盈盈地接话:"不要急,梅老师。让我们一起静静等待明年的到来。"

梅老师气得血压直飙,手指紧捏着讲台一角,咬牙切齿道:"蒋言,你来回答!"

学委蒋言站起来,说出了正确答案。

江里坐下来后,撩一把遮住眼皮的刘海,冲四面八方还在看他笑话的同学们抱拳一笑,像刚刚结束武术表演的大侠给观众行礼似的。

接着他就继续发呆去了。

只不过,受梅老师影响,江里忽然想起前几天盛千陵也说过的话。

——"明年这个时候,就是你参加高考了。"

江里目光一跳,第一次开始幻想以后。

以后会变成什么样儿、以后要去做什么,江里几乎很少考虑这样的问题。

人生充满了太多的变数,往往在他做出一个决定的时候,就会要被迫改变答案。

这短短十多年的时间里,他一次次被洪流推着,被现实逼着,走向自己不曾设想过的方向。

可不去想以后,不代表以后不存在。

尤其,盛千陵迟早是要走的。

那他自己呢?

江里想深了便觉得烦躁,回头看一眼还在打瞌睡的陈树木,心中淡淡点评:"做人好难,还是当猪舒服。"

莫名成了猪的陈树木翻了个身,流下了一滴清亮的口水。

晚上去时光台球,江里发现潘登已经做了斯诺克比赛的宣传海报。

门口的玻璃墙上贴了满屏,一半是参赛流程和规则,另一半是双败淘汰赛的晋级塔,越往上,说明名次越高,到最顶上那一个,就是用来写冠军名字的地方。

江里朝那个空格子看了几秒,收回目光往店里走。

推开玻璃门,凉气扑面而来。

江里随意地往里边一扫,愣了一下。才不过六点多钟,店里几乎已经快满台了,就连平时用来照明的1号球台也有会员在对杆比赛,旁边还坐了几个围观叫好的观众。

他走到中间休息区的小圆桌那边,盛千陵已经在等他了。

江里说:"陵哥,店里生意这么好啊。"

盛千陵点点头,收起手机,开始拆外卖的包装袋,答:"潘总为了宣传比赛,搞了个充值活动，充多少送多少，然后第一次到店的客人免费送一小时。"

江里点点头，自然地坐下来，等着盛千陵给他递饭盒、递筷子。

盛千陵拆开一份米饭摆在江里面前，又将一双一性筷子的塑料包装取下，递到江里手上。接着他又拧开一瓶冰汽水，放在江里左手边。

一气呵成，像在照顾生活不能自理的幼儿。

江里歪歪斜斜地靠坐着，眼睛都不眨地盯着盛千陵手上那点动作。

盛千陵长得好看，也很注意仪容与姿态。双眼皮耷着时，看起来很清冷，但一旦抬起眼对上江里的视线，就会很快露出一丝柔软的笑意。

江里喜欢看盛千陵笑，只要看着，心情就会变得很好。

他扶着盛千陵为他打开的饭盒，拿着盛千陵给他拆的筷子，吃着盛千陵给他买的好吃的，觉得这一刻，舒坦！

吃完饭，两人照例去练球。

江里近日来涨球很快。

他本身领悟能力就强，经过前段时间的练习，对于盛千陵所教的学院派杆法，很快就能融会贯通、运用自如。

至少不再是几个月前的那个野路子球手了。

眼下，斯诺克区只剩下两张空球台，还都不是他们平时训练的那两张。

江里说："陵哥，你先开一张，怕有客人过来，先留一张。"

剩两张台便只开一张，剩一张台时便不开，好方便潘登做生意。这是他们心照不宣的默契。

盛千陵点点头，去杆柜取了自己的球杆，来到斯诺克球桌边。

这张桌子离九球区非常近，中间只隔了一排茶几沙发，还是背靠背式。

江里一屁股坐到单人沙发上，看着盛千陵随意地摆球练球，想到什么击球方面的问题，便提出来交流一番。

他架着腿懒洋洋地询问盛千陵，他除了准度、技巧、杆法，还有什么是应该要学的。

盛千陵思索之后回答他："你的准度无可挑剔，杆法也学到了七八分，技巧方面呢，你的领悟能力很不错，不需要我再多说，唯一不足的是——"

盛千陵话还没说完，江里感觉到身后背靠背的那张沙发突然一沉，下一秒，一颗坚硬的头撞到了他后脑勺上。

江里痛得直抽气，长长的"嘶哈"一声，拿手捂住后脑，深蹙眉心转过身去。

九球桌那位顾客也同时回过了头。

对方是个流里流气的年轻男人，肥头大耳，膀大腰圆，穿着件黑衬衫，戴着条大金链子。

见自己坐姿太猛撞了人，他敷衍道歉："对不住了兄弟。"说完不再看江里，又乐颠颠地跑回球台边，指导同他一起打球的同伴。

江里:"……"

他本来就怕疼,这一下撞得不轻,疼得他两眼发黑。

盛千陵注意到这一幕,很快放下球杆走过来,弯腰靠近江里,轻轻替他揉后脑,问:"要不要紧?"

江里压低了声音抱怨:"那人头真重,撞死我了。"

盛千陵替江里揉了好一会儿,江里才缓过来。

为了避免再次碰上这种情况,江里特地换到茶几另一边的沙发,侧坐了身体,一脸不耐烦。

所幸他脑壳坚硬,疼了当时那一下,休息几分钟,便也没事了。

盛千陵继续回到球台边练球,时不时朝江里看一眼。

两人话没说完,江里扬起白皙的脸,润唇轻启,说:"陵哥你刚才说我唯一不足是什么来着?"

"全局意识。"盛千陵很快给出答案。

见江里不是很能理解这句话,盛千陵随手推了一些红球在桌上,认真地解释:"换成数学或者物理来讲,就是空间想象力。我给你一个球,让你打,你能打进;我跟你说,让你用高杆加塞五分力,你可以打出来;我跟你说,用一个中下低杆拉回母球,好打下一颗,你也没有问题。

"但是,你要面对的不是一颗球,不是一次杆法,也不是其中某一种单独的技巧,而是 15 颗红球、7 颗彩球,一红一彩 15 套,再清彩,一共 147 分。你没有全局意识,向来就是打到哪儿算哪儿。"

盛千陵慧眼如炬,精准地看出了江里的问题。

这个问题也有点像江里的生活态度,不会想得太多,总是随波逐流、见招拆招。

就像海上的一叶扁舟,海浪来的时候便升起桅杆奋力自救;风平浪静之时,就随意漂浮,游荡到哪儿算哪儿。

江里听得入神,脑子里慢慢浮现出自己从前打球的思路,和盛千陵的话一结合,果真醍醐灌顶,发现了问题所在。

他一直以为自己只是缺少杆法,却没想到,最大的缺点竟然是意识层面的。

江里有些兴奋,坐直了身体,连跷着的二郎腿都放了下来。

他眸子里映着光,灯光将他的脸照得又白又亮,浑身的痞气与张扬被收敛,流露出一种兴趣使然的呆萌。

江里急急地问:"那有没有什么办法啊师父,这个全局意识,要怎么训练?"

盛千陵唇角淡笑,正欲回答,却无意看到正对面那桌,"大金链子"将九球专用的大头杆拆分成了两截,然后摇着肥壮的屁股坐在了台库边。

盛千陵顿觉不妙。

下一秒,他听到"大金链子"对同伴说:"看哥哥给你表演一个扎杆啊。"

·133·

扎杆是指竖起球杆头，猛烈发力去戳白球，让白球受力后，呈一条弧线弹出去，避开前面的障碍球，成功击打到目标球。

并不是人人都具备扎杆的本事，尤其是"大金链子"这种根本无法控力的菜鸡选手。

下一秒，盛千陵果然看到"大金链子"那颗白球被扎飞。因为扎偏，力气又大，那球不可控地飞过来，直冲江里的方向！

隔着这几米的距离，盛千陵根本来不及去拉江里，只得提起心脏大喊一声："江里！"

江里不明所以，慵懒散漫地抬起眼看过来，还没有来得及回应，很快被一股强大的冲力袭上背部，痛意顿时席卷了全身的神经。

那颗白球狠狠砸在了江里背部的左边蝴蝶骨上，然后被弹回去一点，重重地落到灰色的方块地毯上，很快弹开滚远。

江里痛得身体一抽，下意识地转头想看自己的背，忍不住骂道："不长眼啊……"

台球是用大理石做的，又厚又重。

"大金链子"用的力太大，碰到江里时，球的受力面积小，等同于江里承受了"大金链子"刚刚那一杆全部的力量。

江里疼得双眼通红，眼尾噙着一汪因疼痛带来的零星清泪，一张脸变得煞白，唇色也渐渐淡了。

他怕疼怕得要命，尤其是这种毫无心理防备的被袭击，更叫他难以招架。他想回头去骂人，却架不住痛感太强，头晕目眩，连转身都做不到。

盛千陵第一时间扔了球杆飞奔过来，蹲在江里面前，伸手托住他的肩膀。

盛千陵眸色变深，焦急地问："江里，怎么样？"

江里细皮嫩肉，根本承受不了这种撞击。他委屈道："好痛啊……是哪个不长眼的在打球啊？"

"大金链子"见自己砸到了人，竟先去捡了球，才过来道歉。但他并没有什么诚意，又说了一句"对不住了兄弟"，就想回去接着打球。

盛千陵冷着一张脸，站起身来，压着怒意道："就这么道歉就完了？"

"大金链子"见盛千陵是个年轻人，并不放在眼里，讥笑着反问："那还要怎么着？带回去供着？"

盛千陵很少动怒，性子早被斯诺克这门运动练就得波澜不惊，此时也真是靠着那点涵养才极力克制道："那球如果撞上脑袋，能把头打开，你说一句对不住就没事了？"

"大金链子"无耻地说："那不是没砸到头嘛，要不我用手砸一次？"

这就是赤裸裸的挑衅了。

江里疼得紧锁眉头，但听到盛千陵这么被人欺负，忍不住侧过身体回应"大金链子"："砸你大爷啊，我弄死你！"

他说狠话的时候，全身的狂妄和野性都被释放，整个人浑身上下被一股狠戾包围，好像下一秒，就真要冲过去弄死"大金链子"。

"大金链子"被江里的气场震慑到，竟惊了数秒没说话。

盛千陵自己怒意难平，又怕江里真的冲动出格，赶紧叫旁边的服务员去叫潘登。

潘登来得快，他还是那身常穿的白汗衫配牛仔裤，剪着寸头，嘴里嚼着槟榔，一身匪气尽显。

他过来了解了下情况，伸手搂过"大金链子"的肩膀，做着表面和事佬，笑眯眯地说："这样吧，我们小里会去检查一下，有什么伤我再跟你联系，好吧？反正你今天也办了会员，我这儿也有你的名字和电话。要是没事就算了，要是伤情严重，我们就走正规途径来解决。"

盛千陵见潘登为江里撑腰，又控制住了场面，就叫旁边的服务员帮他关灯收球杆，然后拉起江里，一起朝后边的洗手间走。

他想看看江里伤得怎么样了。

最初的那一阵猛烈痛感过去，江里感觉稍微缓和了一点点。他红着眼睛，一言不发地跟着盛千陵走。

两人一起进了厕所的洗手区，盛千陵站在江里背后，掀开他的衣服查看刚刚被球砸到的地方。

江里的蝴蝶骨又红又紫，面积虽然不大，但看着触目惊心。尤其他的背很薄，被这么一撞，可想而知痛感有多强烈。

盛千陵看一眼，很快放下江里的衣服，拉着他就往外走。

江里一边跟着走，一边忍痛问："陵哥，怎么了？"

盛千陵语气坚定，不容置喙："带你去医院拍片检查。"

他们还是去了利济北路的市第一医院。

盛千陵让江里坐在一楼大厅的一处空椅子上，自己轻车熟路去给江里挂骨科的夜间号。

拿到挂号单子，他甚至连楼层索引都不用再看，抓着江里的手臂直接上了扶手电梯，往医生办公室走去。

江里抬脚跟着盛千陵走，余光扫到身边来来往往形单影只的那些病人，看他们独自提着检查单据和 X 光片，心头涌上一股强烈的温暖。

他不喜欢医院，可今年每次来医院，都是盛千陵带他来的。

他什么都不用操心，只需要跟着走就好。

来到医生办公室，刚好叫到江里的号。

盛千陵带着江里走进去，让江里坐在医生面前，指了一下江里背部左边的骨头位置，说："他这里大概十几分钟之前被一颗大理石台球砸到了，台球是标准质量170克，是从大约6～7米的位置被使用暴力砸过来的，受力面积大约是1.5平方厘米，初步估算有300～400牛的力，根据人体的承力能力来看，有造成骨裂的风险，麻烦您看一看。"

江里听完盛千陵的话，顿觉惊愕。他感觉盛千陵说的每个字他都知道，合到一起却没能听懂。

除了江里，接诊的医生也愣了一下。

他很少听到有人能这么精准地描述病人受伤害的细节，不由得对眼前这个年轻人心生欣赏。

医生说："把衣服掀起来我看看。"

伤口在后背，江里不太方便掀衣服，盛千陵便站在他身后，替他把衣服扯上去，轻轻按在颈椎处，展现给医生看。

医生细看一下那处瘀青，拿手点了点，江里疼得轻轻"嘶"了一声。

医生很快敲击了几下电脑说："叫江里是吧。这样，你先去拍个CT，我看一下有没有骨裂。"

江里茫然地点点头。

可是盛千陵又与医生讨论："如果没有明显的移位，骨裂的裂纹可能会看不清楚，医生，需要再加一个磁共振进行佐证吗？"

医生听了盛千陵的话，认真解释："他被撞的是后背处的肩胛骨，是一块完整的骨头，不像骶骨、髋骨这些部位。肩胛骨如果有裂纹，通过CT就能看出来，别担心。"

盛千陵这才点点头。

他带着江里走出医生办公室，找到一个空座椅，倾身过来说："江里，你坐这儿等我，我先去缴费。"

江里点点头，小声说："好。"

等了五分钟，盛千陵就回来了。他捏着缴费单，又带着江里去找CT室。

所幸夜晚排队的人并不多，等了不多时，就轮到了他们。

江里进入CT室，趴到仪器上，等着医生拍片。这一个流程进行得很快，只不过医生说要一个小时以后才能取结果。

江里有些焦躁，说："陵哥，等太久了。"

盛千陵安慰他："别急，其实要不了一个小时，成像很快，只是医生要写诊断意见，还要打印，我们就坐在外边等就行。"

盛千陵找了个走廊转角，带着江里过去。

这一排办公室夜间不开门，外面也没有人经过，显得冷清空旷。

两人坐下来，盛千陵垂下一双又黑又冷的眸子，柔声道："江里，还疼吗？"

江里说："疼。"

他是个被人用肩膀撞一下就要躺在地上装死的胆小鬼,何况承受这样巨大的撞击力道。

盛千陵安慰他:"别担心,就算骨裂,也很快就能治好,而且不会有后遗症。"

江里点点头。

他突然想到什么,陡然坐直,说:"我忘记了,我要是被那傻×弄得骨裂,是不是就不能参加下月初的斯诺克比赛了?我还等着你的奖励呢……"

盛千陵并没有想这么远,他只想先确认江里有没有受伤。他说:"先等等结果,看医生怎么说。"

江里的眼神暗淡下来,慢慢地"哦"了一声。

等了大概半小时,盛千陵去CT室取结果的窗口询问,果然提前拿到了片子。他自己先看了两眼,心里有了数,放松下来,这才过来叫江里:"江里,走了。"

江里耷拉着脸跑过来,和盛千陵一起返回医生办公室。

医生很快下了诊断,没有骨裂,但软组织有些受损,给江里开了一管外用的药,又嘱咐江里最近一周肩胛骨不要使劲。

江里终于放下心,原本还可怜兮兮的脸上涌现笑意。既然没事,那就完全不影响他参加时光台球的斯诺克比赛了。

走出医院,江里和盛千陵一起沿原路返回乐福广场。

时间渐晚,盛千陵提出要送江里回去休息,江里没拒绝。站在集贤路巷口,江里停顿了一下,很轻很慢地说:"陵哥,谢谢你。"

所有的心情要是摊开来讲,未免矫情,一句"谢谢",足以表达所有的感激。

微光淡薄,树影婆娑。在这条布满白色垃圾的漆黑小巷子里,江里又一次想到了以后。

以后,他想追随盛千陵的脚步,去北京。不论是打球还是上学,他都希望以后的生活里,能常与他师父见面。

在他心里,师父早就不只是师父,而是他的家人。

接下来几天,盛千陵不许江里再练球。他自己也不怎么练,他总是坐在1号球台欣赏会员们对杆。

江里毕竟年轻,身体底子好,疼痛忍了两三天,就没什么感觉了。

但盛千陵坚持认为瘀青很深,非得让他再休息两天。

这天晚上,江里来到时光台球,见到潘登和盛千陵一起坐在1号球台那边聊天。

潘登见了江里,挥手叫他:"小里,你过来一下。"

江里走过去,挨着他们坐下后,潘登从皮夹里掏出一沓钱,拿在手上,说:"小里,上回那个会员赔了一千块钱,给你的。你前些天去医院看了吧?这就当是医药费。"

137

江里摆摆手，拒绝道："是陵哥出的钱，钱给他吧。"
盛千陵语气随意，看了江里一眼，慢悠悠地说："我也没出多少，都给江里吧。"
潘登把嘴里的槟榔渣吐进茶几附近的小垃圾桶，把钱往江里怀里一扔，说："现在生意好，我忙死了，你们自己看着办。"
说着他就要走，走了几步又折返回来，对盛千陵说："对了，现在因为要搞比赛，外面的台子总是满台，千陵，你和小里要练球，就去大包房。"
大包房是一个独立且封闭的空间，在整个俱乐部的最边缘角落里。里边有一张斯诺克球台、一张八球台和一张九球台，不单独开台，依然是以小时来计费。
因为定位是为注重隐私的人们，所以价格高昂。但这样的包间，平常开的人少，又只是做一个备用，所以大部分时间是关着的。
盛千陵听了，脸上没有什么特别的表情，只是轻轻点头。
江里却是十分兴奋。
大包房里面是什么样子，他是知道的。里面装修得金碧辉煌。除了三张顶级球台，还有一个可以供人休息的大沙发，就连厕所都是独立的。就像五星级酒店里的总统套房。
盛千陵看江里一脸向往，淡笑着起身，说："走，去大包房练球。"
江里抓着那一沓现金，迈开长腿跟上盛千陵，说："陵哥，这钱给你……"
盛千陵回头看一眼江里，语气平淡却不容反驳："自己留着。"
"……哦。"
盛千陵从自己的杆柜取出球杆，又捎上了会员小杰那支波茨杆，一起拿着往大包房走。
大包房在球房最角落，需要从一扇玻璃门进去。里面有一条小小的走廊，往右走是时光台球的楼面主管和财务人员工作的小办公室，往左就是大包房。
盛千陵两手都有球杆，不方便开门，便叫江里上前。
江里拧开门把手，推开那扇雕花红木门，伸手摸到墙边，开了大包房的灯。
一时间，大包房里灯光璀璨，入目皆是奢华。
三张球台上都罩着银灰色的防尘罩布，顶上的无影灯已全部开启。顶上有一盏设计繁复雅致的水晶吊灯，每一颗吊珠里都闪烁着柔和的白光。四面墙中有一面是完整的镜墙，镜子擦得干干净净，折射着包房里的一切，让这个房间越发显得宽敞明亮。
包房四个角落里，分别摆放着艺术气息浓厚的黑白几何形花瓶，有半人那么高，里面竖着一些颜色艳丽的撞色绢花。其中一个角落附近，有一套质地精良的组合沙发，颜色偏深，靠近墨绿，正对着镜子的方向。
靠着洗手间那边，还有一扇关着的红木门。
江里好奇地走过去，伸手打开，才发现外面是乐福广场的一部内部电梯，专供贵宾使用,落到一楼也在非常不显眼的位置。想来应该是专门为预订这间包房的客人服务的。

盛千陵麻利地掀开防尘罩,又一一叠好放到旁边的柜子里,然后对江里说:"好了,来练球。"

江里对这间大包房十分满意,眼神亮晶晶地说:"好,我来了。"

盛千陵拿出擦杆布,开始细细地擦拭自己的球杆,一边擦一边说:"前几天我们在外面说的话,还记得吗?"

江里一时没想起来,反问:"什么话?"

盛千陵:"你问我,你的缺点是什么。"

江里赫然回神,兴致被那天没说完的话吊起,往盛千陵身边凑一点,说:"对!那天你说,我现在的缺点是没有全局意识,但是还没告诉我要怎么训练,我就被球砸了。"

盛千陵很欣慰江里在提到台球时的激情,所以这么久以来,他也是在倾尽全力教授江里。

他说:"嗯,我今天就告诉你要怎么训练。"

"怎么做?"

盛千陵把斯诺克桌上那一盒彩色的球倒出来,在一片"哗哗当当"声中,朗声答:"和我对杆,在对杆中发现问题,正视问题,然后解决问题。"

江里在学习文化知识时是学渣,但他脑子转得很快,听到盛千陵这么一说,他琢磨酝酿了几秒,很快顿悟过来。

打斯诺克诚然需要日复一日枯燥反复的训练,练准度、练杆法、练技巧,这些都算是基本功。

可是,斯诺克又是一项对抗性的竞赛运动,需要在与人对杆的过程中,打磨心态,建立科学的全局意识。只有超强的基本功,加上完善的全局意识,才有可能在竞赛里所向披靡。

江里即将参加斯诺克比赛。可他近年来极少与人对杆,总是自己一个人练习,全局意识一直是短板。

水平远胜于他的盛千陵牺牲自己的训练时间,来陪他对杆练球,自然能让他扬长避短,技术更上一层楼。

思及此,江里心口涌上一道莫名的情绪。

他好像想明白了什么,认真开口问:"陵哥,你是不是一早就把我当职业选手培养啊?"

盛千陵完全没有犹豫,也很认真地回答:"你拜师那天,在我面前百发百中,我就知道你有做职业选手的潜力,而且,潜力巨大。所以,我每天监督你训练,也是为了有一天能将你带到职业赛场上。"

江里:"……"

被人肯定,首先竟然不是感觉到欢喜。

而是莫名委屈。

这么多年来,江里极少受人鼓励与认可。书念得不好,屡受批评讽刺。江海军的脾气也不好,三两句话就要骂娘。

他自己也习惯了在厚脸皮里为自己谋得一点点好处,在夹缝中艰难求生。却从不知道,他竟然也有旁人从未洞悉的天赋,而且是可以成为职业选手的水准。

江里内心如潮水翻涌,又一次感受到拜师成功那天时的郑重。

到这一刻,他才回过神来。盛千陵让他保证永远都不放弃斯诺克,并不是担心他自己平白浪费了教徒弟的时间,而是担心徒弟浪费天分继续自生自灭。

江里抿抿嘴,抬眸直视盛千陵,说:"师父,我一定好好跟着你学习。"

盛千陵见状,折起双眼皮淡笑。他说:"好,去挑一支球杆,我会有针对性地训练你。"

江里站了一小会儿,等心里铺天盖地的情绪平息后,就乖乖地去拿球杆了。

回来时,盛千陵已经将桌面十五颗红球摆好,六颗红球也都在自己的点位上。

江里提着球杆上场,就站在盛千陵旁边。

两人已经完全进入状态,江里甚至都没问要不要比球,直接捞来两颗球放在开球线后,准备和盛千陵争夺开球权。

只不过,即使江里这样认真,也连续被盛千陵吊打了三局。

他根本什么都来不及想,就看着桌面上的球一颗接一颗落袋。

而盛千陵呢,闲庭信步,腾转挪移,仿佛在打表演赛似的,完全拿出了真本事,张弛有度,攻守得当,一丝一毫都不让着江里。

江里扶着球杆站在球台附近,在第三次被盛千陵大比分虐菜绝杀的情况下,忍不住抱怨:"盛千陵!"

盛千陵眉眼轻抬,嘴唇微张:"嗯,什么?"

江里:"刚说把我当职业选手培养,现在又虐我,你是不是故意羞辱我啊。"

盛千陵提着自己的球杆,认真开口:"这三局,你有什么感悟?"

江里还没想明白,盛千陵又引导道:"刚才三局,我都是用强攻策略在对付你,如果在打比赛时,你遇见我这种风格的对手,应该要怎么办?"

江里想了想,有些不肯定地回答:"第一局了解你的风格,第二三局就应该发力防守,破解你的强攻,找到你的破绽?"

盛千陵很欣慰自己的徒弟有这样超群的领悟能力,他进一步说:"斯诺克为什么是一项有攻有防的运动,自然是因为,在面对不同对手时,你应该做出的反应,是不一样的。"

江里坐着琢磨了几秒,很快茅塞顿开。他来了精神,马上站起来,主动去捡球摆球，目光灼热地说："再来再来！"

于是，两人又来一局。

这一局虽然打得依然很艰难，但江里加入了思考，知道了要防守，也知道在对方球型不好时，为自己争求连杆机会，倒是得了不少分。

他越打越来劲，完全感觉不到疲惫一样，一局终了，又催促盛千陵："陵哥，再来！"

盛千陵也就心甘情愿扮演各种风格的球手，时而强劲，时而软绵，时而跳脱，好让江里找到竞赛的感觉。

打到中途的某一杆，江里弯腰击球时，额前的头发忽然移了一下位置，挡住了主视眼，造成他出杆时滑杆，没打到目标球，白白被扣了 4 分。

江里拿手把头发一掀，朝镜墙那边看一眼，意识到自己很久没剪头发了。

他拨弄几下，很快说："陵哥，你等我一下，我去找前台借点东西。"说完便跑出去了。

没两分钟，江里又很快跑回来。他三两步走到镜墙边，对着镜子飞快抓了几下自己的头发，用刚才找收银员借的小皮筋扎了起来。

他左看右看，觉得十分帅气，还忍不住转头去显摆："陵哥，你看我像不像一颗大苹果？"

他爱笑，眸子里总是盛满流光，尤其爱露齿笑，唇色偏粉，被珍珠白牙一衬，越发显得痞帅夺目。

盛千陵朝他这个"苹果头"看几眼，笑答："像。"

江里打球的状态却越来越好。

他天资聪颖，被盛千陵这么点拨几次，很快便能知道如何在对杆里随机应变。

加上他本身就具备绝佳的准度、嚣张的杆法与不断提升的技巧，竟然在其中某一局里捡了个漏，以领先 11 分，战胜了盛千陵。

这是他第一次在对杆中获胜，故而十分激动。

他冲到盛千陵面前，伸手去揽盛千陵的肩膀，语速飞快地问："师父，刚才这局让我了吗？"

盛千陵如实回答："没有，是你球技飞涨。"

江里高兴得恨不得要跳起来，笑道："还是我师父教得好，我师父是世界上对我最好的人！"

盛千陵在心里默默品尝江里话里这份珍贵的情谊，目光也跟着柔和下来。

这局结束，两人没有再继续对杆。江里明天还要上学，不能熬太晚，盛千陵便催促他早点回去休息。

江里恋恋不舍，意犹未尽，但还是听话地放下球杆，一步三回头地走了。

次日又是骄阳似火的天气。

江里昨晚睡得不太好,偏长的头发有些凌乱。

他蔫蔫地坐在教室里,随手摸出一张画满叉的数学卷子,三两下折成一把简易的小扇子,有一搭没一搭地给自己扇着风。

他热得要命,捏着自己的短袖校服领子,让布料与皮肤隔开,好让那一丁点微不足道的风钻进领子里去。

同桌陈树木从后门晃进来,重重地往椅子上一坐,瞧一眼江里,将手里一个粉红色的手持小风扇递过来,说:"里哥,用这个。"

江里也不客气,接过去就开始对着脸猛吹,边吹还边说:"怎么买了个粉色的?"

陈树木却一脸害羞:"我买了两个一模一样的,送了徐小恋一个。"

江里简直没眼看陈树木,继续吹着风。

没坐多久,梅朝凤老师拎着教参资料进来了。

无论何时,梅老师都有令人闻风丧胆的气质,比剧里的梅超风有过之而无不及。

她刚进来,闹哄哄的教室里顿时鸦雀无声,落针可闻。

可梅老师还是不满意,深深拧着眉头说:"吵吵吵,全校就你们最吵!你们真是纪律最差的一个班!"

全班同学无辜地闭紧嘴巴。

梅老师把教参往讲台上一放,继续说:"有几个事和你们说一下。第一,24日和25日中考,学校腾位置,你们放假。第二,26日你们期末考试,27日考完,你们放暑假。"

听到"放暑假"三个字,憋了一学期的学生们忍不住咧开嘴,呼出一口悠长的喜气,恨不得击掌庆祝。

梅老师故意停顿许久,等大家欢喜得差不多了,才淡淡道:"哦,忘了说,你们的暑假只放一个月,暑假作业有六本外加十二套卷子。8月1日准时返校开始补课,毕竟,这几天一过,你们就是高三生了。"

全班学生顿时面如死灰:"……"

江里听到学校的时间安排,脑子里迅速思考起来。

6月27日考完期末考试,28日开始放暑假。

时光台球的斯诺克比赛定在7月5日,那就是说,他只有不到十天的时间进行对杆训练了。

斯诺克水平不能一蹴而就,他没打过这么正规的比赛,不清楚别人的水平,心里其实也挺没底。

能不能进前三,还真说不好。尤其知道他师父想培养他打职业后,他的心理压力更大了一些。

不仅如此，比赛一打完，要不了多久，他就得回学校来补课，而盛千陵也要在9月回北京集训。

江里忽然意识到，他和盛千陵在一起练球的时间，已经进入倒计时。

/第十章/
时光杯

6月底的这几天,江里把精力全都放在了斯诺克对杆练习上。

之前因为没有钱,打不起赛台,所以不怎么和人对杆。可现在有了盛千陵这个完美对手,又有了大包房这个绝佳的训练场地,他很快便找到了竞赛感觉,一杆比一杆打得好。

到了7月初,盛千陵甚至要打起十二万分精神,全力以赴,才能压制住江里的狂野准度。

江里刚刚打完一局,回到沙发边去喝水。

他还扎着"苹果头",露出白净的脸。上身穿一件灰白色短袖,底下是他常穿的那条黑色冲锋面料及膝短裤。

短裤的下摆很宽松,打球的时候偶尔会蹭到球台,江里干脆把那一截下摆卷了起来。

盛千陵说:"这局打得不错。"

这局的比分是128:32。江里128分,盛千陵32分。

这是江里第一次以大比分领先他师父,原因是在开球后,他为自己创造了一个绝佳的贴库球机会。因为进袋利落,又有杆法加持,便占得了先机。

江里心里很激动,不敢相信这是自己打出来的分数,问盛千陵:"师父,我这是运气吧……"

盛千陵在江里身边坐下,伸手去拿矿泉水,江里顺手把自己喝了半瓶的水递过去。

盛千陵倒是不介意,接过水喝一口,又递回给江里。他边递边说:"不是运气,是你的实力。"

说完他又补充道:"你要拜师那天,我让你打了四十个贴库直球。说实话,那是在刁难你,因为实在不想收徒,所以故意出这么难的题。我自己都不能保证百发百中,但你做到了,而且用的是普通的公用球杆。"

也正是因为见识到了这嚣张的进球率和与生俱来的天赋，盛千陵才真正对江里刮目相看，愿意从此倾囊相授。

江里听到师父的夸奖，像个小孩子一样，喜滋滋地弯起眼睛笑。

他凑到盛千陵身边，垂下桃花眼，拖长尾音道："师父，明天我会努力打比赛的。"

盛千陵坐着，得仰头才能和江里对视。他盯着江里光洁的额头看几眼，说："今天先去把头发剪了。"

江里不喜欢去理发店，向来是能拖则拖，便推诿道："不了吧，我打比赛就这样，扎个苹果头。"

盛千陵盯着江里的苹果头看几秒，脸冷下来，不容置喙道："不行。"

江里："……"

没想到师父连他的头发也要管啊。

最后的结果自然是江里乖乖剪了头发，但也没有剪得特别短，只将前额的碎发修整到眉毛以上，确保弯腰击球时不会遮住视线。

剪完之后，江里看一看镜子里清爽干净的自己，觉得又帅出了新高度，一时忍不住问盛千陵："陵哥，你觉得我和你谁更帅一些？"

这个问题，从他结识盛千陵起，就很想知道答案。

盛千陵听得好笑，随口道："当然是你。"

江里闻言喜笑颜开，心满意足地回答："我就知道我师父最有眼光。"

次日。

第一届"时光杯"业余斯诺克邀请赛正式开幕。

潘登组织能力极强，才用了这么点筹备时间，硬是将这场比赛弄成了行业盛事。

整个球房被精心装点布置过，显眼位置挂着比赛的横幅，大门两边摆放着店里刚刚推出的充值卡活动展板。

参加比赛的人必须是店里的会员，充值金额不限。

于是还没开始比赛，店里就卖出一大批打折卡。

所有球台全部开台，整个俱乐部里热热闹闹，只要是有沙发、有椅子的地方，全都坐了人。大家都在等着潘登出来主持比赛，并进行第一天的抽签开赛。

江里不愿意往那么多生人里挤，只好站到收银台门口那一小方清净的空间里。收银台旁边有一个近两米高的易拉宝展架，江里盯着那个赛程，若有所思。

易拉宝上写着：

7月5日—7月8日　128进64
7月9日—7月10日　64进32

7月11日　32进16
7月12日　16进8
7月13日　8进4
7月14日　半决赛
7月15日　总决赛

江里舒一口气，庆幸15日前能打完全部的比赛，不会耽误7月16日过生日。

过了几分钟，潘登走到球房正中间，拿着一支麦克风对现场所有报过名的参赛选手说："大家好，我们的比赛正式开始。今天是128进64的第一场，下面请大家按报名号来抽签。"

1号球台上放了一个巨大的抽签箱子，里面放满了印好号码的乒乓球。

江里在报名时，序号是7，所以他第七个抽取自己的对手。

等潘登叫到7号时，他慢悠悠地从收银台踱过去，遥看一眼饮料水吧附近站着的盛千陵，将手伸进抽签箱，摸出一只乒乓球。

那颗球上写的是"103"。意思是，他的第一轮对手是第103号。

江里环顾一圈，没找到肩膀上贴103号的对手，就走到水吧附近，站到盛千陵身边，继续看着别人抽签。

一对一的比赛，只需要前面的六十四人抽签。等到抽完了，就正式开始今天的比赛。

因为人数太多，得十张斯诺克赛台同时开台，连打四天，才能角逐出64强来。但比赛时，球台却不是免费的。一般是由输家付台费，赢家则自动晋级。

江里忍不住感慨："潘总真的好会做生意。"

盛千陵笑答："是的，不然也经营不了这么大的俱乐部。"

两人在水吧附近聊了一阵，江里忽然说："陵哥，我想喝冰橙汁。"

潘登知道打比赛这段时间生意会很好，特地在7月初上线了水吧饮品。里面有个服务员专门给客人调制鲜榨饮料，一杯收十块钱。

盛千陵轻轻地"嗯"了一声，说："先喝水，等会儿抢五赢了才许喝橙汁。"

江里知道盛千陵是怕他现在喝冰的，会影响竞赛状态，但还是故意拿眸光扫视盛千陵一眼，冷哼道："我师父可真小气。"

盛千陵纵容地笑，并不接话。

等到签抽完，就要正式比赛了。

江里是7号，对103号，被安排在第七张赛台上。

初赛打的时间不算很长，九局五胜制，谁先拿下五局，就算谁胜出。

江里还和往常每一次一样，跑到公用杆桶里抽了一支杆身皮头都看得过去的小头杆，迈步走向自己的赛台。

盛千陵原本在他身后，想跟上去观战，临时顿了脚，到收银台旁边的会员杆柜里拿出自己的杆盒，从里面取出那一截加长把，才跟上江里。

江里进了赛场，发现3号赛台上正在准备比赛的，竟然是一个看着只有十二三岁的小男生，介于小学生到初中生之间，他不由得多看了两眼。

那男生长得清秀稚嫩，一张娃娃脸，眼神却很坚定，看起来气场很强，毫不怯场。尤其趴下去击球时，姿势舒展，似雏凤展翅，透着说不出的美感。

但江里自己也得比赛，没有时间在旁边观战，只得快步走向7号赛台。

到了赛台边才发现，自己的对手103号是个戴着金丝眼镜的男人。这男人看着四十多岁，长得瘦瘦高高，气质沉稳如水，有点像医生或者大学教授。

江里冲他礼貌地点点头，然后在充当裁判的服务员的示意下，开始比球。

半分钟后，江里拿到了开球权。

他本以为这种看起来温文儒雅的对手，球风也应该是柔和的，至少应该是惯用于迂回防守等待机会的那一种。

哪知道——

103号上场就开始猛攻，用力炸开一堆红球不说，还铤而走险去打一颗难度极高的长台直球。

这种球对于江里来说轻轻松松，但对于天资不那么高的业余爱好者来说，就是自寻死路。

103号选手这杆果然没进，还给了江里一个非常好的进攻机会。

江里错愕地回头看一眼，只见他师父正坐在沙发上看他。两人视线相接，无须言语，就能心照不宣地读懂对方的情绪。

于是，江里压抑许久的那丝狂野之气顿时流露，目光里折射出兴奋的光芒。

他像换了一个人，脱去被盛千陵熏陶许久的绅士外衣，恢复成从前惯有的轻狂模样，拎着球杆，嘴角噙着一抹志在必得的冷笑，上场就开始秀准度。

短短十一分钟，他以118分拿下了第一局。

接下来的第二局、第三局、第四局，皆是如此。每每103号选手忍不住强攻而掉球的时候，江里就正好捡漏，运用自己锐不可当的准度，风驰电掣般连杆进球。

比分毫无悬念地来到4∶0。也就是说，江里只要再赢一局，这一轮比赛就结束了。

这时候，103号选手忽然叫停，要求中场休息。

江里正好也想上个厕所，猜到公用洗手间那边人很多，干脆叫上盛千陵一起去大包房。

两人一前一后进去，江里像邀功请赏一样，笑着说："陵哥，我刚才打得怎么样？是不是完虐103号？"

盛千陵被江里挡在门口，垂着眉眼，十分平静地说："你们班的第一名，平常会和最后一名比成绩吗？"

江里一听，就明白了盛千陵的意思，心也顿时凉了一大截。

他们班的蒋言自然不会来和他比分数，只会挑着那双厌世眼，讨伐他拖了班级的后腿。

盛千陵好像故意要在江里兴致最高昂的时候给他泼冷水。

盛千陵说："你有做冠军的潜质，要做的事情，是用心打好每一局，而不是花心思去想对手和你的差距在哪里。"

江里渐渐平静下来，在心里琢磨着盛千陵这句话。他不高兴地撇嘴，抱怨道："话是这么说没错，但你真的好凶啊。"

盛千陵看着江里这一脸委屈样儿，抿着薄唇淡淡一笑。他伸手在江里柔软的头发上揉了一把，说："没凶你，别不高兴。"

江里得寸进尺："那你作为师父，看我打得这么好，不能夸我一句？"

盛千陵满足了他的心愿，说："好，在我心里，你最棒。"

江里顿时开心了。

盛千陵："开心了就去上厕所，准备下一局比赛。"

"好。"

第五局比赛，江里专注对待，毫不留情地在对手犯规时开始强攻。

一套精准杆法打得如行云流水，超强的准度令围观群众瞠目结舌。

江里轻松从128个参赛选手里晋级64强，在最后一个球落袋时，回望盛千陵的脸。

盛千陵目光淡然，好像早就预料到了这个结局，唯有唇畔一点若隐若现的笑意，泄露了心中的骄傲和欢喜。

7号赛台的比赛结束，马上有兼职的裁判过来记录比分。

江里报完成绩，慵懒地拎着那支公用球杆，眼神再次散漫地落到盛千陵脸上。盛千陵很快会意，拿着加长把，迈开长腿走过来。加长把是给江里准备的，虽然没用上，但也算有备无患。

两人一起往前台走。

路过3号赛台时，恰好见到那个娃娃脸球手也结束了比赛。旁边的裁判记录分数时喊得超大声："付郁赢了是吗？5：0？"

叫付郁的小男生冲裁判点点头，回头去收自己的球杆。他一回身，刚巧与盛千陵面对面碰上。

付郁好像惊了一瞬，但很快敛了眸色。他转头看向江里，不动声色地打量了几眼。

而江里亦朝他看着，目光上挑，敛了几分随性，多了些来路不明的对峙。

空气中莫名多了一丝剑拔弩张的气息。虽然两人并没有正式对杆比赛，但

148

高手间的惺惺相惜却提前造访,又或许是因为什么别的原因,让他们二人迅速成了对方的假想敌。

盛千陵忽然伸手一拍江里的肩,低声说:"走了。"

"哦。"

江里走远了一些才说:"那小孩很牛啊,也是5:0。"

盛千陵走到收银台边的球杆柜,把自己的杆盒取出来,说:"是的,刚才我注意了一下他的打法,是正儿八经的学院派,功底深厚,应该是从很小就受过熏陶和训练的。他可能会成为你后面晋级的劲敌。"

江里就怕碰上盛千陵和付郁这种学院派,因为学院派天生就克他这种野路子。

所以心里的那一点喜悦,很快就消散无踪,像海平面的水汽遇上骄阳,顿时蒸发消弭,不见痕迹。

江里耷拉着一张苦瓜脸,忧心忡忡地说:"我下一轮不会碰上他吧师父?会不会64进32都进不了?"

盛千陵锁好柜门,才回答:"不管对手是谁,你这几天都得保持平稳的训练心态,不能掉以轻心。走了,练球了。"

江里两手拉起唇角,强行给自己拉出一个无奈的笑容,乖乖跟着盛千陵走。

当天的比赛已经结束。

江里进了64强,下一场比赛的时间是7月9日。他还有几天可以观察正在比赛的这些对手,也能继续去和他师父对杆找找全局意识,融会贯通对抗学院派的策略。

可江里没想到,刚刚5:0拿下了103号,信心却马上折损在盛千陵这里。

他屡战屡败,连打三局,都被他师父大比分虐菜。

因为那个付郁的球路和盛千陵很像,江里潜移默化里,提前将盛千陵当成了付郁来对战。

他原本就因为付郁那个不怀好意的打量而心烦意乱,加上被盛千陵这么按着摩擦,心态微微有点崩,准度也下滑了不少。

盛千陵进了两套球,正在连杆,江里晃到他面前,不满地说:"陵哥你就不能让让我吗?"

盛千陵头都不抬,说:"拿出全部的实力,才是对对手的尊重。"

江里:"……"

这局打完,江里又输得很惨。他长叹一口气,往沙发上一躺,忧愁道:"陵哥,你说说看,万一碰上付郁这种从小训练的专业班子,我得怎么打才会有机会。"

盛千陵看着向来自信狂傲的徒弟在这儿长吁短叹,未免觉得好笑。他没给出具体答案,只说:"付郁的短板很明显,需要你自己发现。"

• 149

江里一愣，反问："会不会来不及？"

盛千陵摇摇头，说："不会。"

听盛千陵这么说，江里顿时就松了一口气。在打球方面，他无条件信任他师父。

到了下午六七点，盛千陵和江里一起出去吃晚饭。

天气太热，他们不愿意出时光台球，还是点了外卖。两个人坐在中间休息区的小圆桌吃饭，潘登正好从这边路过。

潘登忙得脚不沾地，不是统筹会员比赛，就是接替裁判计分，连吃饭的时间都没有。

盛千陵叫住他，递给他一杯冰绿豆沙，又用塑料袋装了几只生煎包塞到他手上。

潘登肚子饿得咕咕叫，第四轮比赛的选手已经上场，他有几分钟的歇息时间，干脆往盛千陵身边一坐，大口嚼起包子来。

这时，盛千陵故意问："舅舅，今天那个年纪很小的选手，叫付郁的，你认识吗？"

潘登吞下包子，猛吸一口绿豆沙，说："啊，你说小付，他是段光荣的徒弟，我也没想到他会来参加比赛。"

潘登吃东西很快，两三分钟就吃完了生煎包和绿豆沙。他把塑料袋往旁边的小垃圾桶一扔，从牛仔裤口袋摸出槟榔，拆开袋子后塞进嘴里，又步履如风地回到赛台那边控场去了。

等他走了，江里才问："陵哥，段光荣是谁？"

盛千陵细嚼慢咽，将嘴里的食物吞下去后，才慢慢说："是早些年的一个职业选手，已经退了很多年，他是正儿八经科班出身，但只要一比赛，就克服不了心理障碍，容易丢球，打比赛从来没有出过线，没几年就退了。"

江里琢磨了一下，接口说："所以他徒弟才十二三岁，就出来打比赛磨炼心态吗？"

盛千陵也想不到其他解释，点点头。

因为有"前职业选手段光荣"这个身份的加持，江里对小将付郁又多了几分忌惮。

不过，幸运的是，在接下来的64进32、32进16以及16进8的比赛中，江里都没有碰上付郁。

他碰上的对手，基本是没有接受过正规训练的业余球手，用不了三两杆，就能将自己的缺点暴露无遗。

江里天资卓越，起点本来就高，又有盛千陵这几个月来有针对性的训练，水平早已今非昔比。

对阵起这些业余选手时，强劲如风，势如破竹。

一晃就到了7月13日。

比赛已经进行到了8进4的激烈角逐中。

江里站在时光台球门口的晋级表前，抬头看看自己的名字一路上升，已经位列8强席位中的第3个，心里既兴奋又紧张。

他离前三名已经近在咫尺，稍微努力一下，就能再进一步，拿到不菲的奖金。

可是，就在他名字左边的格子里，赫然写着"付郁"二字。

意思是，只要付郁进了前四强，那么下一场半决赛里，江里最终将会和付郁正面碰上。

耳边响起熟悉的声音："担心吗？"

江里偏过头，看到盛千陵也认真地盯着那张赛程晋级表，心头一暖，答："有点，但还好。"

已经到临考阶段了，江里还没有想到对付付郁的办法。可盛千陵也不急，说明他与付郁的球技相差得并不大。

至于付郁的短板是什么，等到明天的半决赛里，再细细研究也不迟。

当天，江里8进4的比赛打得十分嚣张。他的对手不是别人，正是长期驻店的洪师傅。

两人一上场，面对面这么站着，都先笑出了声。

洪师傅自知不是江里的对手，笑得一脸慈祥和气，故意开玩笑道："小里，商量一下，别把我打得一点面子都没有，行不行？不然以后还怎么跟别人打球？"

江里也笑，桃花眼弯弯，拂动满身的少年气。

8进4比赛是抢21局11胜制。也就是说，谁先赢到11局，就获得了胜利。

洪师傅长年打小台，对中式黑八造诣挺深，但对于斯诺克并不如江里这么得心应手。他能打进前8强，也是因为运气极好，碰上的是几个十分业余惯打小台的会员。

真正和江里一碰面，他就知道自己的好运到头了。

所以，江里在这场比赛里，甚至连盛千陵教他的那些炫酷杆法都没有用。

他直接采取强攻，用惊为天人的准度，一局一局赢了洪师傅。就连站在旁边观战的潘登，都忍不住再次感叹："只要有下，小里就一定能下啊。"

……

赛制太长，江里想速战速决，好为明天的半决赛保留体力，所以每局都打得十分刚劲有力。

要赢11局，至少要打五六个小时才行。

他从上午十一点开始，一直打到下午五点整，才终于以11：0获胜，以绝对的优势挺进前四强。

· 151

这个过程中，洪师傅就一直坐在旁边的沙发上，一边看江里打球，一边优哉游哉地约着赌球的对手，十分惬意。

一整场比赛下来，江里累得筋疲力尽，好似脱了力。他收了球杆，气喘吁吁地躺在皮沙发上，轻轻拽住盛千陵的衬衫衣角，用气音说："陵哥，这场比赛打得太累了，我好像被人吊着打了六个小时一样。"

盛千陵笑着安抚道："那今天好好休息，明天还要抢13，也很辛苦。"

江里朝另一张赛台遥望了一眼，又问："付郁那边结果出了吗？"

盛千陵时刻关注着这四张赛台的战况，很快告诉江里答案："付郁9：3领先了。"

只需要再赢两局，付郁就能成功晋级四强，与江里会面。

江里看着附近赛台上气定神闲的小将付郁，心里头又涌上一丝无奈的惊叹。同样打了六个小时了，付郁丝毫不见疲惫，可见他的短板并不是在体力上。

那他的短板究竟在哪儿？江里百思不得其解。

坐了一会儿，盛千陵叫江里一起过去吃晚饭。

晚饭依然是盛千陵买的，都是江里喜欢的几个菜色。

江里麻利地把塑料打包盒一拆，先闻了闻排骨饭的香气，忍不住说："陵哥，你总买这些好吃的，会不会把我养废啊？"

盛千陵眸光温淡如水，看似随口一说："养废也挺好的。"

江里听得哈哈大笑，捧心感叹他师父越来越可爱，越来越有趣了。

晚上，江里没有在时光台球待太久。

明天会是一场硬仗，过分耗费体力得不偿失，和盛千陵对杆了几局，他就被赶回去睡觉了。

7月14日。

比赛进入白热化阶段。前四强的选手经过一轮又一轮的晋级，终于强强相见。

这四个人里，除了江里和付郁，还有陆旭和林一帆。

陆旭清瘦帅气，差一点就成了职业选手，但因为过分意气用事，被职业队除了名。

而林一帆矮矮胖胖，号称"京城第一杆"，但多半是自己给自己取了这外号，用来唬人。

四强选手都不用再抽签，直接按照晋级表来排序。

江里对付郁。

陆旭对林一帆。

胜出的两个人角逐冠亚军，而输了的两个，就只能争夺第三名。

潘登已经准备好两张赛台，台面刷得干干净净，十五颗红球、六颗彩球已经在自己的点位上摆好，旁边计分捡球的裁判均已就位。

今日的半决赛是抢13，又是一场持久的体力战。

江里拎着球杆，走到赛台边的沙发上坐下，漫不经心地喝了一口水。他今日特地迷信地穿了一件红色的短袖T恤，力求自己红红火火。脚上还搭了一双红色的透气网面鞋，确保在比赛过程中腿脚轻便。

付郁提着自己的杆盒走过来，淡定自若地坐在了江里旁边那个单人沙发上。

江里朝他看一眼，平淡一笑，收回目光。

还没开赛，两人之间已暗流涌动。

江里自己都搞不清楚这敌意从何而来，懒得细想，有一搭没一搭地和身边的盛千陵说着话。

盛千陵余光感觉到从旁边投射过来的目光，转头一看，见付郁仓促挪开了脸。他没有放在心上，只在开赛前提醒江里："注意找他的短板。"

箭在弦上了，盛千陵都没有明示付郁的短板在哪里，江里无奈地点头，拿手蹭蹭高手盛千陵的衣服，希望能蹭到好运。

比赛正式开始。

与付郁一对杆，江里就感受到了扑面而来的压力。付郁的球风和盛千陵太像了！

平稳有力，不失杆法，虽然年纪小，却打出了职业赛的气场，让人根本找不到破绽。

饶是江里有着如此惊人的准度，也没能在付郁手上得到几个进攻的机会，一局下来，已然被虐得毫无招架之力。

江里咬着自己的下唇，仔细盯着付郁每一次出杆。

站姿、架杆、后手、描点、出杆，都很完美，看起来毫无瑕疵，恰似自己初见盛千陵时，盛千陵在1号球台那样的表现。

江里甚至觉得，付郁好像在模仿盛千陵一样。

付郁的短板会在哪儿呢？盛千陵为什么不肯提前透露答案，非让他自己猜？

这一局要结束了，他也没想出个所以然来。

付郁提着球杆回到沙发边，第一局比分128∶16。

江里输得有点难看。

第一局的比分会直接影响后面几局的心情，江里明显有些烦躁。他挠一挠自己的头发，耷拉着眼回望盛千陵，而后者也在看着他。

那眼神里分明写着询问，询问他是否看到了付郁的短板。

江里："……"

他没有。

第二局开始，江里凭借开台好运进了一个球，找到一个强攻机会，压着心态打出了132分，终于赢下一局。

可是接下来，付郁的状态却好像越来越好，虽然只是个半大小伙子，身高只到江里胸膛，却并不影响他击球时的那股从容之气。

一连几个小时下来，比分彻底被拉开。

来到了8：3。

付郁的优势已经非常明显，再赢五局，就能成功晋级决赛。

江里却越打越急躁，他咬着自己的下唇，眼神幽深地琢磨自己和付郁的差距。

这时，付郁忽然向裁判举手示意要去上洗手间。

江里坐在沙发上，苦着一张脸，郁闷地看着盛千陵。哪有这种师父啊，徒弟比赛都要输了，他还不肯点拨徒弟！

哎！

等会儿，师父！徒弟！

江里想到这两个关键词，忽然像福至心灵，瞬间顿悟。

他记得之前潘登说过，付郁是前职业选手段光荣的徒弟，段光荣没有比赛心态，逢场必衰，只要是竞赛就会被淘汰。

所以，盛千陵说的短板，一定是指付郁的心态！

江里心潮涌动，就像一个挖到了金矿的淘金者，目光灼烈地朝盛千陵看过去。

盛千陵见他双眼带笑，猜测他是真正意会到了对弈中那令人迷醉的技巧，也露出了为人师的欣慰笑容。

江里见状，更坚定了自己心中所想，顿时信心倍增，站起身来，笑道："师父，我知道了！"

没过几分钟，付郁回来了。他面容平平，保持着之前那种沉静的状态，不与人交谈，只默默扶杆浅坐。

等到两人上场开杆比球了，江里才在他身边轻语："听说你是段光荣的徒弟呀？"

付郁果然变了脸色，小孩心性上来，不悦地皱眉反问："关你什么事？"

江里一脸桀骜样儿，痞笑道："哦，没什么事，就是听说你师父一场比赛都打不了，心态烂得像前年的牛粪，听起来就好笑。"

付郁正是青春叛逆的年纪，虽然斯诺克磨炼了他的性子，但听人这么诋毁他的师父，却完全无法压下心火。

可碍于这是比赛现场，他无法发作，只得咬着牙将手中的球打得啪啪作响。

受这心绪的影响，付郁果然准度下降，一连输了好几局。短短两个小时内，江里已然轻松将比分追到了8：11。

现在，已经是江里占优势了。

饶是付郁再后知后觉，也反应过来这是江里故意搞他心态的策略，气得火冒三丈，眼神像刀子似的，直往江里身上飞。

又到了一轮中场休息的时间。江里神色轻松地跑去上了个厕所，回来时却见到付郁站到了盛千陵身边。

隔得有点远,江里没听全付郁的话,只听到后半句"怎么没出来打球"。
江里刚走过去,付郁就瞪了他一眼,走开了。
江里莫名其妙,问盛千陵:"你们俩认识?"
盛千陵也挺好奇,摇头说:"我不认识他,但他可能听说过我。"
江里还想说什么,裁判已经挥手,示意他和付郁继续上场比赛。

最后几局,付郁已经完全平静下来。
他鼓着一张稚气未脱的脸,嫩生生的眼睛里再也看不到一丝怒意,想来是在中场休息这几分钟里迅速调整好了情绪。
江里也不急,慢悠悠地按照自己的频率竞赛,就像和盛千陵对杆一样,以攻破防,再次拿下一局。
比分到了8：12。
江里已到赛点,心中已然松了一口气。
最后一局,只要继续保持平稳状态,出杆不滑,注意力集中,问题就应该不大。
但没想到最后一局打得十分胶着。
付郁拿出了最高水平,杆杆防守打得精美绝伦。江里不得不一次次去破解障碍球,有好几次因为瞄距太长,还用上了盛千陵提前为他准备好的加长把。
在斯诺克里,用架杆与加长把打球是件挺费时费力的事儿。
江里打得不爽,也不想让付郁好过,于是故意给付郁做了好多杆防守球,给身高处于劣势的付郁制造了许多难题。
两人就这么一来一回攻防,最后一局竟打了近五十分钟。好在最后终于顺利结束,江里以95：93险胜,拿下了这局比赛的胜利。
收杆的那一刻,围观的时光台球会员们纷纷鼓掌,真心实意地祝贺江里进入决赛。
江里扬起下巴,兴奋又傲慢地朝自己的师父看过去。他想和师父共享喜悦,即便以这种无声的方式。后者亦回应他赞许的眼神。
付郁输了球,十分不服气。在江里准备离开球台前,付郁冷哼一声,说:"来日方长,我迟早会打败你!"
江里痞痞一笑,高傲道:"那我等你长大哦,小鬼。"说罢,头也不回地往盛千陵那边去了。

江里将盛千陵的加长把递还给他,看到他眼角眉梢都是掩藏不了的笑意。
盛千陵脚步轻松地往大包房走。他的杆盒还在大包房,得把加长把放进去。
江里穿过那条玻璃走廊,跟在盛千陵身边,边走边说:"师父,你让我找付郁的短板,我还真是找到了啊!不愧是我!我要是早知道那样说他师父,他能心态崩溃,第一局都不会让他赢得那么痛快!"

盛千陵此时刚走进大包房，闻言脚步一顿，脸上的笑意敛了几分，略带严肃地问："你怎么说他师父了？"

江里把"前年的牛粪"这个形容重复了一次。

盛千陵陡然变了脸色，嗓音低得像暗夜里的流水，却多了几分震惊与愠意："江里，我不是让你去跟他说这个！"

江里也愣了，反问："那你说的是什么？不是让我讲点赛前垃圾话去搞他心态吗？"

盛千陵拿着加长把，就那么站在大包房门口，压着火说："他才十三岁，个子小，短板不应该是够不到长线球吗？我是让你多吊他球，让他反复使用架杆去打乱他的阵脚，不是让你去攻击别人的师父！"

盛千陵是真的怒了，以至于说话的语速越来越快，越来越急。

他向来白皙淡静的脸上，浮现了一层显而易见的懊恼与薄怒，后悔自己给了江里错误的暗示，让段光荣白白受了这么一遭诋毁。

江里却不甘示弱，也拔高了语调，嚷道："可你不是教过我，心态也是斯诺克球手很重要的一部分吗？他自己心态不稳，能怪我？"

盛千陵垂着眼，目光凌厉而失望，仿佛第一天认识江里似的。

他说："可是斯诺克是绅士运动！拿别人的痛苦和弱点作为攻击武器，去打击一个小孩子，算什么球手？"

江里才晋了级，原本高高兴兴，可被盛千陵这么一顿轻吼，怒火也上来了。

尤其当他听到盛千陵说斯诺克是绅士运动时，更是气得口不择言，脱口吼道："你们是绅士，我又不是！我就是这样一个上不得台面的小混混，你不是一早就知道？我烂泥扶不上墙，只会用一些下三烂的招数，比不上你们学院派的风度，做不了你想要的斯诺克球手，你满意了？"

盛千陵被刺激得热血冲顶，又提高了声音："江里！"

江里气得眼尾上挑，整个人因为争吵而微微颤抖。他个子比盛千陵矮一点，不得不扬起下巴与盛千陵对峙。

盛千陵也不好过，右手用力扶着门把手，皓白的皮肤上透出分明的青色血管。

两个人都在气头上，都在压着火不让自己说出更难听更入不得耳的话。

就这么无声对视着，较量着。

这时候，江里裤兜里的手机响了。

江里极度不耐烦地摸出手机，看也不看是谁，直接掐掉了电话，继续盯着盛千陵。

可是这通电话聒噪不休，反反复复，响个不停。

江里怒火难平，又舍不得对他师父说出什么脏话，干脆把火气转移到了打电话这人身上。

他接起电话，狂喊一气："干什么啊！"

电话那头的人听了，愣了一下，但还是好生说："小里？我是你楼下的刘姨，哎呀，不得了了啊，你家里起火了，你快回来啊，太吓人了……"

后面刘姨又说了一些什么，江里完全没听清。

那口怨气堵在喉腔里，伴随着惊恐与担忧，越积越多，不得上下，无法纾解，成了一个随时都快引爆的气球。

他受伤又烦躁地看了一眼盛千陵，猛地拨开盛千陵的手，将大包房的门一摔，头也不回地跑了。

江里一路狂奔回到集贤路巷子。

天已经完全漆黑，老破的巷子里亮着一排昏黄的路灯。树影丛丛，像蛰伏在黑夜里的兽。

在巷口看不见起火的烟雾，只能远远听到道路中段传来喧闹的嘈杂声。

江里加快速度，冲进围观的人群，见到已有街坊邻居自己接了水管，正对着二楼他家猛喷。

火势烧得有点旺，没开灯的屋子被映亮了半面墙壁，透过布满油渍的玻璃窗子，鬼火似的一簇一簇往外闪。

空气里充满了独属炎热夏夜的燥意，老远的地方，消防车的警报声此起彼伏。

江里一眼看到人群里的刘姨。他跑过去，焦急地问："刘姨，我爸呢？"

刘姨满脸慌乱，生怕二楼烧起来，会殃及她的早点铺子。她深拧着眉心，手脚并用道："你爸才回来，他他……他刚才冲进去了，他——"

江里就怕江海军没头脑地往火场里冲，急得怒骂道："他傻啊！"说完却不加思索，扬手剥了自己上身穿的红色短袖T恤，打着赤膊跑到邻居那根水管下面淋湿，然后捂住口鼻，不管不顾地往里面跑。

四周围观的人见状，吓得惊慌失措。

刘姨扯着尖锐的嗓子喊："小里，你不能进去啊！"

这一片都是老破低矮的房子，电线乱架，衣服到处晒。年久失修，一片斑驳，迟迟等不到出得起价钱拆迁的开发商。消防隐患存在了许久，可每次整改后不久，又会故态复萌。

江里从阴暗逼仄的楼梯跑上去，热浪已经裹挟着空气扑面而来。

他来不及细想，眯着眼睛，捂好湿T恤，猛地发力一脚踹开虚掩的门。

入室即是他睡的客厅。

墙边那张一米宽的折叠床烧得火光熊熊，铺上的被子薄絮已烧成一团黑渣，火苗已经点燃了床边那个布衣柜，里边的衣服烧着了不少，冒出一阵阵焦煳的气味。

屋里没开灯，灯泡早就被高温炙烤，炸成了一堆碎片。

江里冲进去，看到卧室开着的房门，一步不顿地往里跑。

· 157 ·

房间里很黑，得借着外边的路灯和客厅的火光方见一隅。

江海军正蹲跪在床边一角，佝偻着腰从床边柜子里摸出一个脱了漆的木盒子，哆哆嗦嗦地去开盒子上生锈的锁。

他其实长得很高，整个人跪趴在那儿，却显得很小一团。许是因为担忧或者恐惧，整个人都在以不可思议的幅度颤抖着。

江里找到父亲的身影，气得火冒三张，张嘴就骂："你个老东西，又跑进来做什么？火一烧过来，你还要不要命了？"

江海军置若罔闻，执拗地开着那把锈锁。

好在那锁只是看着生了锈，又没锁死。江海军很快将木盒打开，从里面掏出一个小布包，才跟跄颤巍地站起身。

他一转身，就被从客厅扑过来的烟雾熏了一脸，半天睁不开眼睛。

江里毫不犹豫地将自己那件湿漉漉的衣服按在江海军脸上，然后使用蛮力将他拖了出去。

幸好火苗还没有烧到门口来，否则他们连楼梯都下不去。

走到门口的时候，江海军突然又顿了一下脚，两步来到门边的那个柜子前。柜子上放着江里这几年上学用过的教材，还有一些杂七杂八的小玩意儿。

江海军忍痛睁眼，精准地抽出江里那个存钱的旧课本，才又很快拖着儿子往外跑。

江里又忍不住骂他："要钱不要命了！"

两人气喘吁吁地从二楼逃出来，见到了徒步奔跑进来的消防员们。

巷子太窄，消防车开不进来。消防员就从巷口接了长长的高压水枪，一路牵到江里家楼下。

一名消防员负责疏通，一名消防员过来快速询问江海军父子二人失火处的情况，其余两名消防员径直上去灭火。

远远围观的群众见了消防员，都定了心，也不走远，从众心理驱使，还围在那儿继续看热闹。

消防员们很快将这一场明火扑灭了。

客厅被烧黑了一面墙，江里的床和衣柜尽数被毁，屋子里被水淋过，根本不能再住人。

所幸江海军和江里都没有受伤，不需要去医院。

消防员又去了解失火原因，经过多方打听，才确认是一条老旧弃用的塑料电线断裂，恰好落到江里家的窗台上，因为天气炎热摩擦起火，点燃了窗台里边轻薄的窗帘布，被风一吹，才这么一路烧了过去。

江里刚才把湿衣服给了江海军，自己被烟雾呛到，止不住地咳嗽。

他扶着树咳了好半天，忍着嘴里的血腥气，问江海军："你跑上去抢救什么宝贝东西了？钱？"

江海军黑着脸，默不作声，只是紧紧抱着那个褪了色的布包，一语不发，任由江里诘问。

江里还没从失火的惊慌中完全走出来，说话十分不客气："我看你哪天死了都是自找的！"

夜渐渐深了。

围观够了的街坊们终于散去，消防员们也撤了水管离开巷道。

楼下的刘姨见到自己的铺子没有受损，安心地劝慰了江家父子几句，也打着哈欠走了。

江里还光着上身，白皙的皮肤上沾满了刚才冲进火场时蹭上的黑灰。他也不在意，随手摸了一把，打算找个地方冲洗一下。

江海军这时终于开口："家里今天睡不了了，我明天再修整，我带你去赵叔那里凑合一晚。"

赵叔是和江海军一起做事的"扁担"，就住在这附近不远。

江里去过他家一次，也是一套上了年纪的老破小。套内面积三十几平方米的小房子里，住了四个人，十分拥挤。

他家有个小阁楼，平常用于堆杂物，要是垫块草席，也能将就睡一晚。

可是江里不想去。那个地方勉强能睡一个人，他和江海军都过去，就得背靠背贴着，根本没法睡。

犹豫了一会儿，江里听到身后传来一阵急促的脚步声。还没回头，他听到有人紧张地叫他："江里！"

江里赫然回神，听出这是盛千陵的声音，脚步一顿，不肯回头。

不知为何，他此刻一点也不想面对他师父。不仅是因为之前在时光台球里那场关于绅士与混混的争吵，更因为不想将自己这扯淡的生活毫无保留地暴露在他面前。

盛千陵一个人在时光台球大包房冷静了十分钟。

他不断回想江里摔门而去时的愤怒表情，越想越后悔，越想越难过。

他不断地给江里发微信，可江里一条也没回复。他只好打江里的电话，却发现江里的手机已经关机了。

盛千陵有些不安，等了五分钟再打，还是无法接通。他有点担心，这才直接找了过来，却没想到碰上了火情之后的一地狼藉。

江里站着不动，路灯昏晦的光洒在他肌理匀称的上半身。

三个人都安静了一瞬。

江里垂着眸，对江海军开口："走吧，去赵叔家。"

江海军朝江里身后看一眼，犹豫道："有人在叫你。"

江里充耳不闻，迈开步子要往前走。

· 159 ·

盛千陵赶紧小跑几步过来,站到江里面前。

江里却固执地不看他,只从江海军手上扯回那件还滴着水的T恤,三下五除二给自己套上,又说一遍:"爸,走吧。"

盛千陵顾不得修养和矜持,一把伸手拽住江里的手臂,又喊一遍:"江里。"

江里眼睛有点难受,他猜是刚才被烟雾熏久了的后遗症。湿衣服套在身上也十分不舒服,被夏夜的晚风一吹,黏黏糊糊,泛起痒意。

江海军静默地观察着这两个年轻人,开口问:"江里,这是你同学?"

江里不吭声,盛千陵也没否认。

就这么僵持了几秒,盛千陵主动对江海军说:"叔叔,江里今晚去我家睡,可以吗?"

江海军打量了盛千陵几秒,确认他们是认识的,才说:"好。"

说完,江海军也不管江里的回答,抱着他的小布包和江里那本夹着钱的书朝巷尾走了。

巷子很短,江海军没走多久就转了弯不见人影。

江里冷着脸,一动不动。

"江里,"盛千陵哑着嗓子开口,"对不起,江里。"

他的声音很轻,轻得像一片忧伤的云。

他的声音又很重,重得像暴雨夜的雷霆万钧。

盛千陵强行将江里的身体掰过来,和他面对面站着,声线颤抖着说:"别生我气,江里,今天是我不好,我该提前告诉你的。"

江里心里一酸,烟熏火燎的影响越发严重,严重到想要用泪水来冲净眼眶。

盛千陵还在说:"江里,原谅我。我不该那样吼你。"

江里盛了满心的委屈终于忍不住,变成几颗眼泪流下来。

这一整天下来,他的心情大起大落,先是飞升至云端,又猛地跌落深海。疲倦与虚脱交替袭来,无孔不入。直到火被浇灭的那一刻,他的身体才骤然松懈,像刚刚从死里逃生的幸存者。

盛千陵也很难过,拉了一下江里的手臂,说:"跟我回去吧。"

江里无处可去,不得不跟着盛千陵走。

从集贤路巷子到汉江景苑,仅隔着一条大马路的距离。

江里沉默无言地跟着盛千陵走到汉江景苑门口,看他刷开门禁,刷上电梯卡,然后打开2902的房门。

站在灯光明亮的2902室门口,江里终于看清自己一身的狼狈。

湿衣服皱巴巴,紧紧地贴着皮肤。两条裸露在外的手臂上,布满各种各样的脏污划痕,纵横交错,触目惊心。

消防栓玻璃反光镜里,他看见自己凌乱似鸡窝的头发,还有被烟熏泪染过的浮肿双眼。

完全不再是从前那个意气风发的自在少年。

盛千陵开了门,迈过门槛走进去。

一回头见江里站着没动,盛千陵轻声叫他:"江里?"

江里回过神,苍白的嘴唇轻启,声音似自嘲,似灰心:"师父,我好像一只无家可归的流浪狗啊。"

盛千陵走过来拉他,温柔地回答他:"没关系,我正好想养一只小狗。"

江里跟着盛千陵进门,站在玄关处换上凉拖鞋。

幸好衣服上的水蒸发了一些,不会滴到大理石地砖上。

盛千陵开启了室内的空调,又去冰箱里取了一些方形冰块,给江里倒了一杯冰水。

江里站在满室的芭比娃娃背景里,安安静静地喝完了那杯水。

盛千陵进卧室给江里找了一身换洗衣服,是他自己穿过的那件黑色的胸前有一段白色花纹的短袖,还有一条睡裤。

江里喝完水,乖乖地被盛千陵带到浴室门口。

盛千陵说:"江里,先去洗澡,什么都不要想,有我在。"

"有我在"三个字是世间最好的安心剂,能轻松卸下江里心里压了一晚上的石头。

他说:"好。"

浴室很大,靠窗处有一只白色的椭圆形大浴缸,正对面的角落是三种形态和尺寸各异的淋浴头。

江里没有用过这么高级的卫浴用品,连怎么开热水都不知道。

不过夏天的夜晚,身强体壮的男孩子用冷水洗澡也没事,他便往巨大的莲蓬头下一站,开关一开,水洒了满身。

洗完澡,江里才感觉到整个人舒坦了一点。

穿好衣服出来,江里看到盛千陵还在客厅。

盛千陵看了看江里的脸,说:"怕你饿,给你煮了一点速冻汤圆,过来吃。"

"哦。"

江里趿拉着拖鞋走过来,在餐桌边坐下。

汤圆是黑芝麻馅儿的,泛着甜味,江里很喜欢。一整天下来,体力耗尽,能在这样的深夜时分,吃上一份甜甜的夜宵,自然欢喜。

吃完之后,盛千陵拿出一套崭新的牙具,催促江里去刷牙。

刷完牙又被盛千陵叫去卧室,让他躺到床上。

江里腿一抬,浑身疲倦地陷进柔软的床,仿佛飘在了云端。

盛千陵轻声说:"睡过来一点,我给你按一下。"

江里微合着眼,乖巧地往床沿挪了一些,蹭到盛千陵手边。

盛千陵坐在地毯上,细细地用双手给江里的大腿和小腿按摩。他说:"打比赛很辛苦,得不停站着趴着,你放松,我给你活活血,免得明天抽筋。"

江里困得眼睛都睁不开,自然是师父说什么就是什么。他累了一天,倦怠得很,沾上枕头没多久,就进入了梦乡。

一夜好眠。

第二天自然醒来,江里完全恢复了元气。他转过头,扫了几眼装饰简单大气的房间。

枕边放着他昨天穿过的红色短袖和及膝长的短裤。它们被洗得干干净净,叠得整整齐齐,泛着和盛千陵的衣服一样的柠檬清香。

江里掀开空调被,低头脱下盛千陵的黑色短袖,换上了自己的衣服。

他推开卧室的门,见到盛千陵一身齐整地坐在沙发上,低头在看手机。

听到推门声,盛千陵回过头,轻声问:"睡得好吗?"

江里点点头,走到盛千陵身边,自然地坐下,说:"很好,谢谢陵哥。"

昨晚他虽很早睡着,但一直知道盛千陵帮他按摩了许久,还关上了窗户,隔绝了一切嘈杂外音。

盛千陵明显精神不济,向来澄澈的双眼里生出了几道血丝,像没休息好。

他站起身,说:"你先洗脸刷牙,我去把早餐拿出来。"

江里刷完牙,用那部老黄牛一样的手机给江海军打了个电话。

江海军刚买好粉刷墙壁用的腻子,还有一些简单的装修工具,正准备修整昨夜被火烧过的客厅。

江里说:"老头,我今天有个台球比赛要打,没有时间回去帮你。"

江海军冷哼:"个板马(特色汉骂)老子要你帮?"

江里听到这熟悉的汉骂,心里头轻松了一大截,笑道:"行行行,你最牛。"

今日是"时光杯"业余斯诺克邀请赛的决赛,江里即将和昨天胜出的另一位选手争夺冠军。

和盛千陵一起吃早餐时,江里才想起来问:"昨天那个陆旭和林一帆,谁赢了?我走的时候他们还没打完。"

盛千陵将吸管戳进豆浆纸杯里,递到江里手边,答:"陆旭。"

江里没打过比赛,对这些人一概不熟悉,追问道:"他是什么打法?"

盛千陵对陆旭这个人略有耳闻,听说他曾和天才斯诺克少年邵景行是师兄弟,但因为性格冲动、容易意气用事被职业队除了名。

盛千陵把自己知道的都告诉了江里。江里愣了下,继而笑道:"你的意思是,这个球手,和我一样,半野半专?"

就是一半野路子,一半专业。

只不过江里是野路子打习惯了,碰上盛千陵,才学了一些专业的学院派打法。

而陆旭是学院派打法用久了之后,到民间混了好几年,杆法开始无限趋近于野路子。

倒真是南辕北辙又殊途同归。

江里同盛千陵商量对付陆旭的策略:"陵哥,你说这样的球手会有什么弱点?他既然身经百战,心态方面肯定稳如老狗,应该没什么破绽。"

一提到"心态"两个字,盛千陵捏豆浆杯的手停顿了一下。

两秒后,盛千陵取出一张抽纸擦净嘴,直视江里,认认真真地说:"江里,昨天,对不起。"

他是指昨晚在大包房门前那一场争吵。

江里的气早就消了,听到这话摆摆手,答:"都过去了。"

盛千陵却继续说:"江里,两个人因为观念不同而有矛盾,这很正常。以后我会尽量控制我自己,好好和你沟通,如果你有什么想法,也要第一时间和我说,我们争取让矛盾及时解决,行不行?"

这些话盛千陵想了许久。即便他此时道了歉,并不代表就认同了江里以段光荣的弱点来刺激付郁这件事。

但不可否认,他作为师父,昨天确实给了江里误导。

江里点点头,说:"行。"

过了半分钟他又补一句:"陵哥咱们以后真的别吵架了,太让人难受了。"

"以后不会了。"

早餐结束之后,盛千陵准备了一些补充能量的糖水,还带了些早上下楼买的干粮。

今天的比赛是29局15胜制,如果真要打完29局,起码得十几个小时,真是一场体力与技能的鏖战。

出发前,盛千陵揉了一下江里的头发,透题道:"江里,你和陆旭之间没有心态之争,只有技巧方面的高下。保存好体力,用上我教你的全局意识,全力以赴,不留遗憾。"

江里还挺享受这种竞技氛围,一想到要和自己球路十分相似的对手比赛,就隐隐激动,想看看到底谁技高一筹。

他弯起桃花眼,软软地笑道:"陵哥,我会加油的。"

总决赛的最后一场,时光台球的围观会员创了新高。

大家都翘首以待,等着代表这场比赛最高水平的两位选手开赛。

九点整,江里入场签到,在公用杆桶里取了一支顺眼的杆子,到1号赛台边和今天的对手陆旭握了握手。

陆旭二十几岁,面容俊朗,比江里矮了几厘米。穿着一件简单的白T恤配深蓝色牛仔裤,手上拎着一支大师定制的斯诺克专用球杆。

两人省了寒暄试探，在裁判清理好球后直接开始比球对杆。

第一局江里得到一个不错的机会，在使用左塞球之后，为自己谋得了一个连杆机会。

他头也不抬，目光专注地盯着桌面那些彩色的小球，脑子里自动建模出它们每一颗的击球路线，像建筑系学生手绘的线条手稿，几何线条根根分明。

不知从什么时候起，他耳濡目染，受他师父影响，逐渐填补了自己最大的短板。

到如今，无论是准度、杆法、技巧，还是他从前最薄弱的全局意识，都进步迅猛，强强融合，让他的斯诺克水平直逼职业选手。

陆旭的准度稍逊于江里，前几局运气也不太好，没打两个小时，比分很快被拉开。

现在是6：2，江里领先四局。

他不骄不躁，依然保持着淡定自若，可眼神里的年少轻狂却没少半分。

遇上自己熟悉且擅长的球型，甚至会提前露出胜券在握的笑意。

又打了一会儿，江里放在赛台旁边的手机响起来。

来电人显示的是"陈树木"。

盛千陵担心影响到江里比赛，很快掐断铃声，起身走到靠近大包房的那条玻璃小道，回了过去。

电话一接通，陈树木惊慌的声音就从听筒里传来："里哥！我刚看到本地新闻，说你们那一块起火了，我看那位置蛮像你家那几栋，是不是你家啊？你有没有事？你爸怎么样啊，江里你说话啊你别吓我，需不需要什么帮助？要不要钱？我要给你送钱吗？"

陈树木根本没给人说话的机会，自己一个人抖豆子似的讲了一大通。他十分紧张，甚至已经准备出门来找江里，生怕江里因火灾受伤连医院都住不起。

盛千陵心里涌上暖流，等到一个间隙时，才轻声说："陈树木？我是盛千陵，江里家昨天是起火了，他和他爸都没有受伤，不用担心。"

陈树木长松一口气，低喃道："那就好，吓死我了……"说完想到什么，狐疑又八卦地问，"他自己怎么没接电话，干吗去了。"

盛千陵简单说了一下江里在比赛的事，也说现在很关键，是总决赛最后一场。

陈树木在那边说了句脏话，就仓促地挂了电话。

盛千陵不禁哑然失笑。

江里和陆旭的比赛依然如火如荼。

打到下午两三点的时候，比分来到了9：8，江里暂时领先一局。

中场休息时，江里坐在沙发上喝盛千陵给他准备的糖水，又咬了几口面包垫肚子。

连续打了五个小时比赛，他却并不感觉到累。这也要得益于盛千陵每日的耳提面命、严格训练。

周围围观的会员又换了一批，江里无暇分心，压着嗓子对身边的盛千陵说："陵哥，这场比赛怎么这么难打，就像自己和自己比赛一样的，知根知底，只能这么磨。"

盛千陵面容沉静，不再让江里自己去猜，很快给出答案："这场比赛就是磨，谁能保持平稳耐心磨到最后，谁就能赢。"

于是，江里休息了一会儿，又上场磨去了。

夜间的后半场打得越来越艰难。

陆旭仿佛知道江里要用左塞球，就故意在防守时吊江里短台，让球贴近，不能加塞。

江里知道陆旭的低杆精准，就特地做斯诺克障碍球，让他没有打出低杆的机会。

两人就这样你来我往，竟打出了几分惺惺相惜的感觉。

比分也是你赢一局我赢一局，打到晚上十点了，比分竟然持平了到13：13。

比赛只剩下最后三局。

谁能先抢下两局，就能问鼎冠军，捧起金色的球状奖杯。

都到这个点儿了，时光台球里的客人竟然只增不减，还有许多人特地乘车过来欣赏比赛。

在裁判摆球刷台的间隙，江里忍不住朝陆旭走近了几步，哀叹道："哥，咱俩是不是亲兄弟啊，打个球这么像。"

一天的比赛下来，两人之间莫名建立起了一种心照不宣的友谊。十分奇妙，完全不同于江里昨日和付郁比赛时的心绪。

陆旭也觉得十分好笑，打了这么多年球，就没见过这种球风球路和自己如出一辙的选手，也轻松开玩笑道："是可以搞个滴血认亲。"

江里打得有点累了，撇撇嘴道："哥哥，你别搞我心态。"

旁边的盛千陵无意间听到这段对话，眸光沉了沉。

江里毫不知情，欢快地和他刚认的哥继续比赛去了。

这场比赛实在太具观赏性，又是两局下来，比分来到了14：14。

江里和陆旭同时到了双赛点，只剩最后一局了！

江里在原地活动了一下肩颈，舒展了一下筋脉，活力满满地上场比赛。

得亏盛千陵的按摩，以及准备的糖水，才让他今日如此精力旺盛。

最后一局也胶着。

江里和陆旭你一杆进攻我一杆防守，迂回对抗，看得旁边的观众都提心吊胆，大气都不敢出，生怕发出声音影响了其中哪个选手，造成不能挽回的后果。

他们的比分相差不大，都在等最后一个能连杆的机会。

这把轮到江里上场，他看到一个具有超高难度的贴库定杆球。这个球型是他师父盛千陵亲自教过的，但比他训练时要难上数倍。

如果能打出来，他有信心打完桌上的球，一杆清台拿下冠军。但这一球如果没有进，以陆旭的水准，他就得将冠军拱手让人。

是攻还是防，江里沉思了三秒钟。

他转头朝盛千陵望过去，见到他师父眼底盈盈的流光。

无须言语，他便懂了。

几秒后，江里认真弯腰，摆出架杆姿势，右手运杆，目光笃定地看着那颗决定他命运的球。

三，二，一。

出杆。

白球出去，像弹簧一样，撞击到目标红球，顿时定在红球原先的位置。

而红球受力飞出，以匀速直线运动滚了出去。

五十厘米、三十厘米、十厘米。

球进了！

江里激动地起身，盯着那颗被打出了杆法的母球，脸上露出如释重负般的笑容。

他再次回头，和盛千陵四目相对，他品读到了盛千陵眼底深深的赞许。

成了！

后面一套球打得不再有悬念，江里稳了稳心态，继续出杆，认真地打完了桌上每一颗球。

他不自觉地又释放出少年鲜衣怒马般的狂野，眼角眉梢都挂着生动的恣意不羁，好像进了这杆球，就拥有了全世界一样。

最后，这局比赛的比分在 97 ：76 定格。

江里扛住层层压力，以绝佳的技术获得了这次比赛的冠军。1 号赛台关灯又开的那一刹那，全场爆发出雷鸣般的掌声。

江里在这欢乐的海洋里，心绪翻滚，顿时热泪盈眶。

陆旭输了球，依然保持着良好的风度过来和江里握手。

江里不忘真诚地感谢他："谢谢哥。"

一场斯诺克比赛圆满结束，潘登拿着麦克风过来进行颁奖。

江里接过写有"贰万元现金"的巨大支票牌子及信封，捧过金灿灿的大赛奖杯时，目光一直紧紧落在他师父盛千陵身上。

他或许生来卑微，在这一刻，却是当之无愧的王者。

意气风发，闪闪发光。

而这一切，都是盛千陵赠予的。

颁奖仪式很简单，前六名分别领了奖，一起合了影。

球房的观众如潮水般散去，江里愉悦地坐在沙发上，身体疲惫，眼神却亮晶晶。

陈树木从最后面冲出来，抱着江里又叫又闹，恨不得喊破天："啊啊啊啊啊，里哥！我就知道你最牛！"

江里抬头搂了陈树木一把，说："谢谢我兄弟，今天太累了，改天再请你吃饭。"

陈树木走后，江里将奖金支票牌和奖杯都放到前台，只拿了信封。他叫上盛千陵，说："陵哥，我快累死了，回去休息吧。"

盛千陵没什么表情，只是点点头，和江里一块儿走了。

进了汉江景苑的电梯后，江里靠在轿厢壁上休息，忽然听到旁边传来一句凉飕飕的感叹："第一次见面，你叫人哥还挺顺口啊。"

/第十一章/
十八岁

"啊?"

江里身心俱疲,大脑一片空白,根本没反应过来盛千陵在说什么。

他停顿了一瞬,迷茫地开口:"陵哥,你说什么?"

盛千陵脸上的凉意一闪而过,很快恢复常有的平淡神色。江里多看几眼,怀疑刚才是自己因为太累而产生了幻听。

进屋以后,江里先拿衣服去洗澡,洗澡时还在琢磨刚才盛千陵到底说没说话。

他本想洗完澡和盛千陵聊一会儿,但在等盛千陵洗澡的这几分钟里,他实在扛不住生理上的倦意,头一歪,沉沉地睡了过去。

十几分钟后,盛千陵从浴室出来,走到江里床边,想和他说话,发现他已经睡着了。

盛千陵只好等在一边,看着时间一分一秒,来到 7 月 16 日的零点。

当手机的时间很快跳转到 2014 年 7 月 16 日 00:00 的时候,盛千陵很轻地开口:"江里,十八岁生日快乐。"

江里醒来时,已经过了上午十点。

房间里静悄悄的,光线暗淡,厚重的双层遮光窗帘拉得一丝缝都不透,只有空调显示屏上的数字显示着淡淡的黄光。

他掀开空调被站起来往外走。打开卧室的门,正好看到盛千陵从沙发上起来,两眼惺忪地叠一条薄毯。

江里打着哈欠说:"陵哥,你一直睡沙发啊?"

盛千陵"嗯"了声,答:"你这几天很辛苦,让你好好休息一下。"

江里走向浴室的方向,边走边说:"陵哥,我今天事情有点多,得先回去看看家里怎么样了,下午也不一定能有时间,咱俩一起吃晚饭行吗?"

盛千陵以为他是要回去和江父一起过生日,觉得合情合理,没有多说什么。

两人安静地洗漱完,江里拿着昨天的奖金信封,站在玄关处和盛千陵告别。

江里先去了一趟时光台球。

最近因为暑假的关系,白昼长黑夜短,潘登将开门时间改到了九点,吸引了不少早上练球的会员。

眼下这个点儿,已经开了不少球台。

江里走到前台那边,掏出一半奖金递给那个喜欢摇滚乐队的收银员妹子,说:"帮我充到储值卡里,谢谢。"

江里和盛千陵共用一张储值卡,里边还有盛千陵打小台比赛赢的一千块钱。

江里用掉了二十二块,就还剩九百七十八块。

他平常不对杆,这九百七十八块就够他用上好几年,再充一万块进去,那真要用到猴年马月。但江里找不到报答潘登的方法,只能以这么笨拙的行为,来感谢潘登这几年的照顾。

充完卡后,江里又马不停蹄地回了集贤路巷子。

江海军办事效率极高,客厅墙面已经被他涂抹一新,不过还没有给江里买新的床和衣柜。

江里推开门进去,见江海军正在清理杂物,浑身弄得脏兮兮的。

江里今天要做的事情太多了,没有时间和父亲交谈,直接从信封里取出五千块,放到门边那个旧书桌上,说:"爸,这是打比赛拿的奖金,给你修房子买东西。"

江海军愣了一下,目光落到那沓钱上,点头说:"知道了。"

那本被江海军带走的书此时就放在书桌上。

江里随手一翻,他攒的两千多块钱还原封不动放在里面。他取了一千出来,又说:"爸,我的衣服都烧干净了,我一会儿自己去买几身。"

江海军答:"去汉正街的白马市场买,三层的得意男装,会便宜点。"

江海军长年在汉正街揽货,和这些卖衣服的老板混得挺熟。

江里点点头,拿着那些钱出去了。

7月的江城,像一个巨大的烤箱。

花草树木被烤得奄奄一息,树梢传来几声有气无力的嘶哑蝉鸣。车辆开着空调疾速而过,被烈日炙烤的路面见不到几个走路的行人。

江里全身淌着汗,从树荫底下飞快走过。他在巷子里买了一杯绿豆沙垫肚子,用找来的零钱去坐公交车。

他先去了位于解放大道的江城国际广场。

这个地方他从来没有来过,但常会听陈树木提起。无非又是哪个奢侈品牌上架了多么令人瞠目结舌的商品,要价是普通人一年还不止的工资。

不过江里提前做过功课,知道自己要买什么,倒没有感受到乱花迷眼、应接不暇的慌乱。

只是他第一次知道,去那家店买东西,还需要在门口排队,等前面的人走了他才能进,便花费了不少时间。

从江城国际广场出来后,他又加快脚程去坐公交车。

下一站是汉正街,但不是白马市场,而是义乌小商品城。小商品城里开着巨大的中央空调,却还是热得人汗流浃背。

江里几乎跑完了一整栋楼的商铺,才找到自己想买的东西。

他看一眼时间,已经下午四点多了,距离自己的生日过去,只有不到八小时时间。于是赶紧忍着骄阳热浪,冲到江海军说的白马市场得意男装,去给自己买夏装。

天气太热,进货的人也少。江里走进得意男装,转了一圈,飞快地搭了几套,对老板讲:"就这些,收钱吧。"

老板是个四十多岁的中年女人,姓赵,长得有点胖,看着很和蔼,但眼睛里透着商人的精明。

她的目光在江里身上盯了几秒,问:"直接拿不试一下吗?"

江里赶时间,摇头说:"不试,我总穿180这个尺码,错不了。对了,我爸是江海军,说和你很熟,能按拿货价吗?"

赵老板听到江海军的名字,笑道:"原来是老江的儿子,总听他提起你,没想到长得这么帅啊。你是个衣服架子,愿不愿意到我这里来做兼职模特,拍点照片?阿姨给你算钱。"

江里完全没有兴趣,语速加快:"谢谢您,我没有时间,麻烦您打包吧。"

赵老板一边给江里装衣裤袜子,一边还在惋惜道:"小江你不想赚点钱吗?我这儿工资高的,就是拍拍照片,我好发给我的代理商他们。"

江里坚持拒绝,赵老板只好打住不劝。

等到江里提着大包小包走出门口了,她还是忍不住喊道:"再想来还是可以来啊!"

江里置若罔闻,提着一堆东西往集贤路巷子赶。

下午五点钟,艳阳依然高照。

知了叫破了嗓子,藏在树叶里奄奄一息。草木无精打采,弯着腰苟且偷生。

江里下了公交车,从斜斜的树荫里穿过,几步飞奔回了家。他已经热得短袖滴水,浑身释放着今天一天吸收到的热量。

江海军不在家,可能是出去补装修材料了。江里没在意,把自己刚买的东西全部收拾好,又跑去洗了个澡,才总算感觉清爽一点。

收拾完后,他把要带的东西全部装进一个纸质的手提袋里,拿出手机解锁五分钟,给盛千陵发信息:陵哥,你在家吗,我弄完了。现在过来找你吃晚饭,好不好？

盛千陵回复得很快：好。

于是江里开心地提着纸袋出门了。

所幸集贤路巷子和汉江景苑隔得不远，中间的小道又一直有建筑房檐遮阳，江里才没像之前一样大汗淋漓。

他轻车熟路地混进汉江景苑，在楼下拨通造访电话，盛千陵很快给他开了电梯。

江里进屋换拖鞋，把手中的纸袋搁在玄关处的柜子上，皱眉抱怨："陵哥，这天气也太热了……"

盛千陵走近几步，问："你出去有没有涂防晒霜？"

江里"啊"了一声，走过来几步，答："没啊。我没晒多久，都是在室内和公交车里，走路不多。"

江里的皮肤又嫩又薄，江城的太阳又烈又猛。若是真的暴晒一两个小时，变黑都是小事，还有可能晒伤皮肤留下印迹。

盛千陵还是有些不放心，从客厅的柜子里取出一支清凉膏，让江里自己涂抹了一遍才安心。

看江里涂完，盛千陵问："生日大餐就在家吃，行不行？"

江里并不在意生日吃饭的仪式感，只要和盛千陵在一起就行，于是点点头。

盛千陵拨出两个电话，交代对方可以送餐和送货上门。

江里像炫宝似的，挑起桃花眼笑得欢心。他动了动红润的唇，慢慢说："陵哥，我有礼物要送给你。"

盛千陵注意江里进门时带了男装纸袋，以为是件衣服，没作他想，也说："我也有礼物要送给你。"

江里听了很开心，一脸期待地问："你要送我什么？"

盛千陵去房间把礼物拿了出来。那个袋子上有显眼的商标，江里看一眼，就猜到了里面是什么。

他的视线回到盛千陵的脸上，惊讶地问："陵哥，你要送我手机？"

盛千陵也不藏着，把塑封好的白色手机盒从袋子里掏出来，递给江里，说："嗯，这是送给你的生日礼物。"

江里接过盒子，一点一点地拆开，取出里边那部银色的手机。

手机轻薄，拿在手上很有质感。

盒盖上用大大的灰色字体写着"iPhone"字样，江里虽然没用过，但知道这款手机是去年9月发行的，当时他同桌陈树木梦想拥有一部，被家人无情拒绝，怎么哭着求都没用。

原来盛千陵早就注意到自己的手机不好用，才故意借了生日这个契机送他一部新的。

江里的心泛起无法忽略的感动。他捧了一会儿手机，抬头去看盛千陵。

江里不知道应该说点什么，只好笑道："师父，你真的要把我养废了。"

盛千陵笑而不语。

江里有点忍不住，继续说："你上次不是说想养只小狗？那我就做你的宠物狗逗你开心吧。"

盛千陵听得好笑，但很配合地说："好。"

提到"宠物狗"，江里想到什么，欢快地跑到门口去取自己拿来的纸袋。

这个纸袋里东西挺多，有衣服有袜子，叠到一起，有些凌乱。他伸手在里边摸了几秒，才摸到一个挂坠，边拿边说："这个是送给你的。"

话音刚落，江里却发现自己摸出一个芭比娃娃的小挂坠。

这个小芭比娃娃上身着雪白裙，细脚伶仃，正在做一个双手合十的舞蹈动作，在她合起来的手心里有一只小小的孔洞，里面穿着一条细细的绳子。

江里看一眼，很快笑着收回去，又去纸袋里摸了一会儿，再次掏出一个挂坠来。

这是一个十分可爱的金毛小狗挂坠，做得很逼真，毛发柔顺，眼睛很传神，精巧得不像是小商品市场的水准，反倒像精心雕琢而成。

江里把这只"小狗"递给盛千陵，得意地坏笑："喏，送你一只'小狗'。"

盛千陵垂眸注视"小狗"许久，眉目放松地说："谢谢。"

安静几秒，盛千陵问："那个芭比娃娃是？"

江里挑起眉，认真说："哦，我给自己买的。等你离开这儿，我就用它来监督自己训练。"

盛千陵弯起眼睛笑道："那你可得听它的话。"

江里声调轻盈，说："那是自然。"

送完挂坠，江里才从纸袋里掏出他真正想送的礼物。是一只小小的方形盒子，呈橘红色，盒子上用黑色的字体写着那个奢侈品牌的英文商标。

江里把盒子递到盛千陵手中，又往他身旁贴近一些，声音软软的："陵哥，你快要去打职业了，我不知道送你什么好，就送这个吧，你不许拒绝。"

盛千陵看到那只橘色盒子的形状和商标，就已经猜到江里买了什么。

他停顿几秒，才慢慢揭开盖子，取出这条黑色的腰带。

腰带材质偏软，比一般牛皮腰带的克重要轻一些。腰带头上的卡扣也比寻常男士腰带上的小，即便长期弯腰，也不会硌到腹部的肌肉，十分适合在打斯诺克时使用。

这种腰带不好找，数家大牌里也只有这家推出了这种轻运动风腰带。

江里平常对奢侈品完全不懂，也没兴致。盛千陵不知道他花了多少精力，才找到这条腰带的。

盛千陵从小到大并不缺爱，在物质上也没有过一分一毫的短缺。

相反，他拥有超过绝大多数人的优越生活环境。这种被称作奢侈品的饰品，更是多到数不胜数。

对他来讲，并没什么特殊。

可是，他却觉得，手中这条盈满了心意的腰带，是他这些年来，收到过的最好的礼物。

拒收和道谢都是矫情。他才刚刚送过江里手机，自然能体会送礼者的心情。

收礼者欣然接受，并表示无限喜欢，才是对送礼者最好的回馈。

盛千陵很认真地说："江里，我很喜欢，也正好需要。"

江里其实有挺多话想对盛千陵说。

相识相处的这几个月以来，他的生活发生了很多改变，心境早已不似从前。他很依赖他的师父，却依赖到如履薄冰。

他其实想趁着自己生日，同盛千陵谈谈心，但一回想到上次盛千陵的不告而别，心里又犯了憷。

还没犹豫半分钟，门口的可视电话忽然传来一阵清晰的铃声，是送外卖的人到了。

盛千陵很快去开门，江里站在他身后，慢慢泄了气。

门口站着两个外卖员，一个两手提满各色打包袋，另一个手上提着一只粉蓝色的生日蛋糕盒。

盛千陵叫江里过来帮忙，一点一点地将那些东西接过来，跑了几趟全放在餐厅的桌上。

他点的是海底捞的火锅外送，只需要自己将锅底加热，就可以直接烫菜。

东西都摆好之后，盛千陵回头看一眼江里，见对方双眼含笑一脸轻松，没了刚才欲言又止的局促，自己也不着痕迹地松了一口气。

他去取了一个电煮锅出来，将火锅锅底倒进去，开了火。没过几分钟，锅底煮得沸腾，他便像第一次和江里吃饭一样，开始细心地替江里涮菜。

虾滑、牛肉、毛肚、鸭肠、海带、白菜、土豆、丸子，都是江里喜欢的。

火锅差不多快吃完，盛千陵又将蛋糕盒子打开，将两支彩色的蜡烛点上，插在蛋糕里。

蜡烛是一支"1"和一支"8"，他也故意将顺序摆成"81"，然后学着江里之前的话，慢慢启唇："祝我的小狗徒弟生日快乐，希望你八十一岁时，还在和我一起打斯诺克。"

江里心中涌过汩汩的暖流。他笑得一脸幸福，连声点头："好，好好好。我们要长命百岁，一起打球到一百岁。"

江里吃火锅吃得很饱，硬撑着又吃了一块蛋糕，还故意把奶油糊到了盛千

· 173 ·

陵脸上。

盛千陵连连后退，笑着和他打闹，溢出一片欢声笑语。

江里起了玩心，又多弄了些奶油在手上，趁机去偷袭盛千陵。

盛千陵躲避不及时，头发上、脸上和衣服上都沾了不少。他不甘示弱，也以奶油回敬，将"小狗"变成了一只"花猫"。

两人玩得累了，都静下来。

时间滴滴答答，走向寂静的夜。阳台外的天空已经全黑，星辰升起，汇聚成曼妙的银河。

盛千陵安静地坐在沙发上，嗓音柔软："江里，生日快乐，以后就是大人了。"

江里愣了一下，然后慢慢地点了点头。未尽之言，他知道自己不必再说了。

次日，江里带着自己的零碎物品回了家。

江海军办事效率很高，已经将被火烧过的房子修整一新。客厅里的几面墙都重新粉刷过，还散发着白色石灰的余味。窗边的旧布帘被火烧尽，已经换了一面简易的上下拉伸式卷帘。

江里把自己的东西收拾好，又去营业厅换了手机小卡，慢慢悠悠地晃去时光台球。

时光台球举办了比赛之后，生意果然爆好。

店里冷气开得足，又有水吧冰饮，还能替客人找小餐馆点盖浇饭，许多会员干脆在这儿一待一整天，消了暑又打了球，十分惬意。

江里直奔大包房，看到盛千陵正在练球，假意苦着脸说："陵哥，你不说我打比赛进了前三，就给我放一天假？今天要不不练球了？"

盛千陵："好，你想去哪里玩？"

江里早就想好了要去的地方，但眼下烈日当空，他担心现在出发会中暑，想了想，说："下午再去吧，现在太热了，我还是先看你练会儿球。"

盛千陵笑答："好。"

江里今天名正言顺地偷懒，坐到旁边的沙发上，一边看盛千陵训练，一边熟悉新手机。

江里打开微信，调出和陈树木的对话框，哪知道陈树木的消息先过来了。

陈树木说：里哥，你说拿冠军请我吃饭的，几时请？

江里回复：你自己找个时间，我都行。

陈树木马上发来一个"搓手期待"的表情，欢快道：就今天下午！

江里马上拒绝：今天不行，下午我要和我师父一起出去玩。

陈树木怒了：你不是说你都行？

江里打字快了些，调侃道：你能和我师父比？

手机那头的陈树木气得半死，口不择言地发来一条语音："你还是个人吗？

怎么有了师父忘了兄弟?"

江里朝他师父看一眼,微微放开手心,给陈树木回了一条语音:"有了师父我还要什么兄弟。"

正在击球的盛千陵动作停顿了一下,回头看江里,对上一双调皮得意的眼睛。于是,盛千陵也无奈地笑了笑,继续练球去了。

下午,骄阳释放的热浪终于有所缓解。

天空飘来一团团灰色的云,被风一吹,很快变成一阵短且急的夏雨洒落地面。空气中泛着雨后的灰尘味儿,气温骤降好几度。

江里看一眼时间,对盛千陵说:"陵哥,我们出去吧。"

盛千陵结束练球,答:"好。"

两人一起从乐福广场出来。

外边雨过天晴,热意很快将地面的水渍炙烤蒸发。蓝天迷醉,白云揉碎,正是盛夏的好光景。

江里到街边拦了一辆空出租车,同盛千陵一起坐进后排。

司机问:"去哪里?"

江里答:"去龙泉山风景区。"

司机从后视镜里投过来一道好奇的眼光,但什么也没多说,将车开进最左车道,掉头走了。

龙泉山风景区算是江城最不出名的旅游景点之一,对比起全国闻名的黄鹤楼、东湖等地,完全就是籍籍无名。加上位置很偏,处于远离市中心的江夏区,交通也不太方便,去的人就更少。

所以司机往那边去得也少。

江里坐着无聊,掏出新手机,解锁后开始玩游戏。

植物大战僵尸和神庙逃亡都有点过时了,但因为江里没玩过,一接触便觉得新奇,眼下正玩得开心。

后排空间太小。

他玩着玩着就坐不住,不时地东倒西歪,一会儿凑到盛千陵身边,一会儿将脸贴到玻璃窗上去。结果玻璃窗太烫,他"唰"地又坐直,继续晃晃,手里的动作却不停,十分滑稽。

盛千陵看了一会儿,忽然伸出一只手,稳稳撑住江里的头,说:"玩吧。"

江里忽然开心起来,心安理得地靠着盛千陵的手,继续玩起游戏。

半个多小时以后,出租车停到了龙泉山风景区门前的停车广场。

此处青山起伏,树木繁茂,入目即是一片青翠葱郁的绿。天气虽然炎热,可山里自带凉风,扑面而来,体感清爽。

盛千陵付了车钱，然后跟着江里下车。

他们运气好，赶在闭园前十分钟买了票进山。

景区不算很大，山也不高，沿途的参观索引写得十分清楚。江里对门口路线图上的灵泉书院、樊哙墓这些毫无兴趣，他甚至不清楚樊哙这个人是谁。

从入园开始，江里的目标就很明确，就是要穿过龟碑亭，去找一棵存在了七百多年的古树。

走了快半小时，江里终于穿过山间小道，找到了那棵树。

这棵树名叫婆婆树，据说是古时一个乡妇种下的。

在战乱年代，她的丈夫出去当兵打仗，她便每天把这棵树当作倾诉对象，一直祈祷丈夫能平安归来。

许多年以后，天下太平，她的丈夫果然安全返乡，而她已经熬成了白发苍苍的老婆婆。

因为战争，村里出去的壮丁死了不少，而婆婆的丈夫是唯一归来的人。村里人觉得是那棵树有了灵，纷纷效仿，来到树下许愿。

让村民们惊讶的是，他们诚心诚意地对大树说出自己的愿望，最后竟然也都实现了。

一时之间，这棵树声名鹊起，宛如神树。

因为这棵树是老婆婆当年种下的，一传十，十传百，从此得名"婆婆树"。到如今，已延续七百多年。

这棵树长得根深叶茂，树干粗壮，伸开的绿色枝丫上挂满了红色的飘带，随着山风飞舞，看起来十分壮观。

树旁有一个小小的移动商店，里面卖着与树上如出一辙的丝带，桌旁有一个犯困的婆婆在打盹儿。

江里迈开长腿，朝婆婆走过去，敲敲空调小亭子的玻璃，脸上漾起笑意："您好，我想买两条许愿带。"

夏天游客少，婆婆树前除了江里和盛千陵，没有其他的人。

卖许愿丝带的婆婆缓缓醒来，睁开双眼，打量了江里和盛千陵几眼，从手边拿了两条丝带过来，从小孔格里递出，说："十块钱一条，一共二十。"说着还递出了两支黑色的马克笔。

江里付了钱，捏着两条丝带转身，对上盛千陵的脸。

盛千陵一袭白衣配九分黑裤，就站在江里身侧。他微微低着头，唇角勾着一点若有似无的笑意，问："主要是过来买这个的？"

江里毫不避讳地说出心中的想法："是啊，不然这么热的天气，我干吗从汉口跑来江夏爬山。"

其实此前江里也不知道这个地方。他上网寻找江城好玩的地方时，在本地人常用的"得意生活"论坛里，看到了一条网友留言，说外地人只知道去归元寺许愿，却不知道龙泉山的婆婆树才最灵验。

江里没发觉这是一条营销软广，马上兴致勃勃地开始搜索"龙泉山风景区"。

然后今天下午，他就出现在了这里。

商店亭外有一张小桌子，用于游客写许愿丝带。江里将丝带分给盛千陵一条，又递了一支笔过去，神神秘秘地说："分开写，不许看我的。"

盛千陵无奈地笑答："好，我不看。"

江里早就想好了自己的心愿。他刻意背对着盛千陵，把那条红丝带护在手心，一笔一画地认真写：我想和师父比肩走向斯诺克职业赛场，希望未来能和师父在顶峰相见。

在江里和盛千陵各自的十八岁生日那天，他们都许过愿要一起打球到八十一岁。

他们把斯诺克当成自己的毕生梦想，并笃定地走下去。

江里的字写得很难看，考试时横竖撇捺都写不利索，此刻却像一个刚学着写字的小学生一样，用尽了耐心。

写完之后，他自己看了好几遍，有点不好意思，飞快地把丝带一折，回头去偷看盛千陵写了什么。

盛千陵不遮不掩，坦坦荡荡地用正楷字写道：希望我的徒弟江里心想事成。

江里站在原地，任情绪翻滚。直到盛千陵转身时，他才赶忙转过头，去找地方系带子。

他找到一处丝带偏少的地方，把自己写的字往那堆红布条里一藏，飞快地牵起顶端的两根细绳子，缠在树上打了一个死结。

盛千陵安静地站在他身后，背靠渐落的夕阳，身披几尺晴朗的日光。

江里系好丝带过来，看到盛千陵站着没动，问："怎么不去系啊？"

盛千陵把自己那条许愿带递到江里手中，平静地说："系到一起吧，这样比较诚心。"

江里被这句话感染，心情一时明亮得像漫山遍野丛林上的橘红日光，美得难以形容。

他接过盛千陵的丝带，将它紧紧系到了自己那条上面。为防被风吹走，他还特地将两条丝带的细绳打了个死扣。

完成了这个最重要的仪式，这一趟龙泉山之行的目的也就达成了。

江里心满意足地站在树干旁，仰起修长的脖颈，仰望葱茏的绿叶，一树红色的许愿丝带在他头顶飘舞，发出一阵轻轻的连续的哗啦声。

盛千陵被这个美好的画面触动，掏出手机打开相机，给江里拍了一张照片。

夕阳渐落，整个龙泉山风景区落在一片醉人的余晖里。

两人从山上下来，去附近的庙山吃晚饭。

庙山是一个镇，离景区不远，就在汤逊湖湖畔，以鲜美的鱼丸闻名全市。

江里对江城市区并不熟悉，了解到这个吃饭的地点，也是从网上搜来的。幸好盛千陵也很喜欢。

晚饭过后，夜幕降临。

天空不是漆黑，而是夏夜特有的深黛。星辰亮起，月亮如钩。

江里和盛千陵打车回汉口。车子驶出去，路过庙山一所叫武昌理工学院的大学时，江里无意间偏过头，视线多停留了两秒。

而后，出租车一路穿过车马喧嚣的闹市。

爬了几小时山，两人都没觉得很累，但江里出了一身汗，汗了又干，感觉不太舒服，提出直接回家。

盛千陵便把他送到了集贤路巷口。

这个点儿的集贤路巷子还挺热闹，门口多了几个卖烧烤的摊位，光着臂膀的男人把羊肉串烤得滋滋冒油。

刘姨的热干面店里一如既往的热闹，穿着衬衫打着领带的夜归人安静地等待一碗加了卤蛋的热干面。

江里站在巷口朝盛千陵挥手，然后笑着离开。

为期一个月的暑假一晃而过。

8月1日，天高云淡，夏日炎炎，早上的气温就直逼30℃。

高二（7）班成了高三（7）班，教室没换，门口的班牌被重新贴了一张。

学生们一脸疲倦，像还没从暑假的美梦中惊醒似的，无精打采地背着书包走进教室。

江里的夏季校服全部毁于之前那场火灾，眼下没有校服可穿，就随意套了一件白色的短袖，姿态散漫地来到座位旁。

陈树木已经来了一会儿，此时正手速飞快地东拼西凑抄作业。

语、数、英、理、化、生，每科一本暑假作业，配两张卷子。抄起来工作量巨大，陈树木写一会儿甩一下右手手腕。

感觉到有人靠近，陈树木停下笔尖，抬起头，这么一看，便呆住了。

只见江里穿着一件干净清爽的短袖，配一条中规中矩的黑色运动裤。头发打理得很好，额前碎发分于两侧，露出一小块白净的额头。他表情平淡，目光清亮，泛着少年人独有的朝气蓬勃。

与从前那个一进教室就哈欠连天、萎靡不振的人大相径庭。

江里见陈树木僵住，好奇地瞟他一秒，屈起手指敲桌子，问："被我帅傻了？"

陈树木："……啊？"

其实江里一直都很帅，但今天给人的感觉分外不同。至于具体是哪里不同，陈树木也说不出个一二三来，只得呆呆地与江里对视，不假思索地说："你看起来有点不一样。"

江里听了，潇洒一笑，卖弄道："嗨，越长越帅我能有什么办法。"

陈树木："……"

没说几句，学习委员蒋言在讲台上宣布马上收暑假作业。

江里打开空空如也的书包，看了看，又默默把书包挂到椅子背上。旁边的陈树木还在奋笔疾书，一边抄作业一边喊："哎，等一会儿啊，不还有十分钟才上课嘛！"

江里安静地坐了一会儿，随手拿起一支笔，架在右手指头上旋转。他转着转着，突然"啪"的一声，将笔拍在桌面上，推开椅子走出了教室。

他熟门熟路地来到三楼教师办公楼，找到梅朝凤所在的英语组办公室，站到门口，敲了敲门。

他在这间办公室罚站过多次，闭着眼睛都不会找错。

梅朝凤正在打印本学期的课表，闻声回头，一看到江里，就习惯性地蹙起了眉头。

她先发制人，说："江里？你杵在那儿做什么，进来。"

江里迈开长腿走进办公室，在梅老师身边站定。

办公室里的教师只有梅朝凤一个人是班主任，需要提前来给学生开班会，所以眼下没别的英语老师在。

江里顺手抽了一张空椅子，搁在梅老师办公桌边上，淡定自若地坐了下来。

梅朝凤见了江里就生气，拧着眉心说："老师站着你坐着？"

江里不改本性，痞痞地答："那梅老师您也坐吧，别客气。"

梅朝凤："……"

下一秒，梅朝凤马上质问："你的校服呢？怎么没穿，学校没给你发？"

江里还坐着，淡淡道："上个月家里起火了，就汉正街那一块，把我的衣服给烧干净了，校服得重新买。"

梅朝凤知道江里虽然性格顽劣，却没有说谎的习惯。她点了点头，追问："家里人没受伤吧？"

江里摇头，说："没。"

梅朝凤忽然想起江里是主动过来的，再次警觉道："你来找我做什么？是不是暑假作业一题都没写，来负荆请罪？"

江里点头又摇头，说："确实没写，不过不是来请罪的。"

梅朝凤把手中的课表往办公桌上一放，拿过水杯喝了一口，然后坐下来，给自己做了一小段心理建设后，严肃地盯着江里，想看看他到底要说什么。

江里有点难以启齿，憋了半天才讲："梅老师，我想问您，要多少分才能去北京上专科？"

说完他怕老师没理解，补充解释："就是那种只需要读三年的大专，不是什么一本、二本这样的。"

梅朝凤万万没想到学渣嘴里能讲出这样的话来,她一瞬间脑补了许多,思维飘散得远,刹都刹不住。她有些紧张地问:"你又想搞什么阴谋诡计?"

江里插科打诨道:"没有,就是想去伟大首都北京读一回书。"

这两年以来,江里气人的次数不胜枚举,学渣形象在每科老师心中根深蒂固。让他学习是不可能的,不闯祸、不被记过就已经是谢天谢地。

所以,梅朝凤压根儿不信什么"想去北京读书"的鬼话,警惕道:"你出了什么事好好说,我不批评你。"

江里听了,掀起眼皮一笑,在对上梅朝凤严厉的视线时,才微微敛神。

他还坐着,梅朝凤也不提,就这么面对面对峙着等他开口,想看看这张巧嘴里能说出什么来。

江里安静数秒,认真开口:"梅老师,我是认真的。我知道我这两年挺混的,不爱学习,还老逗您。但现在,我真想考到北京去,随便什么学校,是正规的就行。"

少年讲话时声音很轻,脊背笔直地靠坐在椅子上,双手摆得中规中矩。窗外的阳光落了一束进来,正好照进他眼里,化作闪耀又动人的水波。

他长得好看,皮肤白净,五官立体,认真说话的时候,带着一丝难以言喻的青春美感,是人生任何其他时间段都取代不了的意气风发。

以至于梅朝凤恍了恍神,只觉得眼前这个人,不像是以前的江里了。

她注视江里许久,缓慢开口:"北京和我们这儿一样,大学多,专科也多。你想考,至少三百分吧。"

江里听到这个分数,感觉是意料之中,轻轻地点点头。

他知道自己功课落了太多,绝然不可能在一年之内逆袭,考上一所本科学校。但也没关系,只要能上专科,就还能考专升本。如果真的能去打斯诺克职业赛,他也有着看得过去的履历,不给他师父丢人。

几秒后,江里"噌"地起身,把椅子归于原位,朝梅朝凤一鞠躬,脸上的笑容忽然放大,说:"谢谢梅老师,您真够'兄弟'!我走了!"

仿佛又回到了之前纨绔张扬的模样。

梅朝凤再次被噎住,眯着眼看他远去的背影,气道:"这浑小子,不会是因为没写作业怕我骂吧……"

江里浑然不觉老师的情绪。他精神饱满地回到高三(7)班,正好碰上在门口收作业的蒋言。

江里桃花眼一闪,将头侧低一点,笑道:"言姐,你今天好美。"

学霸蒋言睁着她的厌世眼:"……"

江里说完就走,几步回到自己的座位,跷起二郎腿开始整理乱成糨糊的课桌。

天气炎热,但教室里空调开着,吹出一片舒爽的风。

教室一个月没有打扫，课桌摆得歪七扭八，上面镌刻着擦拭不去的年少时光。
　　熟悉的同学们争分夺秒地在课前打闹，不浪费半分的自由时间，却在老师走到门口的时候，一切声音戛然而止，仿佛进入一个全新的蔚蓝世界。
　　一切都很美好。
　　未来也一定会闪闪发光。

/第十二章/
目标

江里去教务处买了两套新的校服,路过走廊尽头的厕所时,他顺便换了一套。

回到教室的时候,学习委员蒋言已经把高二上学期期末考试的成绩贴到了教室后墙上,不少同学围在一起,边看边讨论。

江里以前从来不看这些,考多少分从来就不是他关心的事情,今天却极有兴致地过去瞧了一眼。

凭借着身高优势,他很快在最后一名看到自己的名字,同时也看到了每科的具体分数。

语文 22 分,数学 8 分,英语超常发挥,有 39 分。

理化生三科加起来有 66 分。总分是 135 分。

江里:"……"

不知道盛千陵保送清华大学是多少分。

晚上放学,江里照例去了时光台球。店里生意好,大厅里开了满台,江里就直接往大包房走。

盛千陵已经练了一天,此时正坐在沙发上休息。

江里进去时,听到他在打电话。听得不全,只听到他讲"知道了""我自己订票"等几句断断续续的话。

等盛千陵挂了电话,江里才走过去,站着问:"怎么了?"

盛千陵好像是个衬衫控,今日又穿着一件白色的斜纹短袖衬衣,下摆宽松地塞进黑色的长裤里。领口的扣子解开两粒,露出白皙的脖子和一截精致的锁骨。

他脸色不是很好,但还是平静地说:"下周我要回一趟北京。"

江里一听就急了,慌忙追问:"那——"

盛千陵好像知道江里要说什么,截住江里的话头,说:"只回两天,还会回来的。"

江里这才放下心来。

他随意地往盛千陵身边一坐,目光一转,才注意到旁边的茶几上有一朵玫瑰花。

江里微微眯了一下眼,回头慢吞吞地问:"陵哥,谁给你送的花?"

盛千陵说:"明天是七夕情人节,店里给每桌客人都送了。最后多一朵,收银员塞给了我。"

江里长长地"噢"了一声。

盛千陵这时起身,去将斯诺克桌面的球都收齐摆好,然后把自己的球杆提起竖靠在球台边,说:"你来练球。"

江里有一秒错愕,问:"你不是把杆法和技巧都教给我了吗,还有什么要练的?"

盛千陵听到江里的话,眸光顿时一冷,有些严厉地说:"训练是没有止境的,况且,我还有最后一项超强低杆没有教过你。"

"超强低杆?"江里听了,说出自己的想法,"我会啊,我打一个给你看。"

他先是环顾大包间,从茶几上拿了个干净的玻璃杯,然后走到斯诺克球桌边,放下玻璃杯,随手拎起盛千陵的私杆,摆出一个红球,又将母球放好,弯腰俯身,用球杆头对准白球的下半球,控制好力度之后,猛地出杆。

于是,红球弹出去老远,白球留在原位飞速旋转起来。

江里用玻璃杯将那颗白球一罩,只听到玻璃杯壁上传来清脆的"叮叮当当"声,十分炫酷。

目睹了这一切的盛千陵:"……"

江里等到白球不转了,才将玻璃杯拿下来放回原位,疑惑地问:"陵哥,这不是超强低杆吗?"

盛千陵的脸色又冷一分。他微微俯视江里的眼睛,说:"江里,我说过了,我教你杆法,不是让你弄这些花里胡哨的东西。"

江里试图探讨:"可我刚才确实用的是低杆呀,而且力度很猛。"

盛千陵不多解释,摆了一个江里刚打的那种球,轻轻拿球杆头点了桌面一个位置,示意他将让白球停在那儿。

接着,他弯下腰去,很快示范超强低杆。

红球出去后,白球被猛地拉回半米远,弹库两次,缓缓减速,精准地停在了盛千陵刚才指过的地方,分毫不差。

江里惊讶地抬头,不解地问:"陵哥,这指哪儿打哪儿,和我用平杆控力有什么区别?"

盛千陵凝视着江里,说:"这种超强低杆,不是为了进攻,而是为了提前防守。从数学的角度来说,它的线路是为了'跳出封锁',只要你能练出来,就能防止对手打出后斯诺克球。"

后斯诺克球!

江里听到这个名词,赫然一惊。这是斯诺克里顶级的一种防守方式,他师父曾在他面前打出过一次,让他深深折服。

却没想到,竟然还有办法破解。就好像绝世武功一样,总有相生相克的一环。

江里打球多年,虽自诩野路子球手,但专业比赛看得也不少。

他几乎是在一秒钟之内就反应过来,盛千陵要教给他的这招,是他师父最后的拿手绝活,日后的某一天,也一定会被带到斯诺克的竞技赛台上去,大杀四方。

自从盛千陵收了徒后,尽全力将自己所有的技能一次次拆解,在江里面前毫无保留地传授。即便未来他们可能会成为赛场上的对手,盛千陵也从不藏私。

江里察觉到这一点,忽然眼眶一热。

他伸手拽了一下盛千陵的衣服,声音很轻地说:"师父,我知道了,我会努力练习的。"

说起来容易,做起来难。

一连好几天,只要江里打这种超强低杆,那球就像脱离他掌控一样,会跑去他根本意料不到的点位。他一时间极为颓唐丧气。

盛千陵看他打了几天,也找不到问题出在哪儿。

按理说,以江里现如今的球技,即便是学一个颇有难度的杆法,也不至于会打得母球瞎跑,完全没有章法。

最后,他想了想,提出一个建议:"要不你用我的球杆试一下?你总是用这些普通的公用球杆,可能在控力方面,不算趁手。"

江里接过球杆,试了两杆,果然发现击球的质感完全不一样。

虽然母球还是不受控制,至少没有再出现受力不均的情况。

盛千陵见状,干脆把自己的杆盒都提过来,递到江里手里,说:"我明天回北京,如果顺利,大后天能回来,你这两天就用我的球杆练习,有什么瓶颈问题,可以给我发消息。"

江里一听盛千陵要走,心中自然十分不舍。他说:"几点走,我去送你。"

盛千陵只是很淡地笑了笑,说:"不用送,我自己坐车去机场。"

江里有点不安,莫名觉得盛千陵笑不达眼底,有种即将面对风雨的惶恐。

他生怕盛千陵不回来,再三确认他师父返程的时间,才稍微放下心。

次日,课堂上,江里努力地与黑板上的天书做较量。

物理老师讲到竖直上抛运动这个知识点,提及位移与末速度时,江里忽然回忆起来,之前在时光台球,自己被"大金链子"砸到后背,盛千陵就是这么运用物理知识与医生沟通的。

一想到他的学霸师父盛千陵，江里不自觉地来了精神，唇角都浮现了一丝淡淡的笑意。

讲台上的物理老师是个四十多岁的中年男老师，留着一圈浅浅的胡子，乍一看觉得很凶，其实讲起话来细声细气，十分温和。

物理老师捕捉到江里这抹笑，顿觉惊讶悚然。

这几天以来，江里在课上反常地没有睡觉，而是直直地看黑板，他一直不明白发生了什么。尤其是当他讲到力学原理时，这个之前永远睡不醒的男同学竟然诡异地笑起来。

物理老师问："请问最后一排的江里同学，你觉得这个知识点哪里好笑？"

江里很少被老师点起来回答问题，一来是他向来在睡觉，二来即使没睡，站起来了也回答不上来，浪费的是大家的时间。

这次被点起来，他不慌不忙、不着四六地说："老师，您讲得很好，我感受到了物理的魅力。"

物理老师不依不饶："我哪里讲得很好？"

江里正欲开口，同桌陈树木拉了他一把，捂着嘴小声说："里哥，稳住别浪，这个老师会罚你写很多作业的。"

江里听了，笑得一脸灿烂，真情实感地点评："您哪里都讲得很好，让我爱上了物理这门课。"

物理老师终于有点生气，反问："你爱上了物理，就给我考 19 分？"

江里还想贫几句，物理老师打断他，继续说："下课来我办公室。"

江里"咚"的一声坐下了。

课间，江里安静地站在物理组老师办公室，看着桌面上堆成山的物理试卷，并没有炸毛离开。

物理老师说："明后天放假，你把这些卷子写完了交给我，我看看你有多爱物理。"

江里点点头，随意道："好的，包在我身上了老师。"

像替人办事似的。

物理老师："……"

等江里出了办公室，物理老师忍不住自言自语道："这个学生到底是哪里变了……"

次日是星期天，江里习惯性地九点到达时光台球俱乐部。

到了才想起来，今天没人给他带早餐，他师父今天也不会出现，只好闷闷不乐地跑去大包房练球。

结果球也欺负他，怎么打都打不出杆法来。半天下来，不仅超强低杆打不出来，就连之前得心应手的左塞球也频频掉球。

他气得要命，干脆不练了。

江里感觉自己好像一个没有师父就打不了球的菜鸡，长叹一口气，决定回家去好好热爱物理，努力写卷子，好让下次考试再提高几分。

又过一天，江里终于等到了盛千陵说已经回来的短信。

他飞快地从家里出发，往汉江景苑那边走。路过汉江景苑门口的蔡记热干面时，觉得盛千陵应该会在这边下车，干脆进店坐着等。

店里的客人来了又走，走了又来，人来人往，只有他独自坐在那儿，像不动的风景。

盛千陵在飞机上，无法和他聊天，他就不停地骚扰陈树木，东一句西一句，聊着没有营养的天。

江里说：大树，陪你爹聊聊。

陈树木回复微信一如既往地快：啊？怎么，我要去和他聊天增进一下父子感情吗？

江里：和我增进感情。

陈树木发了个"无语"的表情符号。

陈树木：这位爹不去跟着师父练球，跟我一个花样美男聊什么？

江里想了想，认真地问：大树，你觉得我是斯诺克职业选手那块料吗？

陈树木听江里说起过打职业赛的事，马上充当起强有力的后援，回复：你当然是！中国斯诺克史上还没有人拿过世锦赛冠军，只等你去！

江里没有精力回应陈树木的吹捧，心里的不安越发强烈起来。他总觉得盛千陵这次回去，应该是去处理什么棘手的事情。

陈树木没和江里聊多久就跑去吃晚饭了。

江里百无聊赖，打开手机里的神庙逃亡游戏，一遍一遍地逃跑，不知疲倦似的。

夕阳已经落下去，武胜路天桥下车流如织。汽车的尾灯像连绵不绝的红色星星，在夜幕里一闪一闪。

江里坐在靠窗的位置，又看一眼时间，拿手机给盛千陵发消息：陵哥，我在蔡记热干面等你，你到了就说一声。

盛千陵那边刚下车，听到手机微信提示音，拿出来看了一眼。他很快回复：我到了，在门口。

江里看到消息，马上站起来，一口气跑到汉江景苑小区门口，一眼看到树下那个颀长的身影。

盛千陵今天穿了灰色衬衫，配上修身的黑色长裤，静静地站着，好像与夜色融为一体。

他一手提着一个黄白相间的纸袋，一手轻轻抄在裤兜边上，显得人高腿长，十分英俊。

江里欢快地蹦到他面前，喊："陵哥！"

"嗯。"

盛千陵见了江里，眼睛里也不自觉涌上笑意。他刻意放慢脚步，边走边说："等了多久？"

江里说："没多久，也才刚来。"

盛千陵点点头，挥了一下手中的袋子，说："给你带了北京烤鸭。"

说完他怕江里不喜欢，认真地解释："知道你挑食，但是这个甜面酱不会特别甜，不是红糖、白糖那种味道，你应该能接受。"

江里看到盛千陵，才算真的松了口气，笑着说："那我肯定喜欢。"

进屋以后，盛千陵先开了空调。

8月中旬，是江城最为炎热的时间段，整座城市就像被烈焰炙烤，午后的阳光几乎能烤熟一只完整的鸡蛋。

即便到了晚上，也是热浪滚滚，气温居高不下。好在汉江景苑毗邻汉江，受水陆间水循环影响，能稍稍缓解一丝热意。

盛千陵提着纸袋，转头问江里："你吃晚饭没有？吃点烤鸭？"

江里还没回答，忽然听到门口传来用钥匙开门的声音。

下一秒，站在门口的潘登推门而入。

潘登见屋里有灯，微微愣了一下，视线移过去，见到餐桌边的盛千陵。他有些好奇，走进来问："千陵？你不是回去了？"

盛千陵目光沉下去，从纸袋里掏出打包好的烤鸭，慢吞吞地走到餐桌边，将烤鸭放好才说："刚刚回来。"

"哦。"潘登有点疑惑，但没多问。

他接着往里走，这才看到沙发上还坐了一个人，正是江里。

潘登顿了一下，站在原地没动，有些好奇地盯着江里看了几秒，随即笑道："小里也在啊。"

盛千陵先于江里开口："我带了烤鸭，邀请他过来一起吃。"

潘登仿佛没过心，笑道："那你们吃，我过来拿一个娃娃就走。"

盛千陵已经将面皮、黄瓜丝、葱丝和甜面酱全部摆好，闻言问了一句："什么娃娃？"

潘登走到靠窗的那面墙，目光落在那些芭比娃娃身上，解释道："晓诺交了一个新朋友，也喜欢芭比娃娃，晓诺要送一个限量版给她，让我过来拿。"

江里站起来跟到潘登身边，装作第一次来的样子，说："潘总，你家娃娃真的好多啊，我刚才进来时，真的被震惊到了。"

潘登笑道："小丫头们都喜欢这些。"

潘登没待几分钟。他很快找到潘晓诺要的那个芭比娃娃，取下来拿在手上，就开门走了，走之前也没多说什么。

潘登走后，江里坐下来和盛千陵一起吃烤鸭。盛千陵没怎么吃，一直套着手套给江里卷面皮。

江里吃一口，果然感觉味道很棒，凑过来一些，说："真好吃。"

"如果你喜欢，"盛千陵说，"以后你去北京了，我带你去吃。"

江里点点头，说："等我高考完。"

"好。"

烤鸭吃完，盛千陵收拾桌子，江里就坐在一边安静看着。他吃得很饱，舒坦地斜倚在沙发壁上。

许久后，他发出一句感慨："师父，真希望时间过得快一些。"

他的意思是，希望时间过得快一些，他好去北京上学，然后和盛千陵一起打职业比赛。

可他没有注意到，盛千陵顿时暗淡下去的眼眸。

8月下旬，时间果然过得很快。

这些日子一直没有下雨，整座城市被火辣辣的高温笼罩，室外的空调外机集体轰鸣，阳光暴晒之地空无一人。

教室里空调温度打得很低，但因为教学楼墙壁被骄阳炙烤，加上学生又多，教室里还是翻涌着一层热意。

江里捏着刚发下来的考了18分的数学试卷，从最后一排走到第一排，伸手拍拍学霸蒋言的同桌，对方立即会意，主动表示要出去上个厕所。

江里把卷子铺平到课桌上，侧着头说："言姐，8月月考我们班的平均分提高了不少吧？我上回8分，这回18分了，足足提高了10分。"

说得就像他明天就能报考清华北大似的。

蒋言为了冲刺高三，把马尾剪成了少女波波头，但因为向来面无表情，眼神里长期透露着一股慵懒和厌世，显得不太好接近。

她的嗓音凉飕飕："那你真棒。"

江里没脸没皮，把右手握的一瓶酸奶放到蒋言的课桌上，又凑近一点，开口问："言姐，你上周让我背的初中数学公式我都会背了，怎么才涨了10分？"

蒋言无语。

背完初中的公式，能在高三数学月考里增加10分，已经是天大的进步了。

她目光扫过江里的月考试卷，抽出自己一直放在桌上的高一数学书，唰唰翻开找了几个题型，说："这周看这几个题型，例题看懂多做几遍，再把课后练习写几题给我看。"

"好嘞！"江里就等这几句话，捏着试卷，怀抱蒋言的高一课本，屁颠屁颠地回最后一排去了。

他虽然是个学渣,但也明白时间的重要性。

学数学就像打斯诺克,自己反复一个人琢磨,其实并不会有什么显著的效果。

非得拜师,遇上盛千陵那样的师父,专门针对自己制订训练计划,才能在最短的时间里,完成最大的飞跃。

江里知道,蒋言就是一个像盛千陵那样的师父。

她醉心于学业,又将班级荣誉感常挂心中,不愿意自己班级总是在年级排名里垫底。

所以江里每次去找她问题目,蒋言虽然是一副爱搭不理的冷傲模样,却每次都用最通俗易懂的语言讲给江里听。

不仅如此,蒋言还研究过江里的试卷,知道他的基础是从哪儿开始薄弱的,便轻松地从自己的学海里撷取了重要的知识点,让江里回去恶补。

才补了十天,江里的数学就从 8 分考到了 18 分,这让他无比兴奋,全然忘记数学总分有 150 分这回事。

回到座位以后,同桌陈树木抬了一下头,看了江里一眼,又很快低下头偷偷拿手机打游戏。

没过两秒,陈树木忽然说:"里哥,你为什么心情不好?"

江里缓缓转头:"嗯?"

陈树木的目光始终没有从手机屏幕上挪开,继续解释:"数学进步这么大,怎么还摆臭脸?"

江里:"……"

陈树木和江里在一起玩了这么久,对江里的微表情解读十分拿手。

江里知道自己反驳不了,却反问道:"你见过这么兴奋的臭脸?"

陈树木毫不留情地戳穿:"啊,假笑男孩罢了。"

江里脸上确实是一种心理暗示型的兴奋,一碰就碎,并没有维持很久。

不管他再怎么把注意力放在这次月考成绩上,都改变不了盛千陵明天要离开江城回北京的事实。

这天终于还是来了。

江里想。

好像和盛千陵并没有相处很长时间,盛千陵戴着墨镜提着球杆走进时光台球的模样还清晰如昨,就到了他们从此要真正分隔两地的时间。

从 3 月到 9 月,竟然也可以叫作弹指一挥间。

汉江景苑里,盛千陵将行李箱放在客厅的茶几上,最后一遍确认有没有遗漏东西。

他来的时候东西并不多,可走的时候,不知不觉就攒满了一个箱子。

箱子角落里放着江里送他的那条腰带,卷得好好的,用原装纸盒包着,还没有拆开用过。

那个小小的金毛小狗挂坠被收进箱盖的网袋里,与耳机、充电线等重要物品放到一起。

中间是叠得整整齐齐的夏装,以衬衫居多,也有用来当睡衣穿的几件短袖。

江里安静地站在餐桌边,目光低垂地落到盛千陵的行李箱上。

盛千陵把所有门窗关好,拎着箱子出门。江里一直走在他旁边,不怎么说话。

江城的夏天是从5月到9月。

这才8月底而已,气温依然高到离谱。当地人都习惯了这漫长的夏季,一个个步履匆匆地从丹桂的阴凉里走过。

江里站在小区门口给盛千陵拦了一辆出租车。

盛千陵沉默地站在一边,看江里打开后备厢,把他的行李箱放了上去。又见江里打开后座,细心地将他的台球杆盒横放好。

最后,江里打开副驾驶的门,红着眼睛说:"陵哥,一路顺风。我会努力,明年来见你。"

盛千陵沉默数秒,很轻很轻地点点头,说:"好,我等你。一定要来。"

"我一定会来。"

后头有其他车在鸣笛催促,盛千陵只好上车,关上了车门。

他朝江里挥挥手,看着少年在他的视线里渐渐远去。

盛千陵一走,时光又骤慢。

像被堵塞的沙漏,许久才落下一粒沙。

课间,江里姿态散漫地靠在椅子上,面无表情地玩手机。

他下了铁路12306平台,有事没事就在里边搜索从江城到北京的高铁票价。

最便宜的二等座是五百多块,不知道用学生证能不能买到半价票。高铁站在青山区,离硚口很远,听说4号线可以到,但不知道要去哪里转4号线。

就算找到了,搭上高铁去北京,下车之后又应该去哪里呢?

唉,惆怅。

前桌有个同学转过身来和陈树木聊天:"哎,陈树木,你记得高我们一届的那个李明远吗?"

陈树木喜欢打篮球,上一届高三没毕业时,和李明远他们打过几场,一来二去就有了一点交情。

陈树木边打游戏边点头:"记得,怎么?"

前桌一脸遗憾:"我听说他去了一所大专哎。"

陈树木好奇地反问:"他不是考上了二本吗,怎么跑去上大专了?"

前桌说:"好像因为民办二本的学费太贵了,一年要一两万吧,大专一年就只要几千块钱,还只需要读三年。"

江里听到"大专""学费"这几个敏感词汇,眼角微抬,加入谈话:"是只有江城的专科学费几千块钱,还是全国都这样?"

前桌愣了一下,说:"好像都不一样吧,就北上广这种,肯定要贵一些的。"

前桌的男生说完,莫名感觉江里面色一沉,好像因为他这句话变得不怎么高兴,也不知道是不是自己的错觉。

江里没多说什么,把手机一收,趴着补眠去了。

秋分过后,天气终于凉快了一些。

星期六的早晨,江里醒得很早,一阵风卷残云般的洗漱之后,江里套好衣服奔向门口,才突然想起来,没有人会在九点给他带早餐了。

他在门边站了挺久,脑子里回忆起他师父每次给他带的那些超量早餐,忍不住垂眸笑出声。

盛千陵总是会慢条斯理地一份份打开,推到他面前。

那些早餐向来丰富多样,热干面、豆皮、面窝、汤包、豆浆、绿豆汤、银耳汤,避开了酸与苦两味,偶尔会有一碗甜甜的蛋酒。

只抿一口,唇齿留香。

今天是盛千陵因集训而失联的第二十一天。

江里开门走下楼梯,到刘姨家吃了碗热干面,犹豫好久才加了一碗蛋酒。

吃完饭后,江里不想去练球。

最近状态并不好,他师父最后教的超强低杆怎么都练不出来,让他备受打击,于是他决定逃避一阵子。

出了集贤路巷子,站在人来人往的街头,江里思索了几秒他要去哪里。等到反应过来时,他已经穿过拥挤的人群,大步走向汉正街的白马市场。

三楼得意男装的赵老板正倚着收银台嗑瓜子追剧。

剧里的女人喊得撕心裂肺:"臣妾做不到哇!"她看得一脸悲情,瓜子嗑开了都忘了吃。

下一秒她余光瞥见人影进来,以为是进货的老板,赶紧关掉平板电脑,目光移过去。

"哎,"赵老板见到江里,两眼发光,"你不是那个……"想半天没想起来名字,就记得这个小帅哥,一张脸好看得让人印象深刻。

江里上前几步,站在一堆打包好等待"扁担"挑走的货物前,说:"赵阿姨,我是江海军的儿子江里,您先前说要拍照的模特,现在还要吗?"

汉正街近几年的竞争越来越激烈,尤其部分商铺搬迁到汉口北后,分走了一半的进货生意。

赵老板早就想打破传统进货模式,搞一波网络宣传。

但网络宣传对模特的要求很高,身形、气质、长相缺一不可。专业的模特价格太贵,不专业的又找不到外形完美的,才一直这么拖着。

这时店里进来个进散货的女老板,扫了江里一眼,开口说:"哟,赵姐,这是你儿子啊,这么帅的吗?"

赵老板喜滋滋地回答:"我哪有那么好的命,有这么好看的儿子。这是我店里的模特。"

那女老板见江里长相俊俏、身材修长笔挺,把一件简单的黑色T恤都穿得格外好看,直接点货道:"赵姐,就他身上这个款,全码一样给我拿十件。"

赵老板:"……"

江里:"……"

最后走的时候,江里和赵老板谈好了兼职的时间和报酬。

赵老板对江里喜欢得紧,开出了一小时一百块的高价,并保证只要江里愿意拍,店里几十上百个男装款式,他都可以试穿拍照,工资日结。

江里从白马市场出来,长长地舒了一口气。

有了目标,时间终于正常流转。

沙漏被疏通,阳光从指缝里东升西落,与黑夜短兵相接。

江里每天都给盛千陵发消息,但每一条都石沉大海。他猜想他师父是在闭关集训不方便回复,但依然每天汇报自己在训练方面的进步。

11月初,江城短暂的秋季姗姗来迟,如同抱着琵琶半遮面的羞涩少女。世界一片温柔,温柔到让人轻而易举原谅了夏季的炎热和冗长。

只可惜,到了11月下旬,气温便骤降,难得的秋日暖阳如昙花一现,在又一场寒凉的雨后,迫不及待的初冬便颇有声势地拉开了序幕。

江里向来穿得单薄,在降温这天不幸患上了感冒。

他昏昏沉沉地趴在桌上补眠,稀里糊涂地挨到放学时,忽然连续打了好几个喷嚏,大有感冒加重的趋势。

到次日早上再上学时,感冒果然加重,不仅头晕流鼻涕,嗓子还疼得慌。

他精神不济地走去班主任梅朝凤的办公室,微微弓着腰站在门口,脆弱又不改顽皮本性地说:"梅老师,我病了,得请一天假,不然要交待在您面前了。"

梅朝凤表情很奇怪,她嘴唇嚅动几秒,才开口说:"先别交待,有人找你,就在旁边的小会议室。你先过去看看,我再批假吧。"

江里想不出会有谁在大清早来找他,但他此时头重脚轻不愿思考,闻言便乖巧地转身,往旁边英语组小会议室走去。

门推开,江里抬眸,一眼看到正对面坐了一个人。

他努力定睛一看,是一张十分面生的脸,穿着一身周正的铁灰色三件式西装,领带系得一丝不苟,带着一股与生俱来的威严气质。

江里不知道这人是谁,有什么事,但还是礼貌地坐下来,嗓音萎靡地说:"请问你是?"

对面的西装男打量了江里好一会儿,调整了一下自己的坐姿,缓慢地开口:"你好,江里同学,我代表盛千陵的母亲潘女士与你对话。"

哦。

盛千陵。

不对。盛千陵的谁?

江里怀疑自己是发烧了,感觉好像出现了幻听,又像整个人沉进了海里。

他有些搞不清楚状况,努力用意志支配着昏沉发重的大脑,睁着病态无助的双眼看向对面的人。

西装男的嗓音不疾不徐:"江里同学,请你立刻和盛千陵断绝来往。"

江里抬起迷茫的脸,唇色苍白,朝气全无。

受感冒病毒的侵袭,他无法冷静理智地思考,脑子里像糊了一层糨糊似的,连争吵的力气都没有。

江里凭本能反驳:"你是谁啊,我的事轮得到你来指手画脚?"

西装男神色放松,像胸有成竹,又似胜券在握,竟十分轻松地说:"别激动,你会答应的。"

这句话触到了江里身上的逆鳞,只是暂时被收敛的锋芒和叛逆回光返照:"盛千陵他妈还管他交朋友收徒弟?那我就是不断,你们能把我怎么样?"

西装男避开这个问题的答案,转而开始说其他:"盛千陵这个人,你了解吗?"

江里顺着话反问:"我师父我还能不了解?"

西装男微微眯眼,继续说:"看来盛千陵确实受你影响很大。"

"什么影响?"

西装男完全掌握了谈话的主动权,他双手交握,直视江里的眼睛,说:"来江城这么短的时间,他就浪费时间收了徒弟,把自己苦练多年的本领都教给你。还和你一起去吃那种脏兮兮的路边摊,甚至放下身份,跑去打什么不入流的小台比赛。江里,你是怎么让他做到这些的?"

这些话让江里陷入茫然。

他不明白这些稀松平常的事情,到了眼前这个男人这里,怎么就这么上不得台面。

"你对他的影响,还远不止这些,"西装男说,"他甚至学会了和父母顶嘴,过节也推了重要聚会,回江城来找你。他不肯听从家里的安排去上学、去继承家业,非要跑去追求所谓的梦想,和家里把关系闹僵。这些,也是受你这种人影响吧?"

"你这种人"四个字被西装男咬得很重,即使江里处在病中,也听出了这些话里的轻蔑与不屑,好像他是什么社会渣滓。

西装男还在讲话:"他原本在自己的人生道路上走得好好的,结果不幸认识了你,被你这样的人干扰了判断和选择。你觉得,潘女士还能让你们继续来往吗?"

江里生了病,反应很慢。

他迷迷糊糊地接收着西装男的信号,艰难费力地将对方的话拆分理解,尽量让自己能处于平等沟通的状态。

但他还是很生气,抬高沙哑的声线给自己增加底气:"这些关你什么事?"

西装男平静地说:"你自己如何当然不关我的事。但盛千陵受你影响,要去追求所谓的梦想,隐瞒家人休学去集训,拒不接受他母亲的安排,产生了非常严重的后果,就关我的事了。"

说了这些还不够,西装男还要戳江里的心窝:"话又说回来,你知道斯诺克职业赛不同于其他竞技类比赛吧,你这样的家庭环境,连去打比赛的路费都没有,你谈什么梦想?"

江里听得心中一惊,气愤难忍。他忽然想明白盛千陵最后一次从北京回江城,那些反常的神色从何而来。

他觉得很难受,也很荒谬,不想再将这场谈话继续下去。

好在西装男并没有过多纠缠的打算,说完这几句话,就平静地起身,抬高手指系上胸前的西服扣子,说:"你好好考虑一下。我们也不需要你多做什么,只需要告诉他,你不想打职业了,也不会去北京了。"

江里扬起过分苍白的脸,下意识地发狠道:"不可能!"

西装男笑了一瞬,竟然反问:"你确定?"

江里只觉得西装男这抹笑意有点令人毛骨悚然,但依然用力回吼:"我确定!我师父想做什么就做什么,你们谁也管不着他!"

西装男忽然长叹一口气,慢慢地说:"不识好歹。"说完还意味深长地看了江里一眼,走了。

/ 第十三章 /
梦想死在 2014 年冬

西装男走后,江里强撑精神回到隔壁梅老师的办公室。
他整个人颓唐无力,浑身上下像沾满了冰凉的霜雪。
梅朝凤很担心,主动给江里放了假,还叫来江里的同桌陈树木送江里去医院。
江里不肯去医院,只在二十九中校外的一家药房随便买了几样感冒药,就回了家。
他连说明书都没看,一样拆了三颗出来,就着半杯水囫囵吞下,手脚发凉地钻进被子里,强迫自己闭上了眼睛。
闭上眼睛,这世界的恶意就不存在。
他自欺欺人地这样想,竟也在这种自我暗示和催眠里,混合着身体的难受,沉沉地睡了过去。
江里这一觉睡了很久,直到晚上八点多江海军下班回家他都毫无知觉。
那些药有催眠安神的作用,江里一口气吃得多,连饥饿感都没能把他唤醒。
一直到次日上午,他意识混沌地醒来,从窗外看一眼乌云密布的阴天,才惊觉时间已经过了许久。
打开手机看一眼时间,已经是上午九点。
江里掀开被子坐起来,感觉到感冒的症状消退了很多,除了鼻子不通还流鼻涕外,头晕眼花的情况已经消失。
他习惯性地打开微信,想给盛千陵发点什么消息,却赫然回想起西装男昨天的话,后知后觉地反应过来,盛千陵这么久没有回复过自己,可能是因为手机并不在他自己手上。
不然,集训而已,怎么可能连回复消息的时间都没有?
这么一想,江里顿时后背发凉。
西装男的话浮现在江里明清的脑子里。
——"他原本在自己的人生道路上走得好好的,结果不幸认识了你,被你

• 195

这样的人干扰了判断和选择。"

——"你这样的家庭环境,连去打比赛的路费都没有,你谈什么梦想?"

江里茫然又无措,不知道应该如何面对这件事。

在某一个瞬间,他也在想是不是自己错了。如果真如西装男所说,他没有足够的条件去支撑自己打比赛,反而还因此影响了盛千陵的前途怎么办?

他脑中混沌,理不清思绪,大脑重得像铅,又厚又沉。

虽然已经过了上学的时间,但他吃完早餐之后,犹豫了一会儿,还是决定去学校。

短短的集贤路巷子还没走完,江里揣在兜里的手机响起来。

他烦闷地抽出手机一看,发现是白马市场得意男装的赵老板打来的。

他在赵老板那里打了快三个月工,对方一直没有亏待过他,工资结得十分准时,有时候不满一小时,她也按一小时给他算。

前前后后下来,江里已经攒了几千块钱,不知道够不够北京大专一年的学费。

江里在绿化带旁停下,划开绿色的按键接听电话。

赵老板一惊一乍的声音很快从听筒里传出来:"江里,你爸出事了,快来一趟民族路。"

江里心里猛地一惊,挂了电话就往白马市场的方向跑。

他穿过武胜路,从利济南路转弯进去,沿着汉正街一直跑,跑得气喘吁吁,连撞好几个路人,才终于来到了民族路上。

他甚至都不用再打电话问赵老板是出了什么事。

眼下民族路上已经堵到水泄不通,一些脾气暴躁的司机疯狂按着喇叭,开着车窗骂骂咧咧。挑着货物的"扁担"们从中穿行而过,看热闹的人群像潮水一样朝中间的事发点聚拢。

路人们咂嘴惊羡,旁若无人地指指点点。

天空越发阴沉,一群麻雀在早冬的料峭里扑腾飞过,留下一片惹人心烦的叽叽喳喳。

江里拨开层层人群挤进去,一眼看到满身狼狈的江海军。

江海军扶着扁担,站在一地狼藉里,不住地弯腰道歉。

可他面前那个年轻男子却并没有什么怒意,反而坐在车前盖上,一脸笑意地说:"大叔,我说过啦,道歉不能解决问题,我们等交警过来,定个损,再商量赔偿的事,好吧。"

江里冲过去,紧张地问:"爸,你怎么了?"

江海军见到江里过来,愣了一下,马上板起脸,说:"你跑来做什么?"

江里急得冲他爸吼道:"问你受伤没有?你被车撞了?"

江海军还没来得及回答,坐在车前盖上的年轻车主却开口了。

他说:"没有没有,我没有撞到你爸,是你爸撞上了我。"

见江里目光疑惑,车主淡笑着伸手,拍了拍自己的右车前灯。灯罩已经破裂成好几块,里边的射灯也划出了好几道明显的口子。

开车的是个二十多岁的年轻人,看着就像个纨绔子弟,但说话并不难听和嚣张。他甚至彬彬有礼地解释:"这是迈凯伦,灯挺贵的,我们再等一会儿交警。"

江里先是听说江海军没受伤,稍微松了一口气。但他看一眼那辆跑车的右前灯,心里又涌上一阵强烈的不祥的预感。

他对豪车一窍不通,但很敏锐地感觉到他从来没有在江城看到过这样的车型。尤其那车的牌照还是以"京A"开头的,并不是江城随处可见的"鄂A"。

江里心里涌上一个模糊又令人慌乱的念头。

只是灵光一闪,便叫他浑身发抖。

交警们很快过来了。

交通堵塞连警车都进不来,交警们是骑摩托车过来的。

警察们一来,人群自动散开了一些,但更多喜欢看热闹的吃瓜群众依然站在原地等着看后续。

一位面容严肃的交警上前询问:"发生了什么事?"

坐在迈凯伦车前盖上的年轻人跳下来,冲交警敬了个礼,用标准的京腔说:"警察同志您好,是这么回事儿,这位大叔在挑这些钢刺的时候,撞上了我的车前灯。"

交警上前几步,细看了一下那辆车的右灯,又走到身形佝偻的江海军身边,看了看他挑的两板钢刺。

白马市场附近以服装批发为主,钢材销售集中点并不在这一块。

尤其是江海军挑的这种具备一定危险系数的钢刺,根本不被允许在人流密集的闹市中出现,交警不由得多询问了几句。

江海军知道那车不便宜,但还是极力镇定地说:"我是这边的'扁担',有个老板打电话要货,给了高价,说很急,让我从沿江大道给他挑到六渡桥去。我走的是巷子,没想到碰上了这个车。"

江里捏着拳头站在一边,心脏发紧地听着这一场对话。

他心头那来源不明的慌乱与紧张此时席卷更甚,却偏偏让他理不清头绪。他已经预感到有一场澎湃的海啸正在朝他逼近,却无路可退。

交警很快弄清了事故原委。领头的那一位说:"我们去队里处理,你们不能在这儿堵着路,影响交通秩序。"

年轻车主咧开一个笑,说:"行,辛苦警察同志了。"

而旁边的江海军面容枯槁,双目混浊,脸上的皱纹、法令纹深刻得像暴雨冲刷过的水渠。

他把那两板钢刺挑到一边的一处货物堆积地,扁担也靠在那边,弓着背过来,说:"走吧。"

在交警的疏通下,民族路很快恢复畅通。江里跟着一行人来到了沿河交警队,安静地等候结果。

在进交警队前,他无意间看了一眼天空。

厚厚的云层铺天盖地,一丝阳光也没有。几棵光秃秃的树孤独地立在门前,干枯的枝丫刺破了天。

交警队里,交警问年轻车主:"你是京A牌照,为什么会来江城?"

车主依然一脸笑意,淡定地回答:"我这不是闲得没事,出来兜几圈嘛,听说江城的汉正街鼎鼎有名,想来看看。"

交警有些怀疑他的动机,追问:"你开着一千两百万的车,来小商品市场的巷子里转转?"

车主愣了一下,不动声色地转移话题:"哟,遇上个同好。这车确实一千来万,所以这大叔撞碎了我的灯,我才没办法私了啊,还是得请警察同志定夺,我这一个灯得五十来万呢,还只能原装进口。"

江里听到"五十来万"这几个字,心中惊惧来得更甚。他震惊地盯着那个年轻车主,恍惚间觉得世界都虚无缥缈了起来。

不知道过了多久,他听到了三方协商的结果。

即车主不追究江海军的其他责任,只需要江海军把赔偿款四十万打到指定的账户里去。

他的要求合情合情,警察们也无法再为江海军争取什么。

江海军一直很安静,没有歇斯底里,也没有情绪崩溃。他就那么沉默地站着,脸上写满深深的疲倦。

事情处理完了之后,江里和江海军一同步履沉重地往外走。

江海军长叹一口气,忽然伸手摸了摸儿子的头发,声音低哑:"你回去上课吧,我去拿扁担。"

江里心绪不平,愤怒、紧张、不甘、遗憾、无奈等诸多情绪交织而来,像一张密不透风的网,将他紧紧包裹;又像一口卡在喉咙管里带着腥味的血,不上不下,叫他心情沉重到眼眶发酸。

这突如其来的重担以不可逆之势泰山压顶,让他不得不承受。

四十万。

这对他和江海军来说绝对不是一个小数目。

他知道这意味着什么。可他一个字也说不出口,只得十分没有出息地目送江海军远去。

天空忽然开始轰鸣。

白日凭空扯了几道闪电,然后蓄势待发的惊雷从天而降,滚滚袭来,惊得人震耳欲聋。

江里茫然呆滞地仰起脸看去,见到乌云成群汇聚,游走在铅灰色的天空中。

不过少顷,积雨云化作一场初冬的大雨,噼里啪啦落下来,沾湿了他的眼睛,淋湿了他全身的衣裳。

让他狼狈得像一只被主人抛弃的流浪狗。

有一个穿着铁灰色三件套西装的男人走过来。

那男人撑着一把黑伞,就站在江里对面,极有闲情雅致地观赏了几秒江城的雨,才微微转头,以平静的口吻说:"我给过你机会的,对不对?你现在和盛千陵断绝关系,然后搬离江城,这四十万,可以不赔。考虑一下,江里同学。"

江里浑身僵硬,站在雨里不管不顾地朝对面的人吼叫:"你们有钱就很了不起吗?我就要继续跟着他打球!我也不搬走!"

这两日堆积在心头的重压让江里喘不过气。

他抹一把被雨淋湿的脸,继续不甘又怨恨地发泄道:"你们凭什么不让他去打职业?他自己的人生,凭什么受你们摆布!"

可对方依然慢条斯理地赏着雨,声音不起波澜:"盛千陵这样的出身,本来就没有选择。是好好念书以后继承家业,还是受限于几米的球台打比赛,如果是你,应该选哪个?还有,四十万这个数目,你爸卖了房子也拿不出来吧。"

江里已然失了理智,他脑海里模糊地闪过江海军那张苍老憔悴的脸。

他的脑子里一团乱,心头的火气冲到喉咙,歇斯底里道:"盛千陵选什么都是他自己的事!你凭什么来害我们?凭什么让我们赔钱?"

西装男终于露出点讥讽:"我说了,你可以不赔,只要你按照我的要求去做。"

说完之后,他又像想到什么令人厌恶的事情一样,继续冷冰冰地开口:"他的人生,竟然会受你这种人的影响,真是个笑话。"

江里听得心头猛地一震,难以置信地朝西装男看过去。

那双不加掩饰的眼睛,看着江里就像在看什么垃圾。

走回集贤路巷子的时候,江里浑身都湿透了,整个人像刚从水里捞起来的一样,脸上身上不停地淌着水。

住在一楼的刘姨正在店里摊热干面,见到江里走过来,惊得睁大双眼,冲他喊道:"小里,这是怎么了?怎么搞成这个样子了?哎哟,你快上楼去洗个澡,不然容易生病的,快去快去!"

江里很感谢在这个时候能有人对他发出"快去洗澡"这样的指令,不然他真要茫然到不知所措。

走进旁边的步梯,终于没有雨水再淋到他身上,但他一身的水还是沾湿了干燥的水泥地。

他一步一步地往上爬,湿哒哒地来到自家门口,机械地开了房门。

江海军给他新买的布衣柜就在客厅墙角,他过去扯了一件长袖校服,就径直往浴室走。

天气转凉,热水来得很慢。

江里在破旧的莲蓬头下站了很久,都没有调出热水来,索性就用凉水冲了一遍,拿旁边的毛巾给自己胡乱擦干,套上了长袖和内裤。

窗外的雨渐渐变小,但天空依然被乌云遮蔽。

江里站在浴室朝外面看一眼,收回目光看向墙上边角不规则的镜子。

镜子里有一张苍白又虚弱的脸。皮肤白得几近透明,仿佛一碰就会破碎消融。一双桃花眼红通通,瞳仁失了光亮,眼里布满红色的血丝。

他从浴室出来,给自己找了条蓝色的校服裤子穿上。

他顶着一头湿漉漉的头发,静默地在床边坐下。

西装男的那些话如魔音回荡在江里的耳畔。

——"是好好念书以后继承家业,还是受限于几米的球台打比赛。"

——"四十万这个数目,你爸卖了房子也拿不出来吧。"

——"他的人生,竟然会受你这种人的影响,真是个笑话。"

江里想不明白,为什么这个世界是有钱人的游戏。像他这样的穷人,只能被迫成为任人踩躏的蝼蚁。

不知道过了多久,门口传来脚步声。

数秒后,门被推开,江海军提着扁担走进来。

江海军没淋着雨,他是等雨停了才走回来的,只不过穿了几年的劳保鞋上沾了几圈深深浅浅的泥渍,走一步便留下一个脚印。

父子二人在昏暗的客厅里对望一眼。

江海军面色平静,并未显现得有多难受和痛苦。古铜色的肤色被风吹化了一些,一双眼睛被深深的眼皮包裹,没什么神采,就像这雨后的阴天。

他将扁担两头的钩子钩到一起,然后将扁担靠在墙边,在门口换了双鞋子。接着他朝江里走了几步,问:"你感冒好了没有?"

江里喉咙干得几乎要说不出话来,他用力地盯着父亲的脸,终于嗓音干涩道:"好了。"

江海军点点头,又问:"你吃中饭没有?"

冷静得好像上午那一场事故并不存在。

江里摇头:"没。"

江海军走到客厅柜子旁,从最下边一个抽屉里拿出两包方便面,说:"那就吃泡面吧。"

"好。"

江海军去厨房烧水,江里的目光依然落在江海军身上。

这么多年来,他从来没有见过江海军这种超乎常人的镇定模样。以前不管发生什么事,江海军都爱骂人,各种难听的词张口即来。

江海军骂得越难听,江里就越高兴。因为他知道,只有江海军发泄过了,才是真正的雨过天晴。

方便面是袋装的,因为比桶装的便宜一些。

江海军分别把两袋面放到两个大碗里,用开水完全浸泡住,再一样接一样地加调料。

他始终很安静,目光垂落到曲折的面条上,侧脸深刻又幽沉。

几分钟以后,江海军端着两碗泡面从厨房出来。他将碗放在客厅那张吃饭用的小桌子上,桌上铺着厚厚的油迹,他也不在意。

江里从床边走到小桌边,捞过一个小板凳坐下,低头去拿筷子夹泡面。

江海军伸长手,够开旁边一个小抽屉,从里面拿出放了许久的小瓶枝江白酒,给自己倒了一杯。

江里抬头看一眼江海军,见江海军若无其事地喝了一口,没多说什么,低头吃泡面。

这泡面也不知道江海军放了多久,泡出来满是涩口的酸味。酸到江里想问一下父亲是不是放了整包的醋,目光却落到不远处厨房的垃圾桶里。

泡面的袋子静静地浮在垃圾桶上层。

上面写着"藤椒牛肉面"。

在这苦与酸里,江里几乎被呛出了眼泪。他不喜欢这两味,但眼下无法拒绝,只好放下筷子,抬头看向江海军,鼓起勇气问出口:"爸,你准备怎么办?"

江海军的手停顿一下,很快又扒拉了一口面条。

他嚼面的声音很大,"呼啦呼啦",嚼几下才吞下去。

"卖房子。"江海军说。

天色昏暗,客厅的灯却没开。

父子两人坐在暗淡的屋里,第一次没有互相辱骂,而是心平气和地说话。

江里听得心头一震,他心虚地挪开目光,在眼里泛起湿意的时候迅速抬眼与江海军对视。

这短短的一瞬间,江里心里闪过很多念头。

今天这场事故,江海军知道起因吗?知道与他有关吗?还是承认,就是那些钢刺撞上了别人的豪车?

他要向父亲坦白吗?

坦白之后呢,怎么办?

把房子卖了,他们去哪儿住?

又和当年来江城一样,在那种狭窄潮湿的地下室挤一段时间吗?

苦与酸铺天盖地交织席卷,卷得江里都无法冷静地思考。他手指颤抖地去拿筷子，在布满藤椒的面汤里搅了一下，缓慢地嚅动嘴唇。

可是，江海军先他一步开口了。

江海军的声音浑厚又粗长，静得像雨后的风、水面的涟漪，却更像穿透乌云的刺、扎破时光的针。

"这事和教你打球那个男生有关系吧。"

江里闻言，怔愣了好几秒，在一瞬间彻底崩溃。眼睛里的泪水不受控地喷涌而出，像微型瀑布似的，延绵不绝，一串串滑进他的嘴里。

书上常描述眼泪是咸的。

其实不全是。

人处在巨大痛苦中时，流出来的眼泪又酸又苦，简直是陈醋泡黄连，让人失魂惊心。

江里从来没有这样在江海军面前哭过。

这么多年以来，除了年幼时不懂事，哇哇哭过几声之外，更多的时候是在和江海军对骂。

即便真碰上伤心软弱的事了，江里也总会咬紧牙关，无声地与悲伤对峙，最后被时间轻而易举翻篇过去。

像今天这样，狼狈又伤心，毫不顾及面子的爆哭，是第一次。

眼睛像两个无底的泉眼一样，将泪水一波波送出来，流到嘴里，落到藤椒味泡面中。可即便这样哭，他也没有发出一点声音。

连悲痛都是无声的。

在这一场释放与发泄里，江里忽然就想明白了，好像醍醐灌顶，又好像冥冥之中谁给他指了一条明路，帮助他从当下的痛苦中解脱出来。

他抬起模糊的泪眼，不甚清晰地看着父亲那张苍老的脸，说："爸，我们离开这儿，就不用赔钱了。我们回老家吧，行不行？"

江海军把杯中酒喝完，吐出一口长长的酒气，嗓音依然平稳地说："行。"

第二天，江里把自己收拾得干干净净去上学。

天气越发寒凉，但他还是只裹了一件单薄的秋季外套，内搭一件白色的polo衫短袖。因为身材消瘦，蓝白相间的校服被他穿出几分嶙峋之感，却又分外好看。

陈树木从身后跑过来，拉了拉自己的高领毛衣，又看一看江里，说："里哥你简直是要风度不要温度！冻死在学校你看看谁给你收尸！"

江里淡淡地朝陈树木瞥去一眼，没像往常一样和他插科打诨，只是平静地解释："走得急，忘记了。"

陈树木感觉江里有点不对劲，但又说不上来是哪儿不同，迈开步子跟了上去。

两人刚走到教室门口，恰好碰上从走廊另一头走来的梅朝凤。

陈树木以为自己迟到了,赶紧低着头掩耳盗铃似的,灰溜溜地往后门里钻。

江里站在原地,安静地等梅朝凤开口。果然,下一秒,梅朝凤说:"江里,过来一下,有人找你。"

都不用再说是谁,也不说在哪儿,江里就知道要去英语组办公室隔壁那个小会议室。

他点点头,从敞开的窗户把书包往里一塞,答:"好。"他迈开长腿,径直朝小会议室去了。

同样的位置,西装男穿着同一个色系的衣服,还是一丝不苟的三件式正装,但换了一条颜色偏亮的蓝色领带,好像在彰显志在必得的心情。

江里沉默地在他对面坐下来,目光平静,没有更多的情绪。

江里肤色很白,白得像雪,又像景德镇最漂亮的白瓷。碎发搭在额头上,蓬松又柔软。整个人像一只安静乖巧的小狗,歪在椅子上,不喜不悲。

西装男直接省去了寒暄,慢条斯理开口道:"考虑好了吗?"

江里没了之前见面时的气势,即便感冒已经痊愈都说不出一句狠话来。他淡淡点头,答:"想好了。"

西装男便笑了,说:"我知道你是个识时务的人。"

江里对这种不知道是夸赞还是讽刺的话置若罔闻,他淡定地与对方对视,说:"我需要几天时间。"

西装男难得慷慨,不问是几天,直接点头道:"好。"

几句简单的话说完,江里便准备起身离开。这间会议室虽然不算小,但他还是觉得里面空气流通不畅,多坐几分钟就有悬梁刺股的钝痛感。

可是西装男还有话说。他轻轻笑了一下,喊:"江里同学。"

江里清寂无光的眼神扫过去,等着他的下文。

"通过阅读盛千陵的账单,我们发现在 2014 年 7 月 4 日那天,他使用信用卡刷了一部价值 6088 元的 iPhone 手机,如果我没有猜错,应该是你手上这部,我希望你能归还。"

西装男说话的速度很慢,从容不迫,好像在讲着无关痛痒的小事。

江里的眸光加深一些,片刻后又冷寂下来。他点点头,说:"好,我会还给你的。"

回到教室之后,江里也没表现出任何异常。他安静地坐在椅子上,把银色的苹果手机放在手上,细细地盯着看,好像在看一个被打碎的梦境。

一节枯燥的早读课终于结束。

江里伸手把课桌里的东西掏出来,看到最近几个月攒到一起的月考试卷。

分数依然很难看,可是总分加起来,已经能超过 200 分了。离梅老师说的 300 分,已经差得不多了。

尤其是数学,从最开始的 8 分,到最后一次的 68 分,足足提高了 60 分。

只可惜，已经没有什么意义了。

他想过以后要去北京上学和打球的。

可他知道，没有以后了。

这时，同桌陈树木从一局游戏中回神，往江里身边靠了一点，抱怨道："这些游戏菜鸡能不能自觉点把游戏卸载了！"

江里整理了一下情绪，缓慢地开口："大树，有个事我跟你说一下。"

陈树木转头，问："什么事？"

江里说出一早想好的话术："我爸在汉正街做'扁担'嘛，你知道的，前些天一直跟我说太累不想做了，又赚不到什么钱，想去广东打工，说那边进厂都有大几千一个月。我不是很想去，但他非要去。"

陈树木睁大眼睛，真心实意地露出颤抖和担忧："啊？不会吧，那你也要跟着去？"

江里长叹一口气，果真是一脸无奈道："老头子冥顽不灵我能有什么办法，五十几了还要这么折腾，好像去了广东就能马上发财一样。"

江里觉得自己有考戏剧学院的天分，因为他说这些话的时候，竟然连自己都哄骗了过去，丝毫不觉得有半句假话。

陈树木听完都快哭了，伸手抱江里，嗓音哽咽："那你们什么时候去？你转学去哪个学校？去了广东，我还是不是你最好的兄弟？"

江里笑起来，像以前每一次嫌弃陈树木一样，拨开他的手，说："滚蛋，别挨着我。"

陈树木坐在自己的位置，久久不能从伤心中回过神。

江里没再多说什么，拍拍同桌的肩膀，又起身去了第一排。

学霸蒋言连下课时间都不放过，还在奋笔疾书写一套自己买的课后巩固卷。

见到江里过来，她略微偏一下头又收回目光，嗓音凉薄："哪里不会？"她习惯了江里趁下课过来问问题，也向来毫无保留地帮他补课。

江里把早上买的酸奶放在蒋言的桌上，他知道蒋言最喜欢这个。

"言，"江里一本正经开口，"跟你说个事儿，你别哭。"

蒋言停下笔，抬着厌世眼瞥过来，等着江里的下文。

江里嬉皮笑脸："我呢，这几天会转学到沿海的高中去，所以过来和你告个别，真的很谢谢你帮我补了这么久的课。我也知道，我英俊潇洒又风流倜傥，是二十九中当之无愧的校草，也是你们无数女生的梦中情人，我——"

蒋言："……"

她眼底的情绪一闪而过，看一眼喝了好久的酸奶，冷冷道："你可以走了。"

江里自夸被打断，脸上漾起迷倒万千少女的电眼笑意，显得轻浮又随意地说："言姐，我祝你高考大捷，前程似锦。"

下午的时候，江里去找梅朝凤提转学的事，也是这么嘻嘻哈哈不着腔调。

他抽来一张空椅子，在梅朝凤身边坐下，开口就说："班上最帅的学生要转走了，你会不会觉得很遗憾啊？以后和别的老师吹牛都不好吹了。"

梅朝凤额上冒黑线，却没有像以前一样训斥江里。她是成年人，不像学生们那么单纯好骗，但确实也不清楚江里要转学的原委。

她说："确定了？"

江里不甚轻松地点点头，甚至潇洒地将脚伸长，架到办公桌侧面的横梁上，痞痞地说："确定好了啊，我叔叔都过来了，您不是见到了吗？"

他在赌西装男没有向梅老师透露太多，梅老师也就会相信，他转学或许真是情有可原。

梅朝凤没有追问，只是点点头，说："好，那我这边给你办手续，让你爸来学校签个字。"

江里调皮地打了个响指，笑道："好。"

站起身后，他又说："谢谢梅老师这两年的照顾，虽然您常常骂我吧，但看在您美得像仙女的份上，我就不计较了。"

梅朝凤深深拧眉，挥手道："赶紧走赶紧走。"

江里轻狂不羁地挑起眼笑，一转身就收敛了神色，面无表情地出了办公室。

转学手续办得很快。

下午江海军来了一趟学校，办理了江里的转学手续。

江里的东西也收拾得差不多了，几本高三的教材用一个书包就能装下。

他和江海军一起出来时，见到陈树木站在门口等候。

一见到他们，陈树木就跑了过来，说："里哥你到了那边要马上和我联系啊，再就是考大学你考哪个学校，我也去哪儿，反正我那点分和你差不多，应该能去同一个学校。"

陈树木脸上写满不舍，眼圈都红了。

江里把东西交给江海军，自己过去和陈树木拥抱了一下，有些动情地说："大树，好好过。"

陈树木捶了一把江里的肩膀，骂道："去你的，你怎么像在讲临终遗言。"

江里知道自己不能露馅，十分轻快地反捶一下："你看你，就是受不了我好好说话，非得骂你你才老实。"

陈树木破涕为笑。

走出二十九中的大门，江里放缓脚步，停在门口回头看了一眼。

学校在深深的巷子里，巷子左边是一栋商务办公楼，右边是一排小食店、文具店。他曾无数次穿梭其中，散漫地走过了两个周而复始的春夏与秋冬。

巷口是一家美容医院，门口是一片停车场。盛千陵曾站在那里等候，每次都平静又温柔。

学校对面是江城市第一医院。他曾被盛千陵带去好多次,看牙齿,看被台球砸伤的肩胛骨。

江里突然想到第二次来看牙齿时,是盛千陵去帮他挂的号。

当时他只听到盛千陵说"716"三个数字,还以为是病历号,现在才后知后觉地想起来,原来是他身份证号上的生日。

盛千陵也只是听过一次他的身份证号而已,就准确地记了下来,所以才在7月4日那天,提前为他准备了生日礼物。

江里回忆得舌根泛苦,不敢再细想。

江海军拿着他的学籍档案,提着他的课本杂物,缓慢地开口说:"走吧。"

江里垂下眼,和江海军一起往回走。走到集贤路巷口,江里停下脚步,抬头朝乐福广场的高楼看了看,飞快地下定决心,对江海军说:"爸,你先回去收拾东西,我迟点就回来。"

江海军没多问,点点头走了。

江里往反方向走,踩过冬天的萧瑟,望一眼近在天边的云。

天还没黑,江里却隐约见到了月亮。他再看一眼,却见月亮已经躲到了云层里,避他不见。

江里咬咬嘴唇,目光放空地往时光台球走。

这个点儿的球房只有几桌散台在打,潘登、洪师傅这些人都不在。这样也好,江里心想,省去了一场告别。

他走到前台,冲收银员笑道:"嘿,妹妹,我有个事找你帮忙。"

收银员怒了:"叫谁妹妹?我比你大好几岁呢!"

江里扬起白皙生动的脸,笑得露出洁白的牙齿,说:"好好好,姐姐姐姐。你有小杰的电话吗,我找他有点事。"

小杰也是店里的会员,之前经常来时光打球,后来在汉正街做了生意,忙得没时间,也就好久没来过了。之前和江里打过许多次球,小杰的水平远在江里之下,这些收银员都是知道的。

收银员妹子没多想,点头说:"当然有啊,我这儿有所有会员的联系方式。你找他?"

江里双手趴在收银台外边,桃花眼闪闪,放电不自知似的,答:"是啊,找他。"

收银员边调系统边说:"你俩都打两三年球了,都没存电话啊,服了。"

江里安静地等着,不说话。

几秒后,收银员报出一串十一位数的电话号码。

江里拿手机记下来,又冲收银员一笑,到旁边打电话去了。

小杰这会儿就在乐福广场办事,且刚好有空。在电话里听说了江里的要求,他有些好奇和不解，决定亲自上来一趟。

江里就慢悠悠地坐到1号球台旁边的沙发上，等着小杰过来。

没坐几分钟，小杰从门外匆匆进来，一坐到江里身边，就直接问："我那波茨杆哪值这么多钱啊，哪需要你用一万块钱的储值卡来换。"

江里狡黠地眨眼，凑到小杰耳边，神秘兮兮地说："我去和人打两场球，这钱就回来了。"

小杰顿了一下，接着恍然大悟。他大笑起来，一副"原来如此"的表情，调侃道："你个小东西，也学会赌球了，那我可就真换了啊。"

"换！谁不换谁是孙子！"

小杰："……"

两人当着收银员的面交换了储值卡和波茨球杆。小杰还有事，拿了储值卡就快步离开了。

江里拿着波茨杆到亮着灯的1号球台试手感，试着试着，仿佛找到了一点盛千陵曾经用这支球杆时的感觉。

太好了。

他想。

有新进来的客人忍不住好奇，不时往1号球台看。

他们看到有个年轻人像得了神经病一样的，一直在空荡荡的斯诺克球桌上重复出杆的动作，拿的却又是一支打小台用的波茨杆。

可神经病本人却浑然不觉。

待他反应过来时，才发现自己竟然不知道什么时候落了两滴眼泪，先撞到球杆，然后摔到台面上。

少年的眼泪落到斯诺克球桌上，提前打湿了贫瘠荒芜的余生。

次日是12月1日。

早上，江里当着西装男的面，用顶针取手机卡。

那部屏幕破碎有黑块的旧手机还没扔，但江里也不打算再用。

把苹果手机还给西装男后，他就打算直接在营业厅里注销手机卡，同时注销微信和QQ号码。

他才刚刚将顶针戳进小孔里，手机屏幕忽然亮起来，伴随着一声提示音，显示出一条手机消息。

竟然是盛千陵发来的。

L：抱歉，最近训练实在太忙，没有及时回复你。

紧接着是第二条。

L：过些日子不那么忙了，我就去看你，最近训练别偷懒，等着我回来验收。

江里："……"

· 207 ·

他心肝一颤，怔怔地站在那儿，看着盛千陵云淡风轻地说谎，顿时呼吸急促，热血上涌，眼睛又不自觉地带了一些湿意，说不清道不明的痛楚与期待将他吞噬。

　　他飞快地点开微信，仓促又紧张地想回复几句，一抬头，看到西装男那张毫无表情的脸，手指蓦然停顿下来。

　　可心还是跳得很快，快得就像从前的某一天，他在汉江景苑哭着打电话，控诉盛千陵不告而别，而盛千陵对他说"江里，回头"的时候。

　　好一会儿之后，江里很慢很慢地退出微信登录，很慢很慢地取出了手机卡。

　　将手机递还给西装男的时候，江里有一瞬间的恍惚。

　　恍惚间时光飞逝。

　　就像做了一场半年的春秋大梦，再难醒来了。

/第十四章/
重逢

江里常常觉得一个人的身体里，应该住了两个灵魂。

一个叫生命，一个叫梦想。它们和平共处，相依相存。它们偶尔也自我博弈，相爱相杀。由此被文艺的作家编剧们称作人的两面性。

如果这个理论可靠，那么他确定自己名为梦想的那个灵魂，已经死在了2014年的冬天。

他甚至还没来得及看一场江城的大雪。

另一个名为生命的灵魂从此孑然独行，与行尸走肉般的躯体相依为命，恣意耗费漫长的光阴。

不知道哪一天，就会自行走向枯竭，像一朵残花那样衰败。

而他等那一天很久了。因为他知道，他这一生中最辉煌灿烂、最高光亮眼的时候，已经过去了。

可是现在，他即将再次和"梦想"擦肩而过，失之交臂。

"生命"却不肯，逼着他飞奔来机场，再看一眼盛千陵。

江里不知道为什么最后盛千陵还是成了一名职业选手，他只知道，当他第一次在网络上看到盛千陵参加了新加坡的斯诺克世青赛的时候，躲在家里大哭了一场。

他亲手葬送了自己的梦想。

可他的师父却依然背着他们两个人的愿景，奋力前行。

江里站在空荡荡的机场等候区，望着停机坪里从沙市飞往北京的航班起飞。

他在原地静默良久，自嘲地苦笑一声，然后抬起沉钝得像灌了铅的双腿，慢慢转了身。

一回过头，却见一个身材颀长的男人，就静静地立于他附近不足五米的地方。

那人穿着一件洁白的衬衫，搭一条裁剪得体的黑色西裤，皮鞋擦得锃亮，

·209·

整个人看起来气质卓绝，宛如雪山上的青松。

那人迈开步子，一步一步，朝江里走过来。

他开口说："江里，来送我吗？"

盛千陵表情沉静，一如当年内心难起波澜的少年，只是那目光深得像水，仿佛能把人吸附进去。

江里一哽，铺天盖地的情绪交织袭来，可面上却不显，极力镇定地说："盛千陵，你的飞机已经走了。"

不叫"陵哥"，也不叫"师父"了。

规规矩矩的三个字，拉开泾渭分明的距离。

盛千陵茫然地盯着江里，有许多话想说，最终却都没有说出口，就这么静静对视着。

半响后，盛千陵很轻地说："我没赶上安检，今晚还是先去江陵县吧。"

江里忍下汹涌的情绪，慢慢收回了目光。他转身往机场外走，先前跑得僵硬的身体稍微回了回血。

江里走到机场外出租车等候区去坐车，盛千陵亦步亦趋，紧跟在他身后两步的距离。

江里侧眸扫一眼，看到盛千陵穿着的衬衫西裤，暗觉他这么多年丝毫没有变过，还是这么喜欢正装。

天色早已暗淡下来，漆黑的天空像一张倒扣的网，罩住昏茫的人间。

机场外人不多，出租车排着队，慢悠悠地从专用车道里滑过。道路两旁灯火如星，蜿蜒成一条曲折的河。

江里扬手拦了一辆出租车，从右后方坐了进去，就靠在右后门边。

一般出租车的左后车门都打不开，他的意思很明显，希望盛千陵能去坐前面。

但盛千陵手扶着右后方的车门，弯腰看他，嗓音柔和地说："江里，你过去一点。"

江里想拒绝，可这时后面那辆出租车已经载了客，没什么耐心地按了按喇叭，以示催促。

他没有办法，只好挪动了一下屁股，往里边移了一个位置，让盛千陵躬身进来。

出租车很快驶出机场通道，滑入宽阔的马路。

道路两边暗影重重，路灯似流萤微茫，根本看不清远处的景色，但江里还是固执地看向窗外，眼睛里是浓得化不开的雾。

他其实没想过他和盛千陵会重逢，毕竟，他当年故意声东击西，满世界昭告自己即将转学去广东的高中，就没指望会在这偏僻的中部小城再相见。

他存了至死不见的心思，且并不为自己的懦弱感到半点遗憾和悔恨。

见他一直盯着窗外出神，盛千陵伸手拉了一下江里的袖子，低声说："江里，

· 210 ·

说说话吧。"

江里收回目光,已然收拾好自己的情绪。他淡定地看一看盛千陵,唇角忽然扬起一抹笑意,反问:"陵哥想聊什么?"

听到这个睽违六年多的称呼,盛千陵顿时一怔。

他有些难以置信地盯着江里,试图从江里的表情里抽丝剥茧,分析出江里此时叫出这个称呼的真实心绪。

却只见江里一脸坦坦荡荡,好像是那种彻底放下前尘往事之后的无所畏惧。

盛千陵再次发问:"当年为什么一声不吭就消失?不是说好和我一起去打职业比赛的吗?"

江里淡淡一笑,好像随口一说:"不想打了呗,打职业哪有打野球舒服。"

"可——"

江里转移话题:"陵哥这几年过得好不好?"

盛千陵心潮难平,意识却不自觉地被江里牵引。他照直说:"不好。"

江里心脏一窒,随即不动声色地吞咽喉咙,似随口追问:"为什么?职业赛走得很顺利,怎么会不好。"

江里觉得自己有点像个精神分裂的变态。

他一方面压抑自己的心情,不肯朝盛千陵迈出半步,却又像魔鬼蛊惑一样,诱引着盛千陵说出他想听到的那些话。

于是,盛千陵如他所愿,轻声开口。

"那年被家里关了一年,费心教授的徒弟凭空消失,球也打不了,病了一年。"

盛千陵专拣扎心的话来说,让这些言语变成利刃,来捅江里的心窝子。

江里的心被刺得生疼,血淋淋的,痛感从胸腔朝全身扩散,激得他不得不用更大的定力来稳住自己的表情。

在散乱的思绪里,他忽然想起卓云峰在介绍盛千陵时所说的话。

——"十八岁正式成为职业球手,二十岁拿下世青赛冠军。"

也就是说,中间十九岁那一年,是空白的。

如今,盛千陵云淡风轻地告诉他,那年被关了一年,徒弟不见了,球也打不了,还病了一整年。

也就是说,盛千陵和家里抗争了一年,才最终被允许走上了斯诺克职业这条路。

可他自己呢?

早早做了缩头乌龟,藏匿于时光的洪流里。

江里喉头泛苦,他下意识地去摸口袋,窸窸窣窣从裤兜里摸出一根甜橙味棒棒糖,几下拆开包装,将糖球塞进嘴里。

甜味蔓延,江里颤动的心跳渐渐回落。

盛千陵注意到江里又在吃棒棒糖，眸光颤了颤，终于说："糖不是早就戒掉了吗？"

江里很平静地看着他，满不在乎地答："也没吧。"讲得漫不经心，仿佛只是在谈论天气那样随意。

盛千陵回过头，在虚空中捏了捏手指。

车子疾驰在通往江陵县的高速上，很快拐了个圆弧形的弯，从高速公路下来，上了荆监一级公路。

熟悉的县城街道铺陈在眼前，寂寥的晚风从微开的玻璃窗里吹进来，拂过江里的脸颊，让他清醒了一些。

司机放慢车速，询问后座气氛奇怪的两个人："在哪里停？"

江里抢先答："先把他送到江陵大道华悦酒店，再去江陵一中那边。"

江里心里跟明镜似的，知道盛千陵根本没有退房，因为他连行李都没有，两手空空跟着回来的。

可是盛千陵总觉得今晚话没说完，不想一个人去酒店辗转难眠，所以反驳江里的话："我们都去江陵一中那边。"

"盛千陵，"江里严肃了一些，"不早了，你先回去好好休息，有什么事明天再说。"

盛千陵睫毛微颤，眼里不自觉地流露出抗拒和怀疑。

他像一只惊弓之鸟，在经历过江里突然消失之后，不敢再轻易相信"明天再说"这样的话。

夜色里，他睁着一双漆黑柔软的眼睛直视江里。

江里最终心软，说："我不会再消失了。"

次日，江里醒得很早。

他从少年时代起就不贪睡，离开江城后更是习惯了早起。

春天的朝阳斜斜地照耀在静谧的建筑上，左邻右舍家门前的花花草草捧着朝露伸了个懒腰，精神抖擞地迎接新一天的到来。

只有江里家门前光秃秃的，除了一片完整的水泥稻场和电动车车棚，别无他物。

江里先把稻场清扫了一遍，又将屋里楼上楼下的卫生进行了清理。

两层小楼房间很多，好几间都是闲置的。一楼只有他的房间摆放了床具桌椅，其余三间要么空着，要么堆放着杂物。

江海军的房间在二楼，但因为他长期住在疗养院，这个房间已经有近两年没有用过，床品早已被江里收起来，只剩下一张裸露在外的空床架。

江里把能看到的家具拿抹布擦了一遍。

楼上楼下跑得气喘吁吁，却并不觉得累，这几年他习惯了这样的生活，又沉迷于这样的忙碌。

门外的街道上传来嬉闹声，车辆鸣笛声，还有由远及近的交谈声。

热热闹闹，是上班上学的时间到了。

江里洗净手，回到自己的房间换了身衣服。

他刚走出大门，想骑电动车去疗养院看看江海军，便见到一个熟悉的人影朝他门前走过来。

盛千陵就像踩着点似的，等江里一露面就现身，脚步舒缓，不疾不徐，提着几大包早餐往这边走。

他抬头，与江里正面相对。

江里穿着一件柑橘色宽松长袖衬衣，袖口宽大，翻了几卷，折在小臂上，内搭纯白的圆领T恤，T恤要比衬衣长一截，下穿一条黑色的半截运动裤，运动裤的束腰绳被藏在T恤下摆里，偶尔露出零星一角。

脚踝处是一双白色的上面印有英文字母的中长袜，从干干净净的篮球鞋里延伸出来。

少年感满满，痞帅十足，比当年更加耀眼。

江里在门口停下，等着盛千陵走近，问了一句废话："你怎么来了？"

盛千陵回了一句废话："来找你。"

见江里准备推电动车，盛千陵说："先吃早餐再出门吧。"语气笃定，没有商量的余地。

江里拒绝不了，只好走回门口，将两扇大门最大限度地敞开，抽了两把靠在墙边的木椅子，摆放到中间的方桌边。

方桌上铺了一层印有半透明花纹的白色塑料桌垫，一尘不染。

盛千陵把早餐摆到餐桌上。

两碗拌好的加了卤水的热干面、两杯豆浆、一根油条、一份煎包、一份三鲜豆皮。

他将所有的透明塑料袋归总，用一个袋子套着，放到一边，准备最后一起处理。

江里沉默地看了一眼桌面上的早餐花样，取了一双筷子，捞过一碗热干面，随便拌两下就开始吃。

盛千陵还来不及出口阻止，江里已经吃了一大口，嚼几下，囫囵往肚子里吞。

他吃完喝一口豆浆，余光见盛千陵不动，好奇地问："你怎么不吃？"

盛千陵收回惊讶的目光，端过剩下的那碗热干面，拌几下，慢吞吞地往嘴里送。

江里吃面吃得很快，狼吞虎咽像赶时间一样。一碗热干面吃完，他再吃不下别的，扯两截纸巾擦嘴，说："我饱了，你慢慢吃。"

・213・

盛千陵也很快放下筷子，在江里准备起身前叫住他："江里，我们聊聊吧。"

江里背一僵，抬眸看过来，平静地反问："聊什么？"

盛千陵这些话想了好久，在出口时显得格外顺畅流利。

他缓缓开口："我的徒弟不认我这个师父，说好的职业赛也不打了，招呼不打就消失。当年我连问的机会都没有，现在见到了，总得要个解释。"

他的声音很轻，带着二十几岁男人特有的清润和磁性，保留了一点少年音，但更多的是四平八稳的成熟。说这些话的时候，他恢复了惯有的冷静和淡定。

昨夜的脆弱，仿佛昙花一现。

江里恍了恍神，盯着盛千陵的脸看几秒，心中风起云涌，如海浪翻卷而来。

他实在不擅长面对这种旧相识翻旧账的局面，不知要如何回答，才能维持目前这表面的和谐。

"我——"才发出一个音节，门外突然传来一声尖锐的鸣笛，打断了他的声音。片刻后，那辆狂躁的汽车加速驶去，只余下一阵风里卷起的尘埃。

江里在这转瞬即逝的时间里，很快平静下来。他抿着平直的唇，背靠在木椅子上，十分平静地开口："不是说了嘛，不想打职业了，又不好意思跟你说。"

盛千陵伸手拿过桌上的卷筒纸，像江里那样扯下两截擦手擦嘴，目光灼热地盯着江里，接着问："那为什么没有去广东，而是来了这里？"

江里张嘴就答："江海军去东莞没挣到钱，身体也不太好，就回老家江陵了。"

盛千陵情绪起伏，淡淡点评："说谎。"

江里陷入尴尬的沉默。在这件事情上，是他理亏，所以不管怎么解释，都显得苍白无力。

谈话进行不下去，屋子里陷入一阵短暂的安静。

江里起身，想到门口去冷静一下，刚站起来，却被盛千陵拉住手臂。

盛千陵抬头仰视江里的眼睛，瞳孔里的受伤显而易见。

他微微皱着眉心，嗓音低哑地说："江里，你这样让我很难过。"

江里顿时被钉在原地，不得动弹。

盛千陵太知道怎么戳他的软肋，不是威胁，不是恐吓，而是像这样，一边徒手撕裂结痂的伤口，把血淋淋的过去摆上台面，一边服软，让他不得不正视自己做过的那些事情，提醒他有多浑蛋。

江里站了几秒，居高临下地看着盛千陵，开口说："你不是应该放弃我吗？"

盛千陵闻言，眸色淡了些，连声音都轻缓下来："想放弃啊，想过很多次。"

那一年被关住，他唯一的念想就是重获自由后要带着江里一起去征战职业赛场。

江里嘴角僵住，连假笑都笑不出来了。

下一秒，盛千陵又说："这个世界上怎么会有这样的人，鼓励我追求梦想，自己却轻易放弃。"

这一刻,江里只觉得自己被万箭穿心,连呼吸都停滞了。他不敢走动,不敢开口,生怕被粉饰了这么久的太平,一出声,就会彻底化作齑粉。

盛千陵继续说下去:"我受你影响,才这么坚定地走这条路,最后你却临阵逃脱了。我找你讨个说法,过分吗?"

江里幅度极小地嚅动嘴唇,想说点什么,却没能发出声音。

一段震慑力极强的手机铃声打破了此时压抑的气氛,江里心里一惊,用空闲的左手去掏手机。

这是疗养院护工的专属铃声,只要响起来,就一定和江海军有关系。

江里提心吊胆地接听,果然听到电话那头的护工紧张地说:"小江啊,你快过来,你爸情况不好,我们现在要去人民医院。"

江里脸上涌现出迷茫和惊慌。

他忘记了刚才在和盛千陵说什么沉重的话题,梦想与回忆在生死面前自动消弭,成为无足轻重的一缕云烟。

他甚至来不及细想,凭借本能飞快地说一句"陵哥你先回去吧",就往外跑。

盛千陵却一把拉住他,急切地说:"江里,别怕,我和你一起过去。"

江里没有时间和盛千陵拉扯,只好任由他上了自己的电动车。

电动车是连座式,后面有一个深蓝色的工具箱。两个男人身高腿长,坐到一起十分拥挤,江里不得不往前面挪了一些。

江里家离人民医院不远,从小巷子里穿过去要不了十分钟。

电动车是同类型车里速度最快的,可江里还是嫌它太慢,不住地将油门转到最大,一路风驰电掣,穿梭在人来车往里。

虽然已经面临过几次这种状况,江里还是接一次电话就心惧一次。

他的心跳得很快,窄瘦的肩膀细微地颤抖,总觉得自己忘了什么事,又或者是什么事来不及处理,卡在心头,如鲠在喉。

这种惊惧,在越靠近县人民医院时,就更甚。

江里很快骑车过了马路,将车停到了医院车棚里。

下车之后,他径直奔向医院医技大楼,一路兵荒马乱,终于在最短的时间来到了护工所说的抢救室。

抢救室外的走廊很安静,只有护工一个人坐在塑料条椅上,安静地等候。

江里跑过去,护工很快站起来叫他:"小江。"

护工是个五十岁出头的男人,皮肤黝黑,身材长得很健硕,是附近做惯了农活的农民,改做了护工这一行,专门照顾行动不便的中老年男性。

江里说:"何叔,我爸是什么情况?"

何叔照顾了江海军快两年,对江海军的病史十分了解。他说:"刚才我进门给江哥喂水送饭,他才吃了几口就感觉不舒服,水没咽下去,呛到了,咳了一阵,呼吸就变得很急,喘不上气,我担心出问题,加了氧,马上打了120。"

江里脸上没什么血色,被走廊的射灯一照,更是像一层苍白的纸,却还先安慰对方:"何叔,你辛苦了。"

何叔叹一口气,又去走廊的座椅前等着了。

江里颓唐地在条椅上坐下,目光无神地盯着抢救室的方向。

隔着一扇门,江海军生死未卜,江里不知道自己的思绪应该落在哪里,又能做一些什么转移自己的焦虑。

身边的座位沉下来。盛千陵挨着江里的位置坐下,无声地给他安慰。

江里主动开口:"他得了肺癌,放射治疗、化学治疗都没用了。"

俗称等死。

盛千陵心里一惊,目光落在江里的脸上,说:"怎么会?"

江里不知道是说给盛千陵听,还是在提醒自己:"医生几次下病危通知,都说他坚持不了多久了,但他命硬,挺过去好几回。"

盛千陵顺着江里的话安慰他:"这回也会挺过去的。"

江里鼻子泛酸,消瘦的肩膀无力地耷拉着,虚空地看向抢救室冰冷厚重的灰色铁门,接着说:"我不知道他在等什么,好像吊着一口气,不肯闭眼睛。"

人在将死之前,总会因为放不下最后的执念而咬牙坚持,不肯轻易松了那根弦。

许久之后,抢救室门前的灯灭掉了。

几位穿着蓝色抢救服的医生推着移动床快步出来,送往临时病房的方向。

江海军的主治医生最后一个出来,见到江里站在外边,挥挥手,疲惫地说:"小江,你跟我过来吧。"

江海军从确诊肺癌开始,就是这位方医生治疗的。

方医生换掉衣服,带着江里回到办公室,开口就实话实说:"小江,情况不乐观,今天抢救顺利,但病人的肺功能衰竭,一次比一次严重。"

医生停顿了一下,江里敏感地注意到,低头轻声说:"您就直接说吧。"

方医生的声音也低了一些,缓缓道:"时间不多了。"

江里低着头,脸上没有什么表情。

过了数秒,方医生又继续说:"现在有两种方案,一是继续在疗养院观察,二是试用一批获得批准的进口药。这种药刚刚通过临床试验,能有效延长病人的生命,但价格非常昂贵,你考虑一下。"

江里追问:"有多贵?"

医生说了一个大致价钱。

称不上天文数字,但远超江里的能力范畴。

江里沉默了一会儿,说:"方医生,我知道了,我考虑好给您回话。"

方医生点头,答:"好的。"

结束谈话后,江里去临时病房看望江海军。他熟门熟路地走过去,却在进门前阻止了想要跟进去的盛千陵。

他现在脑子里和心里都很乱,压力像一座山一样,压在他的心头。此时此刻,他并不愿意让盛千陵过多渗透进他糟糕的生活。

盛千陵停下脚步,安静地看一眼江里,默默退开了一些。

病房里有三张床位,江海军被安置在中间那一张,护工何叔就在他身边照顾着。

江海军鼻子里插了氧,眼下已经平静下来,双眼混浊放空地盯着天花板上的白色吊顶。

听到脚步声,他微微转过头,对上江里的眼睛。

江海军开口就没好话:"可惜了,又没死成。"

江里面无表情地盯着他,说出来的话也没有好听到哪里去:"你罪还没受够,阎王都不敢收你。"

江海军竟然扯着嘴角笑了一下,气若游丝道:"老子受的最大的罪就是捡了你。"

江里冷笑地反击:"老子也是命不好被你捡到。"

听到父子二人这种不同于常人的交流方式,护工老何显得十分平静。

第一次听到他们这样沟通时,他还诚心诚意地劝了几句,例如什么"父子没有隔夜仇"之类的,后来发现这对父子互相辱骂之后,心情都会神奇地变得不错,也就不再多嘴。

江里背对着门,坐到江海军左边那张空病床上。他在心里琢磨着高价进口药的事情,一时有些心不在焉。

以他现在仅剩的存款,或许只能买到半盒药。可要是有一线希望,能延长江海军的生命,他又想去尝试一下。

能让江海军多活一天,他们父子俩就多赚一天。

江海军刚刚从抢救中平复呼吸和脉搏,还很虚弱,也没什么说话的欲望。他微微侧了侧头,目光飘忽地落到这病房里的墙角旮旯,然后看向窗外明媚的日光。

春天很美,可惜他没有力气走出去看一看。

在心里叹一口气后,江海军转回头,又重新落到左手边的江里身上。

这时,他看到门口出现一个年轻男人的身影。

那个男人穿着白色的衬衫,配黑色的长裤,身材高大,气质清润,和他记忆中的少年一模一样。

江海军心跳猛地一颤,难以置信地盯着那个男人的眼睛。

而盛千陵也没有想到,他忍不住探身一瞥,竟正好与江海军四目相对。

江海军的眼神瞬间热烈起来,好像在一秒之内,就涌上了深不见底的情绪。

隔得太远,他们之间说不了话,可是盛千陵在这瞬间无师自通了读心术。

他看到那双混浊的眼睛短暂地清亮了一下,灼烈地盯着他,一刻也不肯挪开,好像在无声表达着什么激烈的愿望。

盛千陵知道江父认出了自己,那一年集贤路巷子起火,他曾当着江父的面带走了江里。

在这震撼人心的遥遥对视里,盛千陵忽然想到江里之前说的那句话。

——"我不知道他在等什么,好像吊着一口气,不肯闭眼睛。"

在这时光交错的一秒,盛千陵灵光闪现,读懂了江海军的眼神。

那是一种身为父亲放心不下子女时,最常有的担忧和恳求。

他在托孤。

他在垂死挣扎,孤注一掷,苦苦哀求这个只有一面之缘的人。

盛千陵捏着手心,目光自始至终没有移开过。在江里看不见的门角区域里,盛千陵郑重地朝江海军点了两次头,接过了他无法宣之于口的重重嘱托。

江海军见了,眼角泛起泪花。他松一口气,把头转回去,紧紧闭上双眼。

江里看到了,伸脚轻踢了一下江海军的病床边沿,说:"老头,你别装死。"

江海军第一次没有和儿子激情对骂,甚至还淡笑了一下,继续假寐。

确认江海军暂时没有大碍后,江里去医院申请了救护车,送他和何叔回疗养院。

从医技大楼出来,江里回到车棚去推自己的车。他一回头,看到盛千陵还跟着自己,便停下来问:"你还有事?"

经过这么一遭,江里完全忘了早餐时他们谈论的那个话题,而盛千陵也不打算再提。

春光下,盛千陵笔挺地站在那儿,神色放松地问:"江里,这附近哪儿有顺丰快递点?"

江里不知道他要做什么,也没有好奇心追问,十分平静自然地说:"出医院右转,走两百米有个小巷子,你再左转,走一百米,朝右看,就能看到了。"

盛千陵反问:"能不能不要说左右,说东南西北?"

江里:"……"

这个真说不了。

看江里沉默,盛千陵又说:"反正你也骑了电动车,能不能带我过去?"

江里心里很乱,忍不住张口反击:"你这是把我当司机了?在我们这里,摩的很贵的。"

盛千陵不以为然地点头："好，我付钱。"说着就要从口袋里掏出钱来。

江里："……"

半分钟后，江里不耐烦地叮嘱身后的人："你坐好了，甩出去我不负责。"

盛千陵反手背到后面，扶住工具箱，说："坐好了，走吧。"

江里说是这样说，最后还是放慢了速度。他七弯八拐来到那条巷子，指着一家门店说："那里就是顺丰。"

盛千陵从车上下来，从口袋里掏出身份证，迟疑地问："这家没出过丢东西的事情吧？我得把身份证寄回北京处理一套房产，丢了就麻烦了。"

江里有点暴躁，又有点无语。他真的对盛千陵要做什么毫无兴趣。

更不用说是"处理房产"这种类似炫富的举动。这无疑是拿着无形的刀，在他这个穷人心上捅那么几下。

江里冷冰冰地说："我不知道，你自己买保险吧。"

盛千陵站在原地，微微倾着头，看了江里一会儿，忽然说："江里，你没以前可爱了。"

江里没听清，反问："什么？"

盛千陵以为他在追问原因，正儿八经地解释："因为你不讲痞话了。"

江里几乎是肌肉记忆冲脑，不经思索就脱口反驳："讲起来你怕是——"

话没说完，被他自己生生掐断了。

江里这话虽然只说了一半，但他在说的时候，眼角不自觉上挑，极短地沾染上久违的神采。

盛千陵敏锐地捕捉到，连呼吸都放轻了一些。

这次意外重逢，江里给了他很强烈的矛盾感。

江里还像少年时期一样，还是那么鲜活张扬，可这只是习惯成自然的外在，并不是发自内心的纯粹和天真。

他学会了进退有礼，面对人际关系会张弛有度，在言谈举止方面更是十分收敛，再也不会开出任何不合时宜的玩笑。

他的轻狂与野性被全部隐藏，为了迎合世界，他收起了全身的痞与坏，成了一只貌似真正乖巧柔顺的金毛。

这只金毛小狗难得龇牙咧嘴一次，竟让盛千陵愣怔一瞬，好像穿过漫长的时光，回到了那一年江城炎热的夏天。

见江里久不说完，盛千陵朝前走一步，几乎站到了电动车旁边，在春天的暖阳里，极有耐心地问："我怕是怎么样？"

江里抿着嘴，不看盛千陵，也不开口。

盛千陵笑起来，白皙的脸被晴光一照，显得格外好看。

路边行人来来去去，自动变成春光里的一抹模糊背景。翠绿的树叶在枝头随风摇摆，挡住一片斑驳的阳光。

盛千陵步步紧逼："怕我招架不住？"

他说得慢声慢气，嗓音里透着磁性，略带得意，宛如呢喃自语——

"多年以前我就习惯了。"

说罢这句话，盛千陵转过身，捏着身份证往顺丰营业网点里面走。

江里被他刺激得咬牙："你——"

声音再次戛然而止。

盛千陵寄件很快，没过五分钟，就从顺丰门店里出来了。他像什么都没说过一样，回到江里的电动车旁边，说："走吧。"

江里已经收拾好表情，冷静地看着他，问："你还有事？"

盛千陵想了想，答："你准备去做什么？"

江里想摆脱这只跟屁虫，但也是实话实说："我开了个男装店，进的货回来了，要去店里收货和清理。"

他说得比较委婉，但差不多和"我有正事要做，你该干吗干吗去，别跟着我"一个意思。

哪知道盛千陵说："啊，那正好。你能再捎我去你店里吗，我来得仓促，没什么换洗的衣服。"

江里："……"

盛千陵光明正大蹭江里的电动车去了"小江男装"店。

店门口正好有个物流公司的司机过来送货，将四大包用编织袋打包好的货物搬到店门前的空地上，拿着单子找人签收。

江里停车，等盛千陵下车之后，将电动车推到门口树下，又跑过来和司机核对货物。

他卖了三年多衣服，一直是从汉口北那边的得意男装进货，老板赵阿姨发了这么多次货，一次也没出过错。

所以江里只是核对了一下货物件数，就很快给司机签了字。

眼下店里有三个客人正在试衣服，店员姚婷忙不过来，江里就干脆进去拿了一把剪刀，在店门前的空地上开始拆包。

这回到的款式很多，江里工作很专注，余光扫一眼旁边的盛千陵，没说什么话。

盛千陵见江里忙，也不多打扰，站在门外看了一眼写有"小江男装"的简单招牌，迈开步子走了进去。

这时有一个顾客正在结账，有另外两个客人还在精挑细选。

姚婷见有新客人进来，很自然地说："你好，请随便看看，如果有喜欢的可以试穿。"

盛千陵没什么表情，淡淡地点了一下头，就去环顾满屋子的衣服。

不得不说，江里的审美十分在线。

他对男装的颜色、款式、花样眼光都很独到，模特身上挂的两套衣服搭配得非常漂亮，清新自然，又不失时髦感。难怪进店的客人都忍不住买一两套走。

店里有男式T恤、长袖、长短裤等，也有内裤和袜子。

盛千陵偏爱各式浅色衬衫和修身西裤，店里却没有。他扫了一圈，趁其他客人挑选好衣服结账走了，才开口问："请问，有没有我能穿的衬衫？"

姚婷对待客人很热情，但这种热情不是堆积在脸上的那种灿烂假笑。

她很平静认真地与客人沟通："你好，如果是你身上这种偏正式一点的衬衫，那我们店里没有，你得去鑫欣购物广场或者富迪百货。"

盛千陵淡淡地点头，又看了看店里的衣服，目光再次落到对面这个女孩脸上。

门外的江里已经把四包衣服拆包按品类分好，直接点数入库就可以。

他起身走到门口，想叫姚婷出来一起清点，却见盛千陵站在收银台前居高临下地俯视姚婷，走过去不满地问："你在看什么？"

盛千陵收回目光，随意道："没看什么，没找到我想买的衣服。"

江里早料到了，所以没什么感情地提醒："门口有出租车，跟司机说你要去鑫欣购物广场，你就能买到了。我有点忙，就不送你了。"

盛千陵："……"

江里叫了姚婷一声，说："婷姐，帮我搬一下。"

姚婷感觉到老板和这个客人之间的古怪气氛，没有多问，赶快跑过去帮江里入库。搬了两趟又有客人进来，她只好停下来，先去招待客人。

江里忙着搬货，姚婷时不时招呼客人，只有盛千陵一人落了单。

他站了一会儿，最终按自己的尺码选了两件白T恤、两条内裤和几双袜子。等到这一组客人都走完了，盛千陵才去结账。

结账时，他故意问："有没有折扣？"

姚婷猜到面前这个帅哥是老板的熟人，一时不知道如何定价，喊了一声，说："江里，打几折啊？"

江里刚把新进的衣服全部堆进后面的仓库，又一样拿了一件样衣出来。听到姚婷这样问，他转头看一眼，说："不卖给他。"

盛千陵："……"

江里看一眼盛千陵，又无奈地改口："哎，算了，都送你了。"

江里很快过来，将盛千陵挑选的衣服折好塞进印有"小江男装"四个字的纸袋里，往他怀里一塞，说："衣服买完了，你赶紧走吧。"

盛千陵的确要回一趟酒店，但巧的是，他在门口等了好几分钟，都没有等到一辆绿牌空出租车。

眼见江里已经清理好所有货物，出门来准备骑电动车，盛千陵快步走过去，说:"江里,我打不到车,你能不能……"

江里面无表情地拒绝他:"不能。"

盛千陵顿了一下,又笑起来:"江里,送我去华悦酒店吧。"

半分钟后,江里咬牙切齿地对身后的人说:"你再要去哪儿就自己去,我不是你的司机。"

盛千陵没答话,还是好脾气地说:"这个我们再商量。"

县城就这么大,骑一辆电动车一天能环城跑好几圈。

华悦酒店离"小江男装"也不算远,江里骑车过去,冷着脸说:"下车。"

盛千陵提着装衣服的纸袋,左腿踩在地上,收回另一条长腿。他还想说什么,江里已经迅速发动了他的小电驴,加速跑了。

他的目光一直追随着江里离去的背影,直到看不见了才回头。

江里回家随便吃了个午饭,又给电动车充上电。

春天的午后容易让人疲倦,江里跑了大半天,感觉有点累,干脆趁着给电动车充电的时候去睡了个午觉。

他平常睡眠不算太好,但奇怪的是,最近不管是中午还是晚上,都睡得挺安心。

阳光渐渐西斜,从防盗窗外洒进一片懒懒散散的西晒。

江里睡饱,缓慢地睁开了眼睛。他捞过自己的手机,点开屏幕看一眼时间,发现自己一觉睡到了四点多。

他磨蹭了一会儿,站起来整理好床铺。

他在脑子里琢磨着要怎么样去弄一笔快钱,至少能够他买一个疗程的药。

刚刚进了货,他手上的现金并不多,虽然店里每天都有进账,但那些金额比起方医生说的那个数字,还差很远。

这时他的手机铃声响起来,目光扫过去,看到是卓云峰打来的。

以往卓云峰找他无非是约球,这次想来也是一样。他随手划开手机屏幕,说:"卓哥,怎么?"

因为刚刚睡醒,他的声音还有一丝迷离,瓮声瓮气的,像个毫无防备的孩童。

卓云峰那边开着免提,听到江里的声音,同旁边坐着的人相视一笑。

卓云峰说:"小江,有没有时间来店里一趟?我有件事找你,挺重要的,电话里说不清,我们当面说吧。"

江里想了想,说:"好,我过会儿就来。"

江里出门的时候,抬起头看了一眼天空。

天上流云舒展,自在悠闲。夕阳一寸一寸落下去,要不了多久,就会完全沉没于江面。

而此时，在东边的天际，有一轮半透明的月亮升了起来。

不知道从什么时候起，江里养成了看月亮的习惯。

弦月弯月，半月满月，他都爱看。不知道是不是因为月亮好看，又隔得远，所以更加迷人。

他骑着电动车，穿行于安静的街道。一路从民房区骑到欢乐广场，然后将车停在欢乐广场的电动车车棚里。

下车后，他从口袋掏出一根棒棒糖，扯下糖纸扔进垃圾桶，然后将糖球塞进嘴里。

电梯直达三楼，出口就是云峰台球俱乐部。

自从上次开业活动结束，江里还没过来过。门口那些鲜花还在，只不过两天过去，花瓣都蔫了一些，没精打采地挂在竹篮上。

江里收回目光，径直朝办公区走。

卓云峰给自己隔了间挺大的办公室，里面有一张檀木办公桌，和两张造型精美的太师椅。

后边的架子上摆放着一些他与明星球员的合影，以及一些他参加比赛时获得的奖杯。

金杯、银杯都有。金杯当然是没有碰到江里的时候得的。

江里敲门走进去，一眼看到坐在办公桌前的卓云峰。

他把糖从嘴里拿出来，用右手食指和中指夹着糖棍，喊道："卓哥。"视线左移，靠墙的灰色沙发上坐了一个人。

那人双腿修长，自然弯曲着，姿态舒展地靠在沙发背上，也跟着转头朝门口看过来。

江里无视盛千陵，走到卓云峰对面坐下，问："有什么事？"

卓云峰说话带着一点商人的迂回，他先是讲了几句场面话，感谢盛千陵百忙中过来给他捧场。

江里听得不解，又听卓云峰话锋一转："千陵呢，是我邀请来的贵客，当然是理应由我来招待。但今天正好不巧，县里对所有酒店、网吧这些场合进行了实名排查，就查到了千陵住的华悦酒店。"

江里问："然后呢？"

卓云峰接着说："千陵这边不巧，说是上午把身份证寄回北京弄房产去了，酒店这边核查时就没有提供身份证，所以也就不能再接着续住。"

说到这儿，卓云峰跑了一下题。

他转过头去看右手边沙发上的盛千陵，以一个长辈的姿态关切地问："千陵，怎么这么急着处理房子，没发生什么事吧？"

盛千陵抬起双眼皮，嗓音静淡："没什么事儿，就是原先的房子不能养狗，得买套能养狗的。"

江里顿觉奇怪，好奇地瞥了一眼盛千陵。
　　卓云峰听了，觉得合情合理，顺口说："那是的，北京好多小区不让养狗，有证都不行。千陵你喜欢什么狗？"
　　江里心中奇怪的感觉越发强烈，甚至到了提心吊胆的地步。
　　下一秒，盛千陵平淡无澜的声音响起："金毛。"
　　江里："……"
　　卓云峰浑然不觉自己已经跑题很远，还在继续说："金毛好啊，乖巧听话。"
　　江里忍无可忍打断，说："所以卓哥你想说的事是什么？"
　　卓云峰这才恍然回过神，咧嘴笑道："啊，说远了。千陵这边暂时不回北京，但是他现在又没法住酒店，按道理来讲应该去住我家的，但是呢，我家三代同堂，家里两个小孩子吵吵闹闹，怕影响千陵休息，这不就找你来，和你商量商量。"
　　江里已经理解卓云峰的意思。
　　他没什么表情地朝盛千陵望过去，只见盛千陵一脸歉意，好像真心觉得给人添了很多麻烦。
　　卓云峰又说："小江，你家房子大，空房间也多，你又一个人住，是不是？能不能清理一个房间给千陵住，费用由我这边来出。"
　　江里垂下眼睛，静默几秒没说话。
　　卓云峰以为他不乐意，补充道："我按照酒店那个标准付费也没问题的。"
　　江里却回头，直视盛千陵的眼睛，问："还有半个多月要打世锦赛，你不回去训练？"
　　盛千陵目光一跳，不自觉地坐得更笔挺一些，缓慢地回答："今年不参加世锦赛。"
　　江里眼里起了些温度，追问："积分不够，没有资格过去？还是因为违规，被禁赛了？"
　　盛千陵摇头，道："都不是。状态不好，需要调整，下半年再打上海大师赛。"
　　江里的问题多少有些咄咄逼人，尤其是对一个锋芒正劲的斯诺克职业球手，显得十分不礼貌。
　　卓云峰自认为善解人意地提醒："啊，哈哈，小江啊……"
　　江里这时回过头，看向卓云峰，平静地说："行。"
　　卓云峰愣了，反问："什么？"
　　江里情绪不佳，压着嗓音说："不是说要住我家？"
　　"啊……"卓云峰顿时喜笑颜开，"那太好了，迟点我就帮千陵拿东西过去。"

　　盛千陵为数不多的行李就放在云峰俱乐部前台。有一个黑色的手提包，还有一个印有"小江男装"字样的纸袋。
　　卓云峰热情挽留盛千陵吃过晚饭再去江里家，被盛千陵拒绝了。

在所有人面前,盛千陵都是高冷又矜贵的,不苟言笑,和人保持着一定距离,不会过分亲近,但也不会失礼显得过分疏远。

卓云峰见留不了,只好替盛千陵提起行李,带他下去开车。

江里跟着他们下去,安静地走在后面,什么话也没说。

卓云峰的车停在欢乐广场门口的露天停车场,他带着盛千陵朝那边走,回头看一看江里,说:"小江,你走过来的吧?"

江里摇头,答:"我骑了电动车,就分开走吧。"

盛千陵脚步一顿,正欲开口,见江里投来冷冷一瞥,只好闭嘴。

太阳已经完全落下,月亮越升越高,就在他的头顶,随着他的电动车一起走。

越往江边方向,街道就越清冷。江里家所在的这排民房,到了晚上就几乎没什么人在外面。

到家以后,江里把电动车推到车棚,然后静静地环抱双臂站在门口等着。

没过两分钟,卓云峰的车也到了。

盛千陵从车上下来,慢慢地往里走。卓云峰把车子停在路边,也跟了上来,热情地帮盛千陵提东西。

江里朝他们看一看,默不作声地往屋里走。

走到门口,盛千陵挡住卓云峰,说:"卓哥,不早了,你就先回去吧,我自己可以的。"

卓云峰点点头,叫住江里,十分恳切地说:"小江,千陵是第一次来这边,人生地不熟,就拜托你多帮我照顾一下了。"

江里点头,随口道:"放心吧。"

卓云峰走后,江里直接带盛千陵上了二楼。

二楼有间客房,正好在江里房间的顶上。里面有一套农村家私城做的柜子和一张用木板拼成的床。

床边有一只矮几,上面空无一物,但收拾得很干净。

江里打开一扇柜门,对盛千陵说:"陵哥,这边有衣架,衣服可以放在里面。"

听到"陵哥"这个称呼,盛千陵站在原地回味几秒,才应了:"好。"

江里从另一个柜子里拿出棉被来。他麻利地垫了两床棉被到床板上,用手试了一下柔软度,然后取出一条叠得好好的粉色床单,平铺上去。

床单的样式挺老气,是两年前附近超市打折时买的,上面印着十分喜庆的大朵牡丹花,还写着"花开富贵"四个字。

江里当时不在意这些,趁最便宜的时候买了,但没用过几次,铺开还是整洁如新。铺完床单,江里又找出一床棉被来,准备套被罩。

一个人挺难完成这件事,但他也没出声让盛千陵来帮忙。

盛千陵主动过来帮他牵住两个角,等他把棉被整个塞进去后,又和他一起掸甩平整。

江里整理好床单、被套和枕头后,对盛千陵说:"条件比不上酒店,你将就一下。"

"条件挺好的。"盛千陵说。

在他看来,虽然这个房间是水泥地面,没有贴瓷砖地板,但看得出来十分干净整洁。

窗户一尘不染,被灯光一照,反射着温柔的亮光。

江里又带盛千陵参观这栋房子的其他房间。

盛千陵听得挺认真,在江里介绍完后,忽然说:"我能去你的房间坐一会儿吗?"

江里冷着脸,说:"不能。"说完还要补充一句,"除开我的房间,其余房间你都可以自由出入。"

盛千陵一脸遗憾,但还是十分绅士地答应了。

一天东奔西跑下来,两个人都很累。江里不想再出门吃饭,和盛千陵商量了一下,点了一个就近的盖饭外卖。

盛千陵回二楼房间整理了一会儿,把衣服一件件挂进衣柜。

没过多久,江里在楼下叫盛千陵下去吃饭。

还是早上那张用来吃早餐的方桌,现在用来一起吃晚餐。

盛千陵慢慢拆开自己那份香菇滑鸡盖饭,随意扫一眼江里的,目光顿了顿。

可是江里浑然不觉,闷头吃着饭,不说什么话。

盛千陵终究没忍住,说:"江里,这么久不见,你连口味都变了。"

江里没反应过来,反问:"什么?"

盛千陵指了指江里的那份盖饭,说:"菜里有苦瓜,还有一些香菜。"

江里神情呆滞一秒,眼底的慌乱一闪而过,很快解释:"是啊,人总是会变的。"

盛千陵又继续说:"所以,现在不仅能接受苦味,能吃香菜,也能吃醋酸了。"

江里有些疑惑,回想了一下,问:"我什么时候吃醋酸了?"

盛千陵的眸色赫然加深,露出锐利的锋芒。

他的心往下一沉,嗓音都不自觉严厉几分:"江里,你早上吃的,是加了老陈醋的热干面。"

早上盛千陵去买早餐,交代了老板不要加醋。可是店里生意好,买面的人多,老板在调热干面时,不小心给其中一碗放了些陈醋。

盛千陵赶紧阻止,保住了第二碗,却又不愿意浪费加了醋的那碗,决定留给自己吃。

为了区分,他特地在那碗面上撒了些葱花,就是怕江里会弄错。但没有想到,江里二话不说就端走了那碗，低头大口吃着，完全没发现异常。

江里："……"

他的确毫不知情，可他不能表现出来。

于是，江里极力掩饰道："啊？难怪，我就说早上那碗面怎么那么难吃，硬塞才塞下去的。"

盛千陵目光下沉，收敛了这两日来的退让，冷傲严肃，字字加重，铿锵落在江里的耳朵里："江里，你怎么了，说实话。"

江里心虚地拧一下眉心，想赶紧把这个话题跳过去，插科打诨道："人会变化是很正常的事情。你这么多年没有见过我，我早就不是你印象中的那个江里了。"

盛千陵放下筷子，压迫感十足地凑近江里一些，说："我印象中的江里，是什么样子？"

江里不想提，含糊其词地卖乖："陵哥你不饿吗？快吃吧，冷了就不好吃了，真的。"

盛千陵安静几秒，忽然泄气哂笑道："也是，我印象中的江里，缠着我要拜师，苦练所有杆法，以打职业为梦想。但现在的江里，早就放弃了梦想，连师父也不认了。"

听到这些话，江里心里又酸又痛，好像真的被灌了一瓶老陈醋一样。

这波酸涩来得太过于汹涌，让他如烈酒在喉，吐不出，咽不下，辛辣又刺鼻。

盛千陵说他"早就放弃了梦想"的话就是导火索，让江里一整天下来堆积的情绪在这时爆发。

他莫名有种想哭的冲动，嘴里的苦味擂鼓叫嚣，迅速漫过他的每一个味蕾。

饭吃不下去，他急于回房间吃一根棒棒糖救命，可是盛千陵还眼神灼热地盯着他，让他想不到可以逃走的借口。

在日光灯的照耀下，江里的脸显得冷白单薄，一双眼睛泛起水汽，眼眶很快红了一圈。

他抬起脸，看向盛千陵，企图从盛千陵那儿寻求一丝解脱，可只见到一双失望至极的眼眸。

江里终于控制不住自己，无法在这样的氛围里再继续淡定地装下去，干脆不再解释，放下筷子，就往房间里跑。

他哆嗦着打开柜门，从那个透明的盒子里掏出一根甜橙味棒棒糖，颤抖着撕开糖纸，将糖塞进嘴里，然后靠着柜子直喘气。

他病态尽显，碎发盖住额头，眼尾发红，扶着柜子的手微微颤抖，完全没了之前的生机和活力。

柑橘色的衬衣似乎暗淡了一些，衬得他一张脸苍白如纸，唇色都渐渐淡了。

他用力吮吸着糖球，舌头被磨得发痛，但他毫不在意，曝出来的涎水来不及咽下，顺着没有血色的嘴唇落下一滴，仓促又无力。

旁边忽然伸过来一双手，紧紧扶住他的肩膀。

那人叫他："江里，江里。"

江里宛如陷进扑朔迷离的梦境，分不清自己身处何地，又在做什么，只能凭着本能意识去回应这道声音。

"陵哥，我在，我在这里。"

他不知道什么时候哭了，眼泪掉得毫无征兆。鼻酸袭来，连带着嘴里那无法忽视的强烈苦味，激得他恨不得全身抽搐。

他深深地皱着眉心，喃喃道："陵哥，好酸啊，好苦啊，我讨厌酸和苦……"

江里挑食，尤其不喜欢酸和苦。

每次只要沾到一点，都恨不得用大量的水来清洗自己的舌头，好将残留的味道全部赶走。

可是，人总会反复遇见自己最害怕的东西。

那些年他没有尝过的酸和苦，在放弃梦想的这六年里，尽数品尝，无一落下。

/第十五章/
救赎

第二天一早,江里刚刚从一楼浴室洗完澡出来,就正面碰上了从楼梯上走下来的盛千陵。

盛千陵刚刚起床,头发未梳理,慵懒地盖住额头。眼睫散漫地耷拉着,脸上没有特别的表情。

遇上江里时,他才掀起了双眼皮。

两个人都没有提昨晚的事。

江里停下脚步,看着盛千陵,很认真地说:"陵哥,我这两天有点事,没有时间陪你。这屋大门一般不关,你想去练球或者回来休息都可以。"

盛千陵挡住江里,问:"你要去做什么?我陪你去。"

江里摇摇头,说:"我要去几个镇上一趟,找一下之前找我拿货的男装店老板。"

有几个老板总是赊账拿货,至今也没结清。江里平常性格好,愿意等,但现在他想凑齐一盒药钱,就不得不从这些地方想办法。他不想把这些告诉盛千陵,也不愿意盛千陵知晓他的困境。

好在盛千陵没有多说什么,只是点了点头。

一连两天,江里都早出晚归。

几个镇离县城都挺远,他的电动车骑不了那么久,只好坐公交车去,但一天下来总是跑不了两个地方。

关键是也没收回什么钱。

又是一天早上,盛千陵站在二楼窗户边,看到江里背着一个小包急匆匆出门,甚至都来不及邀请他一起吃早餐。

盛千陵只好洗漱完毕,独自到附近一家店吃了份小面,然后打车去云峰台球俱乐部。

· 229

卓云峰的办公室旁边有一张单独的斯诺克球桌,是他自己平时练球用的。正好盛千陵不便抛头露面,这几天就给了盛千陵训练用。

一连练了好几个小时,盛千陵才停下来,走到茶几旁边喝了一口水。

这时,练球室门口响起来一道热情的声音:"千陵,在练球呢?"

盛千陵回头看一眼卓云峰,答:"是啊,卓哥早。"

卓云峰和盛千陵相处了几天,没了初见时的拘谨。他也非常有眼力地没追问盛千陵为什么开业活动都结束了,还不回北京去。

盛千陵在这儿,许多斯诺克爱好者慕名而来,就算见不着面,也兴致勃勃来这边开台打球,卓云峰乐享其成,当然不会自断财路。

卓云峰伸个懒腰,打了个哈欠说:"不早啦,这都下午了。昨天被人拉着喝了半晚上酒,累死了。"

他说完就朝自己办公室走。

办公室和练球室只用了半扇门隔开,一眼能看到头。

盛千陵收拾好球杆,跟着卓云峰走进办公室,在墙边那张灰色沙发上坐下来。

他十分随意地牵起话头:"江里这几天没来,都没人打球了。"

卓云峰顺着答:"他啊,忙的。服装店生意好,忙不过来,他老头又病着,需要人照顾。"

盛千陵不动声色地引导:"他这几年一直这么忙?"

卓云峰浓眉一挑,想了想,说:"也不是吧,我跟他也才认识了两三年,听说之前是在荆州哪个学校读大专,后来才开店的。"

盛千陵点点头,装作完全不知情地追问:"他爸怎么了?"

卓云峰想到盛千陵和江里应该算是旧识,也就有心透露道:"具体的我也不清楚,听说是在化工厂打过工,这两年得了肺病,情况不太好。"

盛千陵想问的其实不是这个。但他一直在想要怎么把话题往那个方向引。

他将手臂靠在沙发扶手上,随手翻了翻手机,忽然感叹道:"听说你们这边的藕带很有名,可惜不巧,现在还没上市。"

卓云峰一听,立即热情地说:"那不慌啊,我到时候用顺丰冷链给你寄到北京去。"

盛千陵不置可否,抬眸直视卓云峰,换了个方向:"藕带是要清炒还是加醋?"

卓云峰终于灵光开窍,说到了点子上:"都行啊,加辣椒,加醋,或者清炒,都好吃的。看每个人口味吧,像我就喜欢加得辣一点,老徐这些会员都是无醋不欢,就小江不在意这些。"

盛千陵微松一口气,好奇地问:"为什么?"

卓云峰用指腹捻了下薄薄的胡子,不知道盛千陵是针对哪句问的"为什么",干脆一口气多说一些:"我们这群人天南海北美食吃得多,嘴也刁,就小江从来都无所谓,给什么吃什么,酸不酸辣不辣,都不在意,我们刚开始以为他是客气,后来发现他是真不挑剔,就跟那种没有味觉的人一样,只要能吃就行。"

盛千陵听到其中几个字,眼睫重重一颤,放在沙发扶手上的手指赫然收紧。

他竟然丝毫没有往这方面想过。即使是前几天江里吃加了陈醋的热干面、吃苦瓜吃香菜的时候,他都真的以为是江里口味变了而已。

盛千陵嘴唇紧抿,克制着情绪,打开手机搜索引擎,输入了几个关键字。

这时卓云峰的电话响了起来。

他一看就皱起了眉头,但还是不得不接听:"哎哟,老哥哦,昨天晚上喝酒我就跟你讲了,我给你找不到人。开业那天那个?那怎么可能呢,人家一个职业选手,怎么可能帮你打球。啊?你说另外一个?"

盛千陵正专注地查看手机上的信息,并没有将卓云峰这些话听进耳朵。

卓云峰安静了一小会儿,无奈地扶额道:"另一个小伙子,他也从来不赌球啊……哎,好好好,我帮你问一下好吧,你别抱太大希望。"

挂了电话后,卓云峰揉了揉眉心,郁闷地长叹一口气。他又拨出一个电话,没几秒对方就接听起来。

卓云峰说:"哎,小江啊,你有没有时间,我找你有事。"

江里刚从镇上回到家,在家里转了一圈没见着盛千陵,这时又接到卓云峰的电话,以为是和盛千陵有关,问都不问是什么事,赶紧说:"有有有,我马上过来。"

卓云峰看着被匆忙挂断的电话,十分好奇地说:"咦,这小江怎么比我还着急。"

盛千陵这会儿听说了江里要来,很快退出手机搜索页面。他将头靠在沙发背上,目光放空想着和江里有关的事。

大多是以前在江城时的事,江里娇气,不吃这个不吃那个,他得费很多心思,才满足他的味蕾。

一个人的习惯其实很难改变,除非是有什么事,让他不得不改变。

江里从门外匆匆进来,直奔卓云峰的办公室。

目光扫到旁边坐得好好的盛千陵,他才松一口气,熟稔地在卓云峰对面的太师椅上坐下来。

卓云峰本来顾忌盛千陵在场,不太好说,但见盛千陵没有离开的意思,又暗忖他作为职业选手应该不会对这些事大惊小怪,也就如实开口了。

他说:"小江啊,是这么回事,我有一个朋友,搞矿产的,有点钱,平时就喜欢斯诺克,但他自己打得不好,想找个人替他打场球。"

江里目光一跳,下意识地朝盛千陵看一眼。

对方恰好也在回视他。

他们都想到了同一个点上。

卓云峰干脆把话说明了:"说是从浙江来了个高手,名字叫陆旭,在野球界算是数一数二的,这回盘口调得高,一万块钱一局,七三开,你打不打?"

江里:"……"

已经有很多年没有听过陆旭这个名字了。

江里记得还是在江城时光台球举办第一次会员赛的时候,曾在总决赛里与陆旭相遇过。

他们的打法很像,学院派与野路风兼具,打到最后惺惺相惜,盛千陵还嘲讽他第一次见别人,就叫人"哥哥"。

卓云峰接着说:"小江,我知道你平时不赌球,更不会当枪手,也就是替朋友随便一问。你这个水平,七三开有点亏,一万块钱一局,赢了也没多少钱。"

江里微微垂着头,神情疲倦,眸光朝下,让人看不清情绪。他真的很缺钱,这几天拼命去要债,也才只要到三千块,刚好是赢一局球的钱。

他曾答应他的师父,这辈子永远都不会去赌球。可那时候,并不能预见他会面临如今这种困顿的局面。

方医生明确告诉了他,江海军时日不多了。

他其实很焦虑,想赶紧筹钱给江海军续命,甚至做了抵押贷款的打算。他能抵押的东西不多,一栋位于城郊的民房,值不了多少钱。还有一个卖男装的门店,虽然是租来的,但里头的货还能值十几万。

见江里不接话,卓云峰就以为明白了他的意思。

卓云峰掏出手机,边解开屏幕,边说:"没必要,是吧小江。你赢一局拿七千块钱,那个叫陆旭的也不傻,不会让你那么轻松赢的。"

江里忽然抬头,慌乱地追问:"是我七他三?"

他还以为自己三对方七。

卓云峰顿了一下,答:"是啊。我那朋友也不靠赌球赚钱,就是想找点刺激。输了也不要你承担什么责任,赢了分你七。"

江里听了,多问一句:"他不怕枪手打假球?"

卓云峰又开始摸自己的络腮胡子,视线扫过盛千陵一秒,才说:"打假球有打假球的江湖规矩。"

不是砍手指就是打断腿。

江里又沉默了。

他很明显感觉到有一道灼热的视线正盯着他的背,但他不敢回头,害怕被灼伤,担心看一眼就要崩溃。

卓云峰琢磨出点味儿,身体朝前倾一些,晃了晃手中的手机,说:"小江,你是怎么想的?给我个准信,我好给人回个话。"

江里没作声。

他想到了江海军躺在病床上的那副虚弱模样,连骂他一句狗东西的力气都没有。

想到很多年前,他和江海军深一脚浅一脚踩进大雪里,离开江陵去江城讨生活。那时候江海军还算年轻,才四十多岁,背脊骨挺得笔直,牵着江里的手,像一座坚实的大山。

又想到六年前他们被迫离开集贤路巷子,回到江陵县,开始一切从头的穷苦日子。那时候江海军五十几岁,背驼了一些,脸上沾满疲惫,只是拍了拍江里的肩膀,一句抱怨的话也没说过。

半晌后,江里缓慢地抬起头,问卓云峰:"卓哥,我最迟要什么时候答复?"

卓云峰第一次见江里愿意下场赌球,有点意外,但还是回答道:"明天晚上。"

"好。"江里很快点了一下头,像怕自己后悔似的,"我明天晚上之前答复你。"

"行。"

江里捏着手心说完这句,冲卓云峰疲惫地笑了一下,说:"我这几天有点累,先回去了。"

好像刚才急着赶过来的人不是他。

卓云峰也没多想,点头示意他自便。

江里很快起身,看也不敢朝沙发那边看,只低着头,用力咬着一点下唇,步履飞快地往外走。

身后很快响起另一人的脚步声,错落杂乱,紧跟在他身后。

他没有理会,出了云峰台球店,连电梯也不等,直接往楼梯那边跑。

身后的人加快步子,似隐忍很久,已经临近爆发的边缘。

在楼梯转角的时候,江里刚侧过身,很快被盛千陵攥住手腕。下一秒,他整个人被大力推在了背后的墙面上。

楼梯里光线暗淡,没有排风口,只有一块"安全出口"指示牌亮着幽幽的绿光,隔着老远落入江里慌乱跳跃的眸光里。

江里心绪不平,脑子里乱糟糟,几乎无法冷静思考,只能被迫看着面前的人。

盛千陵压着火气开口:"江里,你答应过我什么?"

记忆穿过时光之门,回到了2014年的夏天。

有一个痞帅的少年,厚着脸皮死缠烂打,非要拜一位斯诺克高手为师。

在最终如愿时,他曾郑重向师父承诺永远不会放弃斯诺克,也永远不会赌球。

师父为了断了他赌球赚钱的念想,曾说过:"你只要拜我为师,就永远不许赌球。否则,我不会认你这个徒弟。"

江里眼睫颤动,眼尾漫上一层红,心口像泰山压顶一样,沉得喘不过气来。

· 233 ·

盛千陵一字一顿狠狠追问："江里，真的不要师父了？"

作为他的斯诺克师父，盛千陵做得尽善尽美、无可挑剔。

在时光台球俱乐部的那几个月，他系统熟悉和分析江里的球技，针对性地制订了训练计划，还将自己多年来的控球与杆法技巧倾囊相授，让江里在最短的时间内，成长为可以与陆旭那种高手抗衡的半职业选手。

可江里辜负过盛千陵的期许，也背弃过自己的梦想，如今又不得不在江海军与师父之中做出选择。

江里几近崩溃，强撑着头脑，回望盛千陵的眼睛。

他一句话也说不出来，不敢开口，怕伤人伤己。他知道自己回不了头，只能迎面而上，即使会撞得头破血流，也没有别的路可走。

江里久久不说话，盛千陵没了耐性。

"江里，你是不是需要钱？要多少，跟我说。"

江里神色未变，很轻很轻地摇了摇头。重逢本就是意料之外的痛，他不想让自己死去多年的梦想被挖出来，再被凌迟一遍。

许久之后，江里茫然地将头靠在脑后的墙壁上。

墙上满是灰尘，还有蚊虫飞舞。小块石灰脱落，露出里面暗红色的砖块和灰色的水泥。

一片萧条。

江里的目光上扬，落到楼梯转角处最角落的那个三维空间角里，嘴唇微翕，很慢很慢地说："师父，回北京去吧。"停顿好久，声音轻下去，很脆弱，淡得像一缕烟，"求求你了。"

求你走吧。

远离我江里这自甘堕落的生活。

从欢乐大厦出来，江里恢复了平静。

他像什么事也没发生过一样，走到电动车车棚去骑车。

他拒绝了卓云峰的晚饭邀约，称自己要回店里一趟。

江里拒绝聚餐实属常态，卓云峰完全没多想，转而又给盛千陵打了电话告知晚餐酒店。

盛千陵接了电话，江里才得以从这令人窒息的氛围中逃脱，骑着电动车往小江男装店开去。

春季气温升高，店里的生意越来越好。

江里刚刚进回来的那一批夏装很受青睐，样衣挂出来没几天，库存就已经卖出去大半。

江里来到店里，见姚婷一个人根本忙不过来，收银台里面放着匆匆扒了两口的饭，赶紧去给她帮忙。

他自己身上就穿了一套店里的样衣，简直像行走的男模特一样。客人们直接参照他的搭配选衣服，爽快地结账走人。

江里此刻笑不出来，但还是尽量礼貌热情地为客人们服务。他麻利地帮他们打包，扫码收钱打印小票，做得十分顺手。

等到客人终于离去，江里才松了一口气。

可闲下来他却觉得十分空虚，自告奋勇跑去仓库盘点了一遍库存。

他喜欢这种东奔西跑的忙碌感，尤其喜欢身体筋疲力尽的感觉。每当到了这种时候，他就没有多余的精力去胡思乱想了。

天渐渐黑了。

小城晚上逛街的人不多，生意不如白天。姚婷还要回家带孩子，一般不会守店到很晚。

江里故意磨磨蹭蹭，提前让姚婷下了班，在空荡荡的店里坐了一会儿，决定去一趟疗养院。

他检查了一下防火设备，关掉灯，然后把玻璃门关上，从外面上了锁，发动电动车，直奔疗养院。

去得不巧，江海军刚好睡了。他现在入睡都有些困难，需要借助吸氧，才能维持平稳的生命体征。

江里支开何叔，自己在江海军床边坐了一会儿。他的目光落在江海军深深凹陷的脸颊上，久久不能挪开。

夜间有一点冷，江海军的手放在被子外面，手指自然蜷缩着。

那双手做过农活，挑过扁担，在化工厂做过事，最后变成一束枯柴，无力地搁在被子上。

江里慢慢伸出手，手指穿过江海军手下的空隙，很轻很慢地贴上去，握住了他的指尖。

他指尖冰凉，像大雪融化时的水，怎么焐都焐不热。

父子俩从来没有过这种温情的时刻，他们平时很少交心，没有寻常父子间的亲子举动，有的只是一次比一次厉害、嚣张的破口对骂。

终于有一天，江海军再也骂不动，服了软，认了输。

月光从窗外照进来，落在晦暗的房间里。

江里良久无言静坐着，过了好一会儿，才轻轻揭开被子，将江海军的手放进去。

而后他起身，轻手轻脚地离开了病房。

他没有看见，昏暗的房间里，江海军苍老沉重的眼皮颤动几下，眼角缓缓落下了一滴泪水。

翌日，江里很早就出了门。

他先去取了一些钱，交了疗养院下一期的费用，又去店里帮了会儿忙，打电话给得意男装的赵阿姨补订了一些货，然后将收货事宜事无巨细地交代给了姚婷。

他做好了赌球的准备，就得先把这些事全部处理好。

下午，他又去了一次隔得近的一家男装店，好歹要了几千块钱货款回来。

在日头渐渐落下的时候，他满身尘土，十分疲倦地回了家。

农村民房不兴在白天关大门，江里停好车走进去，意外地发现盛千陵坐在堂屋里。

他微微倾着头，背靠在椅背上，手指慢慢划拉手机，像在浏览新闻。

他与这昏暗的场景原本格格不入，可江里一眼看过去，却觉得莫名和谐。

盛千陵听到脚步声，抬起了头。他活动一下僵硬的脖子，站起身，整理了一下身上的衬衫下摆，平静地看着江里，说："怎么不接电话？"

江里从口袋掏出手机，看一眼，没什么表情地说："没电了。"

盛千陵朝江里走几步，在他面前站定，低头很认真地说："江里，我们谈谈吧。"

江里一脸抗拒，指了一下自己沾了灰的衣服，说："现在没空，我要去洗个澡。"

盛千陵说："那我等你。"

江里消极应对，把手机接上充电器，慢吞吞地找出一套换洗衣服，慢吞吞地换上拖鞋，慢吞吞地走到浴室，又慢吞吞地冲了个凉。

他知道盛千陵想聊什么，但他不想聊，也不想撕破脸。

时间一分一秒地过去，离卓云峰说的最迟答复时间越来越近。

江里站在浴室里，把脸洗得干干净净，还顺便洗了个头。

他平常不爱吹头发，今日却极有耐心地找出好久没用的吹风机，抓着发根一点点吹干，直到完全没有水汽。

他换好衣服，从浴室走出来。

门一开，盛千陵安静地站在墙边，像等了很久。他脸上没有表情，眼皮抬着，鼻骨突出，嘴唇轻抿，没有半分不耐烦。

江里朝他扫了一眼，把换下来的脏衣服丢进后门那边的洗衣机里，又收了条干净毛巾，趿拉着拖鞋往自己房间走。

盛千陵亦步亦趋，跟他走进房间。

在盛千陵住进来那天，江里说过，他的房间不能进，但盛千陵好像并没有放在心上。

此时江里也没心情去提醒，无视他的存在，自己坐在床边擦拭脚上的水。

盛千陵坐到床附近的一张椅子上，冷静地开口："江里，你还叫我一声师父，就还是我的徒弟，就要听我的话。赌博和毒品一样，是个无底洞，只要沾一次，以后就抽不了身。不去赌,行不行?"

江里的表情很淡,视线一直跟着自己脚上的毛巾走。他擦完一只脚,又跷起另一只开始擦。

他始终没有抬头,但还是答了盛千陵的话:"不行。"

盛千陵沉默几秒,问:"你是不是很缺钱?"

说实在的,盛千陵没看出江里在哪个方面很缺钱。他没有房贷、车贷,店里生意很好,收入完全能支付疗养院的费用。他没有谈恋爱,在生活方面也很朴素,没有什么不良嗜好,花钱也并不大手大脚。

所以,盛千陵不明白,江里除了把钱花在疗养院上,还能花到哪里去。

江里却答非所问:"谁会嫌钱少啊。"

盛千陵:"……"

想到什么,盛千陵忽然开口:"江里,你是不是——失去味觉了?"

江里擦脚的手猛然一颤,眉目拧了一下,很快掩饰过去,佯装淡定地放下脚,换了双布拖鞋。

他说:"没有的事,只是口味变了。"

可是他心虚的小动作没能逃过盛千陵的眼睛。

几乎是得到了肯定回答,盛千陵站起身,走到江里床边坐下,嗓音很轻:"江里,跟我说实话,行不行?"

窗外的马路上偶尔传来短促的汽车鸣笛声,隔着很远的地方,隐约有一片不真切的蛙鸣。

盛千陵继续说:"我带你去医院检查,味觉障碍是可以治疗的,你相信我,一定能治好。"

到了这一刻,江里发现自己的心平静得像长江里的水。他甚至微笑了一下,很冷静地说:"治不好的,早看过了。"

他不是逐渐失去味觉的。

是有一天醒来,嘴里突然泛苦,以为只是胆汁分泌过多,他并没有放在心上。

但是,从那一天起,除了酸和苦,他再也尝不到别的味道了。

他把味觉失灵当作自己当年懦弱逃避放弃梦想的惩罚,于是一天一天,在自我折磨里,逐渐接受了现实。

江里说:"陵哥,我们是两个世界的人,明白吗?你应该回北京去,好好训练,准备世锦赛、欧洲赛、温布利大师赛,而不是在我这儿浪费时间。"

说完,他还觉不够,又道:"你在这儿拖延时间并没有什么作用,该给卓哥打这个电话,我还是会打。大不了赌球的时候,我还是不用你教我的任何东西。如果还不够,就不要再认我这个徒弟了。"

盛千陵紧紧盯着江里的眼睛。

这些话,江里说得很淡定,好像赌不赌这场球,并不是多么艰难的抉择。

而自己这个他当年费尽千辛万苦才拜到的师父，在江里心里的分量，好像也不过如此。

房间里陷入令人不适的沉默。

时间滴滴答答，没有为他们中任何一个人停留。

江里淡淡地看一眼盛千陵，伸手捞过在床边充电的手机。他按下开机键，看着屏幕上显示出手机厂商的商标，盯着它变成主屏幕页面。

他单手划开锁屏，拇指触到左下角那个绿色的画了个电话的图标。

点进去，屏幕上出现拨号键盘。上面一半，是最近通话记录，只能显示五个人名，"卓哥"两个字，正好排在第五个，只要轻轻碰一下，这通电话就能拨出去。

盛千陵知道江里要做什么，痛苦地去抓江里的右手，低低地哀劝："江里，别去。"

赌球是一个看不见未来的深渊。

一脚踩进去，家财万贯尚能游刃，普通人却再难回头。

可是江里别无选择。

他任由盛千陵抓着自己，左手拇指缓缓落下，一点一点地靠近手机屏幕上的"卓哥"两个字。

最后一秒，盛千陵忽然用了一点力，站起身来，准备强行去夺过手机。

这时，音量巨大的来电铃声先他行动一步响起来。

这是专属于护工何叔的铃声。

江里的手指顿时一颤，很快划开接听键，像有预感似的，提着一颗心，喊："何叔？"

电话那头静了两秒，世界都像被按了静音键。

好像过了一个世纪那么久，护工何叔才开口说话，一开口却是无比沉重的讣告，一个字一个字，如千斤的巨石，砸进江里的耳膜里——

"小江，你节哀。"

江里听完这句话，没有表现出什么激烈的情绪。他和往常一样，说一句"我马上过来"，就安安静静地挂断了电话。

挂电话的时候，不小心触到屏幕上"卓哥"两个字，江里捏着手机，茫然地看了一眼。

电话里很快响起卓云峰的声音。对方问："小江？"

江里依然很平静，把手机举到耳边，缓慢地回过神，开口说："卓哥，对不起，那球我打不了。"

卓云峰见怪不怪，爽朗地笑了一声，说早就猜到了。

238

江里宛如一个提线木偶，把电话再次挂断，放在旁边，木着一张脸去柜子里找袜子。

柜门一打开，露出里边的波茨杆，一大罐甜橙味棒棒糖。

盛千陵就站在江里身后，担心他失控，一直紧密关注他的状态。

盛千陵目光抬起，不可思议地看着那支熟悉的球杆，肩膀僵住了。

江里取出袜子，又找到一件黑色的衬衫和一条黑色的长裤。睡衣被脱掉，他套上极少穿的衬衫，一粒一粒扣上扣子，直到顶端。

衣服穿好，就开始穿袜子。

他一步步都动作得很缓慢，好像在沉思什么，又像在逃避什么。

袜子穿完，他走到鞋架边，选了一双软底的黑色休闲鞋。鞋子买来没穿过几次，看着像新的一样。

等到一身都收拾得周正了，他才拿起手机，头也不回地往外走。

盛千陵很紧张他的状态，担心他在极限的情绪里崩溃，一直落后两步跟着。

江里推出电动车，发动前，盛千陵快速伸脚迈上去。

江里没空管，只静静地看着前方，发动了车子。

太阳已经完全落下，但天际还残留着一片萧瑟的残云。

气温降了一些，料峭的春风直往脸上扑。

江里骑着车朝疗养院驶去。

他到的时候，江海军的遗体还在先前那个病房里。房间里灯火通明，床上罩着一层崭新的白布，盖住了江海军的全身。

护工何叔眼里噙着泪水，有些手足无措地站在床边，直直地看着江里。

江里把罩布掀开，看到江海军安详的脸，伸手轻抚了一下，说："老头，你又装死。"

没有人回答他。

何叔走过来，对江里解释道："我才刚刚给江哥喂完了饭和水，出去洗个餐具的工夫，回来就发现他心跳和呼吸都没了。"

江海军走得很体面，一丝痛苦也没有。好像只是吃过饭后，想睡一觉。

疗养院的负责人见家属过来，进病房找江里沟通后续事宜。

江里置若罔闻，就那么静静看着江海军的遗容，温柔地骂道："骂不赢我就装死，我瞧不起你。"

疗养院的负责人面露尴尬，不知道要怎么和亡者家属沟通。

盛千陵上前一步，给江里递了张凳子，让他坐下来，自己对负责人说："跟我说是一样的，我们出去说吧。"

对方点点头。

盛千陵没有过这种处理后事的经验，所以听得很认真。最后，他说："所以是拿着你们的证明，去找公安局注销户口，开具证明，再送到殡仪馆火化，是吗？"

对方在疗养院工作很多年，见惯了死亡，回答得很平静："是的。"

"好。"盛千陵跟着对方走，"麻烦您将证明给我，我来办这些事情。"

拿到疗养院出具的函，盛千陵回到病房找江里。

江里一动不动地坐在那里，脸上像覆了一层霜，全身都冷冰冰的。一身黑衣让他看起来气质肃穆，不说话的时候，像一具骇人的雕塑。

盛千陵走过去，抱住江里的头，一下一下捋着江里柔软蓬松的头发，像哄孩子似的："江里，想哭就哭出来。"

江里的双眼剔透却无神，滞然睁着，好像不被阳光反射的黑色行星。

他的声音像夜风一样清冷："我为什么要哭？"

盛千陵扶住他的肩膀，说："好，那就不哭。"

疗养院的人过来要求将江海军转移到太平间，不能再继续待在病房了。

盛千陵扶着江里起来，将江里带到门外，看到几个人盖上江海军脸上的白布，将他往走廊另一头推去。

江里浑身僵硬地站在那儿，目送他们离开，没有跟上去。

第二天要处理的各种后事都是盛千陵带着江里去做的。

好在找派出所、开证明、预约殡仪馆这些，都不是什么很难的事情。尤其卓云峰那边听说了这件事，帮了不少忙。

火化之后，江里抱着烫手的檀木盒子，手指都没有挪动一下。

他一直很安静，抱着骨灰盒不放手。时间仓促，预定的松山墓园要到明天才能有工人动工，江里决定把江海军的骨灰盒抱回家。

回到家后，江里依然很平静。他把骨灰盒抱到二楼江海军的房间，从柜子里找出一只折好的编织袋，开始沉默地整理着这个家中江海军为数不多的遗物。

江海军住了两年院，大部分东西都搬去了疗养院，家里只零零散散落了些旧报纸、旧袜子之类的小东西。

江里慢慢收拾着，一点一点折好放进编织袋里。

床头柜上空无一物。江里蹲下来，随手拉开第一个抽屉，里头干干净净。他将抽屉关好，正准备起身，却无意间瞥见床底下有一只淡黄色的鞋盒子。

柜子与床之间距离狭窄，非得蹲下来，才能看到这只鞋盒。

江里顿了一下，心中莫名浮现出一些紧张，缓慢地伸手过去，把鞋盒拉出来了。

将鞋盒一打开，江里看到一只多年未见却万分眼熟的布包。

这个包最开始应该是大红色，多年过去，它已经褪色成了一层淡橘色。可面料上却挺干净，看得出主人这些年精心爱护的程度。

江里还记得 2014 年集贤路巷子失火，江海军曾冒着生命危险冲上楼，从床底下抢救出这个布包，像抱着命一样抱在怀里。

江里拿着这个布包，颤抖地走到光秃秃的床板上坐下，缓慢而珍重地、一点一点地将它剥开。

布包里有一只防水袋，江里一眼看到里边厚厚的一沓钱，有零有整，攒得整整齐齐。

他手心发凉地取出那些钱，看到防水袋底下还有一只小小的信封。信封是灰白色，上面还写着"汉正街"字样。

江里将信封口轻轻打开，从里面掉出一张照片。

照片上的小孩看起来两三岁，眉目清秀，一双眼睛圆溜溜的，眉心一点朱红，坐在一张摇摇车里，看起来十分乖巧可爱。

是江里小时候的照片。

而后，江里掏出里边折叠好的白纸，慢慢地打开，看到了江海军略带潦草的字迹。

江里：

老子得肺癌，可能是因为遗传原因，我那早死的爹也是肺癌。不是你想的那样，为了供你上学在化工厂搞出来的。老子也没有那么金贵，你别往自己脸上贴金。

不管是江城还是江陵，人活着，到哪里不是生存，过去的事情就不要再想了。我这些年给你存的钱都在这个袋子里，不多，不要看不上。

我知道这几年你过得不开心，天天看柜子里的球杆。你想打球，想跟那个小师父去北京打比赛，是我拖累了你。老子只有这么大个能力，供不起你去北京，是我对不起你。

老子当年在长江里面把你救起来的时候，是准备去死的，捡了你之后，只好赖活着。现在多活了这二十几年，是老子赚了。算了，老子也死了，你没人吵架了，这局算我赢了。

别把什么责任都往自己身上担，人各有命，不需要你来逞这个能。如果你还念老子是你爸，就把老子埋了之后，去北京找那个小师父，继续去打球，去追求自己的梦想。

老子死了你别哭，不然老子瞧不起你。以后过得好一点，就算报答老子了。

你爹江海军
2020 年 6 月 19 日

江里手捧着父亲一年前写的遗书，终于意志崩溃，失声痛哭。

江里这几年，表面上与从前并无两样。

还是雅痞爱笑，从头到脚都阳光。没有辍学，没有放弃斯诺克，也从来没有一次因为过去而伤感过。

但江海军在世时就知道，江里背上了很沉重的心理负担。

他把父子二人陷入生活窘境归咎于自己，把生活的一切不如意全部都算到自己头上，而把自己最热烈的那个梦想，藏到某个灰无光的角落，再无重启之日。

而这封信，无疑精准踩在了江里的痛苦根源上，成为江海军对他的最后一次救赎。

父子二人看似感情淡薄，没什么亲情，总是以极难入耳之词相互问候对方的祖宗。可父子二人感情又最为浓厚，融于骨血，交错扎根，成为这世上生与死的激烈碰撞，相依为命走过二十多年。

江海军太懂江里了。

他知道江里一定会扛下所有的一切，强迫自己在罪恶感中度日，才在刚刚查出肺癌尚且能书写的时候，留下这样的一封遗书，来为儿子做最后一件事。

江里最怕疼，命运却偏叫他疼。

他拿着这封信，哭得全身都止不住颤抖，泪水像从眼眶里决堤似的，一波一波往外涌。

长长的睫毛上盈满泪珠，鼻头发红，一张脸上满是泪痕，苍白的皮肤哭到浮上一层红晕，整个人看起来支离破碎。

他很久很久没有这么哭过了。应该有四年，或者更久。久到他习惯了自己是个成熟的男人，流血流汗不能流泪。

他的眼泪化作洪水，一点一点冲垮自己经年累月堆砌的心理堤坝。

江海军这封信像杠杆一样，掀开压在他心上的巨石，让他在逼仄的生存空间里，喘了一口好长的气。

见江里哭得几近昏厥，盛千陵轻轻拥住他。

江里的眼泪蹭到盛千陵的衣服上，哭得上气不接下气，哽咽着叫："师父。"

"我在。"

"我没爸了。"

"还有我在。"

江里又哭了。

哭到最后，他整个人像脱了水了一样，陷入短暂的昏迷。

盛千陵将江里扶到对面那个房间，将他安置在床上。

江里疲倦至极。

好像肩负千钧，独自走了很远很远的路，磨破了脚掌，在再也无法继续前行即将倒下之时，落入了一个温暖而包容的怀抱。

闻着被子上熟悉的清香，江里紧绷的神经和大脑得以舒缓，呼吸放慢，匀速吸气吐气，蜷缩成一团，抱着被子沉沉睡去。

盛千陵哪儿也没去，搬了一把椅子坐在床边，就这么守了江里三个小时。

白天天气阴沉，到了傍晚，阳光却缓缓露了面。

窗外的云层很薄，一片片，一块块，飘浮于天际。夕阳照亮天空，余晖从近及远，像调色盘上颜色渐浅的暖色系。

江里从深层睡眠里醒来，在昏晦的光线中，看见床边盛千陵的脸。他以为自己在做梦，惺忪的睡眼扑闪，嗓音很轻地确认："陵哥？"

盛千陵坐了这么久，一点也没觉得累。

他神色缓和，眸色很淡，柔声回答："我在。"

江里睡了一觉，身上的疲惫感少了很多。他用手撑着床，慢慢地坐起来，茫然地问盛千陵："现在几点了？"

盛千陵按开放在床头柜上的手机，说："下午五点四十二分。"

江里"哦"了一声，用手抓了抓睡得乱七八糟的头发，掀开被子，又走回了江海军以前睡过的房间。

骨灰盒还在桌子上，余热已散尽，彻底冷了。

从前像山一样伟岸的一个人，从此消失于世上，藏身于这个小小的檀木盒子里，结束了辛勤多舛的一生。

江里抱着盒子往楼下走，走几步又回头，平静地对盛千陵说："陵哥，先去吃晚饭吧。"

"好。"

江里把父亲的骨灰盒供在了堂屋正中央的置物桌上，用一块白布轻轻盖在盒面上。

他去后面的浴室洗了一把脸，整理了一下头发，又换了双鞋子，和盛千陵一起出门。

他们没骑电动车，就近找了一家农家小炒店。

店里收拾得很干净，生意也很不错。江里蔫蔫地窝在座椅里，不太想说话。

盛千陵做主点了两个菜，又加了一个汤。将菜单还给服务员后，盛千陵看向江里，担忧地问："江里，你还好吗？"

江里很难过，但又不是那种支撑不下去了的悲伤。相反，他还能从这种丧父之痛里冷静思索。

"我没事，"江里点头，"陵哥，你在江陵待了几天了，该回北京了。"

盛千陵抬头："我不急，今年比赛安排不紧，队里的新人全去了苏州训练基地,我最近两个月,都没有赛事安排。"

意思是他还可以在这里待很久,但也意味着,他终究还是要走。

江里微微扬起眼皮,看盛千陵一眼,示意他知道了,不再多说。

盛千陵点的菜很快被端上桌,都是这边的特色菜,按照江里以前的口味点的。

江里拿筷子吃了几口,脸上没有什么多余的表情。

盛千陵温和地问:"江里,能尝出味道吗?"

江里不再藏着掖着,答:"不能,只有酸和苦。"

盛千陵说:"所以你就疯狂吃糖?"

盛千陵早就看出来了,江里吃糖时,并不是在享受甜味,而是在情绪波动的情况下,讳疾忌医,把糖当作药在吃。

他买糖不是一颗一颗地买,而是一罐一罐地囤。

盛千陵看到了他衣柜里的糖,还有攒了满满一盒的橘色糖棍。

江里不回答,给自己舀了一勺排骨海带汤,吃到嘴里,索然无味,淡如白水。

盛千陵:"吃糖对牙齿不好,你之前牙齿吃坏过的,也治不了味觉障碍,以后不吃糖了,好不好?"

他的声音很轻,像在哄一个年幼的孩子。

江里兴致不高,随口说:"不好。不吃会更苦。"

盛千陵听了,好一会儿没说话,也没吃饭。

这个话题没能有效聊下去。江里很抗拒谈论他的味觉,盛千陵不好再坚持,两个人就默默地吃完了饭。

次日清晨,江里起了个大早。

今日是给江海军落葬的日子,他们要赶在上午到达松山墓园。

盛千陵已经收拾妥当,在门口等着了。他没带黑色的衬衫,所以穿上了黑色的西服外套,扣子没扣,露出一截浅灰色的衬衣。整个人气场很强,周身萦绕着一种多年来累积沉淀的清冷气质。

松山墓园位于县城郊区,但隔得并不太远。为了保险起见,江里没有骑电动车,而是打了一辆出租车。

大约坐了二十多分钟,车子在江堤边一处视野开阔的地方停下来。

这儿背靠长江,外围种了一圈松柏,还有当地最常见的水杉。墓园的大门年代有点久,红漆脱落了不少,看着有点萧条。

盛千陵联系好的工人已经在门口等候。几个人一同往里走,找到昨天卓云峰帮忙定下的碑位。江里郑重地把江海军的骨灰盒放进去,伏跪在地,看着工人们动工。

四天以后,江里订的墓碑被加急刻好,让他赶上了头七的祭拜。

头七那天,江里和盛千陵一袭黑衣,静静地站在石碑前鞠躬。

鞠完躬,江里又跪下去,给父亲重重地磕了三个头。他拆开一瓶茅台酒,扬起来洒在碑前的土壤里,说:"老头,这是好酒,你别浪费了。"

风吹过,拂起石碑上"江海军"三个字字缝里的细小灰尘。

扬一扬,轻飘飘的,飞向江里。

/ 第十六章 /
再追一次梦

处理完江海军的后事,江里骤然陷入清闲。

不必再去疗养院,不需要再跑出去进货,店里也有手脚麻利的姚婷守着,他根本帮不上什么忙。

这天早上起来,他闲得发慌,又把整栋原本就很干净的屋子里里外外收拾了一遍。

他的房间盛千陵进去过,他懒得再藏,把那支波茨杆取出来,挂在天花板角落的吊杆器上,然后把一满罐棒棒糖摆在床头一伸手就能够到的地方。

盛千陵洗漱完,从浴室方向走过来,站在门口看江里,又看看球杆和糖罐。

"江里,"盛千陵说,"我有话想跟你说。"

江里没什么兴致,淡淡"嗯"一声,继续忙活。

盛千陵说:"2014年4月1日,你说过要带我去参观黄鹤楼。"

江里蓦然抬头:"?"

盛千陵今日还是白衬衫配黑色修身西裤,衬衫下摆没扎进腰里,看起来温润清雅,少了几分冷冽。他身高腿长,即使站在灰色水泥背景的民房里,都掩盖不住周身的气质。

他继续说:"2014年6月1日,你曾经许给我一个生日愿望,还没有兑现。"

江里木然地看向他的眼睛:"?"

盛千陵站在门边,目光里竟有一点自嘲:"我也没想到,隔了这么多年,才有机会提出这个愿望。"

江里:"……"

盛千陵这个姿态,就和那天在出租车上说自己被家里人关了一年、病了一年、打不了球一模一样。

故意往江里心口上戳。

江里拧着眉沉默几秒,忍不住问:"那你的愿望是什么?"

盛千陵说:"后天就是 4 月 1 日,你带我去参观黄鹤楼吧。把你的两个承诺合到一起,你不亏。"

江里站了半天没说话,不知道应该是拒绝还是答应。

他想到什么,问:"你身份证拿到了?"

盛千陵点点头,答:"今天早上快递到了。"

江里:"……"

好半晌后,他无奈地背对着盛千陵说:"……行吧。"

盛千陵很快在 12306 上买了车票。他甚至都不用问江里的身份证号,凭借精准的记忆,就将江里设置成了常用联系人。

收拾行李的时候,盛千陵陷入短暂的犹豫,不知道是应该把东西全部带走,还是只带几件换洗的衣服。毕竟,他还有最重要的事情没解决。

一楼,江里在房间里也有相同的困扰。

盛千陵只说要去看黄鹤楼,没说要待几天,他不想多问,于是胡乱塞了一套衣服到自己的黑色背包里,接着又塞进去一大把糖。

第二天中午,他们一起吃过午餐后,乘坐小巴车去车站。

盛千陵提着来时那个黑色手提包,球杆没拿,故意放在了江里家二楼。

江里没有多问,神色平平地和他一起吃饭上车,并没有什么交流的欲望。

说实话,他不是很想和盛千陵一起回江城。

离开的那一年,江城带给他的记忆太深、太钝,只要是回想起当年的盛千陵,总能清晰地见到淋在他十八岁里的那场大雨。

他常常在想,如果第一次见到那个西装男的时候,他不那么坚决地说不可能,而是想方设法地拖延,拖到能和盛千陵联系上,结局会不会不一样。

可是人生没有回头路可以走。

再如何假设,他也还是避不开那天的雨,解不了迎面而来的愁。

从江陵县到荆州,乘坐动车需要一个小时,从荆州站到汉口站,是一个半小时。

在这转车的两个多小时里,江里一直没怎么说话,要么玩会儿手机,要么靠在窗边浅眠,完全不想和盛千陵叙旧。

他们乘坐的列车,下午 14 点 35 分准时到达汉口站。

盛千陵订的酒店在江滩边,名字叫晴江假日酒店。

办理入住时,江里掏出身份证递给盛千陵,盛千陵拿出自己的,一起递给前台的收银员。

拿到房卡后,两人一起上楼,去找他们的房间。

江里始终不多说什么话,像完成任务一样,默默跟着盛千陵走。

进房间以后,盛千陵掏出手机,手指飞快地发了几条消息。

· 247 ·

江里放下包,走到全景窗边,远眺目光所及的景色。

这个房间是个双床房,视野极好,天还没黑,能看到江对岸的高低起伏的楼宇建筑,还有江面缓缓驶过的货轮。看不见西边的夕阳,但能从对面高楼的窗玻璃上,看到橘色的光亮。

江水滚滚,隔了很远的长江大桥下层,货运列车疾速驶过,被龟山遮挡,很快便没了踪影。

"江里,"盛千陵走过来,"饿不饿?下去二楼自助餐厅吃饭吧,等会儿有个老朋友会过来。"

江里以为是盛千陵认识的人,没多问,神色平平地点头,说:"那走吧,去吃饭。"

酒店的自助餐厅品类很丰盛,可惜江里患有味觉障碍,对从前吃不起的那些名贵海鲜也毫无兴致,随便弄了块牛排,然后走到靠角落的位置去吃。

盛千陵拿得也不多,一小份意面配例汤,和江里面对面坐着。

吃了几口,盛千陵的电话响起来。

他取过纸巾擦了擦嘴,掏出电话看一眼,很快接听:"嗯,二楼自助餐厅里面,往里走,最角落这桌。"

江里猜到是他的朋友到了,没多想,低下头叉了一块牛排,面无表情地塞进嘴里。

三分钟以后,桌畔传来急促的脚步声。

江里随意抬头,看向来人的脸,目光猛地一跳。

面前的男人穿着一件样式简单的黑色T恤配牛仔裤,模样没怎么变,个头看起来高了一些。面容俊朗,头发用发胶固定,全部往后梳,显得很成熟。

对方来得有点急,气还没喘匀,居高临下么站着,眼神里透出冷漠和愤然。

江里一时有些手足无措:"……"

盛千陵先开口:"陈树木,坐吧。"

陈树木目光还落在江里身上,唇角勾着,透着嘲讽与不屑。他冷冰冰地拉开椅子坐下,故意转头问盛千陵:"师父,这是你朋友?"

盛千陵没反应过来,只以为是江里变化很大,反问:"你不认识了?"

陈树木还是语气不善,冷笑道:"不认识。师父,你要介绍一下吗?"

他一口一声"师父",就是故意要往江里心上捅刀子。

当年他本来就是跟着江里叫"师父"的,哪知没叫几声,后来漫长的六年多里,没人可以让他再跟着叫,只好改口喊了盛千陵的本名。

朋友之间太久不见面,总是会疏远。

可是很奇怪,一见到陈树木,那股尘封许久的熟悉感便扑面而来。

江里内心翻涌,眼眸里终于有了一些温度,开口时是自己都没意识到的轻佻,好像一秒重回当年的相处模式："儿子，你在爹面前阴阳怪气什么呢？"

一句话将他们拉回了当年。

好像这中间的六年多并不存在。

他们还是高三（七）班坐在一起插科打诨、一起吹牛聊天的少年。

陈树木听了这句话，眸光潮涌，挥拳往桌上一砸。江里搁在筷托上的筷子陡然晃动，摇晃几下滚到桌上，又"当啷"几声应声落地，掉开很远。

江里："……"

盛千陵起身去给江里拿干净筷子。

陈树木死死瞪着一双眼睛看着江里，压着火讽刺道："不是去广东了？"

江里自知理亏："……"

陈树木咬牙切齿："盛千陵这几年把广东省都快翻过来了也没找着你，你要躲就躲好一点啊，又冒出来做什么？"

江里问心有愧，不敢反驳，只问："大树，你过得好不好？"

陈树木一听，眼睛都快红了。

那股无名怒火来得快去得也快，但依然愤愤道："老子好得很，就是盛千陵过得不好。"

江里感觉自己的心好像被什么狠狠一扎，再想追问，见到盛千陵拿着筷子回来了。

陈树木又说："不是说好了是最好的兄弟？江里，你就是这样做兄弟的？删电话，删微信，六年不联系，你自己说说，这是人干的事吗？"

江里垂下头，想起那一年自己离开时无可奈何的谎言与告别，还是说："大树，对不起。"

陈树木情绪又激动起来，嚷道："你最对不起谁你心里有数！"

江里不想当着盛千陵的面聊这个话题，说："大树，你这几年是怎么过的？"

陈树木好像非要把阴阳怪气进行到底似的，接着说："呵，我好得很啊，考上了江城的二本，毕业后和徐小恋结了婚，生活美满，爱情甜蜜，你羡慕吗？"

江里再一次失语。

可他又觉得很开心，时隔六年多，当他听闻陈树木最终追到了徐小恋，还走进了婚姻的殿堂时，他发自内心地为兄弟高兴。

服务员给陈树木送来了一整套餐具，但他一点也不想吃东西，继续和江里说话。

他有些动情，声音软下去，说："里哥，兄弟真不是你这样做的。"

江里听到这声久违多年的"里哥"，心中愧疚泛滥，继续道歉："对不起。"

盛千陵见他们旧友重逢，故意起身，说："我去排队给你们取烤澳龙，你们先聊。"说完，朝排队最长的那条取餐队伍走了。

桌上只剩下江里和陈树木两人。

气氛变得有点奇怪,却并不算生疏。陈树木几句冷嘲热讽过后,终于想起来好好说话,可是一开口,说的却是:"里哥,前几年盛千陵命都差点没了,你知道吗?"

江里的心骤然一室,绵密的痛感在心尖上翻卷,传递到四肢百脉。

他手指紧捏桌沿,浑身发凉地盯着陈树木,不敢追问,但嘴先于意识一步开口:"……为什么?"

陈树木扬起下巴,眼神里残留着对江里当年不告而别的恨意。

他平息了一下潮涌的情绪,拣着重点说:"具体细节我不清楚,我只知道我快高考前,他来找我,瘦得脱了相,好像是病了一年,且被家里关了一年,不许他去打球。抗争一年,他才得到自由,出来找你时,你早就消失了。我以为你在广东,他这几年就一直去广东找你,说一定要带你去打职业赛。"

江里听得心头抽痛,不敢反驳,口腔里酸涩袭来。

他猛地喝了一口水,却于事无补。

陈树木说:"这几年盛千陵去过很多球房找你。他说你不会放弃斯诺克,就算不认他这个师父了,你也会打球的。"

盛千陵说得没有错。

江里离开江城后,回了江陵,借读了半年高中压着最低分考上了一所大学,他从不参加校园活动,所有课余时间全部泡在一家仅有一张斯诺克球桌的小球房里。

讲到最后,陈树木忍不住红了眼睛。

他说:"江里,我不知道你当年有什么苦衷非要和我们所有人都断了联系,我只知道,盛千陵大病初愈时,还是很坚定地说要继续打职业赛,都是因为你。他说过,和你约好在世界赛场相见的,他要等你。"

江里嘴里的酸与苦已经通过神经传感蔓延到了全身。他拿出随身携带的棒棒糖,剥开糖纸。他死咬着糖棍,手指捏成拳不肯放。他皮肤很白,捏得血管暴起,指甲里红白分明。

盛千陵端着两份烤好的澳龙回来时,桌上的两人已经停止交谈。

江里糖已吃完,糖棍被扔在了桌下的垃圾桶里,没让盛千陵发现。

陈树木面前的盘子仍是空的,他嘴角叼了支没点燃的烟,眼睛半眯,慵懒却痛快。

盛千陵不知道他们聊了什么,先将盘子递过去,给他们一人一份,然后坐下来吃自己先前拿的已经冷透的例汤。

陈树木重回阴阳怪气,意有所指地问盛千陵:"师父,4月是斯诺克世锦赛的比赛周期吧,你不去吗?"

盛千陵看了一眼江里,见他面色苍白,低着头切龙虾肉,没有兴致的样子,才转头回答陈树木："今年只安排了上海大师赛，在下半年。"

"哦——"陈树木尾音拉得老长，继续刺激道，"师父，你说我这种普通人能学斯诺克吗？如果能，我也拜你为师，你放心，我虽然没有什么天分，但是胜在听话，也不会突然消失。"

讽刺谁不言而喻。

江里听不下去，掏出手机，抬眸看向陈树木，问："加微信吗？"

陈树木更是得寸进"丈"，扬起脸睥睨江里："不加了吧，我不习惯加陌生人微信。"

江里忍无可忍，咬牙道："陈树木你适可而止！"

陈树木扬眉反击："我就是过不去了怎么着？"

江里把筷子一放，腾地起身，说："走，出去打一架。"

自助餐厅门外，陈树木偷袭钳住江里的双手，却猛地把头往他肩上靠，扛了许久的虚张声势终于偃旗息鼓，红着眼睛说："里哥，你真不是个东西。"

陈树木情不自禁伤感，仿佛直到现在才从与老友重逢的起伏情绪里冷静下来。

他退开几步，默不作声地抢过江里的手机，逼着江里解锁，然后加上了自己的微信，接着对江里告别："里哥，我先回去了，小恋怀孕了，我回去照顾她。"

江里微微一愣，很快点头："好，再联系。"

"嗯。"

陈树木走后，江里又若无其事地回到餐桌前坐下来。

面前的盘子上，有盛千陵替他处理好的几样海鲜，还有一块看相极佳的甜品。

见江里一人回来，盛千陵问："他走了？"

江里随意应了一声，说："打架打不赢，跑了。"

盛千陵没有拆穿江里的谎话，却觉得江里恢复了几分多年不见的少年意气，不由得心软了几分。

江里随便扒拉了几口面前的食物，放下了筷子。

盛千陵也没什么胃口，意面吃了一半，也不吃了。

两人结束用餐，一起回到房间。

天已经黑了，江畔的灯光尽数亮起，透过洁净的观景窗往外看，星河闪闪，远处的晴川桥在夜色掩映里，弯得像一枚月亮。

江城夜景从不让人失望。

江里多看几眼，回想起当年和盛千陵一起去江滩看灯时的光景。

却恍若隔世。

次日一早，江里被生物钟叫醒。他点开手机，看到陈树木清早发了消息过来。

陈树木：起床了就告诉我，今天我给你们俩当司机。

江里指尖落在对话框上，转过脸看一眼盛千陵，正好看到盛千陵也在掀开被子起床。

两人很快收拾好，去酒店的餐厅吃了早餐。走出酒店大门时，看到已经等候在那里的陈树木。

车子开出去很久，江里才发现这不是往东边黄鹤楼的方向，而是一直在向西走。

他疑惑地问："这是去哪儿？"

盛千陵就坐在他身边，闻言低头，很轻地说："先去办点事。"

江里没起疑心，不再多问。

陈树木开着一辆江城大街小巷常见的东风标致，稳稳地将车驶入车流里。

江里透过窗户往外看，看到很多熟悉又陌生的场景。

他虽然常来江城进货，但更多的是去远离市区的汉口北赵阿姨那儿，很少再来原先住过的地方。

六年时间，中心城区变化很大，地铁站随处可见，沿江大道一带房子拆了重建，冒出一批不知名的高楼。

江里问："大树，集贤路巷子还在吗？"

陈树木从后视镜看了江里一眼，说："早拆完了，那一片搞了个大商场，就在凯德广场对面。原来的乐福广场没有了，现在叫隆太广场，搞得蛮繁华。"

"那——"

乐福广场没有了，他想问一下时光台球还在不在，可是刚起了个头，又把这个问题咽回去了。

没什么好问的了。

车子驶入解放大道，路过中山公园，开进协和医院的大门。

江里这才发现，盛千陵是要来医院"办事"。

陈树木停车降车窗，给盛千陵指了一下路，告诉他们看诊的楼层，然后自己去找位置停车。

盛千陵带着江里一起往医院门诊大楼走，江里好奇地问："陵哥，你身体不舒服？"

盛千陵摇摇头，深深看了江里一眼，说："不是我。"说完又去导医台取就诊卡，然后带江里上了耳鼻喉科诊室。

江里这才知道，盛千陵是带他来治疗味觉障碍的。

江里："……"

很快轮到江里。已经到了这个时候，他不好再推托，只得硬着头皮跟着盛千陵进去找医生。

宽敞的诊疗室里，盛千陵把江里的就诊卡递过去，介绍了一下江里味觉障碍的一些情况。

医生仔细听完，开始询问江里的病史，例如有没有头颈部创伤、肿瘤和病毒感染之类。

江里全都摇头。

医生又说："有没有食物过敏史？"

江里答："没有，但是我天生不喜欢吃酸味和苦味，只不过四年多以前，就只能尝出这两种味道了。"

医生注意到时间点，追问："味觉发生变化的时候，发生了什么事？"

医生的意思还是在问有没有遇上过什么事，好来判断病人的患病来源。

江里却忽然有些紧张，默默抬头看一眼盛千陵，眼神央求盛千陵回避。

可对方目光坚韧，无声地表达了拒绝。

江里只好说："四年前，有一个对我来说很重要的人，拿到了一项竞技类比赛的大奖。这个竞技比赛，是我和他共同的梦想。"

盛千陵目光顿时一跳。四年前，盛千陵参加了斯诺克亚青赛，拿下冠军，正式拿到职业选手资格。但他没有想到，这会成为刺激江里味觉障碍的原因。

医生又问："你在现场吗？"

提及斯诺克职业赛，江里整个人都有些颤抖，声若蚊蚋："没，我当时没钱去新加坡。"

那是分别以后，盛千陵第一次出现在公众视野里。

斯诺克亚青赛不算大型赛事，体育频道都不会转播。江里在头条推送里看到部分片段，得知盛千陵将会参赛，于是接下来的半个月里，在各种报道里东拼西凑，看完了所有盛千陵参赛的部分。

他没想到盛千陵还是走上了打职业比赛这条路，他也知道这是盛千陵殊死抗争的结果。

而只有他自己，早早地放弃了一切，懦弱地躲起来平庸度日。

还记得盛千陵举起冠军奖杯的那天，他躲在宿舍里偷偷哭了一场。为盛千陵，也为他自己。

第二天早上，他买了一杯冰绿豆沙，尝一口，变成了苦的，还以为自己错买成了苦瓜汁。

从那以后，盛千陵出镜的时候越来越多，记者采访，媒体报道，加入国家队，出战英锦赛，拿下温布利大师赛冠军，初次进入世锦赛决赛，站得越来越高，走得越来越远。

而江里的嘴里，也就越来越苦。

诊疗到最后，医生给出了定论："根据所有检查报告来看，你的味觉障碍不存在病理性原因。我建议你去看看心理健康科，因为根据你的描述，你味觉障碍和你当年放弃梦想有关。"

从门诊楼出来，江里一直低着头，不愿意看盛千陵。

他怕盛千陵追问六年前的事情，怕盛千陵强行把他难堪的过去摆上台面来讨论。

可是盛千陵什么也没有问。

在空无一人的停车场转角，盛千陵忽然开口："江里，你受苦了。"

江里顿时红了眼睛。

从医院出来，已经快到午饭时间。陈树木请江里和盛千陵去附近的餐厅吃饭，等待的间隙，几个人慢慢说着话。

江里想到什么，问："大树，你是怎么追到徐小恋的？"

提到这个，陈树木羞涩地笑了一下，边给江里和盛千陵倒水边说："嗨，就死缠着呗，大学缠了三年多，大四才追到的。"

江里听得莞尔，唇角很淡地勾了勾。

他又问："'梅超风'怎么样？班上其他同学后来都怎么样？"

提到当年的高三（7）班，陈树木算是打开了话匣子。他一秒开启话痨模式，开始细数："'梅超风'好得很啊，我们毕业之后，她还当上了年级长呢，就是那脾气还是好暴躁。我们那一届高考都考得不错，班上考上清华、北大的好几个，考上交大、复旦的也不少。哎，里哥，你记得蒋言吧，就是我们班女学霸，还帮你补过课，是我们那一年市理科状元。"

提到蒋言，江里首先记起她那张毫无表情又厌世的脸。即便是给他讲数学题，她的声音也没什么起伏，波澜不惊的，很有个性。

江里说："我转走之后，她应该没再为班级平均分伤过神吧。"

陈树木听了，飞快地从后视镜看了江里一眼，一副欲言又止的样子，好一会儿才说："那确实没有过了。"

因为，其他人的分考得再低，蒋言也不关心了。

江里随口问："那她是去了清华还是北大？"

陈树木说："清华，上回在群里看了一眼消息，说是在清华读数学博士。"

"嗯。"

这时一直默默旁听的盛千陵忽然问："江里以前还主动补过课？"

在他的印象里，江里是个放了学就不会打开书包的学渣。

江里听得一惊，正想否认，陈树木这个大喇叭已经开始叭叭叭："是啊师父，我里哥超牛的，补课之后，数学从8分考到了68分呢。哎里哥，要不是'梅超风'告诉我，我还不知道你想考去北京——"

提到"北京"二字，陈树木顿时心虚，话头戛然而止。他小心翼翼避开提及的话题，还是摊开在了两位当事人面前。

盛千陵目光微沉，心里闪过一个模糊的念头，侧头看向江里的眼睛。

那一年想考去北京意味着什么，自然不言而喻。但是为什么，江里当年又要消失得彻底,再也不和他联系了?

　　盛千陵敏锐地觉得江里隐瞒了什么,觉得自己有必要弄清楚这里面的一切。

　　他嘴唇微张,刚想出声询问,江里却抢着说:"吃饭了。"

　　是不想继续交谈的意思。

　　一顿饭安安静静地吃完,陈树木又准备送江里和盛千陵去黄鹤楼。临出发了却接到徐小恋的电话,说孕吐得很厉害,不太舒服。

　　盛千陵便谢绝了陈树木送他们的好意,催促他回去照顾妻子。

　　陈树木抱歉地点头,和江里约定下次再聚,很快开车离开。

　　盛千陵在路边拦了一辆出租车,和江里一起坐进去。

　　绿色外壳的出租车从沿江大道出发,穿过江汉桥,直往长江大桥驶去。

　　因为是工作日,大桥上一路畅通,没花十分钟,车子就绕过彭刘杨路,途经阅马场,稳稳地停在了黄鹤楼的门口。

　　天气很好,云层稀薄,阳光温柔。

　　是适合游览黄鹤楼的好天气。

　　江里去售票窗口买了两张票,塞给盛千陵一张,说:"编钟表演就不看了,也不赏花了,好吧,我们直接登楼。"

　　盛千陵自然应允。

　　两人爬上高高的台阶,穿过葱郁的半山小道,来到豁然开朗的楼前广场。广场上有一座巨大的敲钟,零星的几个游客在敲钟迎好运。

　　江里问:"陵哥你想去试试吗?"

　　盛千陵摇摇头,很快反应过来,问:"你想试?"

　　"不。"江里说,"我们上楼去。"

　　"好。"

　　撞钟对面即是黄鹤楼。抬头看一眼,黄色的楼体威武雄壮,每层的楼角尖翘翻转,宛如一只只展翅待飞的仙鹤。

　　和盛千陵记忆里一模一样。

　　走过一楼的闸机入口,入目即是一幅巨大的云纹仙鹤图,旁边雕绘着诗人崔颢那首著名的《黄鹤楼》。

　　诗中云:"晴川历历汉阳树,芳草萋萋鹦鹉洲。"

　　江城有名的晴川桥、芳草路、鹦鹉洲长江大桥,名字皆是出自这首诗。

　　盛千陵等着江里为他讲解几句,哪知江里直往楼梯口奔去,边走边说:"陵哥,我们直接登顶吧。"说完就往楼里冲。

　　楼梯很陡,但江里体力还算不错,一鼓作气下来,没花多长时间,就登到了最顶层的五楼。

五楼外有一圈观景台，朝西的方向，能将长江美景和沿江风光尽收眼底。

江里在观景台等了一分钟，盛千陵也紧跟着他上来了。两人都挺累，面对面看了几秒，微笑起来。

江里脸上浮现出运动过后的健康红晕，他双手撑在膝盖上，弯着腰说："这个点儿正好。"

盛千陵有点热，伸手解开领口的第二粒扣子，反问："什么？"

江里终于有了一点导游的样子，解释道："我是说，这个点儿上黄鹤楼，正好。因为观景台朝西，下午的时候，能看到往下落的太阳。你看——"

他的手朝西面的长江指过去，盛千陵顺着他手指的方向转身看。

只见太阳高悬，斜斜地挂在对面汉口高楼之上。阳光落入江水里，铺陈出一幅绝美的风景画卷。

白色的货轮在江心驶过，拖曳出一长串动人的水纹，倒映的阳光也就跟着江水晕开成深深浅浅醉人的红。

与观景台遥遥相对的是龟山电视塔，高塔通身洁白，巍然屹立于对岸山上，尖顶直指天空。视线左侧是坚挺伟岸的长江大桥，上面行驶汽车，下层是火车通道。一辆载着货物的火车从桥中穿过，发出一阵由远及近的轰隆声。

微风拂面，这一切景物都像活了起来，直往人眼里扑。

盛千陵临江远眺，被这浩瀚的江河风光震惊到失语。仿佛自己也与这绝美的自然融为一体，连灵魂都有片刻的战栗。

他吃惊地回望江里，见到江里正一脸期盼地望着他。

在这个对视的瞬间，盛千陵忽然就懂了江里说黄鹤楼值得游览的原因了。

江里轻声说："陵哥，美吗？"

盛千陵点头："太美了。"

江里说："我们学校之前秋游来过一次，我当时也就是站在这个位置，看江、看桥、看太阳，突然就觉得，这个世界挺美好的。"

那时候江里太小，刚刚转学来江城，没什么朋友，和江海军也没有共同话题。也曾抱怨过自己深陷贫穷买不起一支最便宜的台球杆，也曾因自己和同学的差距而强烈自卑过。但就是那次秋游，即将小学毕业的他，在这辽阔壮观的风景里，提早接受了一切生活赋予的苦，接受了自己的出身，也原谅了江海军的贫穷。从此学会了厚着脸皮与生活斡旋。

只是瞬间之间，这江水大桥，这阳光水波，这无垠天地，就给了他无言的鼓励。

盛千陵忽然觉得气氛正好，想趁此机会和江里聊聊打职业比赛的事。

可江里却先开口："陵哥，你什么时候回北京？"

盛千陵心里一惊，仿佛被看穿了心事似的，他抬高嗓音说："江里，我觉得你——"

"陵哥，"江里侧过头看向滔滔江水，"你出来好几天了，教练都催过你。

所以，回去吧。"

　　盛千陵想到江里在江陵县说的那句"师父，回北京去吧，求你了"，心情灰暗下去，却依然想再争取一下。这么多年来，他一直遗憾没有找到江里。在打世锦赛的时候，他总是恍惚地幻想，如果是江里来，有没有机会问鼎世界冠军？

　　可他没有答案，因为江里早就遗弃了梦想，消失在茫茫人海里。

　　江里此时的心绪也不平静。

　　借着眼前波澜壮阔的江景，又想着江海军在遗言里写的那些话，江里感觉心脏都滚烫了起来。

　　不等盛千陵再开口，江里缓慢地靠近盛千陵一些，鼓起莫大的勇气问："师父，我走过弯路，还有机会再追一次梦吗？"

/ 第十七章 /
挑衅

盛千陵此刻十分后悔。

之前他自作聪明,将自己的台球杆留在江里家中,就是为了离开江城时能有理由跟着江里回去,好劝说江里重拾梦想。

现在要不是因为这杆子,他二话不说就可以把江里带上飞机,直飞北京。

下午,从汉口到荆州的动车上,盛千陵还在懊恼。

江里有些好笑,说:"球杆在不在手上,我都得回一趟江陵啊,店里的事要处理一下,要去看一眼我爸,还得把家里收拾一下。"

盛千陵这才舒展眉头。

动车到达荆州站后,两人又去坐大巴车回江陵县。

路上一折腾,等到家时已经挺晚了。

这夜月光皎洁,星辰像璀璨的碎钻,星月相映,盈盈流光。

次日上午,江里先去了一趟小江男装店。

姚婷到得很早,已经打扫了一遍店里的卫生,摆好了男装模特,还仔细地将样衣检查了一遍。

江里进店时,姚婷正拿着一把弹簧剪剪线头,极尽耐心。

听到脚步声,姚婷回头,看到是江里过来了,有些诧异,问:"怎么这么早过来?"

在不用收货的时候,江里几乎不会在早上来店里。

江里在姚婷面前停了一会儿,说:"婷姐,我有事和你说。"

姚婷顺势走过来,站到江里旁边。

这时盛千陵跟着走进店,看了一眼江里,自己找了一把椅子坐下来。

江里走到收银台,从底下柜子里取出店里的账本,还有一些积攒得整齐的票据,这才开始说正事:"婷姐,我要走了,这店盘给你吧。"

姚婷愣了一下，说："啊，怎么这么突然？"

江里看了一眼盛千陵，说："嗯，我有很重要的事要去做，要走了。"

他翻了翻账本，拿计算器粗略算了算，又说："这店里的货大概值个十一二万，外头我要结的账都结清了，还有两三万块钱货款没回来，总共就是十五万左右，我五万块钱盘给你，你和齐哥两个人一起做，比上班还是强一点的，时间也自由，你们接送孩子上学也方便。"

姚婷还没反应过来，又听到江里继续说："这个本子上是进货渠道，我都标注过，联系方式我也会发给你，你别找那些没信用的店子进货。成本什么的我也没瞒过你，账单上都有。营业执照你看看要不要过户，要的话我就和你一起去弄。门口的电动车也给你，我以后也用不上了，你正好用来接孩子。"

江里把店里的事情安排得明明白白，将最大的好处都给了姚婷。

他知道姚婷对这个店的用心程度，也感恩于几年前开店时，姚婷的任劳任怨和给他的帮助。

姚婷眼睛红了一圈，不知道应该说点什么。

等到江里把要交代的全交代完，她才说："那你以后……要好好的。"

江里虽然当了她三年多老板，但她时常把江里当成一个弟弟一样看待。

眼下他突然说要走，姚婷有些舍不得。

江里点点头，伸手虚虚搂了一下姚婷的背，动情道："婷姐，这几年，谢谢你的照顾。"

姚婷摇摇头，说："没有，一直是你照顾我们。"

江里笑道："好，这些话不说了。那我走了，以后有什么事儿还是可以给我打电话。"

"好，"姚婷说，"那我迟点就把钱转给你。"

从店里出来，江里就没再骑电动车，直接留给了姚婷。

离开男装店后，江里和盛千陵打了辆车前往松山墓园。

清明将近，墓园门口摆了一排卖花的小摊，颜色艳丽，各式鲜花应有尽有。

盛千陵走到第一家小摊前，弯腰选了一束金黄灿烂的大头菊，又拿了一束满天星。

付好钱后，盛千陵抱着花叫江里："走吧。"

江里鼻子微酸，默不作声地跟了进去。

墓园里已经摆满了鲜花，被太阳一照，光彩熠熠。

他们来到江海军的墓碑前，盛千陵把大头菊和满天星插到碑前专门放置鲜花的位置，而江里跪下来，给江海军磕了三个头。

磕完头后，江里拿手指抚了抚碑上江海军的名字，才很慢地开口："爸，我要跟师父走了，我还是想打球。"

又再无话了。

他们父子二人之间,不需要那些煽情的表达。即使阴阳相隔,江里相信父亲也能懂。

盛千陵站在江海军墓前深深鞠躬,而后说:"请您放心,我会照顾好他的。"

江里蓦然红了眼睛。

从墓园出来后,江里和盛千陵去吃了个早中饭。酸苦依旧,好歹要填饱肚子再出发去机场。

江里把家里收拾了一番,关紧了所有门窗和水电燃气阀门,用罩布盖上了桌椅柜子和床铺。

他东西不多,收拾下来,刚刚装满一个行李箱。

站在大门口落锁的时候,江里低着头,阳光照射在他的后背,让他看起来消瘦单薄,却充满了力量。

盛千陵拍拍他的肩膀,轻轻喊他:"江里,恭喜你踏上新的人生旅程。"

江里将门闩扣上,把大黄铜锁穿进闩孔里,用力摁进去,取出了锁匙。

他回过头,对着盛千陵绽放出笑容,答:"谢谢师父。"

他们买的是当日下午两点直飞北京的航班,时间挺紧张。

盛千陵的球杆很贵重,在托运时费了不少时间,还买了一份价格高昂的保险。

江里一手捏登机牌,一手抄在宽松的运动裤兜里,静静地站在边上等候。

等到盛千陵办完手续过来,江里便轻车熟路领着他往里走,穿过人烟稀少的大厅,径直走向后头的航班等候区。

盛千陵以为江里是提前做了功课,没有多想。

上了飞机,盛千陵不忘安抚徒弟,说:"江里,得三个多小时才能到。如果觉得无聊,可以睡一觉。"

江里根本没细想,心直口快道:"才三个多小时,没关系的。三十几个小时的飞机,我都坐过好多次。"

脱口而出时没觉得有什么,说完他才心虚地愣了一下。

江里心一紧,下意识地抿了抿唇,偷偷转过脸去看盛千陵的脸色。只见盛千陵眸光加深,像沾了水汽似的,一眨也不眨地盯着自己。

他缓慢地凑过来一些,嘴唇微张,嗓音低哑地问:"江里,你坐三十几个小时的飞机,去哪里?"

……

飞机还稳稳停着,其他几位客人正在登机。

江里心虚地窝进咖啡色的皮质座椅里,缩了缩头,假装透过小窗口欣赏外面的风景。

不是很想回答盛千陵的问题。

他们买的是商务舱,座椅之间隔了一个不到三十厘米的扶手,尽管江里像只鹌鹑一样缩到角落,盛千陵伸手过来,还是毫不费力地就把人拽过来了。

盛千陵表情冷寂,压着嗓子又问一次:"江里,回答我。"

江里不自觉嚅动一下嘴唇,不敢朝盛千陵看,只好欲盖弥彰看身前的小桌板。

见江里不肯说,盛千陵自顾自开口:"从黑龙江到海南,也不过几个小时。是什么样的行程需要三十几个小时?江里,你去了哪个国家?"

被逼问到这个份上,不承认也得承认了。江里心一横,把腿伸直,理不直气也壮地回答:"英国嘛,你明知故问。"

盛千陵眸光闪烁,极具压迫感地说:"去了谢菲尔德?"

江里被盛千陵强大的气场笼罩,无处逃匿,只得将脸一扬,索性一口气吐露真话:"去了!还有伦敦,满意了吗?"

盛千陵眼神定住,顿时愣了一下。

他有些不确定,缓慢地问:"都是去看我打比赛吗?"

江里豁出去了,像只夯了毛的小狗,说:"不然呢?出去学英语吗?"

盛千陵:"……"

既然开了口,江里干脆一次性说完:"你第一年出去打英锦赛,在英国约克郡的巴比肯中心,我从江城坐飞机去伯明翰,中间在上海和法兰克福转机,总共花了三十几个小时。第二年去伦敦打温布利大师赛,我又从江城出发坐飞机去伦敦,中间又转了两趟机,又花了三十几个小时。后面两年你打世锦赛,又是约克郡的谢菲尔德,我就又去了两次。怎么样,我牛不牛?"

江里的英文口语非常差,甚至不如一些早教班的小朋友。

盛千陵不知道江里是怎么做到在从来没有出过远门且语言不通的情况下,连续四年都飞英国的。

他猜想江里或许吃了很多苦,用结结巴巴的英文找人问路,或者依靠手机翻译器,在人生地不熟的异国他乡,孤立无援,到处寻找那几个偏僻的斯诺克比赛赛场,还要在赛场里偷偷摸摸做好保密工作,不让自己认出他来。

盛千陵的内心如海面翻起巨浪,让他感觉到眼前的江里有些不真实。

他想起来,前一段时间江里缺钱,差一点就要走上赌球之路时,他曾问过江里的钱都花去了哪儿。

江里却说,谁会嫌钱少。

这么一看,就都想得通了。

去一次英国,即便买稍微便宜一些的转机机票,来回都得几万块钱。

江里一去,就是四次。

难怪前几天在协和医院,江里会说"当时没钱去新加坡"。

意思是后来有钱了。

意思是后来的比赛场地,他都去过了。

盛千陵愠气未消，又新增几丝痛苦。

他忍着潮涌的情绪，一字一字地问："那为什么，当年随随便便就放弃了打职业的梦想？"

江里："……"

江里并不想把这个话题摊开来讲。

很多事情，过去了就过去了，再提及也是徒劳无功，什么也改变不了，反倒平添忧愁。

可他又做不到再撒一个谎，不愿意盛千陵因为他母亲做过的事再难受一次。

那会叫他自己更难过。

气氛变得激烈，又有一些难堪。

江里眼皮下垂，眉心轻拧，声音很轻地说："那时候，真的没有条件……"

"我可以帮——"

这时飞机上的广播响起来，打断了两人之间的对话。

商务舱的工作人员走过来温柔地提醒他们飞机即将起飞，让他们系好安全带。

盛千陵往自己的座位靠了一些，闭上眼睛，疲惫难掩。

江里低着头，压下了眼角的酸涩。

一段短暂的航程很快过去。

三个多小时后，飞机降落在首都，盛千陵领着人下了飞机，去取行李。

一路上，盛千陵还是不苟言笑，仿佛回到了初见时高冷矜贵的模样。

江里以为他因自己不肯坦白而生气，也有点闷闷的，不敢多说什么。

走出很远一截路，他突然停下来，不走了。

盛千陵见旁边没声音了，很快止住脚步，回头望向江里。

见江里扶着箱子站在原处不动，他只得往回走几步，问："怎么了？"

江里无端烦躁，又或许是因为首都的繁华让他心慌，所以说出来的话也有些冰冷："盛千陵，如果你要一直纠结这些，那我现在就买张机票回去了。"

他说得到，自然就做得到。

盛千陵愣了一下，很快解释："江里，对不起，我就是，在生自己的气，当年如果我能再强大一点就好了。"

就不会被家里限制一年，什么也做不了。

江里听到盛千陵又习惯性地道歉，嘴里涌上苦味。他撇撇嘴，声音低下去，说："陵哥，过去的事儿就翻篇，好吗？"

盛千陵拎着球杆，静静地立了一会儿，答非所问："走吧，我叫的车在外面了。"

从机场到盛千陵家大约花了一个小时。

车子驶入灯火辉煌的市中心，穿过繁华的街道，进入一处幽静的小区，在一栋高楼前停下。

盛千陵先下车，他把江里的行李箱拿下来放在地上，然后才拿自己的手提包和球杆。

江里站在他身侧，默默扶着箱子的拉杆，同他一起往上走。

这个地方很陌生，空气十分干燥，还有着不同于南方的凉意，但江里却莫名觉得很舒服。

盛千陵家在十七楼，最东头那一套。

他站在门口录入指纹锁，进入主页面，对江里说："以后你住这边，先过来录个指纹。"

江里很配合，安静地把手递过去。

录完指纹，盛千陵把门打开，让江里先进去。

玄关处已经放好了两双拖鞋，从宽敞的客厅里飘来了饭菜香气。

换好鞋，从玄关走进去，江里看到了这套房子的全貌。

照户型来看，应该是一百多平方米的平层，客厅和餐厅不算很大，装修风格轻奢明朗，以橙白两色为主色调，几何线条拼接作背景墙，看一眼，就让人心情明亮。

江里发现这房子装修得十分符合自己的喜好，有些好奇地说："陵哥，我还以为你这种都市精英，都会住那种黑白灰的房子。"

盛千陵不答反问："你喜欢吗？"

江里毫不迟疑地点头。

盛千陵说："那就行。"

江里："……"

盛千陵又说："去洗手吃饭。"

桌上有四道菜，是盛千陵提前请家政阿姨过来做的。色泽鲜艳，烤鸭片得整整齐齐。

江里去洗完手坐过来，默默吃了一些填肚子。

他尝不出味道，但不想浪费了盛千陵准备这些美食的心意，所以道谢："谢谢陵哥。"

盛千陵问："能吃出味道吗？"

江里摇摇头。

盛千陵又说："我有个心理医生朋友，有时间带你去见见。"

既然确定江里的味觉障碍是心理原因，那他就想不遗余力帮江里治疗。

江里没什么意见，轻轻点头。

饭后，盛千陵收拾了碗筷，然后带江里参观卧室。

除开厨房和洗手间外，还有三个房间。一间主卧一间次卧，还有一个书房。

盛千陵推开次卧的门，让江里进去。

房间里有一张超大的床，铺着灰蓝色的床品。旁边是衣柜，嵌入式设计，看起来设计精巧，优雅美观。

盛千陵说："江里，以后你就住这儿。"

"好。"

看完主卧，两人又去了隔壁的书房。

这个房间比主卧稍稍小一点，里头有一排书架，也是橙白相间的流线设计，里面放满了书，大多是几何与台球相关的著作，还有一些哲学与文学作品。

书架前是一张宽大的书桌，桌上有一台纯白色的台式电脑，旁边还有一台合上了盖的笔记本电脑。

桌面一尘不染，看得出主人良好的生活习惯。

在书桌正对面的墙上，有一排玻璃置物架。

其中一格放着一条被卷得好好的黑色腰带，腰带上还扣了个透明的防尘罩。腰带旁边的小格子里，蹲着一只小巧的金毛小狗挂坠，也同样被罩上了防尘罩。

房间里的角落里，有一支精美的斯诺克台球杆，用吊杆器好好挂着，旁边摆放着通体黑色的皮质球杆盒，和盛千陵用的那支一模一样。

江里的目光掠过这一排置物架，口中的酸与苦来得比以往每一次都更强烈。

湿意滑过脸庞，落入脚下的地毯里，碎成看不见的氤氲。

江里颤抖着侧头，去看盛千陵的脸。他很想说一点什么，解释一点什么，又或者，回忆一点什么。

可是什么都说不出口。

盛千陵注意到江里的目光，他沉默了好一会儿，才说："江里，以后好好训练，好好打球，不要轻易放弃。"

江里想起十八岁那年的眼泪，只觉得心头猛地一阵刺痛。

他抬起微微湿润的眸子，声音很小很小地说："我会的，师父。"

第二天早上，江里醒来时，日头已经很高了。

他伸手摸过自己的手机，眯眼打开看一下，发现已经到了午饭时间。

微信里有一条盛千陵早上发来的消息。

盛千陵：江里，我要去一趟集训中心，还有一些别的事要处理，得晚上才能回家。阿姨会过来做饭，你吃过饭可以出去逛一逛，买些要用的东西。

江里看了几眼，退出置顶，找出了陈树木的微信号。

他忍不住发语音冲陈树木吐槽："大树，我好烦躁啊。"

陈树木几乎秒回："怎么了？"

江里："我来北京了，现在住在我师父家。师父这个人，怎么这么好啊。"

陈树木面无表情："……"

江里："我可能要去打职业赛了，你说我如果红了，小姑娘们疯狂爱我要嫁给我可怎么办啊？"

陈树木嘴角抽搐："……"

江里："现在突然成了京城人士，我师父又什么都安排好了，只需要我努力训练，也真是让人苦恼啊……"

陈树木忍无可忍："里哥，炫耀也要有个度。"

江里心满意足，浑身舒畅。

他收起手机，掀开被子，打开衣柜找出一套衣服换上，然后出去吃饭。

家政阿姨已经做好饭菜，就放在餐桌上的保温盒里。旁边还有一套门禁卡，大概是盛千陵留下的。

江里吃完饭，把碗筷收拾好，又去房间把被子叠得整整齐齐。

一个人坐了会儿，决定出去转一转。

他记下门牌号，才走出楼外。这栋住宅楼是"L"形，在正前方还有一栋独立的偏矮一些的建筑。

他怕自己走错，出门时拍了几张照片。

一个人站在首都北京的土地上，江里一点也不慌乱。

他总有这样随遇而安的本事，像棵野草，被风吹到哪里，就能在哪里生根发芽。

北京的道路横竖平直，胡同众多。

江里出去逛了挺久，逛到夜幕降临时才发现自己迷路了。

他只知"前后左右"，不懂"东西南北"，完全没有办法分清自己现在走的这条胡同，是不是刚才来时的那一条。

恰好这时盛千陵打电话来，问他在哪儿。江里说不清楚，只好发了个共享定位给盛千陵。

没过多久，一辆车稳稳停在了江里面前。

透过降下的车窗往里看，见到盛千陵坐在驾驶位，正一脸淡笑地望着他。

江里赶紧走过去上车，路边写有"东直门内大街辅路"的路牌一闪而过。

盛千陵今天穿着正式，白色衬衣配西裤，还系了条纯黑色的领带。领带很窄，一点也不显老气，反倒衬得他俊朗周正，仿佛浑身都在发着光。

江里忍不住多看几眼，难免有些自卑地说："陵哥，好像还是你更帅一些。"

盛千陵笑了笑，没有接话。

他将车子往家的方向开，开了一小会儿，笑问："怎么两手空空？没买东西？"

江里摇摇头，看着盛千陵说："我现在，什么都不缺。"

盛千陵没再追问。

江里的适应能力极强。

在北京住了没几天，就熟悉了周边的环境，适应了这里的生活。

只不过盛千陵一直没提带他去训练的事，江里猜测是还没协商好，也就没有多问。

这天早上，盛千陵刚出门不久，就给江里打来电话。

盛千陵的声音听起来很愉快，像迫不及待分享好消息一样，语速很快地说："江里，我前几天和教练申请带你来集训中心练球，他这几天在苏州那边带队封闭训练，没能联系上，刚刚才回复我说可以。江里，你以后可以和我一起来集训中心练球了！"

江里有段时间没摸斯诺克球杆了，手痒得很，听到这个消息，也十分高兴，说："那我什么时候可以过来？"

盛千陵笑道："现在就可以过来。来之前，你去把书房里挂的球杆取下来，旁边有杆盒，你装好拿过来。我把定位发给你，你打车过来。"

江里弯起眼睛笑，答："好。"

他很快拾掇了一下自己，换了身干净清爽的衣服，又去拿球杆。

那支球杆很陌生，不像盛千陵常用的那一款，但箭纹格外漂亮，拿在手上很有质感。他以为是盛千陵的备用杆，没多想，匆匆装进球盒后就出了门。

北京这边的斯诺克职业球手集训中心在东四环边上一座叫静园大厦的楼里。

这栋楼正好在东枫国际体育园和朝阳公园正中间，就在朝阳公园路上，地理位置十分优越。

江里提着球杆，从静园一楼搭乘电梯上去。一出三十三楼电梯，他就看到站在门口等候的盛千陵。

盛千陵穿着一件白衬衫，配一条宽松的黑色西裤。他个子高，随意往那儿一站，就自成一道风景。

在电梯开门前他好像在沉思什么，电梯一开门，对上江里的眼睛时，神色立即就松懈了。

"江里，"盛千陵说，"路上堵不堵？"

江里把球杆递过去，答："还好，就是红绿灯太多了。"

盛千陵自然地接过球杆，领着江里往里走。

集训中心有两千多平方米，十分宽敞。里面装修得很雅致，不像台球俱乐部那样彩灯环伺。除了普通的无影顶灯之外，再没什么多余的装饰。仅在入口处的墙面上，贴了每名职业球员的照片和参赛纪录。

盛千陵的照片最显眼，因为就在第一个。

照片后是他的个人参赛简历，从世青赛到世锦赛，每一次都被详细记录着，是他这些年努力之后得到的荣耀和勋章。

江里仔细地看了一会儿盛千陵的简历，才扫了扫后面跟着的几位。

到今年为止，中国的斯诺克职业球手其实不算很多，江里或多或少在斯诺克赛事里面见过他们的脸，也就并不觉得稀奇。

只不过，他视线一转，落到最后一张照片上。照片上的人干净清爽，眼底有明晃晃的笑意，有一种介于少年与青年之间的纯粹感。

旁边的简介写得很清楚：

付郁，出生于2002年，2020年正式加入中国国家斯诺克球队。目前正在为征战2022年亚运会斯诺克项目做准备。

江里："……"

盛千陵见江里停下脚步，也跟着看了一眼。循着江里的视线看过去，他看到了新球员付郁的照片。

盛千陵刚想说点什么，目光落到江里的脸上，却意外发现江里的表情有细微的变化。

也谈不上是生气。

眼角上挑，薄唇微扬，明显气压骤降。

两秒后，江里发出一声冷笑："呵。"

不知道为什么，盛千陵看到江里这副样子很开心。

虽然看起来冷冰冰，可浑身的张扬与痞气却没收敛，仿佛一下子又回到了多年前的少年时代。轻狂又热烈，目光永远坦荡，不加掩饰。

正如此刻看向付郁的照片。

盛千陵喊他："江里？"

江里转过头，淡淡地挑眉，说："他也来打职业了啊。"

盛千陵带他往自己的专属训练室走，边走边说："刚来一年，打过一些积分赛。"

斯诺克不同于其他竞技运动项目，组建国家队之后，不是由队里决定派谁出去比赛，而是得依靠个人积分，才能争取到参赛的资格。

而且职业资格也不是终身不变，而是在积分赛后，会先获得两年的机会，在这两年里，可以参加有门槛的斯诺克大型比赛。

所以，即使付郁成了职业球手，没有出现在公众的视野中也实属正常。

大厅里有零星几名球手在训练，见到盛千陵带了新人进来，不约而同地停下来投过目光。

江里看到他们，很礼貌地打招呼。

江里："郭老师，李老师，江老师。"

他喊的三位分别是在斯诺克界非常有知名度的球员。

擅长用强攻把对手打蒙的郭同；偏爱防守，性格磨叽，人送外号"磨王"的李良平；还有成天说斯诺克太难，转头就冲进了世锦赛半决赛的"口手不一小天才"的江辉。

几个人跟看热闹似的,很快提着杆子围过来,笑道:"哟,千陵第一次带人来我们这儿啊。"

盛千陵淡淡地看他们一眼,不言不语。

队友们早习惯了盛千陵的高冷,才不会轻易放过看起来很好相处的江里。

郭同问:"这位朋友怎么称呼?"

江里想着以后要常来练球,抬头不见低头见的,就十分客气地回答:"郭老师好,我叫江里。"

"噢,江里,"郭同笑起来,"你和千陵是什么关系?"

江里老老实实地回答:"我是他徒弟,我的杆法都是他教的。"

这话一说完,郭同、李良平、江辉三脸震惊:"!!!"

谁不知道盛千陵在职业队就是一个万年冰坨,谁靠近谁冷。

就不说让他教杆法了,平常只是请教他关于站姿或者出杆方面的问题,他都会冷冷地说一句"这些问题因人而异,建议你找教练讨论最适合你的"。

话是这样说没错,可是盛千陵进了职业队好几年了,极少参加队里的活动,也几乎没人见他笑过,宛如一台行走的制冷器,夏天都不用再开空调了的那种。

郭同决定挑点事儿,于是故意挡在江里面前,说:"你既然认识我,看过我比赛,那肯定知道我的球风吧。你能来我们这儿,说明球技一定不错,要不来一杆?"

江里好久没和人对杆,手心一阵阵地痒。

他很久都没有享受过一杆进袋的快感了。

但他知道,现在不是和郭同对杆的好时机,于是极有分寸地拒绝:"郭老师,对不起,我对杆需要我师父同意才行。"

盛千陵已经走到训练室的门口,回头看一眼队友们,又看一眼江里,用眼神询问他为什么还不过来。

江里飞快地和三位老师告了别,大步跑向盛千陵的方向。

两人一起进了盛千陵的训练室。

盛千陵把江里带来的球杆盒放在绿色的台布上,说:"江里,你看看喜不喜欢。"

江里看一眼旁边沙发上盛千陵常用的那套球杆,这才反应过来。他问:"这支球杆是给我的?"

盛千陵照直说:"对,2014年就定制了,等到2017年才做好,只不过一直没能送出去。"

江里:"……"

所以这支球杆在盛千陵的书房里挂了四年。四年后的今天,才有机会交到江里手上。

江里尝到喉间熟悉的酸味,像洋葱一样,一层一层叠加递进。

等洋葱完全剥开,露出最柔软的内心时,江里品到了一丝久违的甜意。甜意越过舌根,漫到舌尖上,很像吃甜橙味棒棒糖时的第一口。

他打开杆盒,取出球杆,左手托杆,右手轻轻抚摸球杆。

他并不知道这支球杆的名贵和稀缺程度,但看杆底的设计制造者签名,就知道它价值不菲。

球杆被特意保养过,贴在左手上试杆时也不会觉得硌手。

江里拿过几个球试手感,听到清脆的出杆声,小球滚动声,以及利落的进袋声,就知道这支球杆极合自己心意。

见江里喜欢这支球杆,盛千陵也很开心。他取过自己那支,对江里说:"我这里面只有一张台,一起去大厅训练吧。"

江里点点头,答:"好。"

大厅有许多空台位,盛千陵挑了其中两张,和江里一人一张,开始弯腰训练。

盛千陵练准度,江里练杆法,两人都安静无声,很快投入到专注的训练里。

其间盛千陵抬头,看一眼专心致志的江里,看他周身萦绕的自信与不羁,看他散发的朝气与活力,只觉得时间好像回溯到了2014年的夏天。

他们两个人也是这样,在两张挨着的球台上练球,一练一整天。

仿佛什么也没有变过。

练了一会儿,江里去了趟洗手间。

洗手间在整个集训中心最角落的位置,江里洗完手,扯出几张纸巾擦了擦,然后往练球台走。

才转过弯,他看到盛千陵正坐在旁边的沙发上喝水,而盛千陵面前还站了个清瘦的男生,正居高临下地和盛千陵说话。

那男生穿着一身宽松的黑色,卫衣配长裤,背影看起来很瘦,胳膊和腿都细细的。他开口就说:"陵哥,你带人来我们这儿了?"

明明是挺正常一句话,江里却莫名从中听到了委屈感。

盛千陵不欲交谈,脸一偏,目光落在后面江里的脸上,神色顿时放松。

可面前的男生还在喋喋不休:"陵哥,那人是谁啊?你不是从来不带生人进来吗?同哥他们说你还带他练球了,是新来的职业选手吗?可带新人不是教练的事吗?新人凭什么分散你的精力?"

江里听得忍无可忍,一点也没有旁听回避的自觉,开口说:"付郁。"

付郁背一僵,很快回过头与身后几米远的江里目光相接。

他们其实有六七年没见过了,但付郁从来没有忘记过江里的脸。

他一直记得,在那一年"时光杯"业余斯诺克邀请赛上,拿了冠军的江里,是他从小便钦佩的盛千陵的徒弟。

见了老对手,付郁分外眼红。他一改刚才在盛千陵面前的温柔乖顺,微微

· 269 ·

扬起脸,有些高傲地说:"原来是江里啊,过了这么多年了,都没听过你的消息,你还会打球吗?"

付郁从十二岁到十九岁,一直把盛千陵当作自己的标杆和精神支柱。面对获得偏爱的江里,他实在给不出好脸色。

而江里看着付郁这张已经长成大人的脸,听着他夹枪带棍的嘲讽,嗤笑道:"嚄,手下败将,也敢上门来挑衅。"

付郁还是少年人心性,沉不住气。他见江里故意刺激自己,越发不屑地说:"手下败将?我和你打比赛那一年,才十二岁。现在呢,我成了职业选手,你呢?我说过的,迟早会打败你,你现在有没有胆量和我比一局?"

付郁已经受过职业训练,被比赛氛围熏陶过,算得上是一个成熟的职业球手。

如今这么直接地给江里下战书,其实是有些逾矩过分的。

可是江里并没有被他吓到,而是轻拍盛千陵的手臂,以示征询,脸还是朝着付郁的方向,说:"你输了怎么办?"

付郁想了想,说:"我输了,我就当着所有人的面给你道歉。"

并不算有诚意,但江里也不挑三拣四,随口问:"你赢了要什么?"

付郁很想说"赢了就不许江里再当盛千陵的徒弟",但他不敢说,只好随便扯了一条:"我赢了你就不要再来我们集训中心。"

"成交。"

江里一转头对上盛千陵担忧的神色,他又拍了拍盛千陵的手臂,脸凑过去一些,说:"别担心。"

/ 第十八章 /
天秀

集训中心的日常几乎都是枯燥的练球,偶尔对杆,现在大家见有热闹看,纷纷放下球杆围过来。

郭同、李良平、江辉三人坐成一排,就在江里刚才练球这张球台旁边的沙发上。

见没人计分捡球,郭同又很快站起来,替付郁和江里摆好了球。

江里给自己的新球杆擦了擦巧克粉,目光随意地瞥向付郁,问:"抢个几?"

说完他看一眼大厅墙上的挂钟,自问自答:"有点晚了,就抢个三(五局三胜制),好吧?三盘打完我好去吃饭。"语气轻狂,内容嚣张,眼神里是毫无遮掩的无所畏惧。

付郁被他呛到,冷哼一声,说:"不知天高地厚。"

一个业余选手面对职业选手,竟然有胆量预判自己能3∶0获胜,真是狂妄自大。

付郁扶着球杆转身,看向盛千陵时,脸色又带了一点点不自知的委屈。

他说:"陵哥,你徒弟怎么这样啊……"

江里站得远一点,听到付郁的话,面无表情地往开球区走。

郭同已经帮他们把球摆好,还顺便贴心地刷了刷台呢。

既然是一场有赌约的较量,一切就按照国际标准来执行。

江里和付郁开始比球,数秒后,江里拿到开球权。

他第一杆打得稳当保守,没有炸球,而是淡定地用高杆右塞开了红球一角,让白球退了回来。

付郁上场,没拣着好机会,也跟着防守了一杆。

但这一杆露了颗红球,不过和白球隔得很远,他并不怎么担心。

哪知道江里一上场,弯腰趴下去,就开始强攻那颗红球。"啪"的一声,红球落袋,白球撞开剩余红球,做到了精彩绝伦的连打带击。

这一杆天秀准度一出手,旁边围观的选手们:"……"

盛千陵淡淡地笑了一下,拿起水瓶喝水。

江里打球时,神情很热烈,并不像绝大多数选手那样冷静得没有半分表情。

他眼尾带笑,唇角会自然扬起,浑身上下散发着恣意与狂热,球与球杆都变成他得意的武器,衬得他意气风发,像个台球痞子。

他开始狂秀自己惊人的准度。一红一彩,打得极其流畅自然,根本不需要多久的思考时间。

替他捡球的郭同脸都绿了。

原因无他。郭同的球风就是如此——"擅长用强攻把对手打蒙",要做到这点,得具备超强的准度,确保每一杆都不能有一丝一毫的误差。

江里这分明就是在用郭同最擅长且远超于他的打法,轻松秀了付郁一脸。

付郁:"……"

郭同:"……"

第一局江里1:0领先。

到了第二局,江里又换了风格。

这一次,他开始模仿李良平。

李良平外号"磨王",是指出杆慢,喜欢防守,喜欢做斯诺克球。这对球手的杆法又具有极高的要求。

江里嘴角一直噙着笑意,漫不经心地开始秀自己炉火纯青的杆法。左塞高杆、贴库定杆……打得精彩纷呈,令人目不暇接。

盛千陵看到江里打出这些自己教过的杆法,不由得坐直一些,目不转睛地盯着球台。

他看出来,在失联的这六年里,江里的球技其实比当年在江城更有长进。原本他以为江里放弃了他教过的所有东西,现在一看,才明白过来,江里定是发愤苦练过,才有今天这般轻松的神级防守。

江里猜到他师父在想什么,抬眸过去与盛千陵四目相对。

在无声胜有声的心照不宣里,江里眉眼弯弯,冲盛千陵得意地笑了笑。

在和盛千陵分别之后,江里的确想过,从此不用盛千陵教的杆法。

可是有一天,午夜梦回,他想起来一句话。

——"希望你以后永远不会放弃斯诺克,也希望你以后遇到困难想要退缩的时候,想想今天这场无怨无悔的坚持。"

于是,他也就在无数个漫长的日夜里,不知疲倦地练习这些杆法。

第二局江里一直在防守,打得付郁气急败坏。

这一局打了近一个小时,但江里依然赢得很轻松。打进最后一颗黑球,他甚至挑挑眉,对着"磨王"李良平行了个点头礼。

李良平："……"

他忍无可忍，转头找盛千陵说话："千陵，你故意带徒弟来羞辱我们的？"

盛千陵不自觉地笑，谦虚地说："他底子是还行。"

李良平："……"

输了第二局的付郁："……"

现在比分到了2：0。

江里已经模仿过郭同的强攻和李良平的防守，轻轻松松收了付郁两局。

一直坐着安静观球的江辉这时后知后觉地反应过来，背后升起一抹凉意。他有一丝不太好的预感，刚想和盛千陵交流一下，正好听到江里开口说话了。

江里有些无奈地朝盛千陵看过来，慢吞吞地说道："师父，斯诺克真的好难啊……"

江辉："……"

郭同："……"

李良平："……"

付郁："……"

说斯诺克好难，转头就打进斯诺克世锦赛半决赛的，正是江辉本人。

江里就打了一场球，差不多把这里面的职业选手全得罪光了。

偏偏他本人犹不自知，跑回盛千陵身边，喝了几口水，目光坚定地说："师父，第三局我要认真了。"

其余选手："……"

付郁毕竟是职业选手，虽然前两局被吊打，但还是很快静下心来，准备拿出自己偷学来的绝活压制一下江里。

轮到他上场了，开球就使了个大力旋转，让白球回来，紧紧贴在开球区四分球的前面。

江里紧紧盯着那颗球，目光骤然变了！

因为他看出来，这是盛千陵的拿手绝技——后斯诺克防守！

当年，他在江城时光台球跟着盛千陵学球时，盛千陵就秀过这一杆神级杆法。

迄今为止，连江里都没有学会！

江里心一沉，抬起脸朝盛千陵看了一眼。

盛千陵顿时感觉到江里全身骤降的气压。

江里从这一杆开始，不再说话，不再看任何人，只稳稳地趴着，开始用下午才刚刚磨合好的新球杆，打出一套炫目的杆法——超强低杆。

这也是盛千陵的绝活，曾在当时授课时，郑重地教给了江里。

江里苦练六年，早已练得登峰造极。

他一直记得盛千陵说过，这种球最主要的目的，就是为了防止对手打出后斯诺克球来。

比赛很快进入激烈的阶段。

江里冷着一张脸,使出浑身解数,打出一杆又一杆超强低杆,强势破解了付郁的后斯诺克球,且让付郁不再有机会打出这刺眼的防守。

第三局赢得也没什么悬念。

江里攻防并济,势如破竹,收拾付郁甚至比当年打业余比赛时还要轻松。

当年他靠使小聪明来干扰付郁的心绪,到如今,他的技术已远超付郁,拥有了绝对的实力,根本不需要花别的心思。

一场球打完,果然是江里提前预设的3：0。

旁观的职业选手们都忍不住开始鼓掌,完全忘记了江里前面是怎么模仿调侃他们的。

竞技类运动,只有绝对的强者才会受人尊敬。

江里三杆秀完,技术无须多言。

付郁被打得面如菜色,不情不愿地走过来,耷拉着头,对江里说:"江老师,对不起,我不该挑衅你。"

江里心里头的郁闷并没过去,但他并不想冲一个小孩发难,于是客气又冷静地点头:"没事,交流一下挺好。"

待回过头时,江里脸上又漾起常见的自负笑意。

浑身轻松,雅痞流露。

他收了球杆,走到盛千陵身边,说:"师父,我肚子饿了,去吃晚饭吧。"

盛千陵暗松一口气,说:"好。"

江里这场球打得酣畅淋漓,给了盛千陵很大的惊喜。

他真心实意地夸赞:"江里,今天打得很好。"

江里眼里涌上笑意,说:"是师父教得好。"

好像真是这么想的。

盛千陵没作他想,把球杆收好后,带江里下楼去吃饭。

江里吃不出什么味道,就随便吃了点,吃完又说感觉很累,今天想早点回去休息。

一回去,就发现江里的变化了。

平时总是叽叽喳喳,眼下却一句话也没有。

盛千陵挡着他,哑然失笑道:"你是不是在闹脾气?"

江里一脸不高兴:"是啊,我球打得不行,脾气还不好。原来师父早就有别的徒弟了,还教了他自己的拿手杆法。"

看着江里这别扭的样子,盛千陵有点好笑,又很心软。

他说:"我没有别的徒弟,只有你。"

江里听了,说:"啧,我不敢当。毕竟我都打不出后斯诺克球。"

"但你能破解，"盛千陵认真地说，"你能让对手打不出后斯诺克球。而且，我真没教过他，是他自己研究过我的比赛视频，自己偷学偷练的。"

江里的脸色这才好看了一点。

盛千陵见解释清楚，拍拍江里的肩膀，说："好了，去洗了澡休息，从明天开始，就得天天跟着我去训练了。"

江里乖乖点头："好。"

和付郁对过杆之后，江里在集训中心的地位飙升。

他十分受大家欢迎，每次跟着盛千陵出现在训练场，郭同他们都会主动又热情地跟他打招呼。

只有付郁十分别扭，对江里不冷不热。

江里懒得理他，也就随他去。

这天傍晚，江里练球练到筋疲力尽，往盛千陵练球的台子旁边一坐，习惯性地从兜里摸出一根棒棒糖，撕开糖纸就想往嘴里塞。

盛千陵抬眸望过去，江里条件反射吓得一激灵，马上起身把糖递给路过的郭同，说："郭老师，请你吃糖。"

郭同幽怨地看他一眼，接过糖，品尝一口，说："看我球打不过你太苦了，给我点甜头？"

江里笑得灿烂，说："你好好训练，假以时日，还是可以赢我的。"

郭同："……"

等郭同走过去，江里叫盛千陵一起去吃饭。

盛千陵没有异议，收好球杆，准备和江里一起离开。

还没走到门口，就碰上了久未见面的教练许卫国。

许卫国穿着一件洗得发白的旧T恤，跑得风风火火，手里还拎着行李箱，喘得上气不接下气，像被狗撵了一样。

见到盛千陵和江里准备离开，许卫国大手一挥，中气十足地喊道："江里！你是江里是吗？来来来，跟我到办公室来一下。"

江里愣了一下，有些心虚地看向盛千陵。

他不是职业选手，却天天占着职业选手的台子练球，确实有点说不过去。尤其还一来就收拾了付郁，后面还大比分压了郭同他们几个，搅得集训中心气氛紧张，教练生气也是正常的。

江里求救似的看向盛千陵，却见盛千陵目光坦然淡定，好像还有一些期许，不由得默默转回了头。

许卫国走了几米，见江里没跟上来，又气喘吁吁地说："快来啊,怎么不动？"

江里只好认命地跟过去，有气无力跟着走。

许卫国的办公室就在单独的训练室旁边，里面很宽敞，办公桌后有一排书柜，

· 275

里面有很多书，大部分是讲台球技巧的。

　　他把行李箱一放，往椅子上一坐，目光示意江里坐到对面，开口自我介绍："江里，你好，我叫许卫国。"

　　江里目光一抬，下意识地朝身边的盛千陵看了一眼。

　　他知道"许卫国"这个名字，不仅因为盛千陵的书房里有好多这个署名的书籍，还因为许卫国是中国斯诺克台球引进第一人。但没想到是这么个不修边幅的小老头。

　　许卫国渐渐平静一些，又说："江里是吧，你从几岁开始打球？"

　　江里有些不解，不是进来挨训的吗，怎么还开始扯家常了？难道，国家队教练都这么委婉，先聊聊天再开始批评？

　　江里老老实实地回答："从很小就开始打球，几岁开始吧，就打小台，真正开始打斯诺克，是十二岁。"

　　许卫国又问："你现在多少岁？"

　　江里很疑惑，但还是说："再过几个月，就要满二十五岁了。"

　　许卫国点点头，眼睛里迸发着激情与光亮。他神情热烈地盯着江里，沉默半晌后，才用浑厚有力的嗓音说："江里，来打职业吧！"

　　用的是祈使句，不是疑问句。

　　江里还在神游，乍一听还没反应过来，细细一品，心脏开始急速跳动起来了。他生怕自己听错了，赶紧转头看一眼盛千陵。

　　盛千陵还是那副淡定自若的表情，好像对这个结果并不意外。

　　江里紧张地回过头，看向许卫国那张神采奕奕的脸，说："……啊？"

　　江里的确是很想成为职业球手，但他以为，会要和盛千陵一样，经过漫长的选拔和集训期后，才有机会获得考核机会。

　　乍一听教练这么直接地邀请他打职业赛，顿时惊喜又心虚。

　　惊喜于梦想成真，又在机遇来临时无比心虚。

　　见江里犹豫不决，许卫国急了，说："你的能力我看到了，和小付那场抢三，打得实在精彩。你的准度到了几乎无人能超越的程度，我看过了，只要有进球角度，不管多刁，你都能进。你的杆法也是天秀，那一手超强低杆，只有千陵能和你抗衡。你球打得这么好，不想去和世界级的大师们对杆吗？希金斯？奥沙利文？你不想和他们来几局吗？"

　　江里狠狠地心动了。

　　他想到多年前，在汉江景苑里，他和盛千陵坐在一起看巫师希金斯比赛时，就被希金斯的控力所深深折服。

　　后来去英国，他现场观摩过希金斯和奥沙利文的比赛，看到自己与顶级大师的差距，更是激起过他心里不服输的韧劲。

・276・

江里没说话，许卫国又开始劝："你的全局意识也非常强，我们教练团队在苏州复盘了你那场比赛，发现你的空间想象能力很棒，看起来没有章法，打得激进，其实全在掌握之中。江里，来打职业吧，我们需要你这样的人才！"

许卫国一番话说得慷慨激昂，好像只要江里点头，明天就能拿世锦赛冠军似的。

江里沉默了一小会儿，有些不确定地说："许教练，可是我已经……二十五岁了。"

意思是年龄大，起步晚，或许没有优势。

许卫国听明白江里的顾虑，反而松了口气。

他说："斯诺克这项运动，是最不挑年纪的。你看郭同，二十七岁才开始打职业；李良平，三十岁才拿到第一个英锦赛冠军。而且斯诺克职业生涯非常长，你看好多职业选手，都五十多岁了，还能继续打。二十五岁不算什么，你从十二岁开始打斯诺克，现在正是最好的年龄。"

许卫国一通说完，还怕江里不答应，起身过来站到他面前，激将道："年轻人怎么犹犹豫豫的？"

江里强压下心中的喜悦与兴奋，看一眼盛千陵，答："许教练，盛千陵是我师父，得他同意我打职业，我才能答应你。"

许卫国看向盛千陵，追问："那你同意吗？"

盛千陵面朝江里淡笑道："我当然同意。七年前我收你做徒弟时，就知道你是天生的斯诺克球手。"

许卫国听了，双手一扬，一拍定音。

他兴致勃勃地说出教练团队对江里的计划："江里，你4月底和我一起去苏州集训中心，我们来高强度训练三个月，7月去泰国打两场分区积分赛，10月去雅加达打世青赛，争取拿到职业资格，注册完职业选手身份，就去英国约克打英锦赛。你赛事经验不足，我们就先安排这几场。"

江里："……"

这是把他后面一年的时间都安排得明明白白。

教练回来得非常匆忙，谈完江里打职业的事，又匆匆忙忙提着箱子回家去了。

江里和盛千陵走出静园大厦，江里才想起来问："师父，你以前不许我赌球，但之前同意我和付郁打那一场，就是为了让教练他们看到，是不是？"

盛千陵爽快地承认："是。"

江里却苦着一张脸，有些不开心地说："许教练叫我去集训和打积分赛，我得离开很长时间了。"

盛千陵笑问："那你想不想打比赛？"

江里："想。"

盛千陵又说："想不想有一天，和我在世界大赛上碰到？"

·277·

江里顿时来了精神,白皙的脸上光芒乍现。他隐隐激动地说:"我可以吗?"
盛千陵温柔笑道:"你当然可以。"
在江里心中,盛千陵是王者一般的存在,也是他自认无法超越的高峰。
但现在,他获得了入队资格,可以凭借自己的努力,去世界级比赛上和他师父正面比一场,只是想想,都觉得热血沸腾。
江里脸上绽放出灿烂的笑意。
眉眼里满是期待。

/ 第十九章 /
职业球手

4月底,江里顺利到达国家台球队苏州集训中心。

台球不是奥运会项目,平常职业选手们也是以个人名义参加世界各地的比赛。只不过2008年以后,国家台球队正式成立,集训中心就设在苏州,是为了出征亚运会中的台球项目。

江里进了苏州基地,看到一群熟悉又陌生的面孔。

这里集聚了一群备战亚运会的选手,还有打九球的女队员们。

有一些选手他曾在比赛视频里见过,打招呼时一点也不生分。加上这边的队员们几乎都看了江里对付郁那场比赛,早对他钦佩无比,见面时也显得格外热情。

江里融入得很快,没几天就熟悉和适应了这边的训练模式。

许教练他们强迫江里开始科学健身,为长时间的站立打球做准备。江里体格消瘦,但很能吃苦,一直乖巧安静地配合着。

就这么封闭训练了两个月后,江里第一次去找许教练请假。

这天下午,他敲开许卫国的办公室门,说:"教练,我明天请天假行吗?"

许卫国正在复盘江里最近的表现,闻言很诧异:"为什么要请假?"

江里顿了顿,答:"明天是6月1日。"

许卫国更加诧异:"你要去过儿童节?"

江里:"……"

这小老头一心只有台球,平常看着好相处,其实非常严厉。来苏州这么久,江里早感受到了。

他知道说谎行不通,只好说实话:"我师父明天过生日,我回去一趟。"

许卫国看一眼面前的视频,对江里的球技露出赞许的微笑,一时心情好,说:"行。"

江里欢天喜地地走了。

他连住处都没回，直接拿着身份证去了附近的高铁站。

高铁票早就订了，只等许教练点头就可以走。

他掐着时间赶到高铁站，搭上了去上海的列车。二十分钟以后，他到达上海虹桥站，一路飞奔向虹桥机场。

又过一小时，他坐上了从上海虹桥机场飞往北京的航班。

两个多小时以后飞机落地，又过了整整一个小时，他才从机场回到了北二环盛千陵的家中。

这一整个傍晚加晚上，江里都在不停地赶车、赶飞机，到的时候，已经过了夜里十一点。

他刷开指纹进去，风尘仆仆地出现在客厅，正好碰上刚刚洗完澡的盛千陵。

盛千陵很意外，问："江里，你怎么突然回来了？发生什么事了？"

江里怕他误会，赶紧解释："没有没有，陵哥，教练没有赶我，因为你明天过生日，我请了一天假。"

盛千陵的脸色这才好看点。

他去房间换了睡衣，仔细询问了江里这些日子的训练情况，露出了欣慰笑容。

说是回来给师父过生日，江里也没安排什么特别的仪式和活动。

他送了盛千陵一块精心挑选的手表，又在盛千陵生日这天陪他一起去静园大厦训练了半天。

下午，盛千陵赶他去苏州，江里只得听命："师父，生日快乐，希望我们能快一点在世界大赛上碰面。"

盛千陵莞尔，说："好，我等你。"

江里马不停蹄回到苏州集训中心后，又开始了为期一个月的封闭训练。

7月初，在许卫国教练的陪同下，江里从上海直飞泰国曼谷，正式开始了自己人生中的第一次分区积分赛。

积分赛有两场，时间跨度很大，从7月6日一直持续到7月26日，只有进入前16强的选手，才能获得当年的世青赛的邀请函，前往雅加达去争取职业选手的资格。

打比赛很耗心血，江里全靠心里那团火焰支撑着。

只盼真的能成为职业选手，在赛场上与他的标杆和信仰盛千陵会师。

而现在，他们各自训练，各自备战。

分区积分赛的大众关注度不高，每年想以此作为职业选手跳板的人却不少。

江里无所畏惧，他拿着盛千陵送他的那支球杆，势如破竹，强势战胜一个又一个对手，进入第二轮比赛。

2021年7月16日。

是江里二十五岁生日。

这天没有比赛，江里一觉睡到自然醒。醒来时看到盛千陵发来的消息：江里，二十五岁生日快乐，祝愿你所有的梦想都能实现。

江里的脸埋在枕头上，用一只手缓慢地打字：谢谢师父。

曼谷和北京只有一个小时时差，看到江里回了消息，盛千陵很快打了视频电话过来。

他问起积分赛的情况，江里把脸一扬，眉目里满是少年般的恣意傲慢："嘿，轻轻松松。"

江里完全没有说谎。

在第二轮比赛里，他毫无悬念地战胜了来自亚洲其他几个国家的选手，打七场胜七场，轻松获得最高积分。

他原本以为，从泰国回来，就可以回到北京集训中心，和他师父盛千陵一起练球。

哪知道完全不是这样的。

8月，他从曼谷回国，好不容易回到北京，盛千陵却去了上海参加今年的职业巡回赛中的上海大师赛。

等到了9月，盛千陵打完比赛拿了冠军回北京，江里又被教练拎着，搭上了去往雅加达的航班，去参加今年的世青赛。

直到10月下旬，江里获得世青赛冠军，正式踏入职业球手行列，从东南亚回国，才终于见到盛千陵。

两人差不多有五个月没有见，上次见面还是在盛千陵的生日。他们的比赛时间总是错开，一错就错了这么久。

江里一下飞机就往盛千陵家里赶。

刷开指纹进门，他连鞋子都来不及换，放下行李就往盛千陵面前冲，结结实实和盛千陵来了个拥抱。

盛千陵有些好笑，但伸着双手接住江里，说："怎么这么激动？"

江里道："啊，师父，我终于终于，成了正式的斯诺克职业球手了！"

盛千陵让江里站好，认真赞许："江里，恭喜你！"

"谢谢我陵哥！"

盛千陵已经提前请家政做好了晚餐，几道精致的菜就摆在餐桌上。

他说："江里，先去洗手准备吃饭。"

江里有味觉障碍，美食对他来说并没有什么诱惑，但还是听话地去洗了手，在餐桌前坐下来。

盛千陵替江里盛汤，再一次道贺："江里，恭喜你获得今年的世青赛冠军。"

江里眼一挑，那种"世间独我"的得意与不羁自然流露。

他说："这只是一个起点，陵哥你就等着看吧，英锦赛、温布利大师赛、世锦赛，我会一步一步向你靠近。"

盛千陵点点头："我等你。"

晚餐做得很丰盛，都是地道的北京菜。

但江里吃饭只是为了填肚子，没什么食欲，他随手包了块烤鸭就往嘴里塞。

之前他吃不出味道，口腔里不是酸就是苦，今天却感觉到了一点异常。

嚼几口，江里很快皱眉，点评道："今天这甜面酱是不是太甜了一点？"

"甜吗？"盛千陵还没反应过来，自己尝了一口，"还好啊。"

几秒钟后，盛千陵意识到什么，隐隐激动道："甜吗江里？"

江里这才回想起自己说了什么，他也愣了一下，很快把那块裹着面皮的烤鸭嚼碎了吞下去，又自己夹了一筷子猪肉炖大白菜，囫囵塞到嘴里。

他刚嚼几下，就被刺激得直咂嘴，眼睛都眯起来了。

他抽了张纸巾，快速将嘴里那口大白菜吐出来，拧着眉心抱怨："怎么大白菜里还要放醋？"

那种久违的醋酸味弥漫在他的口腔里。

从舌头，一直酸到舌根。这种酸味和他这几年习惯的胃酸不一样，是一种真实的、带有刺激性的酸味。

他从小就讨厌这种味道，每次尝到，都要用大量的清水漱口，生怕舌苔上沾到一星半点。

可眼下他却没有精力去漱口。

一回头，盛千陵正目光灼灼地看着他，看得他也跟着激动起来。

家政阿姨做了四道菜，除了烤鸭和猪肉炖大白菜，还有一道蟹黄豆腐和一道番茄腰柳。

江里尝了一勺蟹黄，有点咸，尚且能接受。又尝一口腰柳，顿时又蹙起了眉头。

番茄腰柳又酸又甜，正好是江里吃正餐时不喜欢吃的味道。虽然腰柳很软嫩，但架不住醋与番茄的酸甜味，江里再次将嘴里的食物吐到了纸巾上。

盛千陵目睹了他表情变化的全过程，激动难抑，靠近问："能尝出味道了？"

江里怕是自己的错觉，努力咂了几下嘴，将口水吞咽下去，再尝一口烤鸭。

还是甜得他无法接受。

盛千陵还有些不敢相信，把家中储备的所有能入口的东西都拿来给江里试味道。

江里的味觉就像一个开关，从第一口烤鸭尝到甜味开始，就陆陆续续全回来了。

短短五分钟内，他尝尽了厨房调料柜里的酱油、生抽、陈醋、胡椒粉、干辣椒，虽然被刺激得眼泪流，却还是很开心地说："陵哥，我能尝出来了！"

盛千陵的开心难以言表。

这块压在他心头很久很久的石头，终于在这样一个秋天的夜晚，被轻松搬开了。

江里还能哽咽着开玩笑："陵哥你说我是不是被泰国那些香精、咖喱刺激到了啊，我其实能闻到泰国菜的气味，但尝不出味道，也就跟着教练随便吃。"

盛千陵很配合地说："那真是要好好感谢一下泰国菜。"

而过去种种，终于随着江里味觉恢复，真正烟消云散了。

日子一舒坦，就过得很快。

江里感觉自己回北京还没多长时间，就被教练催促着，踏上了去英国的旅程。11月底，北京正是秋冬交替、露深寒凉的时候。

江里跟着教练，从北京直飞英国伯明翰，再转车去往约克郡。

这次不用再转三十几个小时的航班，也不用再偷偷摸摸出现在巴比肯赛场。

他将要面对的，是斯诺克三大赛事之一的英锦赛，也是盛千陵曾经轻松捧起冠军奖杯的比赛。

江里作为唯一一个中国选手，被寄予了很高的期望。

他本人却并没有什么压力，在比赛前一天，还十分不满地给他师父发短信：教练他们是什么魔鬼啊，你才是我师父，非不肯让你跟着我来。

盛千陵其实也很想陪江里去英国比赛，实在架不住教练们的安排，让他去苏州带队训练一段时间，好备战2022年亚运会。

在国家荣誉面前，他自然没有怎么犹豫，爽快地答应了教练们的要求。

江里在英国的前几天用来调整时差，然后又花了几天熟悉赛场的球台，很快就迎来了正式的比赛。

他是这届比赛中的新面孔，加之长相甜野帅气，即使穿着衬衣配领结，也盖不住一身雅痞，很快吸引了当地媒体和杂志的目光。

尤其他第一次在职业赛中露面，就以快、准、狠的风格强势战胜那些打了多年球的老球手，更是在极短的时间内，就收获了欧洲众多的粉丝。

而国内的体育频道直到半决赛才开始转播英锦赛的比赛。

那时候江里已经进了前四强，在争夺决赛名额时，与他钦佩了多年的老将希金斯碰上了。

希金斯成为斯诺克职业球手二十九年，外号"巫师"，是一位经验丰富老到的选手，曾无数次拿下三大赛事的冠军，在斯诺克领域享有极高的声望。

但江里年轻气傲，根本没有被他的成绩唬住，而是稳稳当当，发挥出了自己的最高水平。

最后他是17∶10拿下这场比赛的。

比赛结束，希金斯坐在自己的位置上，冲江里竖起大拇指。

江里知道国内很多人在看，笑得一脸灿烂，还对着标了中文商标的摄像机

·283·

比了个心。

十足的绅士痞子。

半决赛结束，江里成功与号称"火箭"的奥沙利文会面，开始争夺冠军。

江里不知道，此时国内的斯诺克台球界已经为他而沸腾。

中国的台球史并不长，江里这种打法强劲的痞子选手绝无仅有。他横空出世，以疯狂的进球率和英俊绝美的外形震惊了所有台球爱好者。

决赛时间是英国的白天，恰是国内的晚上。

这天晚上，许多认识江里的人，都守在电视机前，紧张地观看电视转播。

陈树木知道他的好兄弟去打了职业，但没有想到江里成绩这么好。他想发微信，又怕影响江里比赛，只好忍着没发。

同一时间，来自江陵县的卓云峰和其他认识江里的会员也都坐在云峰俱乐部休闲区的椅子上，紧紧盯着大屏幕上那张熟悉的脸。

清华大学某数学博士研究室里，身材瘦弱、表情厌世的蒋言停下手中的工作，掏出手机使用流量接上了视频转播。

江里像是知道这些人会看他比赛一样，特地在比赛前凑到镜头前，轻启薄唇，很快用唇语说了一句话，随后扬起下巴，笑得张扬肆意，仿佛胜券在握。

全国观众一同见证了这句话。

江里说的是——

"师父，我会拿冠军。"

江里一战成名。

他作为第一次参加英锦赛的球手，就以惊人准度、闪电之势，打败了号称"火箭"的奥沙利文，以领先三局的成绩，夺得了英锦赛的冠军，获得二十几万英镑奖金。

颁奖典礼时，江里高高举起奖杯，脸上挂着灿烂的笑，用中文说道："没有我师父，就没有今天的我。我所拥有的一切，全是我师父给的。谢谢你，陵哥！"

这几句话引得国内球迷们一阵欢呼。

而守在电视直播前的师父本人盛千陵，默默红了眼眶。

江里拿下英锦赛冠军之后，国内斯诺克行业掀起巨浪，不过一天时间，江里的照片被社交网络大量转载，直冲热搜。

台球爱好者们臣服于他天赋异禀的球技，其余网友疯狂沦陷于他的颜值。每每提及江里都是"啊"声一片。

在回国的前一晚，江里进入微信，给盛千陵发了一条消息：陵哥，我明晚到北京。

盛千陵秒回：好，我等你。

江里神清气爽地退出对话框。

他刚想退出微信,却见列表中忽然出现一个群组,是陈树木拉他进去的,群组名字叫"二十九中高三(7)班",是他曾经待过的班级。

他一进去,见到里面疯狂刷屏同一句话:恭喜里哥!

浩浩荡荡几十条,跳得极快,牌面十足。

最后一条没叫"里哥",因为是名叫"英语组梅朝凤"发的:恭喜江里!

江里笑得眼睛弯弯,麻利地先发了个超大红包,然后又开始不正经:谢谢兄弟们!谢谢世界第一美的凤姐!

离开二十九中这么多年,他越来越厚脸皮了。

梅朝凤发来一个严肃的微信自带小表情,又开始说教:怎么称呼的呢?怎么还和高中一个样?

江里嬉皮笑脸,发去一个俏皮表情包,飞快地打字:出来混,都是朋友。凤,不要在意这些细节。

此时,清华大学某数学博士研究室里的蒋言也拿着手机,慢吞吞地点开了江里的微信头像。

头像下方有一行"添加到通讯录",只要点一下,就能发送自己的好友添加申请。

她缓慢地把手指凑过去,正想轻触一下,班级群又出来一条消息,浮于她的手机页眉上。

陈树木:里哥这事业有成,是不是很多人追啊?我看网上那些小姑娘,都喊你"老公"了。

后面跟着一排坏笑的表情。

蒋言手指一顿,静默几秒钟,关闭江里的微信头像,回到了班级群里,却始终没有发出那句"恭喜里哥"。

没有必要了。

她松了一口气。

终于可以让困在七年前的自己,努力向前走了。

江里对此毫不知情,还在群里和老同学们插科打诨吹牛皮,偶尔提到蒋言,不见人回复,就很快跳到了下一个话题。

聊到夜深终于扛不住睡意来袭,才甜甜地睡过去。

次日晚上,江里在北京落地,然后直接奔向盛千陵家。

餐厅的桌上已经摆好了做好的菜,都是江里之前喜欢的菜色。

他正是饿得慌,赶紧去洗手。

吃到一半,江里认真地开口说:"陵哥,我想在北京买套房子。"

盛千陵眉眼轻抬,没有说话,示意江里继续说。

江里:"我总住在你这儿打扰也不太好,也不是很想去住集训中心租的房子。以后打比赛,我得长期落脚在北京,还是买套房子方便一点。"

"不会,"盛千陵打断江里,"没有打扰。"

1月底,大街小巷的年味已经很浓。

集训中心的选手们都已经回家过年,盛千陵也抽空陪着江里回了老家一趟。

他们一起去给江海军上香送花,江里细细地对着江海军的照片讲起了自己这段时间的生活,让他不要担心。

2月,江里要去英国伦敦打温布利大师赛。

而4月,是盛千陵参加世锦赛的时间。

两人商量了一下,江里在伦敦打完温布利大师赛,就直接去谢菲尔德,等着盛千陵过去。

江里果然是循着他师父的路在走,从分区积分赛,到世青赛,到英锦赛,再到温布利大师赛,一次次夺冠,一次次捧起金色的冠军奖杯,逐渐与盛千陵的职业生涯重合。

到了4月,盛千陵第三次征战克鲁斯堡,终于不再如前两次一样,只能得亚军。

这一次,他淡定沉稳地游弋于赛场之上,红色的地毯与绿色的台布衬得他英姿勃发,气宇轩昂。

他从前打比赛不苟言笑,也很少朝观众席看。

可这场比赛却打得很活泼轻松,有时候进了高难度的球,或者是单杆破百的时候,他会下意识地朝观众席最后一排看过去。

现场只有十一排座位,他与最后一排戴着帽子和口罩的青年四目相对,很快露出一抹柔和的笑意。

2014年,有个少年曾对他讲:"师父,等你拿世锦赛冠军那天,我一定坐在下面的观众席为你疯狂鼓掌。"

他终于等到了迟到多年的掌声,也将他的徒弟,一步步带进了梦想的殿堂。

盛千陵在斯诺克顶级赛事世锦赛上夺冠之后,国内球迷们陷入经久不衰的疯狂。

这是中国球手第一次在这么高规格的比赛上夺冠,犹如文学界的诺贝尔、体育界的奥运会,为中国斯诺克的发展树立了新的里程碑。

"盛千陵"三个字成了一种象征和符号,也成了无数台球爱好者心中不灭的光芒。

众多媒体采访纷至沓来。

在这些如潮水般涌来的声音里,有一位体育记者提问:"恭喜千陵获得世锦赛冠军,同时我们也注意到,2月获得温布利大师赛冠军的选手江里是你的徒弟。江里准度惊人,能攻能防,和你一样,是一位不可多得的天赋型选手。那么我想问,你们是否会在世锦赛上碰到?如果你们正面相遇,谁能更胜一筹呢？"

　　盛千陵对着镜头，很认真地回答："不出意外，我们会在明年的世锦赛上会师，不管我们谁更胜一筹，这份荣誉，都属于我们的祖国。"

2023年5月。
象征世界斯诺克顶级水平的世锦赛在英国举办。
这届比赛最大的看点，是进入决赛的两个人，都是中国人。而且，是师徒关系。
国内台球界一片兴奋激昂。
所有人都在猜测会是老将一马当先、势如破竹，还是青出于蓝更胜于蓝。
江里提着球杆，穿过长长的后台走廊，站在克鲁斯堡赛场门后。
推开这扇门。
里面有他此生最大的梦想。
无论结局如何，他都将坚定不移地追逐下去。
永不言弃。
永远专一。

〈正文完〉

/番外/
被遗失的那六年之江里篇

2015年9月。

在江海军的强烈要求下,江里去了本市一所大专院校报到。

从江城回来之后,江里一直过得浑浑噩噩,就连高考是怎么开始又是怎么结束的,他都记不太清了。

这大半年来,他一直避免去回想和接触与之前有关的事情。

避免吃小龙虾、热干面;避免喝蛋酒、绿豆沙;避免拿台球杆、看斯诺克赛事。

仿佛这样做,就能掩耳盗铃,就能自欺欺人,假装以前的一切都没有发生过。

也就能假装,他的生命里从来没有出现过光。

进了大学,有了新的同学,江里的生活也没有什么新的波澜。

他不怎么说话,也从来不笑,每天面无表情地穿越在教室、食堂和宿舍,不与任何人结交。

可他越是这样高冷和另类,就越是吸引旁人的注意。

班上有同学形容他身上有一种"萎靡的性感",还自作主张地将他的入学照片发到了校园网上。

江里个子高,皮肤白净,五官精致,即使不笑,也是极为出众的。

不过一张未经修饰的照片,很快在校园网上引起热议。

恰逢学生们自娱自乐,在网络上评选新一届的校草。江里那张面容寡淡的脸脱颖而出,收获了最高票数。

因为他那厌世的模样,还收获了一个"颓废校草"的名头。

只不过江里本人对这一切都毫无兴趣。

校草评选活动结束的第二天晚上,江里被人堵在了食堂门口。

对方穿着一套篮球服,手臂和腰之间夹着一个篮球,傲慢地扬着下巴,挡在江里面前，不屑地问："你就是江里？"

江里视若无睹，看也不朝那人看，往旁边走两步，直接离开。

旁边传来其他人的喊声："韩泽，那就是那什么江里？一副要死不活的样子，还校草？"

江里置若罔闻，很快走远了。

没过一个月，江里又碰上了这个叫韩泽的人。

当时学校所有的社团都聚集在校道上招新，从食堂到教室的路上人来人往，各个社团都在卖力宣传，希望拉来合适的新人。

江里从食堂出来，打算绕一段远路，避开这一截喧闹。

哪知刚转身，却被人拉住了袖子。

江里回头一看，是一个笑容腼腆的女生。

那个女生有点不好意思地说："同学你好，我是校台球协会的，请问你对台球有兴趣吗？我们有八球、九球还有斯诺克，没有兴趣也没有关系，我们副社长拿过市级台球比赛冠军，可以教大家的……"

江里已经很久没有听到"斯诺克"这个词了。

他将自己从过去剥离出来，强行清除一切关于斯诺克的记忆，好让自己的痛楚能尽量减少一些。

却没有想到，学校竟然有这样一个社团，而这个社团的招新成员正好找上了他。

正是江里这一犹豫的工夫，身边又传来一声冷笑："徐栗，你招新也不用什么人都往社团里领吧，也不是个子高就一定能打斯诺克的，这一位——"

那人停顿了一下，继续嘲讽道："这人怕是连斯诺克有多少颗球都不清楚吧。"

江里循声望过去，一眼认出这是之前在食堂门口堵过自己的人。

当时他还不明白为什么会被人围堵，后来无意中听到班上的女生讨论，才知道这位韩泽可能是因为评选校草失利，将怨气都转移到了他身上。

徐栗和韩泽显然认识，听到韩泽这么奚落江里，徐栗也有点尴尬，解围道："也不是这样——"

只不过话没说完，江里用力掸了一下手臂，甩开了徐栗的手，快步离开了。

2016年3月。

江里在手机上看到一条新闻——本年度斯诺克世青赛将在……中国小将盛千陵、王若川将参加比赛。

"盛千陵"三个字像一柄无形的利刃，从在手机页面上出现开始，就无声刺痛了江里的心，也终于刺破了他长久以来的伪装。

·289·

原来,一个人自己骗自己,是根本没有用的。

他有多想念他的师父,有多怀念打斯诺克时的感觉,他嘴上不承认,心里却清清楚楚。

后来,盛千陵拿到了这一届世青赛的冠军。

赛事没有现场直播,网络上也只有一张他夺冠后拍下的照片。照片上,盛千陵高举奖杯,目光直视镜头,好像在无言表达着什么。

江里心中钝痛,仿佛被人生剥了伤口,血流不止。

恍惚中,他听到有人站在时光之外,对他说:"希望你以后永远不会放弃斯诺克,也希望你以后遇到困难想要退缩的时候,想想今天这场无怨无悔的坚持。"

仿佛陷入绝症的人找到了特效药。

江里回忆着师父曾反复叮嘱过他的话,一秒都没有犹豫,穿好衣服就往校外那家台球俱乐部走。

他可以离开那座城市,不再成为师父的累赘。

但要听师父的话,永远不能放弃斯诺克。

到了台球俱乐部,江里直接开了一张斯诺克台。

店里只有这一张斯诺克台,旁边配有公用的球杆。

江里随便从杆桶里取了一支,擦上了巧克粉。可真正站在球台旁边了,江里却又滋生出情怯之心来。

仿佛这不是一张普通的斯诺克球桌,而是他布满了泪水的十八岁。

他把球杆放在球台上,双手捧住脸,长长地吸了一口气,又吐出来。

旁边有人在说话:"老板,谁在斯诺克台啊,是我认识的吗,认识就一起打呗。"

老板回答:"看着面生,是第一次来。"

那人越走越近,走到江里身边,忽然嗤笑一声:"哟,原来是我们的江大校草。你不是吧,我说你分不清斯诺克有多少球,这还专门来数球了?"

这话里冷嘲热讽尽显,江里依然不以为意。

已经听了三次韩泽的声音,他不用抬头就能知道对方的表情。所以他还和之前的两次一样,避之若浼,绕开了韩泽。

在台球室老板面前,韩泽被人甩了脸色,一时有些尴尬。

他平常装酷打斯诺克,料定了江里是个什么也不懂的新手,故意刺激道:"江里,这样吧,你和我打一局,一局定胜负,好吧?我以后就不计较你了。"

江里就当没听见这人说话,弯腰在球台底下捡起毛刷,顺着台呢的方向刷了起来。

台球店老板好奇地问:"韩泽,你们认识?你不计较他什么了?"

韩泽脸上的尴尬更甚,用一声咳嗽来掩饰自己,却又要装作大度地说:"我女神喜欢他。"

老板:"……"

江里:"……"

江里迟迟不应允和韩泽对杆,老板也察觉到了气氛不对,干脆将球台附近一台悬挂在半空的电视打开了。

台球室一般都是播放体育频道,恰好这时候,屏幕上给了刚拿到斯诺克世青赛冠军的盛千陵一个特写。

韩泽可能是因为提到自己的女神中意他人,感觉丢了面子,故意对着电视指点江山:"世青赛?简单得要死好吧,随便打过几年球的,都能去参赛。那个什么盛千陵,我看了的,也就是——"

韩泽没有机会把这句诋毁盛千陵的话说完整。

因为江里叫住了他。

江里扬声打断:"韩泽,来吧。"

韩泽一愣,反问:"什么?"

江里一双眼波澜不惊,说:"不是说要打一局?要和我一局定胜负?"

韩泽以为自己终于找到了机会羞辱江里,顿时面上放光。他说:"来,一局定胜负。我让你三十分,你要是能赢我,以后我就不计较你了。"

江里拧着眉心,冷淡开口:"如果你输了,以后不能再提'盛千陵'三个字。"

韩泽心里充满了预判到结果的喜悦,压根儿没有听清江里的话。

他喜滋滋地找老板借了一支私人斯诺克杆,一上场就用平杆把十五颗红球全部炸开了。

江里见状,顿时愣在原地。

初见盛千陵时的一幕浮现在脑海里。

当时在时光台球俱乐部,他第一次见到盛千陵,也是嚣张地说要一局定胜负,然后自命不凡地炸开了十五颗红球。

当时他想的是,只要盛千陵不能进球,他就有把握上场单杆破百。

他还记得盛千陵当时那个一言难尽的眼神。

直到现在,面对相同情境时,他才知道,原来盛千陵当时是对他无语的意

·291·

思啊。

师父不在。
可师父的教导从不曾忘记。
江里体会到一种久违的热血,好像有什么在无形中挽救了他一回。
他一句废话也不想和韩泽多说,上场就开始猛攻,一颗红球一颗彩球,甚至连他师父教他的那些厉害杆法都用不上,仅用自己炉火纯青的准度,就能将韩泽的脸色打得像4分球(咖啡色)。

一局球结束的时候,江里的心又痛又爽。
在某一个瞬间,他感觉到,师父其实一直在他的身边,从来没有离开过。
于是,江里第一次直视着韩泽,露出了久违的少年轻狂与不羁。

他声音散漫,讽刺尽显:"以后别提盛千陵,你不配。"

/ 番外 /
被遗失的那六年之盛千陵篇

2015 年 6 月。

阿姨来敲盛千陵的房门,声音很轻很轻地说:"小陵,吃早餐了。"

盛千陵躺在床上,双目无神地盯着窗外被窗棂切割成一片一片的天空。

天空的颜色每天都在变化。

烟灰色,布满厚厚的积雨云。

浅白色,蒙着不规则的纱。

有时候也会是蓝色,可这种时候,光线却过分刺眼,让虚弱的盛千陵不得不拉上窗帘。

他慢吞吞地起身,换了一件宽松的白衬衫,穿上一条黑色的裤子。如同提线木偶一样,他神情茫然地走出去,洗漱完然后坐到餐桌边。

阿姨心疼地看一眼盛千陵苍白消瘦没有光彩的容颜,又无奈地看一眼盛千陵强势的母亲,什么也没说,只将给盛千陵的汤朝他面前推了推。

盛千陵面无表情,像完成任务一样,一口一口地吃着早餐。

放下勺子的时候,他微微抬头,看向母亲潘明钰,说:"妈,让我出去走一走吧。"

从几个月前开始,潘明钰就以养病为由,将盛千陵关在家里。明面上说是担心他的身体,不让他出去,实际上是借软禁来敲打他,让他知道,选择打斯诺克职业赛不是她想听的答案。

潘明钰的目光落在盛千陵的脸上,见他眼下乌青一片,又见他唇色浅淡,她有点心疼,但面上不显,不过最后还是妥协:"就在附近走走,别想去斯诺克集训中心,我会让人盯着那边的。"

盛千陵点了点头。

潘明钰走后,盛千陵跟着出了门。他两手空空,只在裤兜里塞上了手机和身份证。

一走出阿姨的视线,他就开始大步往马路上疾走。

他拦了一辆出租车,在出租车上买了一张最近的飞往江城的机票,然后直奔机场。四个小时之后,他到达了江里曾就读的第二十九中学。

江里从去年12月开始失联,手机号已成空号,半年都没能联系上。

盛千陵很担心他,不得不一边与母亲周旋,一边到处打听江里的消息。

却总是一无所获。

离今年的高考只有两天时间了。

盛千陵来到二十九中,没有找到江里,只找到了江里的朋友陈树木。

陈树木见到盛千陵时,十分惊讶地说:"师父?天哪,你怎么瘦成这个样子了?"

盛千陵垂下眼眸,避而不答,只问:"这半年江里有没有和你联系过?"

陈树木摇摇头,说:"他去了广东,他爸去那边工作去了,可能换号了,忘记和我联系了吧。"

盛千陵心中总有不好的预感,可是又无法得到证实。

他想不明白江里为什么会突然消失,明明在最后一次见面时,江里还说过,会好好努力学习,保证来北京上学,然后一起追逐他们的斯诺克梦想。

没有打听到任何有用的信息,盛千陵只能打道回府。

他连夜飞回北京,毫不意外地在客厅碰上坐了两个小时的潘明钰。

母子两人什么也没说。

潘明钰收起了电脑,盛千陵径直回了房间。

只是,第二天起,盛家别墅外面多了几名黑衣男子,从早到晚沿着主楼和花园巡逻。

潘明钰的意思不言而喻,盛千陵没有多过问一句,只继续躺在宽阔的床上,日复一日,远远望着窗外的天空。

又过了半年。

2016年新年刚过。

某天晚上,盛千陵忽然做了一个梦。梦里有一个人站在空旷的环境里,死皮赖脸黏着他,不停地对他说话。

——"装相遭雷劈啊,兄dei。"

——"你比我大,那我叫你一声哥?"

——"收我做徒弟,好不好?"

——"我这辈子,就认你这一个师父。"

——"是我不够专心,你别不要我这个徒弟。"

——"师父,我向你保证,我一定不会放弃斯诺克。"

——"陵哥,等我,我一定会来。"

——…………

盛千陵从睡梦中赫然惊醒，下意识地捏紧被单看向窗外黑黢黢的天空。

什么也看不清，什么也听不见，可梦里的声音却循环回响在他的耳畔。

他说他永远不会放弃斯诺克。

他说他一定会来，然后和他一起去追寻梦想。

....

次日一早，还是家中那张熟悉的餐桌上，阿姨第三百多次为盛千陵端上药膳。

盛千陵病后身体弱，好歹被这些中药养胖了一点，堪堪回到了他体重正常时的模样。

潘明钰居高临下地看着自己的儿子，终于在时隔半年后，又一次提问："千陵，告诉妈妈，你的选择是什么？"

盛千陵耳边的那道声音又响起来，像魔鬼在蛊惑。

那声音是这样说的："希望你以后永远不会放弃斯诺克，也希望你以后遇到困难想要退缩的时候，想想今天这场无怨无悔的坚持。"

细细追溯，他却分不清，这到底是谁的声音。

一幅画面在盛千陵的脑海里掠过。

凌晨两点的时光台球俱乐部，有一个少年死缠烂打非要拜他为师。

他问那个少年："江里，你对你想要的东西，都会这么执着不休吗？"

少年答："只要是我想要的，死也要得到啊。"

想要的东西，死也要得到啊。

盛千陵心中涌上惊涛巨浪，他终于分清了江里的声音，也分清了自己的声音。

他听见自己对潘明钰说："妈，我选斯诺克。"

潘明钰足足沉默了三分钟没说话，再开口时，是冷肃的语气："那你考虑清楚，以后家业我不会给你半点。"

盛千陵点了点头。

从那天起，盛千陵获得了自由。

他带着为数不多的行李，搬到了北二环的老房子里，然后开始了漫长又寂寞的斯诺克职业生涯。

2016年3月。

盛千陵以个人名义参加了这一年的斯诺克世青赛，并拿到了冠军。

这场比赛规模不算很大，现场的记者也不多。

盛千陵原本是一个很低调的人，可是捧起奖杯之后，却主动请来自中国的记者给他拍了一张照片。

照片里，他将奖杯高举，目光直视镜头。千言万语都在这个眼神里，他希望江里能看见，他已经在追求梦想了。

但当时的盛千陵并不知道，正是他这张照片，拯救了浑浑噩噩的江里，又一次将江里带到了斯诺克的道路上来。

2017年，盛千陵二十一岁。

他拿到了这一年的斯诺克英锦赛冠军，同时也成为史上最年轻的英锦赛冠军获得者。

台球界对他赞誉有加，可他知道，他想要的并不是只有这样而已。

2018年，盛千陵二十二岁。

他拿到了三大赛事中地位仅次于世锦赛的温布利大师赛冠军。

如同之前每次夺冠一样，他总是高高举起奖杯，目光直视所有拍照的镜头，希望失联几年的人能出现。

到了2019年，盛千陵登上了最顶尖的谢菲尔德世锦赛赛场。

前16强都是熟悉的职业选手们，他曾在其他各个赛事里与他们交手。

"世锦赛"三个字，对于盛千陵来说有着很特别的意义。

他一路过关斩将进入决赛的时候，下意识地环顾了一圈现场的观众。

赛场内共有十一排座位，观众绝大部分是欧洲人，只有很少很少的亚洲面孔。他的目光抬起又落下，始终没有看到他想见的那个人。

那个人曾经对他说过："陵哥，等你打世锦赛的时候，我一定坐在下面为你加油。"

可是那个人不仅没有来，还消失在了茫茫人海。

总决赛的时候，盛千陵因心绪受到影响，发挥不佳错失冠军，只拿到了这一次斯诺克世锦赛的亚军。

队友和教练都打电话来向他道贺，他却关掉手机，独自在酒店顶层看月亮。

他想到很久之前的有一天，他生江里的气，埋怨江里打球不专注。

现在他才明白，心绪有时候并不能完全受他控制。

所以，到了第二年再次征战克鲁斯堡剧院，再次打世锦赛时，他又犯了同样的错误。

盛千陵无比懊恼，却走不出这僵局。

在回国的飞机上，盛千陵闭眼复盘自己这一赛季的所有比赛。

隔着不远不近的距离，有两名同行的中国人在低低地交谈。

有位女士带着笑意说："今年的天气有点反常……你不知道，在我们那里，江里的水位比往年低了不少……那江里的鱼啊……"

江里。

296

盛千陵已经有很久很久没有听到这个名字了。

他赫然一惊，猛地睁开眼，不顾飞机就要起飞，贸然打开自己的安全带，急切地探过身体，询问同一排座位的女士："抱歉，打扰你一下，请问你认识江里吗？他在哪个地方？"

对方的女士愣了一下，很快反应过来，笑道："啊？你说的江里是一个人的名字吗？可是我刚才说的是长江里的水位很低啊。"

盛千陵也僵了一下，这才意识自己的行为有多可笑。

明明听清了的不是吗？

那位女士可能认出盛千陵是一名职业斯诺克球手，又和善地多问了一句："你说的江里是谁呀？"

盛千陵垂下眼眸，慢慢坐回座位，给自己扣好安全带。

时间一秒一秒地过去，对方以为他不会再回答，于是尴尬一笑，回过头继续和旁人低语，不再朝他看。

过了一分钟，也可能是过了一个小时，又或许是过了几年青春那么久的时间。

盛千陵轻启薄唇喃喃自语："是我想并肩夺冠的那个人。"

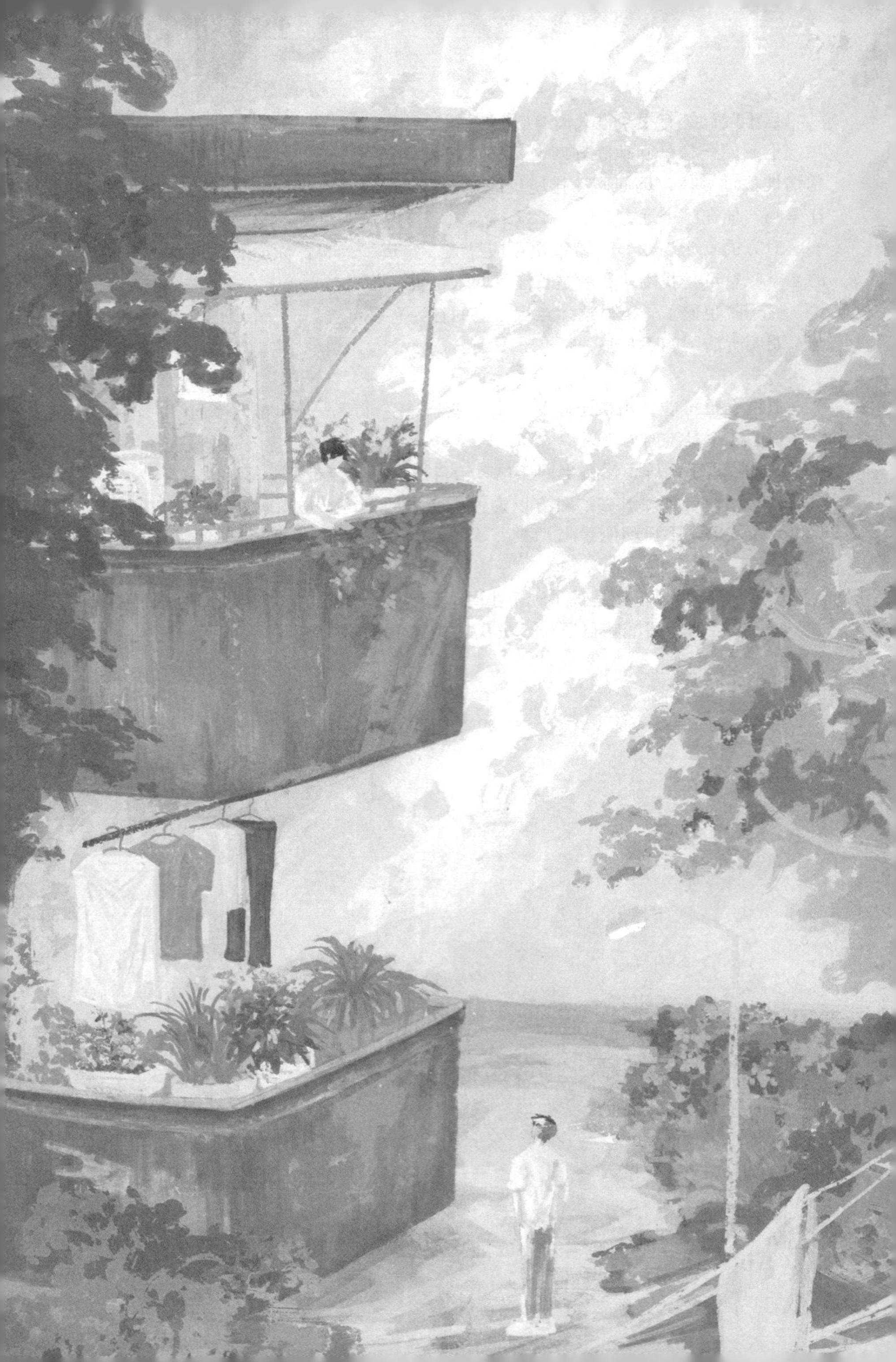